曹立波——

——著

红楼梦版本与艺术

文化艺术出版社
Culture and Art Publishing House

图书在版编目（CIP）数据

红楼梦版本与艺术 / 曹立波著. — 北京：文化艺
术出版社，2023.3
ISBN 978-7-5039-7165-5

Ⅰ.①红… Ⅱ.①曹… Ⅲ.①《红楼梦》研究—文集
②《红楼梦》—版本—文集 Ⅳ.①I207.411-53
②G256.22-53

中国版本图书馆CIP数据核字（2021）第246082号

红楼梦版本与艺术

著　　者　曹立波
封面题字　马建农
责任编辑　赵　月
责任校对　邓　运
书籍设计　姚雪嫒
出版发行　文化艺术出版社
地　　址　北京市东城区东四八条52号　（100700）
网　　址　www.caaph.com
电子邮箱　s@caaph.com
电　　话　（010）84057666（总编室）　84057667（办公室）
　　　　　　　　　　84057696—84057699（发行部）
传　　真　（010）84057660（总编室）　84057670（办公室）
　　　　　　　　　　84057690（发行部）
经　　销　新华书店
印　　刷　国英印务有限公司
版　　次　2023年3月第1版
印　　次　2023年3月第1次印刷
开　　本　710毫米×1000毫米　1/16
印　　张　26
字　　数　366千字
书　　号　ISBN 978-7-5039-7165-5
定　　价　98.00元

六版本
《红楼梦》

林黛玉眉眼描写文字比对

（从左至右）

◆

北京师范大学图书馆藏
《红楼梦》

一百二十回抄本绣像选录

◆ 贾府除夕祭宗祠

◆ 秦可卿海棠春睡

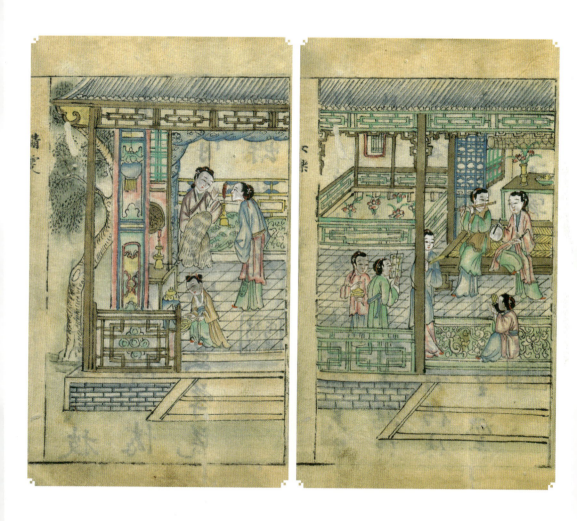

晴雯病补雀金裘　　　　　　　　　女乐曲演藕香榭

从全本全程的视域考察红楼版本的动态美

（代序）

曹立波

《红楼梦版本与艺术》一书，由笔者2007—2017年十年间的红学论文结集而成。主要包括《红楼梦》版本研究、小说艺术研究两类论文，但在具体行文过程中，即使侧重版本学研究的论文，也是以小说艺术为出发点的。

在中国古代小说中，《红楼梦》的版本现象颇为复杂，尤其在乾隆五十六年（1791）程甲本刊行之前，现知已有十几种抄本存在。这使得这部小说的版本异文众多，情节各有千秋，有的人物在不同的版本中甚至此有彼无。基于此，统观诸多版本，为了便于具象化的思考，不妨尝试借助一下地球自转和公转的运行图。倘若把《红楼梦》想象成经纬纵横的地球，除了自身的昼夜运转，还要围绕太阳四季流转。环绕的轴心，应为小说的主旨纲领。诸多版本类似一年十二个月运转当中不同的轨迹。引入地球运转的视角来观察《红楼梦》的抄本和刊本现象，凸显其整体感、过程性和动态美。

具体而言，所谓"整体感"，即从一百二十回本出发，以经纬交错的地球作为参照系，整本书阅读，统观这个立体的网络系统，分析其有始有终、有纲有目的网状结构。所谓"过程性"，即从刊印之前的抄本组群出发，借助地球公转的轨迹作为参照系，地球公转一圈是一年，包括四季、十二个月、二十四节气，如同这部小说在不同时段的运行轨迹，从书名为《脂砚斋重评石头记》的版本组，到《石头记》书名的版本组，再到题名为《红楼梦》的版本组。组群之间渐进式的演变轨迹，岁月留痕，记录在不同的抄本组中。所谓"动态美"，即引入地球昼夜的自转和季节的公转等多重视角，将刊本、抄本综合考察，凝聚焦点，动中取静，将不同版本中的异文，加以客观分析，发掘各版本阶段的审美价值。

一、整体感：一百二十回本立体式网状结构

《红楼梦》的一百二十回构成一个整体。"《红楼梦》的特殊结构以及复杂成书过程，形成了别具一格的整体特性。把握、探究这种整体性及相关问题，构成《红楼梦》整本书阅读教学中的关键。"[1]为此，需要对小说特殊的艺术结构有较为直观和清晰的认识。《红楼梦》结构的网状特征正逐步成为共识，但对网状的具体表述，则见仁见智。在一百二十回的框架下，我们将《红楼梦》的网状结构进一步具象化为"渔网"，并"借助'渔网'这一比喻性的具象，构建出立体式网状结构模型"[2]。这张网又可以被划分为纲、线、目三个部分，分别对应小说的纲领、线索、关目等结构要素。

《红楼梦》的纲领由家族悲剧、婚恋悲剧和人生悲剧三条主线构成，起到统领全书、纲举目张的作用。小说"渔网"式的结构由众多线索编织而成。书中纷繁复杂的线索大致可以被划分为事件线索、人物线索和物什线索三类，如穿针引线一般，串联起这部长篇小说一百二十回的情节。"目"对应小说的"关目"，即关键性情节。在渔网中，每个网目都与其周围的网目密切相关，而《红楼梦》的各关目之间，同样存在衔接照应的关系：上下关目环环相扣，如第三十三回宝玉挨打和第三十四回黛玉题帕是分属于

---

[1] 詹丹：《论〈红楼梦〉整本书阅读与教学的整体性问题》，《上海师范大学学报（哲学社会科学版）》2021年第4期。

[2] 曹立波：《〈红楼梦〉立体式网状结构模型的构建》，《红楼梦学刊》2007年第2辑。

前后两回的关目，通过晴雯送帕紧密衔接。相对关目两两对称，如第十三回"王熙凤协理宁国府"和第一百十回"王凤姐力诎失人心"，相隔近百回，两场葬礼两相对照，揭示出"凡鸟偏从末世来"的辛酸。首尾关目则遥相呼应，例如，在第二十八回"蒋玉菡情赠茜香罗"中，通过宝玉、蒋玉菡与袭人得以互换汗巾，为日后的婚姻埋下伏笔。第一百二十回，袭人嫁入蒋家之后，看见茜香罗和松花汗巾后，"始信姻缘前定"。以汗巾为线索，前后照应，小说串联起宝玉、袭人、蒋玉菡的聚散。

在此基础上，我们也可以对《红楼梦》立体式网状结构进行更为精细的考察。将"纲"的粗绳分解为"股"。例如，婚恋悲剧既有"心事终虚化"的木石前盟，也有"美中不足"的金玉良缘。对应到"渔网"模型上，便可将金玉良缘和木石前盟类比为"股"，两股拧结，共同编织成婚恋悲剧的主线。"点"则是对线索的解剖，大多表现为人物的对话或回忆。通过与部分关目的照应，"点"可以完成对情节的补充。例如，"比通灵金莺微露意"是金玉良缘的开端，借莺儿之口道出，金锁上的八个字与通灵宝玉上的字"是一对儿"。但由于莺儿的话被打断，金锁的具体功用未能交代给读者。第二十八回又通过薛姨妈透露，"金锁是个和尚给的，等日后有玉的方可结为婚姻"，补全了第八回的信息，即金锁的功效是促成姻缘。最后，在"关目"之外，我们又引入"网格"的概念，用以囊括相对次要的情节。

值得注意的是，《红楼梦》网状结构的两端是闭合的。全书一百二十回的情节首尾呼应、有始有终。诸多线索如同地球上的经线一般，最终汇集至两极，形成圆形回环的结构。例如，物什线索中的通灵宝玉便起到统摄全书的作用。《红楼梦》首回以女娲补天、顽石入世的神话破题，"无材可去补苍天"的顽石被一僧一道携入凡尘，在历遍沧桑、饱经离合后，至第一百二十回"引登彼岸"。顽石"幻形入世—经历变迁—重回青埂峰"的循环贯穿全书、首尾呼应。除顽石入世的神话外，第一回中甄士隐、贾雨村的故事也在末回有所照应。甄士隐和贾雨村是"为准备开展悲剧故事而安排的两个人物"[1]。在临近尾声时，《红楼梦》仍旧以甄、贾收束全书。甄士隐和贾雨村在结构层面上起到的作用，在回目"甄士隐详说太虚情　贾雨村归结红楼梦"中也有所体现。

《红楼梦》人物众多，有些并非主要人物，但在小说结构上却起到重要的作用。诸如，刘姥姥在《红楼梦》中起到较为明显的线索作用，其与甄士隐、贾雨村、冷子兴一起，被吴组缃归为"外围陪衬人物"[2]。以第六回刘姥姥出场为"头绪"，作者展开对贾府故事的正式演绎，周瑞家的、平儿、凤姐、贾蓉等人物依次登场。一进荣国府，刘姥姥初识王熙凤，见识其理家才干和贾府的繁华景象。二进荣国府，通过刘姥姥的视角，作者将大观园全面地展示给读者，凸显出钟鸣鼎食之家的奢靡风流；给巧姐取名，则为后文"偶因济刘氏，巧得遇恩人"埋下伏笔。后四十回中，再进荣国府，刘姥姥不忘旧恩，搭救巧姐。几番入贾府，在勾勒人物形象的同时，也令刘姥姥成为贾府盛衰荣枯的见证者。如果说《红楼梦》网状结构中有些情节或人物成为经纬线的话，刘姥姥应该属于一条贯穿两极的经线。

此外，《红楼梦》着意选取关键事件加以集中描写，安排节日、生日成为事件线索，串联起家族、婚恋和人生的悲剧主题。以元宵节为例，元宵节见证了甄士隐一家的离合悲欢。在元宵节中，英莲丢失、葫芦庙起火，继而甄家败落、甄士隐出家。甄家的小荣枯又暗伏贾家的家运走势。正月十五，元妃省亲，在为家族带来"烈火烹油、鲜花着锦"之盛的同时，也令荣府陷入"后手不接"的经济困境，"既带来了太平气象、富贵风流，也成为由盛转衰的肇始者"[3]。将贾府的两次元宵节加以对比，不难发现贾府的

[1]　吴组缃：《说稗集》，北京大学出版社 1987 年版，第 201 页。

[2]　吴组缃：《说稗集》，北京大学出版社 1987 年版，第 200 页。

[3]　曹立波：《〈红楼梦〉中元春形象的三重身份》，《红楼梦学刊》2008 年第 6 辑。

盛衰之变。

如果将《红楼梦》放置于明清六大古典小说中加以考察，便会发现这部章回小说的结构独树一帜。统观中国小说史，古代章回小说呈现出从线性结构演变为网状结构的趋势。明清六大古典小说中，《三国演义》《水浒传》《西游记》和《儒林外史》在广义上均属于线性结构，又表现出不同的结构特征。例如，《三国演义》以时间为线索，展现魏蜀吴三股势力的兴衰，其结构是三股编结的辫状。《水浒传》中，一个人物的故事往往由另一个人物引出，呈现出环环相扣的链条状特点。《西游记》八十一难之间的联系较为松散，但以唐僧取经为媒介，仍然可以勾连起相距多回的部分情节。如牛魔王家族故事，是"以牛魔王、铁扇公主、红孩儿等人物事迹为核心，以其与唐僧师徒的矛盾冲突为焦点，同时串联玉面公主、如意真仙等人物的小故事系统"[1]，囊括红孩儿、女儿国和火焰山等多个单元。《西游记》的结构可以被类比为猪八戒钉耙一样的钩状。

随着小说的成熟与发展，在线性结构的基础上，长篇小说又逐渐提炼出网状结构的概念。石昌渝概括网状结构的特征为："小说情节由两对以上的矛盾的冲突过程所构成，矛盾一方的欲望和行动不仅受到矛盾另一方的阻碍，而且要受到同时交错存在的其他矛盾的制约。"[2]然而，乾隆年间的《儒林外史》却采用线性结构，"全书无主干，仅驱使各种人物，行列而来，事与其来俱起，亦与其俱讫，虽云长篇，颇同短制"[3]，各单元相对独立。明清六大古典小说中，《金瓶梅》实现了对小说结构的创新，其结构如同一张阡陌纵横的网，但这张网应是一张平面的网。围绕西门庆，涵盖上至庙堂下至乡野的诸色人等，每个人物的行动都受到其他人的影响和制约。相比之

［1］赵毓龙、胡胜：《清代"西游戏"重构故事的独异性——以牛魔王家族故事为例》，《吉林大学社会科学学报》2018年第6期。

［2］石昌渝：《中国小说源流论》，生活·读书·新知三联书店1994年版，第361页。

［3］鲁迅：《中国小说史略》，上海古籍出版社1998年版，第156页。

下，《红楼梦》的独特之处在于，其对"传统的思想和写法"[1] 的打破，也表现在立体式的网状结构上的创新，呈现出独特的对称之美及首尾呼应的网状之美。

二、过程性：版本组群之间渐进式演变轨迹

《红楼梦》是曹雪芹耗尽"十年心血"创作的鸿篇巨著，小说第一回用"披阅十载，增删五次，纂成目录，分出章回"概括其成书过程。《红楼梦》的修订，不仅有作者在创作过程中因思路变化而反复增删、数易其稿；亦有在传抄和刊刻的过程中，后世修订者为追求细节臻善而"准情酌理，补遗订讹"[2] 的不懈努力。

关于《红楼梦》版本的情况，在传抄和修订过程中，《红楼梦》不同版本之间呈现出不同的文本形态。在程伟元、高鹗的刊印本现世之前，多以手抄本的形式出现。故红学家们多据此将这部小说的众多版本分成两个系统，手抄本形式的脂本系统和刊印本形式的程本系统。依此标准，现阶段属于脂本系统的可见 12 种，属于程本系统的可见 3 种。

上述划分方式并不能反映版本流传的真实情况。故梅节先生提出按书名划分红楼版本系统之法，即"正确的区分，应该是《石头记》和《红楼梦》两个系统"[3]。在认同两大版本系统的前提之下，我们需要关注到名为《脂砚斋重评石头记》这组版本的特殊性，不可简单将其并入《石头记》系统中。

对于《红楼梦》现存的抄本和刊本，我们"据题名的不同，将 15 个有

---

[1]《鲁迅全集》第九卷，人民文学出版社 2005 年版，第 348 页。

[2]（清）程伟元、高鹗：《红楼梦引言》，见《绣像红楼梦》，乾隆五十七年（1792）刊印，北京师范大学图书馆古籍部藏书。

[3] 石尚文：《梅节论〈红楼梦〉的版本系统》，《红楼梦学刊》1983 年第 4 辑。

关版本分成《脂砚斋重评石头记》《石头记》《红楼梦》三个版本组"[1]。《脂砚斋重评石头记》组包括甲戌本、己卯本和庚辰本;《石头记》组有5种,即戚序本(含南图本)、蒙府本、列藏本、郑藏本;《红楼梦》系统共有7种,其中,有4种抄本,即杨藏本、甲辰本、舒序本和卞藏本,以及3种刊印本,即程甲本、程乙本和东观阁本。

通过对版本异文的梳理,我们也能推断出各版本组之间的演变关系。以《红楼梦》第二十二回《更香》灯谜为例。庚辰本在惜春灯谜之上有朱笔眉批"此后破失,俟再补"。隔一页又记《更香》灯谜一首。

暂记宝钗制谜云:
朝罢谁携两袖烟,琴边衾里总无缘。
晓筹不用人鸡报,五夜无烦侍女添。
焦首朝朝还暮暮,煎心日日复年年。
光阴荏苒须当惜,风雨阴晴任变迁。
此回未成而芹逝矣,叹叹!丁亥夏,畸笏叟。[2]

在《脂砚斋重评石头记》系统中,庚辰本题《更香》灯谜为"暂记"。而在《石头记》系统中,列藏本上没有宝钗的诗谜。在蒙府本和戚序本中,"朝罢谁携两袖烟"一诗已被写入正文,并提到"却是宝钗所作"。可见,列藏本表现出两个版本系统的过渡状态。

再以《更香》一诗为例考察《石头记》系统和《红楼梦》系统。题名为《红楼梦》的版本中,甲辰本、杨藏本、程甲本、程乙本和东观阁本皆

[1] 曹立波:《〈红楼梦〉律诗出韵现象与小说的补遗订讹——兼谈三个版本组的演变关系》,《明清小说研究》2020年第2期。
[2] (清)曹雪芹:《脂砚斋重评石头记》,人民文学出版社1975年影印本,第509页。

将《更香》一诗归于黛玉，甲辰本更有批语"此黛玉一生愁绪之意"。而宝钗另有灯谜《竹夫人》一首。舒序本虽然属于《红楼梦》系统，却无黛玉诗谜，《更香》仍为宝钗所作，与《石头记》组相同，呈现出《石头记》与《红楼梦》的中间过渡状态。现将《红楼梦》三个版本组的过渡关系列为下图（见图1）[1]：

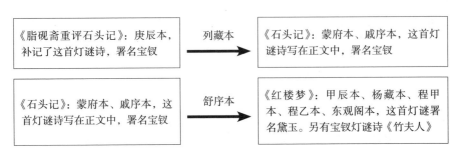

图1　《红楼梦》三个版本组的"灯谜诗"显示的过渡关系简图

上述细节显示了这部小说三类书名系统的演变过程。在《脂砚斋重评石头记》与《石头记》系统之间，《石头记》与《红楼梦》系统之间，存在的过渡和关联也清晰可见。

《红楼梦》在开篇交代，此书曾有过"披阅十载，增删五次"的经历。通过对比诸多版本的异文，我们得以总结、提炼出小说在修订过程中的演变规律和优化倾向。

首先，在黛玉和湘云之间，优先考虑黛玉，着意突出宝黛的木石前盟。第二十一回，湘云正式出场，一句"爱哥哥"道出与宝玉幼时两小无猜的场景。通过湘云与袭人的对话，可知湘云孩提时曾在贾府生活过：

袭人道："这会子又害臊了。你还记得十年前，咱们在西边暖阁住着，晚上

---

[1]　曹立波：《"文史互证"何以可能——以百年红学为例的考察》，《文学评论》2021年第2期。

你同我说的话儿？那会子不害臊，这会子怎么又害臊了？"[1]

在"十年前"，湘云尚为稚龄幼童。按照常理判断，不太可能会与袭人有"不害臊"的交流。湘云年龄的矛盾或与小说的增删、修订有关，"大概是史湘云和宝玉一起在贾母身边生活。后来为使木石姻缘更有基础，就以黛玉取代湘云幼年在贾府的位置，湘云幼年的故事被删掉"[2]。作者可能曾安排过湘云与宝玉有青梅竹马的过往，但在修订过程中，出于凸显木石前盟的目的，便删去相关构思。

其次，突出金玉良缘。"当黛玉和宝钗出现冲突时，有时会优先安排宝钗的情节，侧重宝钗与宝玉的金玉姻缘。"[3]《红楼梦》第八回是金玉良缘的开端，该回回目的版本异文较多，我们聚焦于两种异文。庚辰本的回目作"比通灵金莺微露意　探宝钗黛玉半含酸"，与己卯本、杨藏本的文字相同。回目中的"金莺"和"通灵"，均是金玉良缘故事的构成要素；而"探宝钗黛玉半含酸"又强调林黛玉的参与。因此，这种回目"同时传达了金玉良缘和木石前盟两个故事正拉开序幕"[4]。而甲辰本、程甲本、程乙本以及后来的东观阁本回目文字则是"贾宝玉奇缘识金锁　薛宝钗巧合认通灵"，仅涉宝玉宝钗互鉴通灵的情节，其重心聚焦于金玉姻缘的进展而不再囊括木石前盟。

最后，突出十二钗中的女子。以凤姐的女儿巧姐为例。关于凤姐有几个女儿的问题存在异文。庚辰本第二十七回写道："凤姐等并巧姐大姐香菱

---

[1] （清）曹雪芹著，无名氏续：《红楼梦》，人民文学出版社2008年版，第429页。

[2] 陈庆浩：《八十回本〈石头记〉成书初考》，《文学遗产》1992年第2期。

[3] 曹立波：《〈红楼梦〉版本修订中的优化倾向——以"十二钗"为观察对象》，《红楼梦学刊》2011年第1辑。

[4] 曹立波：《〈红楼梦〉版本修订中的优化倾向——以"十二钗"为观察对象》，《红楼梦学刊》2011年第1辑。

与众丫鬟们在园内顽耍。"[1]巧姐和大姐并列，凤姐似乎有两个女儿。第二十九回的描写更为清晰："奶子抱着大姐儿带着巧姐儿另在一车。"[2]巧姐之名，应是第四十二回刘姥姥所起，寄寓"逢凶化吉、遇难成祥"之意，不应出现在该回之前。巧姐与大姐的矛盾，或与曹雪芹构思的变化有关，可能在早期的设定中，凤姐有两个女儿，"后来经过修订，去掉大姐，保留巧姐。大概是由于十二钗正册中，只为贾家草字辈的小姐保留了一个名额的缘故"[3]。巧姐、大姐同时出现，或可作为早期构思残留的例证，也成为我们考察《红楼梦》成书过程和版本演变的线索。

三、动态美：兼容不同版本异文以各美其美

《红楼梦》版本在演变过程中呈现出艺术上的动态美，折射出作者或修订者独到的审美意识。比如第七十九回，宝玉请黛玉帮忙修改《芙蓉女儿诔》，黛玉认为"红绡帐里，公子多情"未免熟滥，建议宝玉用现成的真事，改为"茜纱窗下，公子多情"。宝玉对此大为激赏，但随即表示："虽然这一改新妙之极，但你居此则可，在我实不敢当。"程甲本出于口语化的倾向，将"但你居此则可"改为"却是你在这里住着还可已"。此处版本异文较为有趣，但重点在下文。在庚辰本、戚序本、蒙府本、列藏本以及甲辰本中，如是写道："说着，又接连说了一二百句'不敢'"，进一步表达了宝玉在黛玉面前谦逊的态度；而在题名为《红楼梦》的杨藏本底文中，此处作"一二十句"；在程甲本上，则仅有"连说'不敢'"四字。综合各个版本来审视此处的异文，均可读通，呈现出的艺术效果却各不相同，可谓

---

[1]（清）曹雪芹：《脂砚斋重评石头记》，人民文学出版社 1975 年影印本，第 608 页。

[2]（清）曹雪芹：《脂砚斋重评石头记》，人民文学出版社 1975 年影印本，第 662 页。

[3] 曹立波：《〈红楼梦〉版本修订中的优化倾向——以"十二钗"为观察对象》，《红楼梦学刊》2011 年第 1 辑。

异彩纷呈。

针对此处异文，综观这部小说三个版本组的不同状况，我们发现在署名为《脂砚斋重评石头记》和《石头记》的版本中，写作宝玉"连说了一二百句'不敢'"，显然是采用夸张的手法来突出贾宝玉在黛玉面前的谦逊态度。杨藏本底文作"一二十句"，相较而言更贴近生活，但还不符合日常聊天的实际情况，仍保留了一定的夸张意味。程甲本作"连说'不敢'"，只留一个"连"字，与"一二百句"或"一二十句"相比可谓简约传神，既不过分夸张，又恰当传达出宝玉虚心的情态。甲辰本属《红楼梦》版本组，但在此处却作"一二百句"，与其他两个版本组文字相同，呈现出从《脂砚斋重评石头记》和《石头记》版本组向《红楼梦》版本组过渡的特征。

类似的例子还有很多，如第三十三回宝玉挨打，在己卯本、庚辰本、戚序本、蒙府本、列藏本、舒序本、甲辰本中写道："（贾政）咬着牙狠命盖了三四十下。"程甲本中，"三四十下"作"十几下"。相较而言，程甲本在数词的选用上较为适度，没有过于夸张。用夸张的数字来强化文字的表达效果，在我国文学创作中古已有之，如李白的"白发三千丈"和"飞流直下三千尺"等诗句。从上述所举的异文可以看出，在《红楼梦》的某些版本中，常使用数字夸张的手法来描摹事态。又如第三十回龄官画蔷，庚辰本、蒙府本、列藏本、舒序本皆写作龄官"画了有几千个'蔷'"，而戚序本、甲辰本、程甲本却作"几十个"。从中可以看出，在《脂砚斋重评石头记》和《石头记》版本组中，除戚序本外俱作"千"，与实际情况不符，而书名为《红楼梦》的版本组（杨藏本无此句）则作"十"，戚序本呈现出过渡形态。有学者据此指出："'千'字原来是'十'字的形讹。"[1] 陈熙中认为："曹雪芹在这些场合运用的都是艺术夸张的手法。从日常的眼光来看，它们也许显得不合情理；但在小说中，这种夸张的手法不但是允许的，而

---

[1] 刘世德：《〈红楼梦〉版本探微》，华东师范大学出版社 2003 年版，第 339 页。

且自有其独特的艺术效果。一般来说，这些明明属于夸张的说法，人们在阅读时却往往只觉其真实生动而无暇辨其是否夸张，更不会觉得是描写失实。"[1]文章进而认为较为夸张的数字"千"或许是曹雪芹的本意，某些版本中相应的删减则是后人的改动。夸张手法的使用，使得文字呈现出汪洋恣肆的特点。相对而言，程甲本的文风则从事物的情理出发，较有分寸感。

整体来看，《红楼梦》一书的三个版本组，组别之间、具体版本之间，存在的异文反映出不同成书阶段的审美意识。诸如第七十九回修饰宝玉的"连说'不敢'"，有数字的句子，无论是"连说了一二百句'不敢'"还是"连说了一二十句'不敢'"，似实则虚；没有数字加以夸张的句子，却似虚则实。一叶知秋，有关数字的版本异文，凸显了作者与修订者不同的艺术理念，虚虚实实，各美其美。

结　语

本文既可以说是为《红楼梦版本与艺术》这本论文集作序，是在对过往的回顾与思考，也可以视为对未来的展望与探讨。

以岁时节令为结构线索的《红楼梦》，行文当中常流露日月更迭、星球运转的情愫，诗句中蕴含着前后连贯的脉脉情丝。不妨先从自转的角度细读一百二十回，诸如从薛宝钗的"不语婷婷日又昏"（第三十七回《咏白海棠》），到"银河耿耿分寒气侵，月色横斜分玉漏沉"（第八十七回《寄黛玉诗》），感受字句中借永昼与长夜抒发的闺怨愁绪，领会于静日无语的流光中展现的世情冷暖。

进而再从公转的角度阅览这个"魅力星球"的十几个版本，体味林黛玉眉眼在不同版本中所呈现出的动态、融合之美。从第三回林黛玉双眉的

---

[1]　陈熙中：《红楼求真录》，北京大学出版社 2016 年版，第 145 页。

描写异文来看，《脂砚斋重评石头记》和《石头记》版本组的情态描写多为"似蹙非蹙"，《红楼梦》版本组中甲辰本、程甲本、东观阁本等皆为"似感非感"，程乙本又改回"似蹙非蹙"。综合看来，"蹙"和"感"为形近字，一个为"戚"与"足"的组合，一个为"戚"与"心"的上下结构，各有所长："蹙"字摹写眉头紧蹙之貌，"感"字凸显忧愁悲伤之情。再看林黛玉的眼神，多个版本写作"一双似喜非喜含情目"，而列藏本作"一双似泣非泣含露目"。林黛玉初见外祖母，谈及母亲去世难免悲伤，此时宝玉所见"似泣非泣含露目"或符合情境。但宝黛初见，宝玉眼中的黛玉"一双似喜非喜含情目"也合情理；恰如《徐霞客游记》记述游天台山时所言"人意山光，俱有喜态"，山光的喜态源于看山人的心境。黛玉的眼神既脉脉含情，又盈盈含露，悲喜交集，也与宝黛初见、祖孙初见的情境构成多重交融。

《红楼梦》诸多版本在成书过程中各具特色。现知的版本曾有《脂砚斋重评石头记》《石头记》和《红楼梦》三种书名，也构成了三个版本组。新红学的发展历经百年，随着手抄本的陆续披露，有些读者或研究者探寻原本、原著的情结或者说兴趣较为浓厚。其实，这三个组群十几个版本的存在，并非用来厚此薄彼，而如星球运转一样，任何一道轨迹、一种形迹，都是小说发展过程中的身影，自有其存在的价值。

随着古典名著阅读的深入，从整本书阅读，到三个版本组比较阅读，体会红楼版本的整体感、过程性和动态美，体验"文章不厌百回改"的艺术匠心，在有一定基础的红楼同好之中，或许成为可能。

2023 年立春

目　录

艺术编

附 录

学术史编

用科学的态度和方法探讨红学

——"一百二十回本《红楼梦》版本专题学术研讨会"综述

内容提要

2008 年 12 月 6 日,"一百二十回本《红楼梦》版本专题学术研讨会"在首都师范大学举行。上午的讨论由中国社会科学院刘世德主持,议题主要围绕一百二十回本《红楼梦》的版本问题,具体涉及版本的数字化问题、古籍整理和校注问题、一百二十回刊印本和手抄本问题等。会上刘世德提出了程乙本对程甲本进行修改时所遵循的原则,周文业介绍了《红楼梦》版本数字化的研究情况。下午场的发言由中央民族大学教授曹立波主持,重点讨论了后四十回问题,也涉及脂砚斋抄本的版本和批语问题,以及程甲本绣像问题。几位青年学者从巧姐、麝月等人物入手来看后四十回与前八十回的关系,以及从红楼版画视角探讨程甲本与其他版本的差异等问题。

关键词

《红楼梦》| 版本 | 数字化 | 后四十回

2008 年 12 月 6 日,由首都师范大学中国传统文化数字化研究中心主办、中央民族大学文学与新闻传播学院协办的"一百二十回本《红楼梦》版本专题学术研讨会",在首都师范大学国际文化大厦多功能厅举行。与会学者共 75 人,主要来自中国艺术研究院红楼梦研究所、中国社会科学院文学研究所以及首都师范大学、中央民族大学、北京大学、北京师范大学、北京语言大学、中国传媒大学、北京外国语大学、北京教育学院等单位。

开幕式由首都师范大学中国传统文化数字化研究中心常务副主任、高级工程师周文业主持，首都师范大学社科处处长梁景和教授、中央民族大学文学与新闻传播学院常务副院长陈允锋教授，分别代表会议的承办单位致欢迎词。梁景和处长首先代表首都师范大学对大家的光临表示感谢，他充分肯定了首都师范大学中国传统文化数字化研究中心，尤其是周文业先生在古代小说版本数字化方面所取得的成果及其在《三国演义》《红楼梦》等古典小说的研究方面所起到的推动作用。陈允锋副院长在发言中简要介绍了中央民族大学文学与新闻传播学院的发展历程和学科建设情况，并针对目前的红学研究谈了自己的一点感想。他指出："以《红楼梦》版本为专题的研讨会，体现出对版本资料的高度重视，这是一件功德无量的事。我是做古代文论研究的，在对文献资料的重视上，《文心雕龙》研究也是如此。认真探讨版本问题，对于古代名著的研究不是功利，而是功德。"他希望通过这次专题研讨会，推进科学研究红学，以减少功利色彩和奇谈怪论，肃清不良学风的负面影响。他还从中央民族大学文学与新闻传播学院的角度谈了未来的设想，从传播学的角度，探讨《红楼梦》在少数民族中的传播问题，希望在时间和条件允许的情况下，召开一次专题研讨会。

中国红楼梦学会会长，中国艺术研究院副院长、研究员张庆善为大会致开幕词，在发言中也强调了红学研究科学态度、科学方法的重要性。他指出："《红楼梦》的研究者都知道版本的重要性，因为作者与续作者、前八十回和后四十回等问题都离不开版本的探讨。如果对于版本的状况没有深入的了解，想深入研究《红楼梦》几乎是不可能的，而且有可能会出现失误。近两年，红学界出现很多争论，无论是争论还是讨论，其前提都应该是遵守学术规范。而在《红楼梦》研究上，学术规范问题却被媒体忽略了，以至于奇谈怪论不断。"他感叹道："误导比无知更可怕，各种误导对学生的危害更严重，尽管'自传说'

在《红楼梦》研究史上曾受到严厉的批评，但是胡适用考证的方法研究红学，在新红学领域所体现的实事求是的学风是值得提倡的。在座的年轻学生，可以不同意老师们的观点，但一定要掌握老师们所传授的科学的方法。"张庆善会长对首都师范大学周文业先生所做的《红楼梦》等古典小说数字化工作给予了高度赞扬。

中国红楼梦学会顾问、中国社会科学院文学研究所研究员刘世德做了主题发言，题目是《从前十回看〈红楼梦〉程乙本对程甲本的修改》，内容包括各回修改的数字统计、回目之修饰、人名之更改、年龄之更改、称呼之变动等问题。刘先生针对"每叶首字与末字"的问题，通过版本比对，指出："程乙本改动程甲本，在技术层面上，基本上遵循三个原则：第一，改动的字和原字在字数上基本一致；第二，如果删减（或增添）几个字，则在本行或附近行中再增添（或删减）几个字，以维持字数的平衡；第三，不管增删多少字，每叶（每一版面）的首字和末字基本上不做改变。"

上午的讨论由刘世德研究员主持，先后有 9 位学者发言。议题主要围绕一百二十回本《红楼梦》的版本问题，具体涉及版本的数字化问题、古籍整理和校注问题、一百二十回刊印本和手抄本问题、后四十回问题，以及续书问题等。结合大会发言，与会人员还展开了讨论。

周文业先生的报告题为《中国古代小说和〈红楼梦〉版本数字化及研究》，概述了古代小说版本数字化的发展和现状。他说："中国古代小说版本数字化是 1999 年从《三国演义》开始起步的，经过十年的努力，目前已经基本完成五大名著《三国演义》《水浒传》《西游记》《金瓶梅》和《红楼梦》主要版本的数字化，并正在逐步向其他古代小说扩展中。文本数字化从简体字修订排印版扩展到繁体字原貌影印版，并不断完善各种软件功能。到 2008 年年底为止，已完成数字化的五大名著排印本有 29 种、影印本 63 种。"据介绍，在《红楼梦》诸多版本中，已完成数字化的脂评本系统有甲戌本、庚辰本、己卯本、甲辰本、列藏本、戚序本、舒序本、郑藏本、卞藏本；带有后四十回的混合本有蒙府本、梦稿本；程高本系统有程甲本、程乙本、东观阁本。

中国红楼梦学会秘书长，中国艺术研究院红楼梦研究所所长、研究员，《红楼梦学刊》副主编孙玉明的发言题为《关于红学研究与数字化时代的点滴思考》。他首先肯定了周文业先生在古代小说，尤其是《红楼梦》版本数字化方面的贡献，同时也对数字化时代研究古代文学的方法、手段及其利弊问题进行了较为深入的分析。孙先生认为，利用数字化来研究《红楼梦》的版本，必须要核对原文。单纯利用数字化的工具来做研究难免出现错误。在数字化的制作过程中主要有两种录入方式：一是手工录入，二是扫描录入。无论是哪一种方式，都不可能做到完全准确。周文业先生随后对此问题做出补充：没有百分之百的电子文本是对的，尤其是小说。在小说中存在很多的异体字，由于字库的原因，无法涵盖所有的异体字。计算机提供的只是一个粗糙的文本，如果要在研究中引用，应该加以仔细的核对。

人民文学出版社古典部主任周绚隆以《关于人民文学出版社的新版〈红楼梦〉》为题，向大家介绍了第3版《红楼梦》。他说，这个一百二十回本，"前八十回是庚辰本，后四十回为程乙本，在文字上择善而从之。这一版改动较大的是后四十回的作者，原来是曹雪芹著、高鹗续，但因现有资料无法证明是高鹗所续，所以冯其庸先生决定写成曹雪芹著、无名氏续，在扉页加上程伟元、高鹗整理刊行。正文中的一些改动，吸收了近年来关于《红楼梦》校勘方面的一些成果，后经冯其庸、李希凡、胡文彬、吕启祥等先生讨论，提出了修改意见。在瓷器、服饰等方面的注释，特请清华大学工艺美术学院黄能福先生等专业人士提供了稳定性、可靠性较强的注解"。

中国红楼梦学会常务理事、北京师范大学文学院教授张俊做了题为《程乙本校读漫谈》的发言。张俊先生近年一直从事程乙本的校注工作，他从自己大量的校读札记中择取一些异体字，从它们的复杂现象入手，呼吁保留版本的原貌，以体现其时代特征。例如，《红楼梦》第二十三回写到"筷子"，程乙本用的都是"快子"，列藏本、王希廉评本、蝶芗仙史评本、大观琐录本等版本

（较晚的本子）用的是"筷子"。而程乙本第四十回里，有"快"，也有"箸"。嘉庆八年（1803）的卧闲草堂本《儒林外史》中，一处有三个筷子，一个写成了"筷"，两个写成"快"。据考证，明之前还未有"筷"的写法。明代中后期万历本《金瓶梅》中"箸"和"快"通用，而清代的《儒林外史》和《红楼梦》中"快"和"筷"通用。可见，这个字经历了从"箸"到"快"，再到"筷"的变化过程。"在校注程乙本时，我没有把'快'字改成'筷'。有些词语虽没有特殊意义，但关涉对书中情节的理解。"张俊先生强调："古代小说整理本，不完全是普及本，要保留它真实的面貌。我们应相信现代读者……相信他们的阅读水平。"

中国红楼梦学会副会长蔡义江在发言中明确指出"红学的发展有待于科学的发展"，博得与会学者的共鸣。蔡先生结合《如何看待后四十回》的发言提纲指出："'红楼梦'三个字，后四十回中把'梦'写出来了，但'红楼'二字与原作者曹雪芹的理解不一样。红楼就是大观园，红楼梦是繁华梦、欢乐梦。我不同意恋爱主题说，我一回一回地搞《红楼梦》评注，发现《红楼梦》中与宝、黛、钗无关的情节，前八十回中占一半，秦可卿、贾元春的内容，还有两次元宵、除夕，以及玫瑰露、蔷薇硝等情节，与宝、黛、钗的婚姻爱情没有关系。过去所有的戏剧都是写婚恋的，《西厢记》《牡丹亭》都是如此，越剧《红楼梦》（王文娟主演的）就用这个主题大胆改了前八十回，按后四十回的思路写，砍掉了元妃省亲等情节。其实《红楼梦》不止于这个主题，后四十回不是红楼梦，而是良缘梦。"蔡先生还对后四十回续写的时代感予以肯定，认为它具有不可替代性，"那个时代续写比现在的条件要优越，因为距曹雪芹只二十多年，现代人再续，比不过这一百二十回本。因为写《红楼梦》不是情节介绍，没有那个时代的生活感受，再续是不行的。我对后四十回是有肯定的，没有一百二十回本，就没有今天《红楼梦》的广泛影响"。

中国红楼梦学会理事、天津师范大学文学院教授赵建忠发言的题目是《从续书的流传看〈红楼梦〉的版本与成书》，阐述了自己对一百二十回本和续书问题的思考。其一，二梦（梦稿、梦觉）本与程本有密切关系。梦觉本中对铺叙描写的缩写、简化等特点均被程甲本继承，这种流传状态应被重视。脂本专论有冯其庸先生的《论庚辰本》，程本系统的专著有曹立波的《红楼梦东观阁本研究》。甲辰本已影印多年，但至今无专著。梦稿本更复杂，它在程甲本前流传过，对高鹗续书说是挑战。作为过录本，梦稿本的底本来源复杂，文字大多同程乙本而异于程甲本，并不能证明从前以为抄本改抹现象是高鹗据以续书底本的观点，还有研究余地。其二，关于旧时真本，如端方藏抄本等，八十回后黛死钗嫁全同，以后互有异同。湘云新寡后嫁宝玉，与旧本三六桥本情节相似。既然相似，通行的一百二十回本黛死钗嫁情节还要研究，最好能将文献与文本及逻辑推理结合起来，比如明义的二十首题红诗情节与通行一百二十回本比较。曹雪芹批阅十载，增删五次的创作过程很复杂，形成不少版本，应进行系统研究。

中国社会科学院文学研究所助理研究员夏薇做了题为《一百二十回〈红楼梦〉两个版本系统》的发言。夏薇关于几种一百二十回抄本的发现和研究，为探讨后四十回作者问题、一百二十回抄本和刻本谁先谁后的问题，乃至《红楼梦》的传播问题等，提供了新的研究视角和参考材料。

中央民族大学硕士研究生耿晓辉发言的题目为《杨本的删改与〈红楼梦〉后四十回的成书过程考论——兼谈杨本与程甲本、程乙本后四十回的关系》，集中探讨了杨继振藏本（梦稿本）问题，认为该抄本后四十回在抄写中留下了大量的涂抹、修改的痕迹，其语言与程甲本、程乙本比较起来，在写作上还有着自己独特的风格。他认为"杨本的改文有其独特性，与杨本的原文一样，都带有早期抄本的某些特点。它既不同于程甲本，也不像很多学者认为的较接近于程乙本。杨本的改文和原文仍然具有一定的相似性，改文仍然处在修改过程当中。程本的文字比之杨本的改文更完善一些，或是在改文的基础上修改加工的"。从而说明《红楼梦》后四十回的创作也存在着一个从简到繁、不断发展的过程，并且其创作者和修改者的水平及意图也都不尽相同，正是这些原因造成了后四十回的独特性和复杂性。

中国红楼梦学会常务理事杜春耕先生的发言以《关于杨本的一些看法》为题。他说："《红楼梦》越往深入研究，越会发现很多问题，其实是一个系统工程。版本当中我最重视两个本子，一个是杨本，一个是庚辰己卯本。它们都是凑出的本子。我曾逐字对照杨本与程本，试图确定杨本与程乙本间是否具有缩写关系。学界对于杨本后四十回基本是否定的，都说它改自程乙本。但我认为杨本后四十回与正文无关，并非一人所为。改文水平较差，在打原文的嘴巴。四十回文字中，存在二十一回与十九回的差别，这与程伟元序言上的话'数年以来仅积有廿余卷，一日偶于鼓担上得十余卷'的说法吻合。至于杨本的文字为何跳过程甲本，我认为程甲本和程乙本是同时编订的，因为改书思想的分歧，高鹗倾向于程甲本，程伟元倾向于程乙本，杨本可能是修改工作记录。"

另外，由于没有赶到北京参会，江苏南通的邱华东先生和浙江绍兴的胡文炜先生分别提交了《再论程本后四十回的著者问题》和《〈红楼梦〉一百二十回的整体性》两文，由主持人在讨论中对其主要观点做了简要介绍。

下午场的发言由中国红楼梦学会常务理事、中央民族大学文学与新闻传播学院教授曹立波主持，主要以一百二十回文本为主，重点讨论了后四十回问题，也涉及脂砚斋抄本的版本和批语问题，以及程甲本绣像问题的研究等。

中央民族大学硕士研究生高文晶发言的题目是《从北师大本后十回看其与各抄本之间的相似性》。她说："北师本是陶洙等以庚辰本为底本精心整理而成的，但七十回以后的文字怎样校改，是一个值得研究的问题。庚辰本的后十回，本身就有许多错乱之处。而北师本几乎将庚辰本中的点改之处全部理顺抄进正文了，其他抄本则多与庚辰本点改之前的文字相同或相似。为了达到语意贯通、行文流畅的目的，北师本往往选取戚序本有添字的地方。而北师本与1949 年以后发现的几个抄本也有相同文字，主要集中在脱文、语序的调整，以及称谓、指代的区分和同义词、形近字的换用上，这些究竟是不约而同的修改还是有所依据的校补，仍需进一步研究。"

北京语言大学硕士研究生张甜甜发言的题目是《关于〈红楼梦〉后四十回的论争——1949年之前红学研究之七》，此论题是其导师段江丽教授近年研究项目的一部分。发言主要从后四十回的作者、合理性及对后四十回的评价等三方面，系统梳理了1919年至1949年间学者们关于《红楼梦》后四十回的各种论说。

中国红楼梦学会常务理事、中国艺术研究院研究员吕启祥听了张甜甜的发言，对自己参加编写的《红楼梦研究稀见资料汇编》谈了一些感想。同时吕先生说："希望引用书上这些资料的时候，如果有条件，尽量去核查一下原文。"

中国传媒大学文学院副教授朱萍的发言题目是《姑苏女子及芙蓉女儿的出场与退场——兼谈一百二十回本〈红楼梦〉与脂评本的差异》。她指出："《红楼梦》先后描写一系列姑苏女子及一系列芙蓉女儿，她们基本上是相关的，都具有纵情任性的性格特征。其中甄英莲是八十回本最先出场、最后退场的（戚序本和蒙府本第八十回回目都是'懦弱迎春肠回九转　娇怯香菱病入膏肓'，推测作者原意，'病入膏肓'应当是甄英莲的结局和退场），可以推论脂评本在八十回结束可能不是偶然的，芙蓉女儿主题可能是作者在某个创作阶段确定的主题；一百二十回刻本系统消解芙蓉女儿主题，深化并完成了家庭主题、社会主题。"

北京大学中文系博士研究生张惠发言的题目是《程甲本版画的寓意、构图及与其他版本画作之比较》。她认为，程甲本版画的整体构思是两个循环结构，单幅构图是"截取"和"拼合"的结合，并且充分借鉴和吸收前代版画的优秀成果。从功能上说，有对文本进行形象化阐释以及寓意道德教化的作用。程甲本版画和其他红楼版画相比，从一些构图的细微差别可以推知他们所根据的是不同版本。

中央民族大学硕士研究生刘成成发言的题目是《试探甲戌本脂批的时间概念》。她说："甲戌本脂砚斋批语中存在宏观和微观两个时间概念。宏观上，以甲戌年为主，论述了脂砚斋批语中的双行夹批属于甲戌年或甲戌年以前的；从双行夹批来论述有夹批的七回文字属于原稿，没有双行夹批的九回则是后来的改稿。微观上，以'近时'和'近日'等词从批注者的阅读时间、作者的创作时间以及文本时间等方面来论述批注者的身份。"

中央民族大学硕士研究生王婧发言的题目是《浅析〈红楼梦〉一百二十回本中五儿"复活"的作用》，她考察了柳五儿形象在《红楼梦》一百二十回本尤其是后四十回本中的作用，指出后四十回作者借"复活"后的五儿传达其封建意旨。

中央民族大学硕士研究生刘爱莲以《试论巧姐在〈红楼梦〉后四十回中的串联作用》为题，将巧姐在后四十回中的主要成长经历绘制成曲线图，通过巧姐出现章回数和年龄段对比，以及后四十回中出现的主要情况，分析出巧姐年龄的矛盾性，以及在续书中所表现出的大、小巧姐的双重身份，从而探讨了巧姐在后四十回中的串联作用。大、小巧姐是续作者给巧姐安排的双重身份，只是这种表现手法，在对人物的把握上显得顾此失彼，对原作的本意也有背离之处。

中央民族大学硕士研究生胡轾发言的题目是《〈红楼梦〉后四十回中的麝月》，他认为，麝月在后四十回中的形象和前八十回相比有了一些变化，其结局也与脂批所示的不尽相同，人物的悲剧效果也未能彰显。同时后四十回对麝月的描写也不乏可取之处。

中央民族大学硕士研究生姚念发言的题目为《从〈红楼梦〉宴会描写的比较中看前八十回与后四十回的不同》，她认为，《红楼梦》中记叙了多次宴饮活动，透过宴会这一窗口，可以窥探当时社会的方方面面。特别是在前八十回中，作者通过宴会展示了中国传统文化的诸多方面，而在《红楼梦》的后四十回中，宴会不仅次数少了很多，而且还存在着文化内涵欠缺、情节重复以及艺术感染力不足等缺憾。究其原因，一方面，与后四十回贾府已经败落，作者不可能用更多篇幅来描写宴会这种娱乐活动有关；另一方面，我们也可以从中看到，后四十回的作者无论在生活经历还是文学素养方面都与曹雪芹有着一定的差距。

中央民族大学硕士研究生林绿峯做了题为《百二十回本〈红楼梦〉莺儿形象研究》的发言。她说："莺儿的性格与她的主子宝钗有很大的关系。宝玉与宝钗结成'金玉良缘'，莺儿从中起着极其重要的作用。然而在小说的后四十回，由于与前八十回之间存在一定差距，莺儿的表现也大为不同，虽然不乏出彩之处，但性格的独特性与完整性却被破坏了。"

中央民族大学硕士研究生肖蔷发言的题目是《〈红楼梦〉中小红形象的改动过程》。肖蔷认为，小红形象的改动首先表现在她与贾芸的关系上。通过对各版本的小说第二十四回结尾和脂砚斋批语的分析，可以推论：小红与贾芸的恋爱故事是己卯年冬新添的情节；小说第二十四回末尾的梦也是后加的，而且晚于己卯冬，脂砚斋应该没有看到这个梦境；列藏本和梦稿本缺结尾，极有可能就是作者将原稿抽出更改，而没有及时将改稿放回原位置而留下的痕迹。小红形象的改动还表现在她与宝玉、凤姐的关系上。从小说中宝玉前后态度的矛盾、明义的题红诗和畸笏叟的批语可以看出，作者删掉了小红和宝玉关系比较亲密的那些故事，增加了小红成为凤姐丫鬟的情节，而这所有的增添都为后面的狱神庙情节埋下了伏笔。

最后一位发言的是中央民族大学的周舒同学，发言以《妙玉的"妙常髻"——〈红楼梦〉后四十回对妙玉形象的补充》为题。其观点是，在第一〇九回有这样一段："只见妙玉头戴妙常髻，身上穿一件月白绸袄儿，外罩一件水田青缎镶边长背心，拴着秋香色的丝绦，腰下系一条淡墨画的白绫裙……"这里所用的"妙常髻"一词显然是以人名命名的，通过对"妙常髻"名词来源的探讨，我们找到了一个妙玉形象研究的参照对象——陈妙常。在妙常形象的映衬下，一百二十回本《红楼梦》中妙玉形象的完整性得到了体现，这无疑有助于加深对妙玉形象的理解。

下午发言的主要是会议的协办单位中央民族大学文学与新闻传播学院的硕士研究生，以及北京大学、北京语言大学的博士、硕士研究生。段启明先生、吕启祥先生、杜春耕先生针对后四十回文字的真伪和艺术手法的优劣等问题，也都做了精彩而富有感染力的发言。曹立波在对下午发言进行总结时说，再过半个月就是冬至了，217年前的"冬至后五日"，程伟元、高鹗将程甲本刊行出来，以供同好。200年后，我们各位红学"同好"对《红楼梦》一百二十回各种版本的热情依旧。《红楼梦》的魅力不仅在前八十回，后四十回依然有我们需要澄清的问题。

会议还邀请了中国红楼梦学会常务理事、中国第一历史档案馆研究员张书才，中央民族大学文学与新闻传播学院教授、博士研究生导师傅承洲，北京外国语大学中国语言文学学院院长、教授魏崇新，中国艺术研究院《文艺研究》编辑部编审赵伯陶，北京语言大学人文学院教授段江丽，《红楼梦学刊》编辑部副编审张云，《洛阳师范学院学报》主编刘继保，《河南教育学院学报》"百年红学"栏目编辑周军伟，中华曲艺学会青年书法家顾智宏，首都师范大学国际文化学院副教授詹颂，北京师范大学文学院副教授莎日娜，中央民族大学文学与新闻传播学院讲师黄鸣，以及日本京都大学人文科学研究所博士后、北京教育学院中文系讲师常雪鹰等。

（原载《红楼梦学刊》2009年第1辑）

红学六十年版本探究的进程

内容提要

《红楼梦》的版本研究，自1949年至今，已历经六十年。其发展历程可概括为三个阶段。首先是新中国成立之初的脂本集勘与考辨阶段，这期间，《红楼梦》早期八个抄本得到了密切关注。周汝昌、陶洙、俞平伯等人对这些抄本进行了校勘、会校的工作。其次是新时期伊始的校注与论争阶段。这一时期，脂本系统出版了新的校注本。学界也将整理与研究的目光投向程刻评点本上。再次是新世纪版本与文本相结合的探究阶段。此间，北师本和卞藏本等新资料的披露，推动了抄本关系的探讨；世纪之交，文献梳理与文本考证成果显著，数字化、信息化介入红楼版本研究，亦取得新进展。

关键词

红学 ｜ 版本研究 ｜ 六十年

《红楼梦》的版本研究有三个重要的发展阶段，即新中国成立之初的集勘与考辨、新时期伊始的校注与论争、新世纪关于版本与文本的结合方面的探究。笔者仅从这三个关键的时间节点，对六十年来《红楼梦》的手抄本和刊印本加以概述。

新中国成立初期：脂本的集勘与考辨

新中国成立初的十余年间，《红楼梦》早期八个抄本得到了密切关注。一是1949年新中国成立前后对已知古抄本的"集本校勘"成为红学同好的共识，二是1959年前后几种抄本的发现和考证。

前期四个版本的集勘工作可分三个层次。其一是周汝昌的计划和胡适的支持。1949年前后，随着北平解放的临近，《石头记》的早期抄本也备受关注。1948年6月胡适将甲戌本借给周汝昌，同年7月11日周汝昌致谢，并表示要做"集本校勘"工作，胡适表示大力支持。其二是陶洙的汇校与誊清。陶洙1947年（丁亥）春于沪上写在己卯本上的题记，表明自己已掌握了四种抄本的信息。1949年1月19日陶洙拜访周汝昌，二人在此期间有过版本上的交流。陶洙把甲戌本的文字过录到自藏的己卯本上，并与庚辰本的摄影本等"互校"，于1952年前又汇校、誊抄了一部完整的八十回抄本，之后陶洙的版本资料转到了俞平伯手中。其三是俞平伯的校勘、辑评与出版。俞平伯在1952年北京大学文学研究所成立时，即接受了集中精力校勘《红楼梦》的任务，具体从事《红楼梦八十回校本》和《脂砚斋红楼梦辑评》的工作。辑校《脂砚斋红楼梦辑评》时，他采用了甲戌本、庚辰本、己卯本、戚序本等。在写于1953年10月30日的"引言"中，他说，甲戌本是"近人将那本脂评过录在己卯本上的"，这位"近人"显然指陶洙。

后期四个版本的发现及考辨。1959年后新发现的一种残本和三种完整的手抄本，分别为1959年的己卯本残卷、1959年的杨藏本（梦稿本）、1961年的蒙府本和1962年的列藏本。这期间有几部《红楼梦》抄本相继出现在琉璃厂古旧书店，与1958年北京市图书业社会主义改造的完成直接相关。1959年中国历史博物馆从北京琉璃厂中国书店收购《石头记》残抄本一册（三回又两个半回），经鉴定是《脂砚斋重评石头记》己卯冬月定本的残卷。1959年春，杨继振藏本《红楼梦稿》由琉璃厂文苑斋收购。这期间发现的抄本，对于之前的抄本来说，具有同类相证、异文互补的作用。1961 年春，北京图书馆购藏的"蒙府本"，与戚序本大体相同，它的出现证明戚序本的回前回后总评应有较之戚蓼生更早的来源。1962 年，在苏联发现"列藏本"，存 78 回，所缺与庚辰本不同，其第六十四、六十七回值得参考。有些细节尤其是关于黛玉进府的表情"似泣非泣含露目"贴切而传神，致使《红楼梦》新校本照此修订了相关文字。就刊印本而言，印行较多的是程乙本。1953 年作家出版社刊行繁体竖排的程乙本。1957 年有人民文学出版社本，之后近二十年多次再版。

新时期伊始：脂本与程本的校注与评论

多种版本的校注工作在新时期的十余年间展开。

脂本系统版本的校注和出版：其一，以庚辰本为底本的校注本。1980 年，中国艺术研究院红楼梦研究所成立，之后便组织校注，1982 年出版新校本，近三十年已出了三个版本。其二，脂本互校本。1994 年蔡义江的校注本前八十回以《脂砚斋重评石头记汇校》所列 12 种"脂本"互校，后四十回以程甲本、程乙本互校。同年出版刘世德校注本，还辑录了脂批和部分清人的评点。其三，脂本汇校本。郑庆山积十余年之功于 2003 年出版《脂本汇校石头记》，采用甲戌本、己卯本、庚辰本做底本，其中第六十四、六十七回以列藏本做底本，校以其他抄本，综合汇勘而成。其四，以戚本为底本，即俞平伯校，启功注，1998 年出版。其五，以梦稿本（杨藏本）为底本，卜键等校注，2001 年出版。

程甲本的校注与汇评：其一，出版以程甲本为底本的校注本。1987 年北京师范大学出版社刊行了以程甲本为底本的校注本，此书启功为顾问，张俊、聂石樵等承担了注释和校勘工作。该竖排四卷本，第一回正文为 11 页，而注释却占 13 页，可见注释之详。1994 年花城出版社刊行绣像新注的程甲本，此书由曲沐、欧阳健等校注。其二，对程甲本系统版本的批语加以汇集出版。1988

年上海古籍出版社出版了《红楼梦（三家评本）》；1991 年文化艺术出版社刊行由冯其庸纂校订定的《八家评批红楼梦》。此外，1992 年北京图书馆将馆藏程甲本影印发行。1991 年纪念程甲本问世 200 年时，冯其庸肯定了程甲本的历史功绩，并呼吁加强研究力度。

程本评点的研究与版本价值论辩：1999 年胡文彬强调，"在进一步深入研究'脂评'的同时，将整理与研究的目光转移到程刻评点本上来"。20 世纪 90 年代有代表性的是张庆善、苗怀明等关于评点家和各家批语的考论文章。此间对程本研究的重视，出现了矫枉过正的现象。1994 年欧阳健的《红楼新辨》设"脂本程本关系辨证"等章节，质疑"八十回的抄本是否早于一百二十回的印本"。驳论以蔡义江的《〈史记〉抄袭〈汉书〉之类的奇谈——评欧阳健脂本作伪说》为代表，陈曦钟在《红楼疑思录》（2000）中分析了"程前脂后"说存在的问题。程本与脂本关系的探讨，客观上推动了相关问题的进一步澄清。

新世纪来临：版本与文本的理性结合

新世纪以来的《红楼梦》版本研究，主要围绕以下三个议题展开：新资料的出现与考证、采用新视角考察老版本、数字化之新方法在版本研究中的应用。

北师本和卞藏本的出现，吸引了研究者的关注。2001 年年初，北京师范大学藏《脂砚斋重评石头记》抄本（简称"北师本"）的披露引起了社会反响。在考证文章中，冯其庸认为这是庚辰本的校抄本，周汝昌与乔福锦主张这是一个古抄本。笔者与张俊等进行了查访与考证，结论是北师本以庚辰本为底本，参阅了甲戌本、己卯本、戚序本等，是陶洙在新中国成立初期集本校勘的工作结晶，朱批部分为周绍良所补。2009 年春，笔者与高文晶查阅文津馆的两套庚辰本的摄影本，发现陶洙校补的笔迹，这为北师本之工作底本的探寻找到了突破口，也为己卯本、庚辰本上互校的文字找到了依据。2006 年，在上海敬华拍卖公司春季艺术品拍卖会古籍专场上，出现了一部《红楼梦》残抄本，存一至十回。后经卞亦文购得，出版时题名《卞藏脂本红楼梦》。冯其庸作序指出，此本属于脂本系统，除前十回正文外，还保留了第三十三回至八十回的回目，大致与蒙府本、戚序本相同，亦有独特之处。刘世德则通过对收藏者的调研，鉴定这一古抄本的价值。2005 年，上海博物馆以"重金"从海外购回甲戌本，使这一珍贵抄本回归祖国。

此时期，学者从全新的视角，通过文献梳理与文本考证相结合的方法，对 20 世纪已知的抄本和刻本进行探讨，取得了新进展。例如，关于杨藏本（梦稿本）的问题，范宁、潘重规在 20 世纪 60 年代认为是高鹗的稿本之一；金品芳在 20 世纪 90 年代提出杨本后四十回全抄程乙本；林冠夫坚持一分为二的观点。杜春耕集十年之力，于 2009 年完成论文《杨继振旧藏〈红楼梦稿〉告诉了人们什么？》的修订稿，"最终得出此书浑身是宝的结论"。世纪之交，在"融合文献、文本、文化"的红学研究方针引导下，版本和评点研究的新成果不断涌现。

随着信息化的不断加快，古代小说版本数字化工作开始引入《红楼梦》研究领域。2008 年秋，首都师范大学周文业初步完成了《红楼梦》15 个版本的电子文本录入工作。收录刘世德等 40 位学者文章的《一百二十回本〈红楼梦〉版本研究和数字化论文集》（附光盘）于 2009 年夏完稿。通过版本比对，可一改手工翻阅的检索方式，进行更精确的统计，《红楼梦》的版本研究开始插上科技的翅膀。

（原载《中国社会科学报》2009 年 11 月 10 日）

胡适晚年批红与版本问题

——读《胡适批红集》

内容提要

宋广波的《胡适批红集》于 2009 年 10 月出版。作为红学研究的大家，胡适曾在 1933 年借得徐星署所藏的庚辰本，并写了《跋乾隆庚辰本脂砚斋重评石头记抄本》。二十多年后，当身居海外的胡适拿到 1955 年文学古籍刊行社影印出版的庚辰本《脂砚斋重评石头记》时，曾将甲戌本、戚序本的文字，与之仔细勘对。翻阅《胡适批红集》，笔者发现在回目、抄配、异文、脱文、校改方面，胡适都有自己的勘对和体会。可以说，胡适的批点和校改，于陶洙校抄本之外，又对庚辰本的错乱文字提供了一种校订方法和校订范本。同辈宋广波在胡适与红学研究的相关问题上，近年来倾注了很大的精力。他能积极将孤本资料"公诸同好"的襟怀，对我们同代人也是富有影响力的。

关键词

宋广波 | 胡适 | 批红 | 版本

《胡适批红集》于 2009 年 10 月刚刚出版，我便收到了北京大学出版社寄来的新书。封面用胡适的大幅照片，封底辅以胡适的手记，加上别致的护封，增加了历史感和含蓄美。我重点翻阅了胡适有关《红楼梦》版本批注的影印件。

关于"庚辰本"，胡适曾在 1933 年借得徐星署藏本，并写了《跋乾隆庚辰本脂砚斋重评石头记抄本》，并于 1 月 22 日在书后写了题记：

此是过录乾隆庚辰定本《脂砚斋重评石头记》，生平所见为第二最古本《石头记》。民国廿二年一月廿二日胡适敬记。[1]

二十多年后，身居海外的胡适拿到 1955 年文学古籍刊行社影印出版的庚辰本《脂砚斋重评石头记》，遂将甲戌本、戚序本的文字与之仔细勘对。笔者发现，关于回目、抄配、异文、脱文、校改，胡适都有自己的勘对和体会。胡适的批点和校改，使我们于陶洙校抄本之外，又找到了对庚辰本错乱文字的一种校订方法和校订范本。

我是宋广波的同辈学友。在我所熟悉的年轻"同好"当中，广波是非常勤奋的一位，尤其在胡适与红学研究的相关问题上，倾注了很大的精力，也不断地推出新的成果。仅在最近六年时间里，他编著的《胡适红学年谱》（黑龙江教育出版社 2003 年版），编校注释的《胡适红学研究资料全编》（北京图书馆出版社 2005 年版），撰写的《胡适与红学》（中国书店 2006 年版），以及《胡适批红集》（北京大学出版社 2009 年版），同一专题的四部著作相继问世。而且据我所知，他在此期间还出版了《丁文江年谱》（黑龙江教育出版社 2008 年版）等书。他勤奋执着、精诚专一、甘于寂寞而潜心治学的精神，以及积极将孤本资料"公诸同好"的襟怀，是我们同时代人应当学习的。

我是宋广波胡适研究资料的忠实读者。他所编校和撰写的著作，我常常作为案头必备的工具书来读。10 月，为完成《红学六十年版本探究的进程》一文，写到"1949 年新中国成立前后对已知古抄本的'集本校勘'成为红学同好的共识"这一问题（1949 年前后，四个早期抄本的价值逐渐被胡适、周汝昌、

---

[1] 宋广波：《胡适红学年谱》，黑龙江教育出版社 2003 年版，第 269—270 页。

陶洙、俞平伯等人所认识），我将这一时期的校勘工作分为三个层次：一是周汝昌的计划和胡适的支持，二是陶洙的汇校与誊清，三是俞平伯的校勘、辑评与出版。在谈到第一层问题，即"周汝昌的计划和胡适的支持"时，宋广波的《胡适红学年谱》给了我很大的帮助。

当然，周汝昌向胡适借书、抄录的时间，在甲戌本的题记上也有记载。

在甲戌本原本上有五条跋文，在后来的影印本上被胡适删去了。冯其庸于1980年赴美国时得见原本，将这五条跋文抄录并发表。[1]

其中第五条跋文是：

卅七年六月自适之先生借得，与祜昌兄同看两月，并为录副。周汝昌谨识。卅七、十、廿四。

由这条题记我们知道胡适于1948年6月将甲戌本借给周汝昌，兄弟二人录副后，周汝昌于当年10月24日写过一条题记。

而从《胡适红学年谱》中，我们进一步了解到1948年6月至10月间胡适和周汝昌关于《石头记》抄本的交流和交往。

1948年7月11日，周汝昌致函感谢胡适将甲戌本《石头记》借给自己，并表示要做"集本校勘"工作。他对胡适表示：

我觉得集本校勘，这件事太重要了。为什么将近廿年之久，这中间竟无人为此呢？我决心要做这件事，因自觉机缘所至，责无旁贷，不如此，此书空云流传炙脸，终非雪芹之旧本来面目，依然朦胧模糊。我计划以下面三本作主干：

---

[1] 参见写于1982年2月15日的《影印〈脂砚斋重评石头记〉甲戌本上被胡适删去的几条跋文》，载冯其庸《石头记脂本研究》，人民文学出版社1998年版，第238—240页。

（一）尊藏脂评十六回本。

（二）徐藏脂评八十回本。

（三）有正刊行戚蓼生本。

……

徐星署先生之八十回本，现无恙否？如果将来我要集勘时，先生能替我借用吗？[1]

胡适的态度可以从周汝昌1948年7月25日的复函中知晓：

对集本校勘一事，先生既抱同样意见，又惠然允予一切援助，情词恳挚，我尤感高兴！……我既有此意，又已获得先生赞助，无论如何，决心力任此业。关于集校时实际上应注意之点，及正当之方法，仍希续加指示。

……

徐本迷失下落，真是可惜！先生既知一二年前兜售之事，为何当时不加注意而任其流转呢？此本亦归先生，不亦正应该吗？果尔，此时我要集校，则脂本、徐本、戚大字本（我未见）、程甲乙本，皆出自先生一人所藏，诚盛事佳话也！[2]

周汝昌此时只是计划对各抄本加以汇集并校勘，得到了胡适的大力支持。除了借阅并录副甲戌本外，周汝昌还没有将当时的抄本集全，他还没有见到"徐藏脂评八十回本"，即庚辰本，以及戚序大字本。

值得一提的还有，关于胡适1948年年底飞离北平的具体时间，有两种说法：一是12月15日，一是12月16日，都来自胡适自己的记述。

---

［1］宋广波：《胡适红学年谱》，黑龙江教育出版社2003年版，第312页。

［2］宋广波：《胡适红学年谱》，黑龙江教育出版社2003年版，第313—314页。

（1948 年）12 月 15 日，胡适夫妇乘坐蒋介石派来的专机，匆匆飞离北平。由于走得极为匆忙，胡适仅带走包括甲戌本《石头记》在内的三部书。[1]

又《胡适红学年谱》第 324 页载有胡适写于 1948 年 12 月 15 日的日记：

昨晚十一点多钟，傅宜生将军自己打电话来，说总统有电话，要我南飞，飞机今早八点可到。……直到下午两点才起程，三点多到南苑机场，有两机，分载二十五人。我们的飞机直飞南京，晚六点半到，有许多朋友来接。

另有胡适于 1961 年 2 月 12 日写的《影印乾隆甲戌〈脂砚斋重评石头记〉的缘起》云：

三十七年十二月十六日，中央政府派飞机到北平接我南下，我只带出了先父遗稿的清抄本和这个甲戌本《红楼梦》。[2]

两相比较，前者日记中关于 15 日的记述似更准确。可见，《胡适红学年谱》给我们提供了较为丰富确切的历史资料。

宋广波最新出版的《胡适批红集》，使我受益不少，现就《红楼梦》版本问题，分几方面略述于下。

一、关于回目

胡适先拿自藏的甲戌本与庚辰本校对。对照庚辰本上第一至十回的总目，

---

[1] 宋广波：《胡适红学年谱》，黑龙江教育出版社 2003 年版，第 323 页。
[2] 宋广波编校注释：《胡适红学研究资料全编》，北京图书馆出版社 2005 年版，第 415 页。

第一回上方写有"甲戌本"三个字，在第八回回目的左上方画一条曲线，意在此本有一至八回。

第十一至二十回总目，胡适在十三和十六回上方各画一条曲线，写有"甲戌本"三字，意在此本有十三至十六回。在第十七回回目的右上方写道："十七至十八"（对应"大观园试才题对额　荣国府归省庆元宵"）、"十九回无目"。

在第六十至七十回总目上，写有"缺六四"和"缺六七"。并在庚辰本原文写的"内缺六十四、六十七回"小字旁加了红笔圈点。

在第七十一至八十回总目上，写有"八十回无目"。胡适对庚辰本回目的主要问题都做了认真的考察。

二、关于抄配

在这一庚辰本第六十四回首页，胡适加红笔眉批："庚辰本缺此回。此回与六十七回都是用所谓己卯本抄补的两回来抄配的。胡适。"接着，在六十四回的末尾用同样的红笔写道："此回是配补的。适之。"在此本第六十七回末尾另起一页"石头记第六十七回终，按乾隆年间抄本，武裕庵补抄"一行字旁边，胡适写道：

《书录》6页"过录乾隆己卯（1759）冬月脂砚斋四阅评本石头记"。

残抄本，存第一至二十，三十一至四十，六十一至七十回；内第六十四、六十七两回系抄配。第六十七回后题云，"石头记第六十七回终，按乾隆年间抄本，武裕庵补抄"。

适之记　一九六一、五、十一

此处胡适所云《书录》，当指一粟编著的《红楼梦书录》。胡适没有见过己卯本，直至1961年，有关己卯本的信息，他还只能通过间接的渠道了解。

三、关于异文

第一回"遂易名为情僧",庚辰本"僧"字旁添加一"录"字,胡适在其上眉批道:"甲戌本无。"此回,"只有一女乳名唤作英菊",胡适在"英菊"旁加两个圈点,上方眉批道:"甲戌本作'英莲'。"[1]此后的三处"英菊"旁,胡适都加了圈点。[2]

第五回接近尾声处,庚辰本写警幻仙姑的教诲"留意于孔孟之间,委身于经济之道",胡适在"留"和"委"之间用方括号画出,旁写一"置"字,又在此句上方眉批道:"甲戌无。"[3]笔者查甲戌本,此处作:"谨勤有用的工夫,置身于经济之道。"

四、关于脱文

拿戚序本与庚辰本对照,将戚序本的脱文指出。如在第十一回倒数第三页 b 面,胡适黑笔眉批道:"戚本大小字两本都脱'这个症候……(至)贾母说'廿四字。适之。"[4]在庚辰本上这二十四个字是:"这个症候遇着这样大节不添病,就有好大的指望了。贾母说。"

庚辰本上有脱文的地方,也具体指出。如第十九回第二页 a 面,"有个小书房"和"内曾挂着一轴美人"之间有约 5 个字的空缺,还有"向那里自然"与"那美人"之间有约 20 个字的空缺。胡适在此页红笔眉批道:"戚本已无空缺处了。看平伯《红楼梦研究》195—196。适之。"[5]

---

[1] 参见宋广波编《胡适批红集》,北京大学出版社 2009 年版,第 91 页。

[2] 参见宋广波编《胡适批红集》,北京大学出版社 2009 年版,第 93—94 页。

[3] 宋广波:《胡适批红集》,北京大学出版社 2009 年版,第 99 页。

[4] 宋广波:《胡适批红集》,北京大学出版社 2009 年版,第 114 页。

[5] 宋广波:《胡适批红集》,北京大学出版社 2009 年版,第 116 页。

庚辰本有大量脱文处，胡适照戚序本和甲戌本加以指出。第二十八回第九页 b 面，"云儿"的酒令之后，庚辰本有半面空缺。胡适的红笔眉批写道："此下残缺五行。戚本（大字本）此下有 143 字。甲戌本此下有十二行，文字与戚本有小异同。"[1]

针对庚辰本第二十八回的大段脱文，陶洙校抄的庚辰本（北师本），以及陶洙校补的己卯本（国图原件），都在此补充了 155 字。这段文字，在依从甲戌本补录时，还参考了戚序本。[2]

五、关于校改

庚辰本七十回后的文字有许多错乱之处，而甲戌本（包括胡适没有看到的己卯本）已缺失，当时的八十回本只有戚序本可资参考。在庚辰本第七十四回结尾空白处，胡适用红笔在回后批写道："用戚本校。可见戚本的底本是一个很好的写本。适之。一九六一、六、廿一。"[3] 在这一回的倒数第二页 b 面，胡适用红笔做了许多圈点和涂改，又在眉批中写道"戚本校"，以及"尤氏道，你是状元榜眼，古今第一才子！我们是糊涂人，不如你明白，何如？惜春道"[4]。由此可见，胡适照戚序本对庚辰本的七十回之后的错乱文字做了一些校订。

对于庚辰本七十回后的文字，陶洙的校抄本也有自己的改定方法。陶洙基本上按照庚辰本上的旁改文字，略加疏通后再誊抄。例如，第七十四回抄检大观园时探春的一番宏论处，庚辰本上有条墨笔的批语"说得透"。在这一页上，胡适对探春的话逐字予以圈点，并做了几处删改。[5] 为明晰起见，笔者将两处

---

［1］ 宋广波编：《胡适批红集》，北京大学出版社 2009 年版，第 124 页。

［2］ 参见曹立波《红楼梦版本与文本》，中华书局 2007 年版，第 135 页书影 1–1、1–2。

［3］ 宋广波编：《胡适批红集》，北京大学出版社 2009 年版，第 161 页。

［4］ 宋广波编：《胡适批红集》，北京大学出版社 2009 年版，第 160 页。

［5］ 参见宋广波编《胡适批红集》，北京大学出版社 2009 年版，第 149 页。

异文列了如下一个简表（见表1）：

表1　第七十四回文字比较表

庚辰本原文	陶洙校抄后的文字	胡适批改后的文字
你们别忙,（往后自）然连（你）们（一齐）抄的日子,（还）有呢	你们别忙，往后自然连你们一齐抄的日子，还有呢	你们别忙，自然连你们抄的日子有呢
古人曾说的,百足之虫,死而不僵。必须先从家里自杀自灭起来,才能一败涂地。说着不觉留下泪来	古人曾说的，百足之虫，虽死不殭。必须先从家里自杀自灭起来，才能一败涂地呢。说着不觉淌下泪来	古人曾说的，百足之虫，死而不僵。必须先从家里自杀自灭起来，才能一败涂地。说着不觉流下泪来

　　在庚辰本上有一些旁改的文字（上表中已用括号标出），陶洙基本上据此疏通文字，再到校抄本上略加改动，如将"死而不僵"，写成"虽死不殭"，又将"留"泪之错，改成"淌"。而胡适的批改，多将庚辰本上旁改的文字删去，如"往后""一齐""还"，并根据自己的理解把"留下泪"的"留"字，改成"流"。

　　综上，胡适的批点和校改，使我们于陶洙校抄本之外，又找到了对庚辰本错乱文字的一种校订方法和校订范本。

　　由于时间的关系，以上只举例说明了《胡适批红集》中有关《红楼梦》版本方面的内容，在评点与校订的字句和符号中，胡适的研究体会还是随处可见的。我们相信，在其他四个方面（曹雪芹生平文献、研红著作、批评的剪报、论红佚信佚稿），还会有更多的收获。最后，感谢广波为红学研究做的又一件好事！

2009年11月6日于中山公园来今雨轩

（原载《中华读书报》2009年12月9日）

冯其庸先生"脂本"研究的继承与创新

内容提要

冯其庸先生在《红楼梦》版本研究中的学术成就，主要体现在三个层面：一是继承并发展了胡适、俞平伯、启功等人的学术成果，对"脂本"和"脂本系统"这两个重要概念进行了重新界定，使得"脂本"的数量发展到十余种；完成脂本集评工作，回应质疑"脂本"与"脂批"的观点。二是对曹雪芹"原作"的探寻中，冯其庸在胡适、俞平伯等人的基础上有所深入，并主张程、高序言中的陈述不可轻易否定。三是推重庚辰本，但也不贬斥其他版本，而是发掘各版本自身的存在价值以及诸本之间的内在联系。他分析了程甲本中"脂批"混入正文的五个例子，证明程甲本是由"脂本"而来，而不是相反。冯其庸以实事求是的学术态度，成为"脂本"研究的集大成者。

关键词

冯其庸 ｜《红楼梦》｜ 脂本系统

一部《红楼梦》，因曹雪芹"披阅十载，增删五次"，也因"书未成，芹为泪尽而逝"，其版本与批语问题、原作与补笔问题，都比较复杂。20 世纪以来，从新红学到新时期红学，许多学者为之付出数十年辛苦。冯其庸先生作为"新时期红学发展的主要推动者"，他"在曹雪芹家世研究、《红楼梦》版本研究、《红楼梦》思想艺术研究等方面的诸多学术成就，对新时期红学的发展产生了重要影响".[1] 而其在红学版本研究领域的贡献，尤为突出。具体而言，在"脂本""脂本系统"等概念界定上的继承与创新，对于曹雪芹"原作"界线的勾勒，以及对《红楼梦》各版本的客观评价，都显示出其开阔的视域和包容的态度。

一、"脂本""脂本系统"的继承与创新

在《红楼梦》版本研究中，"脂本"是一个重要的概念，也是版本研究的主要对象。随着各种《红楼梦》抄本渐次披露，"脂本"这一概念也经历了形成和发展的过程。胡适（1928）[2]、周汝昌（1949）[3]、俞平伯（1950）[4]、范宁（1963）[5]、启功（1964）[6]、冯其庸（1975）[7] 等，在这一概念的界定过程中都起

---

[1] 张庆善：《冯其庸先生与新时期红学——深切悼念冯其庸先生》，《红楼梦学刊》2017 年第 2 辑。

[2] 胡适《考证〈红楼梦〉的新材料》一文指称他所购买的十六回抄本"脂砚斋重评本"（即"甲戌本"）时说"以下称'脂本'"。参见宋广波编校注释《胡适红学研究资料全编》，北京图书馆出版社 2005 年版，第 221 页。

[3] 周汝昌《真本石头记之脂砚斋评》："我于行文时常提'脂本'，并不单指任何一本，而是三个真本的统称……"（《燕京学报》1949 年第 37 期）

[4] 俞平伯《红楼梦脂本（甲戌）戚本程乙本文字上的一点比较》，所引甲戌本例子附注为"脂本"或"脂"。参见俞平伯《红楼梦研究》"附录"，人民文学出版社 1973 年版，第 176—179 页。

[5] 范宁称"这个百二十回抄本的底本前八十回是脂本"。参见（清）曹雪芹《乾隆抄本百廿回红楼梦稿》"跋"，人民文学出版社 1963 年影印本，第 1366 页。

[6] 启功《关于本书的整理情况》第六条："'脂砚斋'庚辰（乾隆二十五年，一七六〇）'四阅评过'本（影印钞本。校记中简称'脂本'）。"参见（清）曹雪芹、高鹗著，启功注释《红楼梦》，人民文学出版社 1964 年第 3 版，第 1—6 页。

[7] 冯其庸、吴恩裕《己卯本〈石头记〉散失部分的发现及其意义》："目前已发现的属于脂本系统的《石头记》抄本，共有十二种，其中更早一些的有己卯本、庚辰本、甲戌本等几种。"原载《光明日报》1975 年 3 月 24 日。参见冯其庸《石头记脂本研究》，人民文学出版社 1998 年版，第 174—181 页。

到了重要的作用。冯其庸在"脂本"研究过程中，发展了这一概念的内涵，取得了一系列研究成果：《论庚辰本》（1978）、《脂砚斋重评石头记汇校》（1987）、《石头记脂本研究》（1998）、《脂砚斋重评石头记汇校汇评》（2008）。这些著作的出版，不仅丰富了《红楼梦》版本研究的成果，也是冯其庸作为"脂本"研究集大成者的重要标志。

（一）"脂本"概念的提出和使用

20世纪20年代，胡适在从事《红楼梦》"考证"的同时，也注重版本的搜集和鉴定。程甲本、程乙本、有正本（戚序本）等印本的命名，即源于胡适。他又先后得到了两部抄本，并依题署年份命名为甲戌本、庚辰本。胡适1928年的《考证〈红楼梦〉的新材料》一文中，称自己所购"脂砚斋重评本"（即"甲戌本"）为"脂本"。1948年10月24日给周汝昌的信中又说："脂本的原本与过录本，都可请子书先生看看。"[1]周汝昌在1949年发表《真本石头记之脂砚斋评》时，用"脂本"指称甲戌、庚辰、有正戚序这三个本子："我于行文时常提'脂本'，并不单指任何一本，而是三个真本的统称……这三个脂本，都各自保存下一部分宝贵的评语……"[2]应在同年，陶洙在己卯本上写了这样的题记："凡八十回之本，只见四种：一、甲戌本，二、己卯本，三、庚辰本，四、戚序本。"[3]1953年出版的《红楼梦新证》中，周汝昌将己卯本纳入"脂本"的范围，"脂本"的数量由三个发展为四个："现在存世的真本《石头记》有四：（一）'甲戌抄阅再评'本……（二）'己卯本'……（三）'庚辰秋定本'……（四）有正戚序本……我于行文时常提'脂本'，并不单指任何一本，而是四个真本的统称。"[4]1961年，周汝昌在《简介一部红楼梦新钞本》中，再次对"脂本"

---

［1］ 宋广波编校注释：《胡适红学研究资料全编》，北京图书馆出版社2005年版，第317页。

［2］ 周汝昌：《真本石头记之脂砚斋评》，《燕京学报》1949年第37期。

［3］ （清）曹雪芹：《脂砚斋重评石头记：己卯本》，人民文学出版社2010年影印本，第1253页。

［4］ 周汝昌：《红楼梦新证》，棠棣出版社1953年版，第533—534页。

进行了定义："所谓脂本，是《脂砚斋重评石头记》本的简省之称。"[1] 从对"脂本"的定义来看，周汝昌对"脂本"的界定是比较清晰的：一是题名为《脂砚斋重评石头记》，二是书中有脂批文字，二者必有其一。

20世纪50年代初，俞平伯也多次使用"脂本"这个概念，其指称对象由甲戌本逐渐扩展到庚辰、戚序本。他在1950年写的《红楼梦脂本（甲戌）戚本程乙本文字上的一点比较》一文中，较早使用了"脂本"这个概念。文章标题就明确了关于"脂本"的两个问题：一是这个"脂本"是指甲戌本。文中也明确提道："从前借阅过脂砚斋甲戌评残本十六回，曾抄录出一小部分，即据这材料，举出几条作为例证……"[2] 二是这个"脂本"是与戚本、程乙本并提的。在此文开篇，俞平伯对当时所见的《红楼梦》版本进行了分类："现存的《红楼梦》各种版本大别为两个系统：一个是抄本的系统，一个是刻本。"[3] 另在《姬子》篇中，他将庚辰本称为"脂庚本"："脂庚本与通行本文字稍稍不同。"[4] 在《记吴藏残本》（1954）篇中则说："我们知道，第十七十八脂本合回，作者原来未分；第八十回脂本无目，从这几回差得那么多，可见这本也出于脂本，来源很古的。"[5] 明确将庚辰本纳入"脂本"之列，并对当时所见抄本进行分类："一种是正统的脂砚斋评本，有正戚本也可勉强附在这类；又一种也根据脂本，删去评语，随意改窜的，如甲辰抄本、郑藏残本两回、吴藏残本四十回皆是。"[6] 可见，俞平伯对抄本分类的依据是有无脂批，有脂批的戚本"勉强附在这类"，没有脂批的甲辰抄本、郑藏残本、吴藏残本则不在"脂本"之中。

[1] 周汝昌：《红楼梦新证》，人民文学出版社1976年版，第1019页。初次发表于《文汇报》1961年6月17日。
[2] 俞平伯：《红楼梦研究》，人民文学出版社1973年版，第177页。
[3] 俞平伯：《红楼梦研究》，人民文学出版社1973年版，第176页。
[4] 《俞平伯论红楼梦》，上海古籍出版社1988年版，第661页。
[5] 《俞平伯论红楼梦》，上海古籍出版社1988年版，第770页。
[6] 《俞平伯论红楼梦》，上海古籍出版社1988年版，第775页。

俞平伯在 1958 年出版的《红楼梦八十回校本》"序言"中，使用"三脂本"的说法："现存的三'脂本'（甲戌、己卯、庚辰），它们原底决定在曹氏生前。此外还有一个传疑的戚蓼生序本……它属于上述三个'脂本'同一系统，毫无问题。"[1] 这就不仅再次确认了三"脂本"，同时提出了系统的观念，明确地将戚序本包含在内，而不是"勉强附在这类"了。这样，"三脂本"变成"四脂本"，与周汝昌的"四脂本"之说殊途同归。

关于《红楼梦》的版本，刘世德在《质变：从"旧红学"到"新红学"》一文中说："从胡适的《红楼梦考证》和俞平伯的《红楼梦辨》开始，人们才注意到两个区别：……第一个区别也就是'脂本'和'程本'的区别。脂本相继有最重要的、珍贵的甲戌本、庚辰本、戚本的发现，程本也被再细分为'程甲本'和'程乙本'。这些都奠定了日后的《红楼梦》版本研究的基础。"[2] 这一论述，对前人的版本研究成果加以概括，指出了"脂本"概念在《红楼梦》版本研究中的重要意义。

（二）"脂本系统"的提出和发展

"脂本"概念提出之后，学界陆续发现了几种新的抄本，如杨藏本（1959，北京）、蒙府本（1960，北京）、列藏本（1962，列宁格勒）等。在研究这些新的抄本的过程中，学者也反复使用"脂本"这一概念。范宁在《乾隆抄本百廿回红楼梦稿》（即"杨藏本"）影印本"跋"中说："这个百二十回抄本的底本前八十回是脂本，这个脂本的抄写时代应在'庚辰'本与'甲辰'本之间。……所以在脂本系统上，这个抄本将占有一定的地位。"[3] 这里除了"脂本"，

[1]（清）曹雪芹著，俞平伯校订：《红楼梦八十回校本》"序言"，人民文学出版社 1958 年版，第 13—14 页。

[2] 刘世德：《质变：从"旧红学"到"新红学"》，《文学评论》1986 年第 2 期。转引自张宝坤选编《名家解读〈红楼梦〉》，山东人民出版社 1998 年版，第 874 页。

[3]（清）曹雪芹：《乾隆抄本百廿回红楼梦稿》，人民文学出版社 1963 年影印本，第 1366—1367 页。

还提出"脂本系统"的概念。这就将俞平伯此前提出的"系统"观念直接表述为"脂本系统"。

日本学者伊藤漱平译本《红楼梦》"解说"部分也有对各版本的简介:"其前八十回属于脂本系统。……版本分类上,一百二十回的刊本系统称为'百二十回本',与之相对应便有了'八十回本'的称呼,但实际上百二十回本中的前八十回自身,也不外是脂本的一种。"[1]伊藤漱平将诸抄本归入"脂本系统",并认为百二十回本的前八十回来源也是"脂本"。启功先生 1979 年校注本《红楼梦》的"校注说明"中,也采用了"脂本系统"这一概念。1987 年北京师范大学出版社以程甲本为底本的《红楼梦》校注本,启功先生题"序","校注说明"和"后记"出自张俊先生手笔,其中明确写道,属于脂本系统八十回本的有:甲戌本、己卯本、庚辰本、戚序本或有正本、列藏本。[2]中外学者在"脂本系统"概念上基本形成共识。

冯其庸在"脂本"及"脂本系统"概念的确定和划分方面,继承并发展了俞平伯、启功等人的观念,对"脂本系统"进行了更为细化的分类。他在论述程甲本与脂本的渊源关系时说:"我们知道脂评系统的本子,也还有许多区别,那末这个程甲本的前身,是庚辰本一系的脂本呢? 还是戚序本一系的脂本呢?或者还是甲辰本一系的脂本呢? 或者还是另有渊源呢?"[3]明确将"脂本系统"细化为庚辰本、戚序本和甲辰本三个支系。同时,冯其庸还扩展了"脂本系

---

[1]（清）曹雪芹、高鹗著,[日]伊藤漱平译:《红楼梦汉日对照》,人民文学出版社 2014 年版,第 23—24 页。伊藤漱平于昭和三十三年（1958）译本的"解说"部分已有"脂砚斋本系统"的说法,如介绍俞平伯《红楼梦八十回校本》时说:"……は'戚本'を底本に'庚辰本'を主要校本とし、その他の脂砚斋系统诸本を参校したものである。"参见伊藤漱平译《红楼梦》（上）,平凡社昭和三十三年（1958）版,第 402 页。

[2]参见（清）曹雪芹著,启功主编《红楼梦（校注本）》,北京师范大学出版社 1987 年版,第 5—6 页。

[3]冯其庸:《论程甲本问世的历史意义——为纪念程甲本问世二百周年而作》,《红楼梦学刊》1992 年第 3 辑。

统"的涵盖范围,将八十回本都纳入其中:"计乾隆及嘉庆初年抄本见存者共得十二种。其中脂本系统均为八十回本……"[1]他对"脂本系统"的重新界定,使得"脂本"的数量发展到十余个。这一观点得到了大多数学者的认同,沿用至今。

《红楼梦》版本研究过程中,曾出现过一些质疑"脂本"与"脂批"的观点,认为脂本是"伪本",脂评是"毒评"。冯其庸对此不以为然,并从版本校勘和学理思考层面做了一些建设性的工作。他在1979年至1987年完成了脂本集评的工作,对脂本、脂评的学术价值坚信不疑。在1994年《论〈红楼梦〉的脂本、程本及其他——为马来西亚国际汉学会议而作》一文中,冯其庸再次明确了"脂本"这一概念:"脂本这个称呼究竟是怎么来的呢?当然是因为在甲戌、己卯、庚辰等《红楼梦》或《石头记》的早期抄本上都有'脂砚斋重评石头记'的标题;不仅如此,在'脂砚斋评本'的评语里,有的本子,还保留着'脂砚斋'的名字。……正是由于本子不仅有'脂砚斋重评石头记'的标题,而且还有内在的大量的由脂砚斋署名的批语,所以红学界和学术界一致称这种《红楼梦》的抄本为脂评本系统的抄本,简称'脂本'。"[2]在《论甲戌本——纪念曹雪芹逝世240周年重印〈脂砚斋重评石头记〉甲戌本弁言》(2004)中,进一步阐述了胡适发现甲戌本的重要意义:"胡适发现甲戌本,是《红楼梦》研究史上的一大发现,它揭开了更接近曹雪芹原著的脂本研究的一页,为红学研究开辟了一个广阔而深远的新天地。"[3]随后,在一次访谈中又强调:"《红楼梦》的脂砚斋本出现后,这些脂本的底本都是曹雪芹在世时候的本子,我们为了研究《红楼梦》的思想和文字的准确性,就产生了研究这些本子的版本学,这对

[1] 冯其庸:《世界文库本〈红楼梦〉序》,《红楼梦学刊》1996年第1辑。

[2] 冯其庸:《论〈红楼梦〉的脂本、程本及其他——为马来西亚国际汉学会议而作》,《红楼梦学刊》1994年第2辑。

[3] 冯其庸:《论甲戌本——纪念曹雪芹逝世240周年重印〈脂砚斋重评石头记〉甲戌本弁言》,《红楼梦学刊》2004年第4辑。

我们认识《红楼梦》的原貌起了很大作用，这在学术研究上也是正常的合乎规律的发展。"[1]冯先生所作的文献整理和理论建设工作，其学术意义不言自明。

二、曹雪芹"原作"界线的勾勒

《红楼梦》是曹雪芹生前尚未完成的一部小说，起初仅以抄本形式流传，直至程伟元、高鹗以木活字刊行之后，它才有了一百二十回的"全本"。那么，在这一百二十回中，哪些是曹雪芹生前"增删五次"所完成的，哪些是在后人的传抄、刊印过程中增补修订的？这成为《红楼梦》研究史上一大公案。对曹雪芹"原作"的界定，成为学者渴望解决的关键问题之一。自程、高刊行《红楼梦》以来，关于曹雪芹"原作"的界定，基本上有四类观点：一是认为一百二十回都是曹雪芹所作，除了程伟元、高鹗之外，林语堂、范宁等也认为都是曹雪芹原作。二是认为前八十回是曹雪芹原作，后四十回是高鹗续作，如胡适、俞平伯、顾颉刚等。三是认为前八十回中大部分是曹雪芹原作，但也有后人补改文字，如周汝昌、冯其庸、蔡义江等。四是认为后四十回也有曹雪芹原作，如王佩璋、周绍良、季稚跃等。在探求"原作"的研究中，冯其庸一方面认为前八十回中有后人补改的文字，另一方面也主张程、高序言中的陈述不可轻易否定。

（一）一百二十回都是原作

程伟元序中明确交代了多年以来辛苦搜求后四十回，然后刊行的经过："自藏书家甚至故纸堆中无不留心，数年以来，仅积有廿余卷。一日偶于鼓担上得十余卷，遂重价购之……乃同友人细加厘剔，截长补短，抄成全部，复为

---

　[1]　胡晴：《冯其庸、李希凡、张庆善访谈录——关于刘心武"秦学"的谈话》，《红楼梦学刊》2005 年第 6 辑。

镌板，以公同好，《红楼梦》全书始至是告成矣。"[1]高鹗之叙印证了程伟元的说法："今年春，友人程子小泉过予，以其所购全书见示，且曰：'此仆数年铢积寸累之苦心，将付剞劂公同好。'……遂襄其役。"[2]程乙本"引言"中再次说明了后四十回的来源及他们所做的工作内容："书中后四十回，系旧历年所得，集腋成裘，更无他本可考。惟按其前后关照者，略为修辑，使其有应接而无矛盾。至其原文，未敢臆改，俟再得善本，更为厘定，且不欲尽掩其本来面目也。"[3]在这三篇序言里，既没有说是曹雪芹之后他人补续了后四十回，也没有说是自己续作了后四十回，他们始终认为所购得的一百二十回是"全璧"或"全书"，自然都是曹雪芹原作。

胡适认为程、高所言不足信，后四十回是高鹗的"续作"。胡适的"高鹗续书说"影响虽大，却也不乏反对意见。杨继振所收藏的《乾隆抄本百廿回红楼梦稿》被发现后，学界对此说进行了反思和批驳。范宁说："自从有人根据张问陶《船山诗草》中的赠高鹗诗'艳情人自说红楼'的自注说'《红楼梦》八十回以后皆兰墅所补'，认定续作者是高鹗，并说程伟元刻本序言是故弄玄虚，研究《红楼梦》的人，便大都接受这个说法。但是近年来许多新的材料发现，研究者对高鹗续书日渐怀疑起来，转而相信程、高本人的话了。"[4]这一说法，显然是认可程、高所言，而没有采纳胡适的"高鹗续书说"。

---

［1］（清）曹雪芹、高鹗：《绣像红楼梦》，吉林文史出版社 2000 年影印本（底本为中国社会科学院文学所藏程甲本）。

［2］（清）曹雪芹、高鹗：《绣像红楼梦》，吉林文史出版社 2000 年影印本（底本为中国社会科学院文学所藏程甲本）。

［3］（清）曹雪芹著，陈其泰批校：《红楼梦（程乙本）——桐花凤阁批校本》，北京图书馆出版社 2001 年影印本。

［4］（清）曹雪芹：《乾隆抄本百廿回红楼梦稿》，人民文学出版社 1963 年影印本，第 1367 页。

（二）后四十回不是曹雪芹原作

胡适《红楼梦考证》的重要结论之一，是提出了"高鹗续书说"，认为："程序说先得二十余卷，后又在鼓担上得十余卷。此话便是作伪的铁证，因为世间没有这样奇巧的事！"[1]继《红楼梦考证》之后，胡适又多次申明这一观点。1961年2月，他在《影印乾隆甲戌脂砚斋重评石头记的缘起》中坚持认为，"评语里还有不少资料，可以考知《红楼梦》后半部预定的结构……此皆可见高鹗续作后四十回，并没有雪芹残稿本作根据"[2]。同年5月，他在《跋乾隆甲戌〈脂砚斋重评石头记〉影印本》中又说："'程甲本'的前八十回是依据一部或几部有脂砚斋评注的底本，后四十回是高鹗续作的。"[3]从这些论述中可以看出，胡适的"高鹗续书说"是一贯的，自始至终没有动摇。胡适的这一观点，在学界产生的影响是深远的。

俞平伯在《红楼梦辨》"引论"部分开宗明义地声称："这书共分三卷。上卷专论高鹗续书一事，因为如不把百二十回与八十回分清楚，《红楼梦》便无从谈起。"[4]他也认为程高序言不可信："我告诉诸君，程伟元所说的全是鬼话，和高鹗一鼻孔里出气，如要作《红楼梦》研究，万万相信不得的。"[5]他还说："我曾有一意见，向颉刚说过：'《红楼梦》如再版，便该把四十回和前八十回分开。后四十回可以做个附录，题明为高鹗所作。既不埋没兰墅底一番苦心和他为人底个性，也不必强替雪芹穿这一双不合式的靴子。'"[6]态度之鲜明，较胡适为甚。顾颉刚在俞平伯《红楼梦辨》序言中称："平伯来信，屡屡对于高鹗不得曹雪芹原意之处痛加攻击……我的结论是：高氏续作之先，曾经对于本

[1] 宋广波编校注释：《胡适红学研究资料全编》，北京图书馆出版社 2005 年版，第 173 页。

[2] 宋广波编校注释：《胡适红学研究资料全编》，北京图书馆出版社 2005 年版，第 414 页。

[3] 宋广波编校注释：《胡适红学研究资料全编》，北京图书馆出版社 2005 年版，第 446 页。

[4] 《俞平伯论红楼梦》，上海古籍出版社 1988 年版，第 85 页。

[5] 《俞平伯论红楼梦》，上海古籍出版社 1988 年版，第 93 页。

[6] 《俞平伯论红楼梦》，上海古籍出版社 1988 年版，第 151 页。

文用过一番功夫，因误会而弄错固是不免，但他绝不敢自出主张，把曹雪芹意思变换。"[1] 这就是说，他们二人都主张"高鹗续书说"，只不过俞平伯对于高氏续书痛加攻击，顾颉刚则力证高氏续书的合理性。他们判别原作、续作的分野，也还是在前八十回和后四十回之间：前八十回是原作，后四十回是续作。俞平伯 1964 年发表《谈新刊〈乾隆抄本百廿回红楼梦稿〉》一文，仍然声称："我一向认为后四十回非曹氏原著，且未必含有他的原稿在内。"[2] 但是，他对于程、高序言有新的思考："甲、乙两本皆非程高悬空而创作，只是他们对各本的整理加工的成绩而已。这样的说法本和他们的序文引言相符合的，无奈以前大家都不相信它，据了张船山的诗，一定要把这后四十回的著作权塞给高兰墅，而把程伟元撇开。现在看来，都不大合理。"[3] 俞平伯对自己学术观点的反思，对红学界很有启发意义。

冯其庸在 1982 年出版的《红楼梦》校注本"前言"中写道："现存《红楼梦》的后四十回……其所据底本旧说以为是高鹗的续作，据近年来的研究，高续之说尚有可疑，要之非雪芹原著，而续作者为谁，则尚待探究。"在 1992 年所作的《论程甲本问世的历史意义——为纪念程甲本问世二百周年而作》中，冯其庸明确表示相信程伟元、高鹗序言中的说法："那末，这后四十回的作者是谁，它的来历如何呢？在没有其他可靠的证据之前，我认为仍然应该重视程伟元的话。……要否定这段话，没有确凿的、充分的证据是不行的，所以我仍然相信程伟元的话。"[4] 1996 年，冯其庸在《世界文库本〈红楼梦〉序》中又写道："程本系统的为一百二十回本，八十回以后系另人续作。"[5] 从这三篇文章可

———————————

［1］《俞平伯论红楼梦》，上海古籍出版社 1988 年版，第 76 页。

［2］俞平伯：《谈新刊〈乾隆抄本百廿回红楼梦稿〉》，《中华文史论丛》1964 年第 5 辑。

［3］俞平伯：《谈新刊〈乾隆抄本百廿回红楼梦稿〉》，《中华文史论丛》1964 年第 5 辑。

［4］冯其庸：《论程甲本问世的历史意义——为纪念程甲本问世二百周年而作》，《红楼梦学刊》1992 年第 3 辑。

［5］冯其庸：《世界文库本〈红楼梦〉序》，《红楼梦学刊》1996 年第 1 辑。

知，冯其庸对于后四十回的看法，是对俞平伯观点的一种继承和确认：胡适的"高鹗续书说"不可靠，但后四十回也并非曹雪芹原著，而是为他人所续；至于续作者具体是谁，尚待考证。

冯其庸对于后四十回的态度，显得相对平和一些。一方面，认为后四十回难以与前八十回比肩，同时也认可其自身的价值："以上只是拿后四十回与前八十回比，因为曹雪芹实在太过崇高了，所以后四十回难与比肩。但是如果拿后四十回与当时及后来的众多续书来比，它仍然是众多续书中的一座高峰……所以后四十回自有它不可磨灭的位置。"[1]应该是在这种尊重客观事实的观点影响之下，人民文学出版社以庚辰本为底本的《红楼梦》校注本，加了程甲本后四十回，成为一百二十回的"全本"。

（三）前八十回也不全是原作

在对曹雪芹"原作"的探寻中，胡适剔除了程高本后四十回，俞平伯进一步质疑程高本前八十回中的部分文字。冯其庸的"脂本"研究则又深入一层，认为现存"脂本"并非全是雪芹原作，也存在"后人的补作"。

俞平伯主张"高鹗续书说"，进而对前八十回的部分文字产生怀疑："因为高鹗既续了后四十回，虽说'原文未敢臆改'，但既添了这数十回，则前八十回有增损之处恐已难免。高氏原曾明说前八十回曾经他校订，换句话说，就是经他改窜。"[2]他还从高鹗叙中"其间或有增损数字处，意在便于披阅"之句推论："这是明认他曾以己意改原本了。虽他只说增损数字，但在实际上，恐怕决不止数字。"[3]俞平伯又将高本、戚本进行版本比对，认为"两本既互有短长，

---

[1] 冯其庸：《论程甲本问世的历史意义——为纪念程甲本问世二百周年而作》，《红楼梦学刊》1992年第3辑。

[2] 《俞平伯论红楼梦》，上海古籍出版社1988年版，第156页。

[3] 《俞平伯论红楼梦》，上海古籍出版社1988年版，第160页。

我也不便下什么判断，且也觉得没有显分高下底必要"[1]。在后来的《读〈红楼梦〉随笔》中，他也发表过类似的意见："因程、高二人除续书外，对前八十回也做过一些整理的工作，不过凭了他们的意思不必合于原本罢了。补书在思想上、故事发展和结构上、人物描写上都跟原本不同，而且还不及原本。"[2]所列举的典型例子，如："即在前八十回中亦妄增字句，如第三十七回开首，贾政放学差，脂本非常简单地说，程本却加了数十字大恭维贾政一阵，说他'人品端方风声清肃'等等，可谓痴人说梦了。"[3]此类例证甚多，余不赘述。

冯其庸在《论庚辰本》中，倡导辩证地看待庚辰本的问题："我们认为现存的这个过录的庚辰本确是十分可贵的，但它又是一件历史文物，它经历了大约二百来年的历史，经过了好多藏书者的手，这一些事实，都会在它身上留下历史痕迹，在庚辰本的这些旁改文字中，就包含着后人添加的东西。因此，我们必须对这些旁改文字作认真的分析，既不能全部肯定，也不能全部否定。"[4]对"古本"仍持有小心谨慎和实事求是的态度。

蔡义江也认为，庚辰本、甲辰本中有不少后人改动的文字。他曾在校读《红楼梦》的札记中指出："己卯、庚辰本的改文，我都不信它出自脂砚斋等人之手，因为被改掉的文字，有的原来还加有脂批赞语的。"[5]其校注本《红楼梦》"前言"中又进一步说："原作与续书本不一致，删改原作去适应续书以求一致是不可取的；而在程高本中，这样的删改，多得难以一一列举。这里应该说明的是为适应续书情节所作的改动，并非都起自程高本，不少在甲辰本中已经存在，因此，我颇怀疑甲辰本底本的整理加工者，就是那位不知名的后四十回续书的作者，而程伟元、高鹗只是在它的基础上的修补加工，正如他们自己在刻

[1]《俞平伯论红楼梦》，上海古籍出版社 1988 年版，第 156 页。
[2]《俞平伯论红楼梦》，上海古籍出版社 1988 年版，第 641 页。
[3]《俞平伯论红楼梦》，上海古籍出版社 1988 年版，第 666 页。
[4] 冯其庸：《论庚辰本（增补本）》，商务印书馆 2014 年版，第 65 页。
[5] 蔡义江：《〈红楼梦〉校读札记之一》，《红楼梦学刊》1991 年第 4 辑。

本序文中所说的那样。"[1]承认前八十回中有后人补改文字，这也是尊重事实、实事求是的学术态度。

（四）后四十回也有原作

在后四十回作者问题上，与"高鹗续书说"及"他人续书说"相对的观点有二：一是"曹雪芹原作说"。据甲戌本"壬午除夕，书未成，芹泪尽而逝"这条脂批来看，此说自然难以成立。二是"后四十回有雪芹遗稿"说，即后四十回中确有曹雪芹原作，虽经后人修改，但并非全部由高鹗或其他人续作而成。持这一主张的，以王佩璋、周绍良、季稚跃等为代表。

王佩璋《〈红楼梦〉后四十回的作者问题》一文，对"高鹗续书说"表示怀疑，认为"后四十回可能有曹雪芹遗稿"[2]。杨藏本披露之后，林语堂、张爱玲、严冬阳等人主张的"曹雪芹手稿说"固然难以完全成立，但对其中部分文本具有"雪芹手稿"特征的发现和思考亦较为可取。周绍良《略谈〈红楼梦〉后四十回哪些是曹雪芹原稿》一文认为："从今本后四十回的内容来看，主要故事显然是有曹雪芹的残稿作根据，不是他人续补得出来的，但也有些地方与原作相差太远，应是程、高补缀时所羼入。"[3]季稚跃在冯先生主持和指导下做过《脂砚斋重评石头记》汇校汇评工作，在《舒序本和杨藏本》中也明确提出了"杨藏本上有《红楼梦》后四十回的原创文字"的观点，并认为"杨藏本上的文字并不是程甲本（或程乙本）的删节，恰恰相反，是杨藏本的文字为尔后

---

[1]（清）曹雪芹著，蔡义江校注：《红楼梦》"前言"，浙江文艺出版社 1993 年版，第 8 页。

[2] 王佩璋：《〈红楼梦〉后四十回的作者问题》，《光明日报》1957 年 2 月 3 日 "文学遗产"第 142 期，后收入人民文学出版社编辑部编《红楼梦研究论文集》，人民文学出版社 1959 年版。

[3] 周绍良：《略谈〈红楼梦〉后四十回哪些是曹雪芹原稿》，《红楼梦研究集刊》第 6 辑，上海古籍出版社 1981 年版，第 285 页。

的续作者提供了有丰富想象空间的故事框架"。[1]这些观点，从逻辑推理和客观事实上看，都值得重视。

近年，笔者与研究生从版本挖掘的角度，进行了"雪芹残稿"的辨析工作，并取得了初步成果。《〈红楼梦〉后四十回中的雪芹残稿和程高补笔》一文则通过版本比对，对后四十回中的雪芹残稿和程、高补笔加以辨析，认为："后四十回中珍珠、鹦哥（鹉）、小巧姐（大姐儿）、贾珍协理荣国府，小厮补叙鲍二与荣宁二府关系等文字，带有曹雪芹早期稿本的痕迹。这些情节主要集中在第八十四回至第一百十二回（跨度达 29 回）。与之对应的一些情节，应属于曹雪芹的构思。"[2]相关研究，还有进一步探索的空间。

三、各版本的客观评价

对于《红楼梦》的各种抄本、印本，研究者有不同的偏好和取舍。周汝昌等学者虽然重视"脂本""古本"，但对现存抄本也并不满意，决心整理出一部曹雪芹"真本"。周汝昌 1948 年曾向胡适提出设想："应当依据甲戌本，加上庚辰本和有正书局的戚序本，精核整订出一部接近曹雪芹原著真手笔的好版本，不要再宣扬散布那种被伪续者大肆删改的程乙本了。"[3]直至 2004 年，他用了 56 年的时间，整理出《石头记会真》。其工作的核心是力求存真去伪、去疑："在种种异文中，发现或有或无的字句，而那字句的风格笔致不类雪芹的，就成为'去疑'的触目点——我们将它用特定符号标出，以示可疑，恐怕有出

[1] 季稚跃：《舒序本和杨藏本》，载中国《红楼梦》学会秘书处编《纪念曹雪芹逝世 240 周年：2004 扬州国际红楼梦学术研讨会论文集》，文化艺术出版社 2004 年版，第 521 页。
[2] 曹立波、曹明：《〈红楼梦〉后四十回中的雪芹残稿和程高补笔》，《红楼梦学刊》2016 年第 5 辑。
[3] 周汝昌：《五十六年一愿酬》，《光明日报》2004 年 7 月 22 日。

于他人后笔增入的可能。"[1]在《石头记会真》出版之前，《红楼梦》蔡义江校注本于1993年出版。蔡义江的整理目标是："要校出理想的前八十回文字……在不悖情理和文理的前提下，尽量地保持曹雪芹原作面貌。"[2]周汝昌、蔡义江先生都认为自己的本子是曹雪芹"真本"。

冯其庸在"脂本"研究过程中，格外推重庚辰本，但也不贬斥其他的本子，而是努力发掘它们各自的存在价值，以及诸本之间的内在联系。他说："实践启发我，研究《红楼梦》的早期钞本，必须把它们联系起来，作周密的排比考察以揭示它们之间的内在联系，同时再作个别的深入的研究，以辨明各个钞本的独特性。只有这样从宏观到微观或从微观到宏观地全面考察，才有可能对这些钞本作出科学的接近客观真实的正确判断。"[3]冯其庸以相对客观的态度对待诸抄本，也以同样的态度对待程、高印本。

（一）推崇庚辰本

早在1930年，胡适就肯定了庚辰本的版本价值："现今所存八十回本可以考知高鹗续书以前的《红楼梦》原书状况的，有正石印戚本之外，只有此本了。此本有许多地方胜于戚本。……现在我要举出一段很有趣的文字上的异同，使人知道此本的可贵。"[4]吴世昌却不同意胡适的这些观点，质疑甚至否定庚辰本上题署年份的真实性："那两部手抄本，一直被称为'甲戌（1754）本'和'庚辰（1760）本'。我不用这种容易误导的名称，径直称之为'甲本''丙本'，因为他们显然是甲戌、庚辰年之后很久的过录本。"[5]对于"脂批"，他也表示怀疑："抄本中的大量评语也一直使人迷惑不解。除非查明这些评语作者的身份，

[1] 周汝昌：《五十六年一愿酬》，《光明日报》2004年7月22日。

[2] （清）曹雪芹著，蔡义江校注：《红楼梦》，浙江文艺出版社1993年版，第16页。

[3] 冯其庸：《脂砚斋重评石头记汇校序》，《红楼梦学刊》1987年第3辑。

[4] 宋广波编校注释：《胡适红学研究资料全编》，北京图书馆出版社2005年版，第278页。

[5] 吴世昌著，吴令华编：《红楼探源》"导言"，北京出版社2000年版，第2页。

他们与小说作者的关系以及各组评语究属何人何时所写，否则我们就无法读懂它们，它们也不会向我们提供有用的信息，帮助我们了解小说写作的计划、过程和背景。"[1] 吴世昌的观点，具有一定的代表性。

对于这种质疑的声音，冯其庸认为有重新探讨的必要，于是在 1977 年完成了《论庚辰本》专论的写作，肯定了庚辰本的版本价值："我个人深感到庚辰本这个抄本，确是国内外《红楼梦》早期抄本中最珍贵的一个抄本，决不能对它低估……"并进一步提出："我深信这个本子是《红楼梦》抄本中举世无双的最珍贵最重要的一个本子，它的珍贵性和重要性，远非现在苏联的那个抄本所可比拟。"[2] 该文发表后，得到了红学界的关注和肯定，但是在己卯本、庚辰本的过录关系上，一些学者也提出了不同的看法。应必诚认为："己卯本和庚辰本出自同一个祖本，这个祖本就是从己卯年冬到庚辰年秋进行定稿的本子，己卯本和庚辰本的差别是传抄过程中造成的。"[3] 郑庆山《再谈己卯本和庚辰本》一文认为，己卯本、庚辰本回目相同，显示出它们之间的密切关系，"但并不能证明后者就是从前者抄录来的，因为还存在着题同文异的复杂情况。……它们只不过是有共同底本"[4]。这场"论难"，进一步推动了学界对庚辰本的认识和评价。

后来，冯其庸也肯定了这次讨论的学术意义："围绕着庚辰本的论难，是很有积极意义的，既补正了我的错误，又加深了对庚辰本的认识，特别是加深肯定了我所揭示出来的庚辰本与己卯本惊人相同之特点，肯定了庚辰本实际上保存了己卯本的全部款式和文字，而这个结论，恰恰是探索《石头记》早期抄本的历史渊源的至关紧要的结论。"[5] 这种实事求是、有错就改的态度，也是难

---

[1] 吴世昌著，吴令华编：《红楼探源》"导言"，北京出版社 2000 年版，第 3 页。

[2] 冯其庸：《论庚辰本（增补本）》，商务印书馆 2014 年版，第 4—5 页。

[3] 应必诚：《论〈石头记〉庚辰本》，上海古籍出版社 1983 年版，第 206 页。

[4] 郑庆山：《红楼梦的版本及其校勘》，北京图书馆出版社 2002 年版，第 105 页。

[5] 冯其庸：《〈石头记〉脂本研究序》，《红楼梦学刊》1998 年第 1 辑。

能可贵的。

胡文彬在《红学世界面面观》（1982）一文中介绍《红楼梦》外文译本情况时，曾指出："英文一百二十回《红楼梦》，以杨宪益、戴乃迭夫妇合译本为代表，北京外文出版社出版。……这个译本前八十回据庚辰本译出，后四十回据程甲本译出。"[1]杨宪益、戴乃迭选择庚辰本作底本，可见他们对此本的看重。

（二）重视其他抄本

对于庚辰本之外的其他抄本，冯其庸也很重视它们各自的版本价值和作为一个版本系统存在的整体价值，并予以较为客观的评价。他认为："对于研究者来说，愈多接近脂本的早期钞本，就愈有利于我们认识脂本原本的面貌和文字。对于整理《红楼梦》这个本子，也同样是愈多早期钞本愈好，因为它有利于互相比较和作文字上的对校。"[2]在诸版本先后出版之际，冯其庸也写有相关的序言，例如：《论梦叙本》（1989）、《论甲戌本——纪念曹雪芹逝世240周年重印》（2004）、《读沪上新发现的残脂本〈红楼梦〉》（2006）。其他如戚序本、蒙古王府本、红楼梦稿本（杨藏本）等，他在《红楼要籍解题》里也都做过介绍。他还主持出版了《脂砚斋重评石头记汇校》（1987）、《八家评批红楼梦》（1989）、《脂砚斋重评石头记汇校汇评》（2008），肯定这些抄本及评点本的版本价值，并加以普及。

对于甲戌本的研究，冯其庸在胡适的基础上有所推进。胡适1927年购得甲戌本，对此本格外推崇："直到今天为止，还没有出现一部抄本比甲戌本更古的，也还没有一部抄本上面的评语有甲戌本那么多的。……所以到今天为

---

[1]　胡文彬《红学世界面面观》于1982年完稿，初刊于胡文彬、周雷编《红学世界》，北京出版社1984年版，后收入张宝坤主编《名家解读红楼梦》，山东人民出版社1998年版，第914—915页。

[2]　冯其庸：《论梦叙本——影印梦觉主人序本〈红楼梦〉序》，《红楼梦学刊》1989年第2辑。

止，这个甲戌本还是世间最古又最可宝贵的《红楼梦》写本。"[1] 此后，甲戌本就成为《红楼梦》"最古本"的代名词，为学界所称道。冯其庸没有止步于此。他说："现存'甲戌本'是《石头记》诸多抄本中发现最早，署年最早的一个重要抄本，在《石头记》诸多抄本中居于特别重要的地位，也一直特别为红学界所重视。然而，它又是一个底本虽早而重整过录时代较晚（乾隆晚期）的本子，又只残存十六回，存在着若干待解的疑问。由于人们长期以来见不到此书，对它研究得相对来说还不够深入。"[2] 这里面其实包含着三个层面的意思：一是认可甲戌本的重要价值，二是指出现存甲戌本过录较晚的事实，三是指出甲戌本还有更加广阔的研究空间。这样一种判断，比单方面强调它的"最古本"这个标签更加客观，也更有利于进一步发掘甲戌本及其他版本的学术价值。

甲辰本（梦序本）是比较晚出的抄本，与己卯、庚辰等本相比，文字有些减省。冯其庸认为，此本也保存了脂本的某些原貌和文字。例如，甲戌本第一回的"此书开卷第一回也"一部分文字，从抄写来看，是"凡例"第五条。在甲辰本中，这部分是第一回的回前评。冯其庸认为："现在幸亏这个梦序本，保存了脂本原来的款式，因而使人们得以确切地认识：《红楼梦》的正文开头，是从'列位看官'句开始的，而'此开卷第一回也'这两段文字，是脂砚斋所作的第一回的回前总评。"[3] 又如，庚辰本第二回"不想次年又生一位公子"一句，梦序本此处与庚辰、己卯、甲戌等早期抄本一样，仍保留着脂本的原文，戚序、舒序、宁本皆改为"不想后来"，程乙本则改为"不想隔了十几年"。冯其庸认为，这一句其实是冷子兴不懂装懂、信口乱说的话，并非作者前后矛盾

---

[1] 宋广波编校注释：《胡适红学研究资料全编》，北京图书馆出版社 2005 年版，第 415 页。

[2] 冯其庸：《论甲戌本——纪念曹雪芹逝世 240 周年重印〈脂砚斋重评石头记〉甲戌本弁言》，《红楼梦学刊》2004 年第 4 辑。

[3] 冯其庸：《论梦叙本——影印梦觉主人序本〈红楼梦〉序》，《红楼梦学刊》1989 年第 2 辑。

之辞，"单从这句话来看，梦序本胜过了戚、宁、舒、程乙等各本"[1]。除了这样一些具体的文字在版本校勘中的价值外，冯其庸对此本在整个版本系统演变过程中的独特价值也较为重视。他认为："我研究这个本子是为了探索这个本子与脂本的关系和与程本的关系，我认为它既是从脂本系统走到程本系统的一个桥梁，又是保存着脂本的某些原始面貌的一个具有独特面貌的本子，也可以说，无论是研究脂本或研究程本，都用得着它。"[2]对各版本进行系统性研究，虽是极为复杂的工作，却具有深入研究的学术价值。

此外，对于 2006 年在上海拍出的一部《红楼梦》残本，冯其庸也做了认真的研究，在查验原件的基础上，又用其复印本与庚辰本逐字对校，最后确认这是一个残脂本，并撰写了《读沪上新发现的残脂本〈红楼梦〉》一文进行介绍。文中探讨了此本抄成的大致年代和自身特色，并认为："别看只有十回的脂本残文，也很值得大家认真研究的。"[3]同年，这个本子由北京图书馆出版社影印出版，该文作为代序置于卷首，冯其庸还亲自题写了书名。

（三）包容程甲本

基于"高鹗续书说"和追寻"曹雪芹原作"的情结，一些学者对程本较为排斥，或是从艺术品位上，或是从思想倾向上，对程本给予批评。事实上，胡适虽然提出了"高鹗续书说"，却没有否定程本。他在 1927 年推崇的是程乙本："现在印出的程乙本就是那'聚集各原本，详加校阅，改订无讹'的本子，可说是高鹗、程伟元合刻的定本。这个改本有许多改订修正之处，胜于程甲本。"[4]胡适在 1948 年 7 月 20 日回复周汝昌的信中，支持他"集本校勘"的想法，并提醒他："我的'程甲''程乙'两本，其中'程甲'最近于原本，故须

[1] 冯其庸：《论梦叙本——影印梦觉主人序本〈红楼梦〉序》，《红楼梦学刊》1989 年第 2 辑。

[2] 冯其庸：《〈石头记〉脂本研究序》，《红楼梦学刊》1998 年第 1 辑。

[3] 冯其庸：《读沪上新发现的残脂本〈红楼梦〉》，《红楼梦学刊》2006 年第 6 辑。

[4] 宋广波编校注释：《胡适红学研究资料全编》，北京图书馆出版社 2005 年版，第 208 页。

参校。"[1] 显然，胡适对于程甲本还是比较认可的。俞平伯对"高续"也有一定程度的认可："兰墅于此点显明雪芹之意，亦颇有功。特苟细细读去，不藉续书亦正可了了。为我辈中人以下说法，则高作颇有用处。"[2] 他对"高鹗续书"不满，但也没有把程本说得一无是处，在当时亦属难能可贵。

程甲本是小说《红楼梦》的最早刊本。程伟元、高鹗整理并以木活字排印此本，使得《红楼梦》从手抄本进入刊印本阶段，加快了这部小说的传播进程。学界对程甲本的评价，直到程甲本刊行 200 周年之际才有了新的突破。俞平伯、冯其庸、张俊、沈治钧等相继肯定了程甲本的版本价值，体现了这一时期学界的共识。1990 年，俞平伯在弥留之际，对程、高有了新的评价："胡适、俞平伯是腰斩《红楼梦》的，有罪。程伟元、高鹗是保全《红楼梦》的，有功。大是大非！千秋功罪，难于辞达。"[3] 就其版本价值而言，沈治钧、文而弛《谈〈红楼梦〉程甲本》一文认为："程甲本是程刻本系统的母本和脂本到乙本的过渡，其重要的研究价值是不言而喻的。充分认识它的特点和价值，无疑有助于廓清红学研究中的不少疑难问题。"[4] 重新评价程甲本，已然成为学者的共识，反映了学界趋向理性的科学精神和学术追求。

在程甲本的研究中，冯其庸发表过两篇文章，一是《论程甲本问世的历史意义》（1992），主要论述了程甲本问世的历史意义，不同意对程本全盘否定的片面看法。一是《论〈红楼梦〉的脂本、程本及其他——为马来西亚国际汉学会议而作》（1994）。冯其庸分析了程甲本中"脂批"混入正文的五个例子，由此证明程甲本是由"脂本"而来，而不是相反。例如，第十三回"原来是忠靖侯史鼎的夫人来了，史湘云、王夫人、邢夫人、凤姐等刚迎入正房"一句中

---

[1] 宋广波编校注释：《胡适红学研究资料全编》，北京图书馆出版社 2005 年版，第 302 页。

[2] 《俞平伯论红楼梦》，上海古籍出版社 1988 年版，第 270 页。

[3] 韦奈：《我的外祖父俞平伯》，上海书店出版社 1993 年版，第 34 页。

[4] 沈治钧、文而弛：《谈〈红楼梦〉程甲本》，《红楼梦学刊》1991 年第 2 辑。"文而弛"是张俊和武静寰二位先生的合称，取"文武之道，一张一弛"之意。

的"史湘云"，第十七回"还有什么石帆、水松、扶留等样，见于左太冲《吴都赋》"一句中的后半部分，等等。他说："这种批语混入正文的情况，就是在庚辰本里也还可以找出新的来，并不仅仅是程甲本里有这五条。不管怎样，以上这些事实，它足以帮助我们说明，程甲本的前身确是脂本。"[1]事实上，早在1975年开始校注《红楼梦》时，冯其庸在前八十回选用了他比较推崇的庚辰本作为底本，后四十回则选用了程甲本作为底本，并以其他各本（含程乙本）为参校本，显示出他对程本的包容态度。

与冯其庸先生仙逝的时间相近，潜心于《红楼梦版本论》的林冠夫先生也是在上年冬天辞世的。林先生曾感叹："版本研究之苦，在于要下笨工夫。有时候，读几种版本的相同段落，要看的资料，加起来常是几千字上万字，甚至更多，但写出来的，却只有寥寥数行几十个字，但却又不能不这样。"[2]诚然，两位先生的《红楼梦》版本研究成果，皆可谓心血凝成。当我们研读一部《石头记脂本研究》，欣赏两册《红楼梦》新校本，引用三卷本《瓜饭楼重校评批〈红楼梦〉》，查阅五大册《脂砚斋重评石头记汇校》等著作的时候，冯其庸先生在曹雪芹纪念馆亲笔书写一幅扇面的情景，浮现在眼前，他写道："残杯冷炙有德色，不如著书黄叶村。"曹丕《典论·论文》云："年寿有时而尽，荣乐止乎其身，二者必至之常期，未若文章之无穷。"可以说，从黄叶村到瓜饭楼，都记录了一段发愤著书，"而声名自传于后"的佳话。

附记：因篇幅所限，还有一些版本学者的相关见解未能征引。

（与杨锦辉合著，原载《红楼梦学刊》2017年第4辑）

[1] 冯其庸：《论〈红楼梦〉的脂本、程本及其他——为马来西亚国际汉学会议而作》，《红楼梦学刊》1994年第2辑。

[2] 林冠夫：《红楼梦版本论》"后记"，文化艺术出版社2007年版，第477页。

冯其庸先生与《北方论丛》的《红楼梦》研究专栏

——从冯其庸写给夏麟书的信函谈起

内容提要

1981 年春，冯其庸先生在《北方论丛》发表了《关于当前〈红楼梦〉研究中的几个问题》长文，围绕这篇文章的撰写、投稿和几番修订，从 1980 年 11 月到 1981 年 4 月，冯其庸先生给《北方论丛》责编夏麟书亲笔写了 9 封书信。本文真实再现了信函原文，书信往来之间，反映出冯其庸先生作为中国红楼梦学会的负责人，对红学事业的执着；作为红学专家，对著书立说的严谨；作为编辑，对业内同行的体贴。9 封书信在字里行间传达出新时期红学的历史风貌，记录了《北方论丛》的《红楼梦》研究专栏在当时的影响。

关键词

冯其庸 ｜ 红学 ｜ 信函

20 世纪 80 年代初期，中国红楼梦学会成立伊始，红学研究基地除了《红楼梦学刊》等专门性的刊物，还有以《北方论丛》为代表的高校学报。1979 年《北方论丛》刚一开设《红楼梦》研究专栏，就连续发表了戴不凡先生的《揭开〈红楼梦〉作者之谜》《石兄和曹雪芹》两篇文章，在红学界乃至社会上引起很大的反响，引发了一场关于《红楼梦》著作权问题的热烈讨论。可以说，《北方论丛》的《红楼梦》研究专栏，是当时京城之外最有影响的红学论坛。[1] 这个栏目的负责人是夏麟书先生，他曾主持将相关论文编辑成《〈红楼梦〉著作权论争集》。夏先生已于 2001 年 9 月仙逝，作为他的亲属，在整理遗稿时，笔者发现在其保留的书信中有一些冯其庸先生的亲笔信，辑录并研读书信的内容，能够切实感受到在 80 年代初期，冯先生对《红楼梦》事业的投入和支持。

1981 年春，冯其庸先生在《北方论丛》发表一篇论文，题为《关于当前〈红楼梦〉研究中的几个问题》[2]，围绕这篇文章的撰写、投稿和几番修订，从 1980 年 11 月到 1981 年 4 月，冯先生给《北方论丛》的夏麟书责编写了 9 封书信。以下是这些信函的电子文本。[3]

第一封信（1980 年 11 月 8 日）：

麟书、文源同志：

来信收到，我的文章刚写了一部分，就被一连串的会议打断了。现在离十五号只有几天了，眼看会议还不断，怕耽误刊物的出版，请速安排别的文章，我这篇文章写完后一定交您们处理，估计第二期用是不会有问题的。出版社那面如来不及，只好不用这篇文章了，免得耽误您们的出书。

又复印《红楼梦》的事，价钱已问到，大约复印下来要二千多元，其他装订费用都还不算在内。所以我觉得太不合算了。我们当时复印是因为要校书，无此工作不能进行。将来影印本和汇校本陆续出来，这种复印本就无意义了。所以我也觉得还是不印好。当然如果有必要印的话是一定会代办的，只要您们

---

[1] 粗略统计，1979—1988 年 10 年间，共计刊行《红楼梦》论文 65 篇，按双月刊一年 6 期计算，平均每期至少发表一篇红学专论。

[2] 冯其庸：《关于当前〈红楼梦〉研究中的几个问题》，《北方论丛》1981 年第 2 期。

[3] 有些信函草书字迹不易辨认，笔者于 2010 年 10 月 16 日曾向冯其庸先生请教并修订。

来信好了。

请问国良[1]同志及其他同志好。匆致

敬礼！

冯其庸

十一月八日

这封信所用信笺的抬头印有红色的"文化部文学艺术研究所"字样。信的内容交代了投稿的缘起，即《北方论丛》的约稿，得到了冯先生的积极支持。从"一连串的会议"不断的工作状态可见，他在百忙中积极支持《北方论丛》的红学专栏。书信里还传达了一个历史信息，即红楼梦研究所的《红楼梦》校订本 1981 年的时候尚在进行中。针对《红楼梦》古本的复印问题，冯先生对待红学同好的坦诚和热情，洋溢于字里行间。

第二封信（1981 年 1 月 10 日）：

麟书同志、编辑部其他同志：

您们好。前属写稿，直到今日才脱稿，已去复印，共五部分，约三万余字，简目另附。不知能发否？如有困难（篇幅太大），我就不寄来了，如不增加您们负担，则当遵属寄来。匆致

敬礼！

待复。

冯其庸

一月十日

---

[1]	"良"应为"梁"，指李国梁，曾任黑龙江省红楼梦学会会长、哈尔滨师范大学党委副书记、《北方论丛》编辑部主编，冯其庸先生每封信都向李国梁问好。

信纸上眉批：

麟书同志请告知出版社是否要将此文收进去，如要，我当另寄稿去。
又及。

后附：

关于当前《红楼梦》研究中的几个问题

冯其庸

目录

引言

结语

这封信所用信笺的红色抬头为"中国人民大学"，冯其庸先生为中国人民
大学的教授，后调入中国艺术研究院，主持《红楼梦》研究工作。联系上一封
信可知，冯先生信守承诺，"遵属"迅速完稿，并在投稿之前写了一封信，附
上长文的写作提纲。

第三封信（1981年1月17日）：

麟书同志：

来信收到。原拟打印出清稿后再寄去，现在只好把复印的原稿寄上了，如实在不好排，就算了。因要请人抄一遍，说起码要十天，还要自己校对，时间耽误太久。所以，实在无法，竟将这样乱糟糟的稿子寄去，心里有所不安。我这里已发去打印，将来打印出清稿后，再寄去你校对用，大概能来得及。这篇文章原是去年中宣部贺敬之副部长要我写的，因问题太多，写得过长，所以没有送给《人民日报》。头二节的内容，就是根据当时的情况写的，现在似乎正合适，因此希望能赶在第二期发，太晚了，就不大好。排出后请能寄我校一次，以免出错。增加您们不少麻烦，谢谢。

我在本月廿一日可能要到长春，23日离长春回京。可惜没有时间到您们那里去了，请问同志们好。致

敬礼！

问国良、伯英、锦池同志好！

冯其庸

一月十七日

出版社那边请告诉他们一下，如他们想收进去，请与您联系。拜托，又及。

这封信所用信笺的页脚印着绿色小字"中国人民大学出版社稿纸"，全文草体书于稿纸的背面。从信的内容可知，冯先生把复印的原稿寄到了地处哈尔滨师范大学的《北方论丛》，并一再解释因时间仓促，来不及誊抄、打印，为如此"乱糟糟"的初稿给编辑带去的麻烦，表示不安和抱歉。这里也记录了一些历史信息，这篇长文的写作背景，"原是去年中宣部贺敬之副部长要我写

的"。信中所言"头二节的内容"指"研究《红楼梦》还要不要马克思主义"和"如何看待毛泽东同志对《红楼梦》的一些意见"。问候语中的"国良、伯英、锦池"分别指哈尔滨师范大学的党委副书记李国梁、红学专家王伯英和张锦池教授。冯先生诚挚的话语，体现出他的谦和、认真，以及对编辑同行的理解和尊重。

第四封信（1981年1月21日）：

麟书同志：

稿已寄上，想已收到，因时间紧迫，未能细改，现有几处，恳为改正：

一、第9页第一行第一句末改为句号，下面"因为新红学派的理论和欣赏趣味里，还混杂着若干封建性的东西"这句删去。

二、第14页倒数第4行末三字"甚而至于……"到最末一行全删去。

第15页第1行开头"对的"两字改为"这种情况"，下接原文"是不利……精神的"以下"对于这种歪风，应该引起我们的注意，共同来予以清除"全部删去，改为："这种情况我们应该避免。"

三、第52页第二行"红楼梦探源吴世昌著"以下空白语填写"英国牛津大学出版社1961年出版英文本"。

第五行："11.红楼梦论稿"，下面一行请添"12.论凤姐王朝闻著1980年百花出版社出版"，下面"漫说红楼"改为"13"，以下顺次改，到"17.曹雪芹家世新考"下一行再添"18.红楼梦诗词曲赋评注蔡义江著1980年北京出版社出版"，以下次序顺次改为19、20、21、22、23。

四、第55页第6行第二句"应该贯彻百花齐放"请改为"应该坚定不移地贯彻党的百花齐放"下接原文。

五、第55页第8行第一句"定别人的动"，下面增加以下一段文字："我们提倡马克思主义，但也欢迎各种不同学术观点的相互探讨，欢迎各种不同的学术流派的竞赛和发展，不搞'一言堂'，要认真贯彻学术民主的百家争鸣的方针。我们应该好学深思，善于听取不同意见，甚至帮助不同意见发表和自己讨论的气度胸襟。应该认识到学术的是非任何人是专断不了的，只有历史才是真正的权威！因此我们应该真诚地欢迎各种不同的意见，欢迎各种不同方面的研究。"以下接原文"只要对红学有所……"

以上各点，恳托麟书同志代为改正。文章太长，如换掉别的文章不方便，就不一定发，不要造成您们的困难。我22号去长春讲学，就是讲这个问题，顺便也听听意见，但文章不给他们发表，已经给您们了，我不会再交别处。北京已请了一部分同行看了，大家觉得适时，增加的这一段就是大家讨论的意见。

清样排出后，请让我校一遍。匆致

敬礼！

冯其庸

一月廿一日晨

出版社王敬文同志处请告知他，此文已在您处。又及。

这封信（见图1）所用信笺的页脚印着绿色小字"中国人民大学出版社稿纸"，全文按格写在稿纸上。冯先生对初稿进行仔细修改，并及时寄去校订文字。书信落款时嘱咐编辑部"清样排出后，请让我校一遍"，足见他的严谨认真。这封信对自己的论文列了五条校改意见，逐一体味，颇有启发意义。第一条，冯先生斟酌，删去了这样一句："因为新红学派的理论和欣赏趣味里，还混杂着若干封建性的东西。"第二条，将"对于这种歪风，应该引起我们的注意，共同来予以清除"全部删去，改为："这种情况我们应该避免。"修改后的文字，语气更有分寸感。第三条，对注释的顺序等细节问题的处理，一丝不苟。第四条，增加了词语"坚定不移地"，对贯彻"百花齐放"的方针加以强

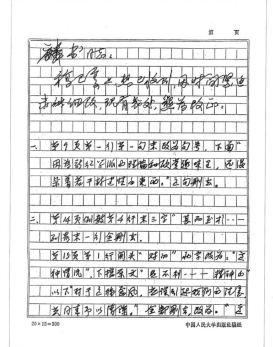
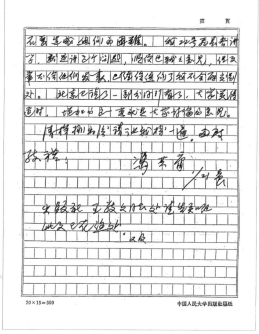

图 1　第四封信（1981 年 1 月 21 日）原件（节选）

调。第五条所示，增加的文字较多："我们提倡马克思主义，但也欢迎各种不同学术观点的相互探讨，欢迎各种不同的学术流派的竞赛和发展，不搞'一言堂'，要认真贯彻学术民主的百家争鸣的方针……因此我们应该真诚地欢迎各种不同的意见，欢迎各种不同方面的研究。"信中坦言"增加的这一段就是大家讨论的意见"，可见冯先生在写作过程中充分发扬民主，虚心听取大家的意见。

第五封信（1981 年 1 月 26 日）：

麟书同志：

日前寄去一信，请为改正数处文字，想蒙收录。关于拙文（小字，自谦款式）过分冗长，弟（小字，自谦款式）寄出时，只是一时完成此稿，未曾仔细计算，现在看来，您们处理此稿，实在为您造成了困难，心里很觉不安，我们都是自己人（朱笔右侧圈点），我自己也在编刊物，这类难题是常遇到的，我深怪自己太鲁莽，请您理解我诚恳的心情，并不是有别的任何想法，只是觉得不应该（朱笔右侧圈点，"不应该"三个字朱笔双圈）给您们送去这么一个难题，向您们表示真诚的、深深的歉意（朱笔右侧圈点）。为了使您们不致不好办，我提出几点处理意见：一、不发表此稿，如王敬文处出版编入，则可以写信与我商量。二、分两期发，第一期发前三节，即发完红学的分工问题，其余二个问题放在下期发，因下两个问题时间性不太强，下期发还无关系。如一次全部发完，篇幅实在太长，会造成许多矛盾（朱笔右侧圈点），即使分两次发，第一次发完三节，也已经有二万多字了，已经够长的了。所以千万请您们理解我的诚意，不要为难，如不好发，完全可以不发，决不会造成我们之间的误会，决不会影响我们的亲密关系，请千万放心（朱笔右侧圈点）。并请一定将我的意思转达到国良同志，我们大家都在办事，都只能从工作出发，事业出发，不能违背原则。可能由于我想到这点太晚了，已经造成你们的许多困难，因我于23日匆匆被长春强邀去，稿件寄出后，根本无暇思考这个问题，今天开完我们的编委会，心理安静一点了，坐下来一想，觉得我处理此事，实在欠妥，务请理解我的心情。同样的意思我也给锦池写了一信，请他转述我的意思。另外，您及其他同志读完拙稿（小写，自谦的款式）后，感到有什么不妥之处，务恳告诉我，以便修改，这是最重要的（朱笔右侧圈点），此点务请帮助。致恳了。匆匆不一一，顺问

好！

其庸
一月廿六日夜深

冯其庸先生信中有些字词的书写方式传达出感情色彩。信中称呼自己时的"弟"，称呼自己文章时的"拙文"或"拙稿"等字写成小字，以表自谦。这封

信中冯先生加了多处圈点，用朱笔圈于竖写的文字的右侧，笔者以下画线标出。这些圈点处的句子语气诚挚、恳切，传达出他善于换位思考，严于律己，对编辑同行给予充分的理解和尊重，也表现出他的敬业精神。信上提到的"王敬文"为黑龙江人民出版社编辑，当时欲编辑出版《红楼梦》论集。

第六封信（1981年2月2日）：

麟书同志：

来信收到。知道拙稿（小字，自谦款式）现在的处理办法，心里很过意不去，只好向您及其他同志表示深切的谢意了。今天下午，中宣部贺敬之副部长约我去谈工作，又问起了我写的这篇文章，因原是他要我写的。我向他汇报了这篇文章的五个部分的基本内容，他听了表示同意，并问在哪里发表。我告知他在《北方论丛》第二期发表，他也表示同意，并要我把我的打印稿印出来后就给他送去。还谈到了一些其他问题，并要我仍旧为《人民日报》补写一到二篇文章（因为这篇文章本是应该在《人民日报》发表）。我的打印稿已打好，在校对过程中，又有几处小的增改，现将增改的文字另纸录来，恳请代为改入（六个字用朱笔在右侧加圈点）。我的打印稿大约十来天内可以印出装订好，到时当即寄上，以便校对。经这次改定后，不会再有什么改动了，决不会再动版面了。请您代我向排字的老师傅致以深切的谢意，请问候国良同志。王敬文同志处等打印稿出来后，当即寄去。匆致

敬礼！

冯其庸

二月二日夜深

另纸所录增改的文字（见图2）：

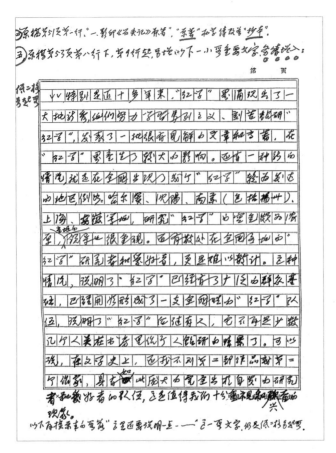

图2　第六封信（1981年2月2日）所附增改文字（节选）

一、原稿第五页第一行："这时又大肆泛滥"句加一注号①，并请将下面这段注文增排。注①：当然，1954年关于《红楼梦》研究的批判运动，与后来"四人帮"的"影射红学""阴谋红学"，无论是在政治上或是在运动的形式上都是完全不同的两件事，它们各自有产生的社会历史原因和政治原因的，决不能把两者混为一谈。这里仅仅是就两者都具有主观唯心主义的文艺思想这一点（三个字加朱笔圈点）而说的。

二、原稿第5页第八行（此行空白行不算）"又有了新的繁荣发展的气象"，下增以下一句："一九八〇年文化部文学艺术研究院红楼梦研究所成立"，下接原文"一九八〇年六月美国……"

三、原稿第41页右面边上增加文字倒数第六行"《废艺斋集稿》的真伪问题"下请增加以下三句："书箱问题，香山正白旗39号老屋的问题，白家疃的问题"，下接原文"等等，对于这些……"

四、原稿第51页第一行"一、影印《石头记》原著"，"原著"两字请改为"抄本"。

五、原稿第53页第八行下，第9行起，另增以下一小段重要文字，务请增入（四个字加朱笔圈点）：

（行侧朱批：低二格另起段）特别是近十多年来，"红学"界涌现出了一大批新秀，他们努力学习马列主义、刻苦钻研"红学"，发表了一批很有见解的文章和专著，在"红学"界产生了较大的影响。还有一种新的情况，就是在全国出现了几个"红学"较为发达的地区。例如，哈尔滨、沈阳、南京（包括扬州）、上海、安徽等地，研究"红学"的空气颇为浓厚，当地的领导也很重视。还有散处在全国各地的"红学"研究者和爱好者，更是难以数计。这种情况，说明了"红学"已经有了广泛的群众基础，已经开始形成了一支全国性的"红学"队伍，说明了"红学"后继有人，它不再是少数几个人关在书房里作个人钻研的情景了。可以说，在文学史上，还找不到第二部作品或第二个作家，具有如此庞大的完全出于自发的研究者和爱好者的队伍，这是值得我们十分重视和兴奋的现象。

以下再接原来的段落"这里还要说明一点……"这一段文字，仍是低二格另起段。

冯先生的三万字的长文即将在《北方论丛》1981年第2期上全文刊出。对"拙稿"当时的处理办法，冯先生心里很过意不去，诚恳地向夏麟书编辑致歉。同时，他精益求精地修订文稿，从1981年1月21日和2月2日两封书信中所附的10个修订条目清晰可见。这一封信中的修订内容除了正文的增订，一些写给编辑的提示语也值得注意。如第五条以"特别是近十多年来，'红学'

界涌现出了一大批新秀"开头的一段增文，"特别"前面加了两个空格符号"ⅤⅤ"，并在左侧空白处朱批了"低二格另起段"。还在这一条的结尾写道："这一段文字，仍是低二格另起段。"于细微处显现出他的事业心和责任感。

第七封信（1981年2月26日）：

麟书同志：

您好。我寄去的校样想早收到并代为校改了，谢谢。今天检查我的手稿，发现第29页（全文第二部分谈爱情掩盖说的一段）倒四行，到30页开头二行："相反，如果硬要把曹雪芹所申明的'真实隐去''假语村言'解释为相当于现代创作术语的从生活素材到艺术成品过程，把'假语村言'解释为'一番典型化的工作'，这样的理解，恐怕要离开曹雪芹的原意，未免有点把曹雪芹的创作思想过分地现代化了。"这一段文字我是在原稿上删去了的（我手里留的原稿）。但我寄您的复印稿当时还未删去，后来看校样时，我记不起来是否已经删去了，很可能仍未删，我寄您那复印稿是最早的稿子，删去是复印稿寄出后，在我的手稿上删的，原想在看校样时删的，很可能当时看样稿过于匆促，忽略了此事没有删去。请为检查一下，如已删去，则甚好。如未删去，则这段话说得有不清楚不准确之处，是否来得及登一作者来信：

编辑部负责同志：拙稿《关于当前〈红楼梦〉研究中的几个问题》第二部分："相反，如果硬要把曹雪芹申明的'真实隐去'……未免有点把曹雪芹的创作思想过分地现代化了。"这一段文字是应该删去的，我在看校样时疏忽了，未曾删去。请为刊登此函，以向读者致歉。谢谢。

冯其庸

一九八一年二月廿六日

这一期估计是来不及登此信了，请在下期借贵刊一角，予以说明，并恳注明见本刊第几页到第几页，或见本刊第几页第几行到第几行。如已经删去了，则就没有什么问题了。我原意是要说《红楼梦》里既非全是真事，也非全是虚构（典型化），是这两部分都有的。片面地强调某一面，都不符合实际。我的那段话，并没有把这层意思说清楚，相反容易发生误解。

这篇文章，费了您不少精力，十分谢谢。我目前的工作太忙，常常发生差错和疏忽，真是没有办法。匆匆，即问好！

冯其庸

二月廿六日

冯先生将校样寄给《北方论丛》之后，又在手稿原件中发现可能出现疏漏，请编辑帮他再检查一下，如稿子已经刊出，希望能在下一期刊登自己的一封作者来信，以补上校订的文字。"这一期估计是来不及登此信了，请在下期借贵刊一角，予以说明，并恳注明见本刊第几页到第几页，或见本刊第几页第几行到第几行。"细致入微的叮嘱反映出冯先生为自己的文字负责，为文章的社会影响负责。他对《红楼梦》研究的态度，可以说是富有示范意义的。1981年2月26日的信函中续写的一段话发人深省："《红楼梦》里既非全是真事，也非全是虚构（典型化），是这两部分都有的。片面地强调某一面，都不符合实际。"从今天的现实来看，依然有人把《红楼梦》看成"全是真事"的家传，进而牵强地进行"曹贾互证"，忽视了这部世情小说的文学性。我们重读冯其庸先生30年前的理论文章，依然不乏现实意义。

第八封信（1981年3月19日）：

麟书同志：

来书收到多日，因事忙未速复，甚歉。我前几回所说的那段文字，于内容无关紧要，只是上下文接不上，意思说得不清楚而已，我当时就估计来不及删了，所以不删也无妨。我已将打印稿送给了中宣部，也给耀邦同志送了一份，现在刊物大概已出来了罢，我23日趁（乘）飞机去南京，要两周能回来，回京后又要接待日本的松枝茂夫和伊藤漱平，估计五月份我是够忙的了。刊物出来后，请速寄我数份，如能在去南京前收到就好了，但可能来不及了。谢谢您的辛劳，谢谢编辑部的同志。又黑龙江出版社的事，毫无关系，因我以为此书是他们与您们大会一起编的，他们还数次来信催稿，我也告诉他我无法如期写出来，请他们不要打算在内，后来又听说此书一直未发稿，故我提一笔，如来得及可收入，现在既已来不及，自然毫无问题。

　　见国良同志请为问候，匆匆，不一一，顺问

好！

冯其庸

三月十九日

　　1981年春天，冯其庸先生从北京到长春、上海、南京等地频繁开会，同时与哈尔滨师大的《北方论丛》杂志紧锣密鼓地通信，又要接待日本红学家的来访，从天南地北到海外，为红学事业忙碌着。《红楼梦学刊》1981年第3辑记载："日本著名红学家松枝茂夫和伊藤漱平，应中国艺术研究院的邀请，于今年四月二十四日至五月十四日访问了我国。松枝先生现年七十六岁，是日本东京都立大学名誉教授。"冯先生1981年3月19日的信中提到"回京后又要接待日本的松枝茂夫和伊藤漱平"，结合下文4月23日信中所云"明天日本朋友来访，到五月十五才离开"，时间、人物、事件吻合，翔实地记录了这一历史信息。

第九封信（1981年4月23日）：

麟书同志：

　　您好，我出差了一个月，十六号在上海飞机场见到了《解放日报》您摘要的拙文（小字，表自谦），谢谢您的关注。回来后读到您的信，出作者问题讨论集，我是很赞成的。写长篇论文，实在没有时间了，因明天日本朋友来访，到五月十五才离开，我抽不出时间。如要写一个简短的叙言，则可以挤点时间出来。但可否在我送走日本朋友后再写，大约五月中旬定稿。如实在等不及，则就不要耽误出书，就不要我写了。请您酌定之。

拙文（小字，表自谦）在上海反映较好，昨天魏同贤来信又谈到此事，徐恭时也说文章说出了他们多年想说的话。来信照登与否，登也可以，因为我收到集子里去的文字已经删掉这一段了。现集子已付排。谢谢您们的大力支持。问同志们好，问国梁同志好！

冯其庸

四月廿三日

关于写序言的补充：

若要写，能否给我一个目录及文章（主要文章也可），如无文章给目录也可，我可托人去找。

从信中可见，冯先生当时的日程排得很满，但对《北方论丛》的红学事宜都是积极支持的。撰写并发表一篇长文后，《北方论丛》要编辑《〈红楼梦〉著作权论争集》，他答应"如要写一个简短的叙言，则可以挤点时间出来"。并在落款之后又补充说，如要写序言，需寄给他论文集的目录，足见其诚恳和热情。文中"您"的称呼，以及"拙文"的自谦写法，都体现出冯先生为人的谦逊。

这封信写于1981年4月23日，夏麟书编辑对冯先生发表在《北方论丛》上的长文加以概述，撰写了《红学研究必须坚持马克思主义——冯其庸著文探讨当前〈红楼梦〉研究中的重要问题》一文，发表于《解放日报》1981年4月

16 日。冯先生信中所言《解放日报》上的文章即指此文。全文如下：

红学研究必须坚持马克思主义

——冯其庸著文探讨当前《红楼梦》研究中的重要问题

《北方论丛》一九八一年第二期发表了中国红楼梦学会副会长冯其庸的《关于当前〈红楼梦〉研究中的几个问题》的文章，提出了一些引人注目的见解。

关于研究《红楼梦》还要不要马克思主义指导问题，文章认为，建国三十年来，《红楼梦》的研究工作，经历了一个曲折的过程。从一九四九年到一九五四年，是新学派占主要地位。一九五四年的那场文艺思想的批判运动，虽有它的缺点和错误，却是红学发展史上的历史分界线和转折点，使红学进入了一个新的发展阶段，即用马克思主义研究《红楼梦》阶段，红学得到了较大的发展。在"十年浩劫"期间，一切文化遗产统统被打倒，以往的历史被纳入一个狭窄的农民起义的框框，唯框框以内是光明，框框以外，全是黑暗与罪恶。只有《红楼梦》这部古典小说不在打倒之列。"四人帮"肆意曲解践踏《红楼梦》，通过他们的御用班子大搞影射红学。项庄舞剑，意在沛公，"四人帮"的评红则是意在周公，给红学造成极大的混乱。

文章说，是用马克思主义来研究红学，还是回到唯心论的老路上去？这是当前红学研究中不能不加以思考和认真解决的问题。历史事实充分说明，只有马克思主义才能正确地解释《红楼梦》这部巨著，才能给红学注入新的富有生机的内容。

文章认为，对于毛泽东同志的过去对《红楼梦》的一些看法，就公开发表的正式文件来说，一九五四年十月十六日毛泽东同志《关于红楼梦研究问题的信》所提出的四点原则性意见，即批判唯心主义，提倡用马列主义研究古典文学、研究《红楼梦》，提拔新生力量，团结知识分子，其基本精神是正确的，在当时起了积极作用，不能因为这场运动的做法有不妥之处，起了些消极作用，因而忽略了它的积极的主要的方面。

其次，毛泽东同志一九六二年一月三十日《在扩大的中央工作会议上的讲话》，明确提出了曹雪芹的时代是中国已经有了一些资本主义萌芽，但还是封建社会的时代，这段话讲得很深刻，富有启发性。贾宝玉这个典型，实质上就是这个历史转折时期的典型，因而这个艺术典型成了时代的标志。另外，他还指出，贾宝玉是一个不满封建制度的小说人物。这样也就明确地指出了贾宝玉这个典型形象的思想的主要方面。这些精辟见解对于我们研究《红楼梦》具有很高的指导意义。

再次，毛泽东同志在《论十大关系》中把《红楼梦》与我国的地大物博、人口众多、历史悠久等并列起来，这是对《红楼梦》的空前的高度评价，是正确的。

文章从传抄的抄件中提出来的一些问题，也提出了自己的看法。

文章认为，说《红楼梦》是政治历史小说是不妥当的。《红楼梦》不是描写历史上的政治斗争事件的小说，而是道道地地的描写当代现实的文学。但同一些优秀的小说一样，当作历史来读是完全可以的。文章又认为，关于第几回是纲问题最早提出来的要数脂砚斋，但是曹雪芹当年写《红楼梦》未必像今人一样先拟出写作提纲来，然后动笔，何来第几回的"纲"？如果是说我们今天读《红楼梦》应以第几回为"纲"，那就是一个学术问题，可以各抒己见，百家争鸣，完全没有必要去定于一尊。至于所谓"甄士隐"（真事隐），"贾雨村"（假语存）问题，文章认为是作者交代他创作本书的基本态度和一些特殊手法，作品中确实有许多"假语村言"，即艺术的虚构和想象，但并非全是虚构。理解得过于刻板，以为真事都已隐去，容易被作者"瞒过"。关于所谓"爱情掩盖政治"，文章认为，这样说确切不确切，能否用来提示复杂的内容，是否容易引起简单化的理解，是可以商讨的。然而决不能因此而认为《红楼梦》是单纯地描写爱情的作品，没有政治内容，也不能认为《红楼梦》里的爱情描写和政治内容都一样写得很突出很明朗，不存在什么掩盖不掩盖的问题。文章还认为，《红楼梦》的内容是深广的，包含着阶级斗争和政治斗争（统治阶级内部的政治斗争）的内容的，只要我们不对它作不符客观实际的牵强附会的解释，从这方面去进行研究和探索，是完全必要的。

关于《红楼梦》研究的分工问题，文章说，大体上"红学"似乎已可粗略地分以下几个方面：一、曹学或外学，它似应包括曹雪芹的家世、传记、文物的研究等等；此外，似还可以包括曹雪芹的时代以及明清以来的政治史、思想史、文学史、建筑史、满族史等等各方面与曹雪芹和《红楼梦》有关的部分在内。二、红学或内学，它似应包括《红楼梦》的版本学，《红楼梦》的思想内容、人物创造、艺术成就、成书过程，曹雪芹的世界观和他的创作，《红楼梦》八十回后的情况，脂批的研究，《红楼梦》后四十回的研究，《红楼梦》语言的研究，《红楼梦》与我国古典文学传统的关系，《红楼梦》给予后世的影响，《红楼梦》与清代社会，等等。文章认为，《红楼梦》确是一部百科全书式的巨著，不可能要求一个红学研究者去研究红学的一切，而应该向专门化的方向发展。

关于考证问题，文章认为：三十年来，我们学术界对于考证，常常是左右摇摆，时而加以批判，斥为资产阶级的伪科学；而当一旦考证出某些重要成果时，考证又成为一门时髦的学问。我们应该提倡充分掌握材料，用历史唯物主义的观点对材料进行分析，从客观材料中经过科学分析得出科学结论的这种马克思主义的考证方法。遗憾的是近几十年来，我们对资料工作包括资料的考订工作不够重视，尤其是十年浩劫期间。我们的党风、文风，在学术上大兴实事求是之风，大兴调查研究之风，以此来扫除"四人帮"的歪风邪气，在"红学"的领域里同样是如此。

关于思想和艺术的研究，文章认为，必须把重点放在对《红楼梦》本身的研究上，要通过分析，看清楚这些艺术形象所包含的思想以及这种思想的社会性质，从而更深刻地去认识这些栩栩如生的不朽的艺术典型的思想内涵，更深刻而确切地去评价这部伟大的文学巨著的思想意义。

文章在结语中说新中国成立以来三十年的红学所达到的成就，可以说远远超过了过去二百年来红学成绩的总和。而且红学目前已经成为世界性的学问，海外学者在红学研究上也取得了卓越成就。红学正面临着历史上的新时期，大发展的时期。（麟书）

本文以 1981 年上半年冯其庸和夏麟书的通信为研究视点，通过 9 封书信的录入和研读，不难发现，这些书信主要围绕一篇论文《关于当前〈红楼梦〉研究中的几个问题》的撰写、校订、刊出的过程，生动反映了冯其庸先生作为一位中国红学会的负责人，对红学事业的执着；作为一位专家，对著书立说的严谨；作为一名编辑，对业内同行的体贴。中国红楼梦学会诞生 30 年来[1]，之所以能够紧密地团结了海内外的红学同好，和我们有"世事洞明、人情练达"的带头人，在做人、做事、做学问方面诚挚而勤勉的付出是分不开的。

2010 年 10 月 16 日初稿

参加中国人民大学召开的"国学前沿问题研究暨冯其庸先生从教六十周年国际学术研讨会"。

2011 年 3 月 31 日增订稿收入中国人民大学国学院主编《国学的传承与创新——冯其庸先生从事教学与科研六十周年庆贺学术文集》，上海古籍出版社2013 年 4 月版。

2017 年 1 月 22 日冯其庸先生仙逝之日深情重校

---

[1] 中国红楼梦学会于 1980 年在哈尔滨成立，2010 年在北京召开三十周年纪念会。

图3　笔者向冯其庸先生请教当年书信中的问题，拍摄于 2010 年 10 月 16 日

发表说明：

　　此文曾于 2013 年 4 月发表于论文集《国学的传承与创新——冯其庸先生从事教学与科研六十周年庆贺学术文集》，此次发表于《北方论丛》，因冯先生 2017 年 1 月 22 日仙逝，冯先生生前对《北方论丛》的《红楼梦》研究专栏多有关心，谨以此文向红学前辈致敬！

（原载《北方论丛》2017 年第 2 期）

版本编

国家图书馆所藏两套庚辰本的摄影本考辨

内容提要

国家图书馆藏有两套庚辰本的摄影本，其中一套为陶洙所藏，我们推测其为陶洙整理《北京师范大学藏〈脂砚斋重评石头记〉》时所用的底本。在考察其版本特征的基础上，本文通过对比两套摄影本的异同，初步判定了何者为陶洙所用之底本，并对陶洙所用的摄影本上的朱笔和墨笔的校补进行了分析，发现其中一些与己卯本有密切关系。这有助于我们梳理庚辰本的摄影本、己卯本的原件及北师本之间的关系，也启发我们探寻这几个版本的收藏者、抄补者之间的交往，以进一步查明北师本相关部分的整理过程。

关键词

庚辰本 | 摄影本 | 己卯本 | 北师本 | 陶洙

《北京师范大学藏〈脂砚斋重评石头记〉》（以下简称"北师本"），是陶洙在 20 世纪 50 年代初以庚辰本为底本整理的一部较为完整的《石头记》抄本。陶洙以古籍的传统校勘方式，参考其他版本，对此本进行了校改、增补，辛苦结晶，自有其独到之处。所以，自北师本 2000 年年底被发现后，便开始受到红学界的广泛关注。北师本是陶洙已经整理好的誊清本，因而研究者在探讨版本方面的相关问题时，自然想了解他原来的工作底本。据周绍良先生介绍，陶洙用的庚辰本，是一种晒蓝的摄影本。[1]而国家图书馆（以下简称"国图"）的文津馆中藏有两套庚辰本的摄影本，一部原为赵万里所有，另一部即是陶洙所藏。[2]于是，我们对国图所藏的两套摄影本进行了初步的考察，以期发现与北师本及陶洙有关的一些线索。现将我们对这两套摄影本的初步印象和发现的相关问题做一概述。

一、两套摄影本的异同

（一）共性

两套摄影本都有八册，每册的大小、厚薄基本一样。封皮是蓝布面的硬纸板，装订也很结实。尺寸近似于 32 开，扁型本，宽 15.7cm，高 14.3cm。摄影本与庚辰本一样都是从左往右翻页的，翻开里面可以看到，两套书均为晒蓝的"照相本"，每一页的正面是深蓝黑色的，背面为白色。因为正面是感光层，庚辰本上没有字的地方感光，发生化学反应而变色，字不感光留成白色，与庚辰本的白底黑字正好相反。摄影本是把庚辰本对开拍摄的，所以上一页的 b 面和下一页的 a 面合为一页，每一页上翻着的侧页聚集在一起的印迹还依稀可见。两套摄影本正文的面积只有 15.7cm（宽）×10.8cm（高），因而字的大小不及庚辰本的一半，但可以看得清楚。眉批把天头也占满了，甚至在有些眉批

---

[1] 一粟编著《红楼梦书录》介绍庚辰本云："此本徐郙旧藏，后归燕京大学图书馆，陶洙等有摄影本；现归北京大学图书馆。"参见一粟编著《红楼梦书录》，中华书局 1963 年版，第 6 页。2001 年 10 月 18 日周绍良先生曾说，1950 年"陶洙和我，用的都是陶洙自己的晒蓝本"。参见曹立波、张俊、杨健《北师大藏〈脂砚斋重评石头记〉版本来源查访录》，《北京师范大学学报》2002 年第 1 期。

[2] 陶洙曾告诉周汝昌，庚辰本的"照相本"只有两份，一份是陶本人收藏，"另一份由赵万里先生收藏，但人皆未知"。参见周汝昌《我与胡适先生》，漓江出版社 2005 年版，第 118 页。这两种摄影本都藏在国家图书馆（文津馆）的信息由华夏文明基金会的蔡文矶先生于 2008 年 12 月 6 日在首都师范大学举办的"一百二十回本《红楼梦》版本专题学术研讨会"期间提供。

中，天头最上面一行的字多有缺失，没能完全拍进照片。每页拍摄好再晒蓝的书影，贴在高度相同（10.8cm）的白纸上，再将纸页装订在一起，粘成书脊。

因是照庚辰本原封不动地晒蓝制成的，所以两套摄影本在内容上与庚辰本一致，基本上都是每册十回，第一页是十回的总回目，并有"脂砚斋四阅评过"及"庚辰秋月定本"等字样。第三册第二十二回灯谜未完，第七册缺第六十四、六十七两回，最后一册和庚辰本的后十回一样，较乱，有很多点改的地方。这些都符合庚辰本的基本特征。

两套摄影本应是同时照相制成的。"出版"时间是 1936 年。以下为国图检索信息：

题名与责任项：脂砚斋重评石头记【普通古籍】：80 回（清）曹雪芹撰（清）脂砚斋评

版本项：摄影本

出版项：国立北平图书馆，民国 25 年【1936】

相关附注：据清抄本摄影

索书号：35064、35065[1]

在考察摄制的具体时间时，我们还发现一个有趣的旁证，即在两套书第五十四回第 4 页左右两面的天头上，都有一幅山水画的一小部分，上面的题字还可辨认出是"辛酉菊月"。这应是用来压庚辰本的镇纸上的图案，也随之印到了摄影本上。还有，这两套书中的第十回，在连续两页的书缝上，印有"倭情考略二一"和"倭情考略二十二"，且都与正文的文字方向相反。另外，在"倭情考略二十二"的左侧，两套书还都印上了一行字，但因书缝比较窄，只

---

[1] 35064 即后文所称"故宫藏摄影本"，应为赵万里所有；35065 即为后文所称"'北图'藏摄影本"，应为陶洙所有。

印上了右半边。而《北京图书馆古籍珍本丛刊》的第十册《史部·杂史类》中收有明代郭光复所作的《倭情考略》一卷，查其第 22 页 b 面的第一行字为"必俟人先而后突入故酣"，通过对字的笔画和结构的辨认，两套摄影本书缝中残缺的字与此相同。由此可见，摄影本印上的是《倭情考略》相应两页的版心及其附近的文字。《倭情考略》作于明代倭患严重之时，《四库全书总目》将其收入《子部·兵家类》，并对其做了介绍：

嘉靖中，东南屡中倭患，而扬州当江海之冲，被害尤甚。光复以为必得其情，始可筹备御之术，因考次所闻为此编。首总论，次事略，次倭患，次倭术，次倭语，次倭好，次倭船，次倭刀。载其情状颇详，盖亦知己知彼之意。而得诸传闻，未必一一确实也。[1]

制作摄影本时摆在案头的《倭情考略》应是一条信息线索，我们或许可以据其查考晒蓝本制作的时间和背景。另据介绍，庚辰本于 1932 年被发现[2]，陶洙"早在 1933 年已有了庚辰本的'摄影本'"[3]。当时距 1931 年九一八事变仅数月，日军正在加紧侵华的步伐，东北已经沦陷，华北亦形势严峻。再次面对"倭患"，自然会使人想起类似《倭情考略》之类的书，将其置于案头也是具有现实意义的，这应是两套摄影本上出现"倭情考略"的原因。因而，综合相关资料，我们可以粗略推知，这两部摄影本的制作时间当在"倭患"严重的抗日战争前夕。

此外，围绕"摄影本"的制作问题，我们还查到与赵万里、陶洙的兄弟陶湘等人相关的资料。赵万里自"1928 年到北海图书馆（国家图书馆的前身）任

---

[1]《四库全书总目》，中华书局 1965 年版，第 844 页。

[2] 冯其庸《影印〈脂砚斋重评石头记〉庚辰本序》介绍"此书徐星署于 1932 年初得之隆福寺书摊"。参见冯其庸《石头记脂本研究》，人民文学出版社 1998 年版，第 29 页。

[3] 胡文彬：《陶洙与抄本〈石头记〉之流传》，《红楼梦学刊》2002 年第 1 辑。

中文采访组和善本考订组组长，兼任编纂委员和购书委员会委员"[1]，多年从事善本采访、编目、保存工作。国立北平图书馆也曾在 1934 年对明代杨素卿刊藏的《天工开物》三卷做过晒蓝本。[2] 且国立北平图书馆很可能是用陶湘的本子做的晒蓝本，因我们查《天工开物》得知：

> 1927 年江苏武进县陶湘据日本明和八年（公元 1771 年）菅生堂刊本石印；1929 年陶氏又将此书石印，收入《喜咏轩丛书》，1955 年台湾据《喜咏轩丛书》本影印。[3]

通过将古籍善本摄制成晒蓝本的工作，赵万里及其所在的国立北平图书馆与陶湘、陶洙兄弟之间建立起联系。总之，我们把时间界定在 20 世纪 30 年代初期至中叶，对相关善本和摄影本问题的进一步考察，将有助于对庚辰本及其摄影本的探究。

在制作摄影本时，陶洙和赵万里的工作室里摆放着庚辰本的原件。陶洙和赵万里是如何借到庚辰本的，尚不得而知。庚辰本是在 1932 年年初才被发现的，由徐星署先生在隆福寺的书摊上购得，他在世时对此书极为珍视，连其子女都不得轻易翻看。而他 1938 年去世后，庚辰本也一直由徐家收藏，新中国成立前曾在天津的周叔迦、周绍良家放过一段时间，新中国成立后就卖给燕京大学了。[4] 另有补充资料显示，庚辰本的原件"在彀翁处放了没有几天——肯定不是外界传说的一年时间"[5]。既然这"几天"的事情发生在 20 世纪 40 年代，那么，1936 年摄影本在国立北平图书馆"出版"之前，陶洙和赵万里是在何

---

[1] 谷秀洁：《文明的守望者：赵万里先生》，《图书馆论坛》2007 年第 3 期。

[2] 此书亦藏于文津馆，记录显示其"出版"于民国二十三年（1934）。

[3] 肖克之：《〈天工开物〉版本说》，《古今农业》2001 年第 2 期。

[4] 参见冀振武《庚辰本的转手过程》，《红楼梦学刊》1995 年第 4 辑。

[5] 李经国：《周绍良先生〈红楼梦〉研究侧记》，《红楼梦学刊》2003 年第 3 辑。

时、怎样借到庚辰本？拍摄后又是在何时归还的？他们与徐家是否有过交往？这些问题还需要进一步查访。

（二）差异

两套摄影本虽然在形式、内容上系出同源，但也存在着一些差异，而正是这些差异可以帮助我们解答一些疑问。

两套摄影本中的一套没有函套，但标有"故宫博物院31-8"。这套显然是故宫博物院的藏书，是后来转给国家图书馆收藏的。其最后一册的最后一页上贴有图书馆的专用卡片，上写"北京图书馆照相庚辰本石头记，册数8"，底下"经手人"处，签了一个"徐"字。为与另一套区别，我们暂称其为"故宫藏摄影本"。而赵万里从1929年起，"被聘为故宫博物院图书馆和文献馆专门委员"[1]，所以与陶洙相比，他更有机会和可能将其摄影本交给故宫博物院收藏。另一套则分装两函，每函四册，每册起讫处都有"北京图书馆藏"字样，所以我们就暂称其为"'北图'藏摄影本"。这一套的两个函套上分别题有"脂砚斋重评石头记第一函"和"脂砚斋重评石头记第二函止"。故宫博物院成立于1925年，所以这套摄影本的归馆时间找不到其他参照，也可能制成之后就入馆了。而"北京图书馆"的名称则是新中国成立之后才由"国立北平图书馆"更名而来的，"北图"藏摄影本有可能一直由陶洙收藏，新中国成立后或他去世前后才转给北京图书馆的。

"北图"藏摄影本每册封皮的右上角都贴有一张白色（现已泛黄）长方形的硬纸条，上面依次标有"一至十""十一至廿""廿一至卅""四一至五十""五一至六十""六一至七十""七一至八十"的字样，是用毛笔写的。字体似行楷，清俊飘逸，工整而潇洒，颇类北师本上陶洙的字。还有，这套书的前两册中，有不少朱笔和墨笔的改文。经过比对，我们发现北师本的相应之处，与朱笔的

---

[1] 相关介绍参见谷秀洁《文明的守望者：赵万里先生》，《图书馆论坛》2007年第3期。

改文有一部分是相同的，而与墨笔的改文基本上全部相同。

此外，两套摄影本的第三册中的眉批（尤其是天头的第一行字）都多有缺失，"北图"藏摄影本都用朱笔一一补出了，可故宫藏摄影本上却没有任何补注。而北师本的前三十回从抄写笔体上看是陶洙的字[1]，由此看来，"北图"藏摄影本很有可能是北师本的工作底本。

故宫藏摄影本按庚辰本照相之后，没有再做什么改动。只勾画了一处，在第五十回的开篇，用来提示哪一句是混入正文的批语，具体如下：

起首恰是李氏【一定要按次序恰又不按次序似落处而不落文章歧路如此】然后按次各各开出。[2]

而庚辰本的原文是把"起首恰"和"后按次各各开出"圈出，并上书眉批曰："勾出者似是批语，不宜混入。"故宫藏摄影本在此基础上，用蓝色钢笔后加了"【】"这个标记，用来指出哪句才是应该被勾出的批语。实际上，这是写"雪广争即景诗"（抄本写法），众人抓阄为序的情节，若将此句去掉则变为"起首恰是李氏，然后按次各各开出"，方才通顺。但北师本并未按其修改，而是按庚辰本与摄影本的原貌抄录。

但在庚辰本的第七十四回，写"抄大观园"（抄本写法）时，"在入画箱中寻出一大包金银锞子来，约共三四十个"，下有批语"奇"。后紧接正文"为察奸情，反得贼赃"，此八字又被圈出，上有眉批："似批语，故别之。"而北师本的第七十四回中，就把这八个字抄在"奇"字之下，变作双行夹批，且北师本的后十回也是陶洙抄写的。由此我们不妨设想一下，若故宫藏摄影本为

---

[1] 在北师本上，八十回正文的笔体是两位抄手的，其中有四十回是陶洙所写，即前三十回和最后十回。

[2]（清）曹雪芹：《脂砚斋重评石头记》，人民文学出版社1975年影印本，第1149页。以下所引庚辰本文字均出自此本。

陶洙所有，"【 】"这个标记为陶洙所加，也许北师本上第五十回的开篇就不一样了。

另外，两套摄影本的第四册结尾和第六册开头都有点混乱。第四册原本应是第三十一回到第四十回，但两套摄影本的最后都多出了第五十一回的大部分内容，而第六册的开头也都只有第五十一回剩下的一两页了。"北图"藏摄影本第四册的封皮上，除了标有"卅一至四十"外，还特用蓝色钢笔注明了"五十一回误在此册"。尤其值得注意的是，故宫藏摄影本的第四册和第六册上的第五十一回接上了，是完整而通顺的。但"北图"藏摄影本的第五十一回却缺了一页，正好是在第四册的最后一页和第六册的第一页之间。而查北师本的第五十一回中竟也缺了相同的内容，即从"（婆子接了）银子，自去料理"到"新鲜菜蔬是有分例的，在总（管房里支去）"，共计605个字（见图1、图2）[1]，这样大段的脱文应不是巧合。

事实上，北师本在"婆子接了"之后，空了半页纸，然后在左边的下页纸上从头抄"管房里支去"（见图3）。可见，北师本此处并不是无意识地脱文，而是注意到了这个问题，并有所准备的。但因抄写者只有眼前的一个摄影本可依，不知道所缺字数，只预留了多半面纸。可惜的是整理者后来并未补上这段文字，然而也正是这个疏漏让我们看到了"北图"藏摄影本与北师本之间的密切关系。

---

[1] 此段字数按庚辰本原文统计，参见（清）曹雪芹《脂砚斋重评石头记》，人民文学出版社1975年影印本，第1200—1201页。按摄影本的照相办法，这两面（第五十一回第10页b面和第11页a面）刚好可以制成一页，这一页的丢失，也许正是北师本脱漏这些文字的原因。

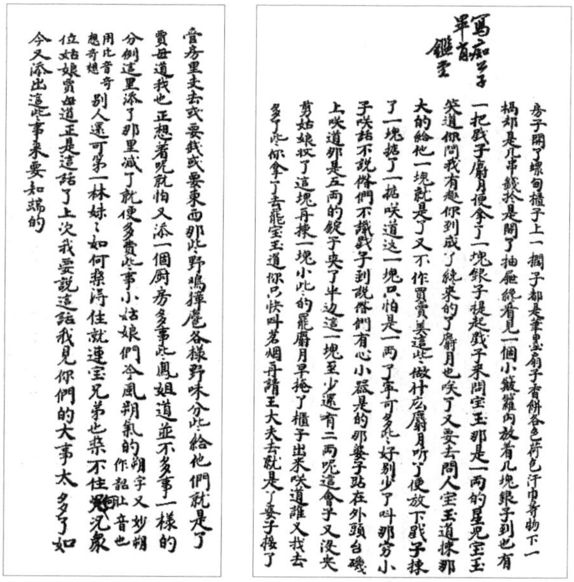

房子開了螺甸櫃子上一槅子都是些筆墨扇子香餅各色荷包汗巾等物下一
槅却是几串錢於是開了抽屜纔看見一個小簸籮內放着几塊銀子倒也有
一把戥子麝月便拿了一塊銀子提起戥子來問宝玉那是一兩的星兒宝玉
笑道你問我有趣你到成了纔來的了麝月也笑了又要去問人宝玉道揀那
大的給他一塊就是了又不作買賣算這些做什麽麝月聽了便放下戥子揀
了一塊掂了一掂笑道這一塊只怕是一兩了寧可多些好別少了叫那窮小
子們笑話不說咱們不識戥子到說咱們有心小器是的那婆子站在外頭台磯
上笑道那是五兩的錠子夾了半边這一塊至少還有二兩呢這會子又沒夾
剪姑娘收了這塊再揀一塊小些的罷麝月早掩了櫃子出來笑道誰又找去
多少些你拿了去罷宝玉道你只快叫茗烟再請王大夫去就是了婆子接了

寫麝月子畢肖　鑑堂

管房里支去或要錢或要東西那些野鷄獐麅各樣野味分些給他們就是了
賈母道我也正想着呢就怕又添一個廚房多事些鳳姐道並不多事一樣的
分例這里添了那里减了就便多費些事小姑娘們冷風朔氣的朔字又妙朔作韶此音也
別人還可第一林妹妹如何禁得住就連宝兄弟也禁不住况衆
位姑娘賈母道正是這話了上次我要說這話我見你們的大事太多了如
今又添出這些事來要知端的

用此音奇想奇想

图 1　（右）庚辰本第五十一回第 10 页 a 面，结尾“婆子接了”

（左）庚辰本第五十一回第 11 页 b 面，开头“管房里”

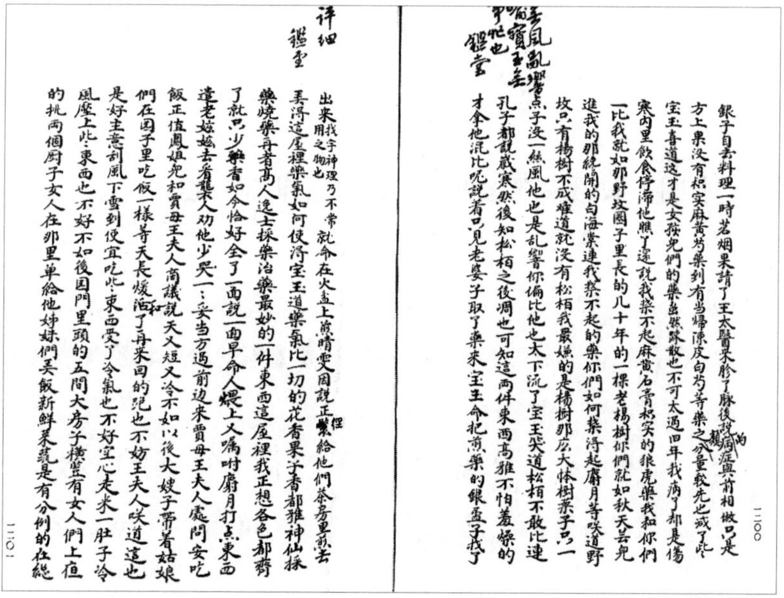

銀子自去料理一時茗烟果請了王太醫來診了脉後說的病症與前相仿只是
方上果沒有枳實麻黄等藥到有当帰陳皮白芍等藥之分量較先也减了些
宝玉喜道這才是女孩兒們的藥雖然疎散也不可太過旧年我病了都是傷
寒內里飲食停滯他瞧了還說我禁不起麻黄石膏枳实的狼虎藥我和你們
一比我就如那野坟圈子里長的几十年的一棵老楊樹你們就如秋天芸兒
進我的那纔開的白海棠連我禁不起的藥你們如何禁得起麝月等笑道野
坟只有楊樹不成難道就沒有松柏我最嫌的是楊樹那麽大笨樹葉子只一
点子沒一絲風他也是乱響你偏比他也太下流了宝玉笑道松栢不敢比連
孔子都說歲寒然後知松栢之後凋也可知這两件東西高雅不怕羞臊的
才拿他混比呢說着只見老婆子取了藥來宝玉命把煎藥的銀吊子找了

多風乱響……寶玉……也　鑑堂

二〇〇

出來就命在火盆上煎晴雯因說正經給他們茶房里煎去找字神理乃不常用之物也
弄得這屋裡藥氣如何使得宝玉道藥氣比一切的花香果子香都雅神仙採
藥燒藥再者高人逸士採藥治藥最妙的一件東西這屋裡我正想各色都齊
了就只少藥香如今恰好全了一面說一面早命人煨上又嘱咐麝月打点東西
遣老嬷嬷去看襲人劝他少哭一…妥当方過前边來賈母王夫人處問安吃
飯正值鳳姐兒和賈母王夫人商議說天又短又冷不如以後大嫂子帶着姑娘
們在園子里吃飯一樣等天長煖和了再來回的跑也不妨王夫人笑道這也
是好主意刮風下雪到便宜吃些東西受了冷氣也不好空心走來一肚子冷
風壓上些東西也不好不如後園門里頭的五間大房子横竖有女人們上值
的挑两個廚子女人在那里單給他姊妹們弄飯新鮮菜蔬是有分例的在總

詳细　鑑堂

二〇一

图 2　庚辰本第五十一回第 10 页 b 面和第 11 页 a 面，北师本漏抄此两面，脱落六百余字（图片来自《脂砚斋重评石头记》，人民文学出版社 1975 年影印本）

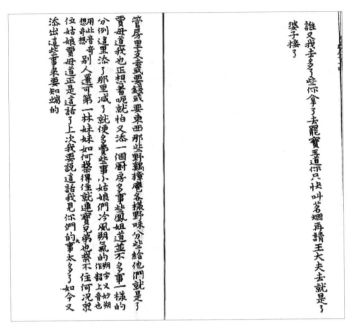

图3　北师本第五十一回第 10 页 b 面和第 11 页 a 面，从"婆子接了"到"管房里支去"中间空白（图片来自《北京师范大学藏〈脂砚斋重评石头记〉》，北京图书馆出版社 2002 年影印本）

综上，我们应可以初步断定：故宫藏摄影本原为赵万里所有，而"北图"藏摄影本则应该是陶洙用来整理北师本的工作底本。

二、"北图"藏摄影本与陶洙校补的己卯本、北师本

（一）改文

"北图"藏摄影本的前三册中有一些朱笔和墨笔的增补、校改，被直接抄进了北师本。考其来源，则多与己卯本关系密切。

己卯本为"董康旧藏，后归陶洙"[1]，该本上面亦有陶洙校补的文字，影印出版时为复其原貌已将绝大部分删去，但国家图书馆善本部所藏己卯本原件及

[1]　一粟编著：《红楼梦书录》，中华书局 1963 年版，第 5 页。

其胶卷上，仍保留了陶洙的校补。从己卯本上陶洙的题记来看，他曾两次照庚辰本校对己卯本。一次是在1936年，另一次是在1947年至1949年。第一次应该与他拿到庚辰本或庚辰本的摄影本有关，而后一次与他整理北师本的时间尤为接近。经过将"北图"藏摄影本、己卯本与北师本比对，我们发现：陶洙是以庚辰本和己卯本互校互抄，并择其善者抄录北师本的。现略举几例。

例1，第二回中：

庚辰本第9页b面第4行原文作"长名贾琏"；"北图"藏摄影本在"长"字之下，用朱笔加了个"子"字，变为"长子名贾琏"，与己卯本、列藏本、梦稿本相同。但列藏本、梦稿本晚出，陶洙看到的可能性很小，且己卯本的原文就有"子"字，所以"北图"藏摄影本应是据此增补。但北师本仍是与庚辰本原文相同，作"长名贾琏"，并未加"子"字。究其原因可能是在这样可改可不改的地方，陶洙只将其作为一个参考，最终还是要忠实于庚辰本的原文。

例2，第七回中：

庚辰本第5页b面第1—2行原文作"就知道呢，这有什么大不了的事"；"北图"藏摄影本在"就"字之上，用墨笔加了个"我"字；北师本将其顺抄进正文，变为"我就知道呢，这有什么大不了的事"，与己卯本相同。这应是参照己卯本做的校补，加了主语，使句意明确，语气贯通。

例3，第八回中：

庚辰本第7页a面第6行"我家里换了衣服就来"；"北图"藏摄影本在"里"字之下，用墨笔加了个"去"字。

己卯本"我家去换了衣服就来"，此句其他版本多与此相同；但己卯本"去"字旁边又用朱笔写有"里"字，应是陶洙参考庚辰本加上去的。而"北图"藏摄影本的加字，应是陶洙参考己卯本写上去的。很明显，他在以两个本子互校，并把相异的字分别补在各本之上。最终，北师本按摄影本的旁改，抄成"我家去换了衣服就来"。

例4，第十回中：

庚辰本第4页a面第5行"他到渐渐的气色平定了","北图"藏摄影本在"定"字旁用朱笔写了"静"字。

己卯本"他到渐渐的气色平静了",在"静"字旁用朱笔写了个"定"字。

北师本"他到渐渐的气色平定了",此处与庚辰本的原文相同,可见语义变化不大时陶洙还是忠实于庚辰本的原文。

例5,第十回中:

庚辰本第6页a面第3行原文作:"又兼深通医之至小弟不胜欣仰。"

"北图"藏摄影本自"之至"起,用墨笔画了一条调整语序的"S"形线,将其一直勾到"小弟不胜欣仰"之后。

北师本按这个语序抄成:"又兼深通医学,小弟不胜钦仰之至。"但这里却把"欣仰"改为"钦仰",出现了异文。再查己卯本原文则是"又兼深通医之至小弟不甚钦仰",此句除了调整语序的"S"形线之外,"甚"字被点掉,旁边写有"胜"字,且"钦"字的旁边亦写有"欣"字。

很明显,己卯本上的"胜"与"欣"来自庚辰本,是陶洙参照庚辰本校改的结果。他把"甚"字点掉,应意在将其改为"胜";而保留"钦"字,则应是把"欣"作参考之用。所以,北师本上最终呈现出来的是"又兼深通医学,小弟不胜钦仰之至",即是庚辰本与己卯本互校的结果。

例6,第十回中:

庚辰本第6页b面第9行"右关需而无神者乃脾土被肝木治";"北图"藏摄影本用墨笔将"需"字点掉,在旁写有"虚",将"治"字点掉,在旁写有"制"。

己卯本"右关需而无神者乃脾土被肝木制",在"需"字旁用朱笔写有"虚",在"制"字旁亦写有朱笔的"治",并未点改,仍是参考之用。

北师本"右关虚而无神者乃脾土被肝木制",与"北图"藏摄影本的改文和己卯本的原文相同,改正了庚辰本上的错别字。

综上所述,"北图"藏摄影本上主要有墨笔和朱笔两种改文。类似例6的墨笔改文,集中在第七回到第十回。看起来像是为了抄录北师本而直接用毛笔改在上面的，因为北师本正文的相应之处，除两处外，其余都与其相同，共计12处。与墨笔改文相比，朱笔改文的数量要稍多一些，有20处左右，散见于前十四回，第二回中最多，但只有6处与北师本的正文相同。其他多如例1、例4所示，虽然摄影本上参看己卯本校改了一些地方，但北师本并未完全按其抄录，而仍是忠于庚辰本的原文。

（二）批语

因为摄影本的开本较小，受纸幅所限，有些批语没能完全摄入，尤其是第三册（"第廿一至卅回"）中的眉批。但"北图"藏摄影本上都被人用朱笔一一补出了，共增补了96个字，字迹依旧工整而清俊，可能是陶洙自己补写的。与庚辰本核对之后，我们发现其所补内容基本上都是正确的，只有一处错误，在第二十七回。庚辰本第7页a面至b面的眉批为：

《石头记》用载法、岔法、突然法、伏线法、由近渐远法、将繁改简法、重作轻抹法、虚敲实应法。种种诸法，总在人意料之外，且不曾见一丝牵强，所谓"信手拈来无不是"是也。

这里，"种种"二字因在最上面，拍摄到摄影本上已是残缺不全，不好辨认了。查"北图"藏摄影本就将其补写为"耘"字。想来陶洙和赵万里应是把庚辰本拍照之后就还回去了，所以等到再来增补之时已没有原件可参对，故而出现了这样的错误。

查北师本第二十七回上的眉批却依旧写作"种"字，这就不得不让人惊奇了。陶洙原没有在北师本上抄录眉批和侧批，他只想按自己的理解整理一部纯脂评本，所以只抄录了正文中的双行夹批。北师本上的眉批和侧批都是后来由别人补上去的，这项工作多数是由周绍良先生完成的。那么这个"种"字会不会是周绍良先生依据庚辰本的原件补上去的呢？如果是，周绍良先生看到的应是陶洙一本一本借给他的晒蓝本[1]，所以大概是他根据字形和语境改过来的。

虽然周绍良先生承认北师本上第十七、十八回和第二十三回上的几条署名"畸笏"的眉批是他过录上去的[2]，但实际上北师本中还有不少眉批和侧批的字迹也与这几条相同，都近似草书，字体呈细长形。例如，第二十六回写红玉与佳惠的一段对话，庚辰本第 2 页 b 面上有眉批云：

玉一腔委曲怨愤，系身在怡红不能遂志，看官勿错认为芸儿害相思也。

这条批语恰逢"玉"字在最上面，照相之后亦残缺，"北图"藏摄影本将其补出。而北师本上却将其写成了"宝玉"，但对应小说及批语的内容来看，很明显此处不是指宝玉而是指红玉，查甲戌本此处即作"红玉"。由此可见，北师本上此处批语的确"不是存心要补的，而是随手看到给补上的"[3]，并未前后考量、细加斟酌。

己卯本原缺第二十一回到第三十回，这十回的正文和批语都是陶洙抄补上去的。其底本应主要是庚辰本，当为"北图"所藏的摄影本，这也许就是其第三册上的眉批会被补齐的原因。但是己卯本上的这两处眉批却与"北图"藏摄影本不同，仍是作"种种"和"红玉"，这极有可能是照甲戌本抄录上去的。因为甲戌本存有这两回，这两处眉批即写作"种种"和"红玉"。

北师本第二十八回比庚辰本多出 155 个字，与陶洙在己卯本上的增补几乎相同，陶洙在己卯本上也注明这段文字的增补依据是甲戌本。[4]而他是在 1949

---

[1] 相关介绍参见曹立波、张俊、杨健《北师大藏〈脂砚斋重评石头记〉版本来源查访录》。

[2] 曹立波拜访周绍良先生时，只拿了这几回的复印件，所以周先生承认这几处眉批是他补上去的。有关内容除《北师大藏〈脂砚斋重评石头记〉版本来源查访录》外，还可参见李经国《周绍良先生〈红楼梦〉研究侧记》，《红楼梦学刊》2003 年第 3 辑。

[3] 周绍良语，参见《北师大藏〈脂砚斋重评石头记〉版本来源查访录》。

[4] 参见张俊、曹立波、杨健《北师大藏〈脂砚斋重评石头记〉抄本考论》，《红楼梦学刊》2002 年第 3 辑。

年年初才从周汝昌处借得甲戌本的录副本。由此可见，己卯本上这十回的正文和批语应是他第二次校补己卯本时抄上去的，之后他应很快就转向了对"北师本"的整理和校抄。北师本上这十回的正文与己卯本如出一辙，应是陶洙据己卯本抄录的。虽然这时他用的底本仍是"北图"藏摄影本，但也应注意到甲戌本对他校补己卯本、整理北师本亦起到了重要作用。

三、"北图"藏摄影本与陶洙等人

在《北京师范大学藏〈脂砚斋重评石头记〉》披露之后，陶洙也随之受到关注。然而，"由于某种社会的或政治的原因，尽管现当代红学史上的一些重要人物都与陶洙有过往来，某些著述偶尔提及此人，但大都淡淡一笔带过"[1]。胡文彬先生曾"对陶心如的家世和生平略作介绍"[2]。某些著述指胡适的文章，也应包括周绍良、周汝昌先生的一些介绍。资料不够详尽，也给我们了解陶洙及其与《石头记》的抄补、流传带来了诸多困难，近年来出现某些猜测、推论，甚至有人认为一系列脂本都是陶洙伪造的，而北师本则被视为他制造赝品的有力证据。[3]

我们希望能对陶洙所整理的北师本有一个更全面、更科学的认识。而今，两套摄影本的发掘，至少可以帮助我们判定：原"北图"所藏庚辰本的摄影本应为陶洙所有，而且是他用来整理北师本的工作底本。这也解释了为什么北师本的第五十一回会有大段的脱文，以及为什么其前十四回会有不同于庚辰本的异文。虽然这是陶洙自行在其摄影本上做的校改，但其中一部分应是参照了己卯本，并且其修改也有可取之处。

---

[1] 胡文彬：《陶洙与抄本〈石头记〉之流传》，《红楼梦学刊》2002年第1辑。

[2] 胡文彬：《陶洙与抄本〈石头记〉之流传》，《红楼梦学刊》2002年第1辑。

[3] 参见陈林《百年红学造假第一大案水落石出人赃俱获》，http: blog.sina.com.cnsblog_4a4c11510100a1x6.html~type = v5_one&label = rela_nextarticle，2009年3月20日。

如果说，"北图"藏摄影本上墨笔的改文体现的是北师本对庚辰本的校补，那么，朱笔的改文则更多体现了北师本对庚辰本的忠实。由此也可以想见陶洙在用朱笔校改其摄影本时，应没有想要整理一部"北师本"出来，而只是在用己卯本和庚辰本对校，并注明相异之处。但他在用墨笔校改其摄影本时，则的确像是在为抄录北师本做准备。可偏偏墨笔改文只集中出现在第七回到第十回，那么北师本其余几十回是如何整理的，难道还会有别的工作底本吗？还有，陶洙是何时在自己的摄影本上做的校补，摄影本上这两种颜色的改文会不会是因时间不同、作用不同而有意做的区分？

总的来说，陶洙在其摄影本上以朱笔和墨笔校补了前三册，每册十回，也正对应了他校抄的北师本的前三十回。但北师本的后十回与前三十回的笔体一样，也是陶洙抄录的，查其摄影本上却没有任何人为的勾画和添改，与庚辰本完全相同。可庚辰本的后十回本身就有许多错乱、点改之处，北师本对其做了一定的修改，也产生了不少异于庚辰本的文字，这些异文又是从何而来？除了那些可以确定是源于戚序本的文字，余下的又是如何出现在北师本上的呢？

除了陶洙，见过"北图"藏摄影本的应该还有赵万里和周绍良。赵万里在国家图书馆（曾名为国立北平图书馆、北京图书馆）从事善本采访、编目、保存工作长达五十余年，也一直关注着《红楼梦》的版本传藏[1]，但他与陶洙交往情况的记载不多见，而从两套摄影本系出同源的情况来看，二人应有过较深的交往。且庚辰本于1932年才被发现，现在国图注录的"出版"时间为1936年。可见他与陶洙一样"耽于红学"，在庚辰抄本发现不久就制作成摄影本了。而且"北图"藏摄影本第五十一回所缺的一页，很可能就是赵万里在制书、装订的过程中遗漏了。

陶洙虽然认真补全了其摄影本上的眉批，但北师本上的眉批和侧批却不是

---

[1] 蒙府本据赵万里介绍是出自北京蒙古旗人之手，原为清蒙古王府旧藏，1960年至1961年出现于北京琉璃厂中国书店，后不久即由他所在的北京图书馆购藏。

出自他的手笔，大多数应是周绍良先生补上去的。在 1952 年、1953 年前后，周先生在天津工作期间，来京时曾见过陶洙整理的"北师本"，他便据庚辰本对其做了一些校补，所以北师本上才会留有一些周先生的笔迹，而周先生所用的庚辰本便是陶洙的摄影本。[1]另外，从其所著《红楼梦书录》来看，能在介绍己卯本、庚辰本时指出"此本董康旧藏，后归陶洙""陶洙等有摄影本"，可见他对陶洙还是比较熟悉的，但可惜的是他们交往的情况我们了解得还不够细致。

综上可见，国家图书馆所藏两套庚辰本的摄影本，在庚辰本被发现之后不久，即由赵万里制成，"出版"时间为 1936 年。一套曾归赵万里所有，另一套曾为陶洙所用。陶洙的摄影本由原北京图书馆收藏，上有一些墨笔和朱笔的修改及增补，与北师本和己卯本有着密切的关系，应是陶洙用来对校庚辰本与己卯本，并最终抄成北师本的工作底本。令我们略感欣慰的是，2002 年张俊先生等曾在《北师大藏〈脂砚斋重评石头记〉抄本考论》结尾处的"几点疑问"中提出："师大本（北师本）是陶洙整理后的誊清本，那么，原来的工作底本何在？它是否还能提供给我们一些有价值的资料？此事尚应继续查访追踪。"七年过去了，我们从庚辰本的摄影本上找到了陶洙校补的笔迹，也为北师本之工作底本的探寻打开了突破口。

不过，也有一些相关问题有待进一步的研究和查访。比如：墨笔和朱笔的校补除了源于陶洙已见的己卯本、甲戌本和当时较为易得的戚序本之外，还有一些文字的版本来源较难判定。而庚辰本、己卯本、北师本的主要收藏者、抄补者之间是否有过交往，若有交往，具体过程又是怎样的？这些因少有记载或语焉不详，我们目前难以深入了解。总之，相关问题有其进一步研究的价值，还需要我们的不懈探索。

（与高文晶合著，原载《红楼梦学刊》2009 年第 5 辑）

---

[1] 参见李经国《周绍良先生〈红楼梦〉研究侧记》，《红楼梦学刊》2003 年第 3 辑。

杨本后四十回与程乙本的关系考辨

内容提要

从杨本（或称"梦稿本"）抄写的字迹中可以明显分辨出，杨本后四十回文字有着原文和改文的区别。改文比之原文，情节设置上更加曲折，人物语言更加丰富，也更加注重对环境氛围的描写和渲染。杨本后四十回与程甲本、程乙本后四十回的关系也颇值得关注，三者同中有异。目前虽然对杨本与程本先后顺序问题的看法存在分歧，但从后四十回文字的演变趋于复杂化和口语化等规律来看，可以推断杨本出现在程本之前的可能性更大。

关键词

杨本 ｜ 梦稿本 ｜ 程乙本 ｜ 后四十回

　　杨继振藏《红楼梦稿》本（简称"杨本"），全书共有一百二十回，分别由不同的抄书人以不同的字体抄写而成。其后四十回的抄写情况尤其复杂，出现了简本和繁本并存的现象。简本的文字十分简略，并有大量涂抹和修改过的痕迹保存下来。简本在被修改之后，则变成了文字较为翔实的繁本。这种繁简相杂，抄写颇为混乱的文字共有十九回，即第八十一至八十五回、第八十八回至九十回、第九十六回至九十八回、第一百六回、第一百七回、第一百十三回、第一百十六回至一百二十回；其余二十一回则比较清楚，只有少量的修改，可推知是经过重新誊抄之后的文字，其特点更接近于繁本，内容上比较详细。但是，无论杨本的简本还是繁本中的文字，都与程甲本和程乙本的后四十回文字有着密切关系。为了区分的便利，这里拟将抄写较为混乱的十九回中那部分简略的文字称为"杨本原文"（简称"原文"）；而将修改后较为详细的那部分文字称为"杨本改文"（简称"改文"）；其余二十一回称为"杨本誊清文"（简称"誊清文"）。由于誊清文是针对改文的誊清，其性质是等同于改文的，亦可将其作为改文来看。杨本的原文、改文中都有与程甲本、程乙本相同或部分相同的文字，又有各自独有的异文。因此，辨别杨本到底与程本之间有何种关系，以及它们在时间上的先后顺序，则显得异常困难，研究者之间的意见分歧也比较大。[1] 目前，仍然需要对杨本后四十回进行更加深入的探讨。

一、杨本的原文并非删自程乙本

杨本的原文和改文与程乙本不同的地方很多，仅就原文来说，和程甲本、程乙本的关系可有如下四种：

（1）原文与程甲本、程乙本各不相同；

（2）原文同于程甲本而不同于程乙本；

（3）原文同于程乙本而不同于程甲本；

（4）程甲本、程乙本相同，而原文与其不同。

可见原文同于程乙本的情况，只是这四种情况里的一种而已。

---

[1] 范宁先生在影印《红楼梦稿》的跋文中提出，杨本很可能就是高鹗校订《红楼梦》过程中使用的一个本子。后来，这种说法得到了许多学者的认同，包括潘重规、王三庆等。当然此说也受到了多方责难，俞平伯先生在大陆，赵冈先生在海外，分别与范、潘二先生形成了针锋相对之势。参见潘重规《读"乾隆抄本百廿回红楼梦稿"》，载《红楼梦新辨》，台湾文史哲出版社1974年版，第1—17页。

例1，《红楼梦》[1]第八十一回（第930页，第7行）：

原　文　我原要去告诉老太太接二姐姐回来，谁知太太不依，倒说我呆，才不多几时，你瞧瞧园中光景已经大变了，若再过几年，又不知怎么样了，由不得心里难受。

程甲本　我原打算去告诉老太太接二姐姐回来，谁知太太不依，倒说我呆、混说，我又不敢言语，这不多几时，你瞧瞧园中光景已经大变了，若再过几年，又不知怎么样了，故此越想不由人不心里难受起来。[2]

程乙本　我原打算去告诉老太太接二姐姐回来，谁知太太不依，倒说我呆、混说，我又不敢言语，这不多幾时，你瞧瞧园中光景已经大变了，若再过幾年，又不知怎么样了，故此越想不由的人心里难受起来。[3]

例2，《红楼梦》第八十四回（第960页，第5行）：

原　文　贾政回到房中，命小丫头告诉李贵："宝玉放了学回来，索性吃饭后再叫他过来，我还要问话呢。"

程甲本　贾政因着个屋里的小丫头传出去告诉李贵："宝玉放学回来，索性吃饭后再叫他过来，说我还要问他话呢。"

程乙本　贾政因派个屋里的小丫头传出去告诉李贵："宝玉放学回来，索性吃饭后再叫他过来，说我还要问他话呢。"

---

［1］（清）曹雪芹：《乾隆抄本百廿回红楼梦稿》，上海古籍出版社1984年影印本。本文所引的杨本文字均出自此本，以下同。

［2］（清）曹雪芹、高鹗：《程甲本红楼梦》，沈阳出版社2006年影印本。本文所参考的程甲本均为此本。

［3］（清）曹雪芹、高鹗：《程乙本红楼梦》，北京图书馆出版社2001年影印本。本文所参考的程乙本均为此本。

例3,《红楼梦》第九十回（第1017页，第4—5行）:

原　文　那雪雁是他传话弄出这样缘故来，此时恨不得长出百十个嘴来说"我没说"，自然更不敢提起。

程甲本　那雪雁是他传话弄出这样缘故来，此时恨不得长出百十个嘴来说"我没说"，自然更不敢提起。

程乙本　那雪雁是他传话弄出这样原故来，此时恨不得长出百十个嘴来说"我没说"，自然更不敢提起。

例4,《红楼梦》第八十一回（第930页，第2行）:

原　文　黛玉见宝玉这般光景，倒唬了一跳，便问："怎么了，和谁怄了气了?"

程甲本　黛玉正在梳洗才毕，见宝玉这个光景，倒吓了一跳，问："是怎么了，合谁怄了气了?"

程乙本　黛玉正在梳洗才毕，见宝玉这个光景，倒吓了一跳，问："是怎么了，合谁怄了气了?"

例5,《红楼梦》第八十五回（第968页，第2行）:

原　文　北静王又说了些话，又道："我前日见你那块玉倒有趣儿，回来叫他们照样做了一块。今日你来得正好，就与你带回去顽罢。"遂命小太监取来，亲手递与宝玉。宝玉捧着，谢了，然后退出。北静王命太监送出来，便同贾赦等回来了。

程甲本　北静王又说了些好话儿，忽然笑说道："我前次见你那块玉倒有趣儿，回来说了个式样，叫他们也作了一块来。今日你来得正好，就给你带回去顽罢。"因命小太监取来，亲手递给宝玉。宝玉接过来捧着，又谢了，然后退出。北静王又命两个小太监跟出来，才同着贾赦等回来了。

程乙本 北静王又说了些好话儿，忽然笑说道："我前次见你那块玉倒有趣儿，回来说了个式样，叫他们也作了一块来。今日你来得正好，就给你带回去顽罢。"因命小太监取来，亲手递给宝玉。宝玉接过来捧着，又谢了，然后退出。北静王又命两个小太监跟出来，才同着贾赦等回来了。

从上述例子可以看出，杨本与程乙本均不相同，而且有时候这种不同并不是简单地体现在文字的多寡上，而是句式和语言风格的不同。

比如例1中出现"由不得""不由人不""不由的人"三个词，意思虽然相近，但语气上却有强弱之分，如果只是单纯地删去某些字句，并不能形成这样的效果。

由此可以推断，原文、程甲本、程乙本在文字上都有一定的独立性。而且原文的句子和段落之间有很强的连贯性，在多数情况下都能自成一体，形成独有的特点，在有些时候原文的叙事甚至比改文及程本都更加合理。[1]

这可以辅助说明，原文不是删自程乙本，而是自己构成另外一个版本系统。比如原文中的"便"字常常用在两个动词之间，像"便问""便道"等就比程本中的"问是""因说道"都觉更加连贯和凝练。

杨本第八十二回"老学究讲义警顽心"一节，原文只有一章"讲义"的内容，所以在之后有"正犯着这病"与前相应。而程本和改文中是讲了两章书，便有"正犯着这两件病"与之对应。

---

[1] 林冠夫先生曾经提出，原文里有些文字，虽然简略，但却比程甲本、程乙本里的文字更为合理，比如在第八十一回出现的"四美钓游鱼"一节，原文就更为合理。这也在一定程度上证明，原文是有其独立存在的价值的。参见林冠夫《杨本并非高氏手稿——说一项版本研究中的误会》，《红楼梦版本论》，文化艺术出版社2007年版，第115—170页。

二、杨本改文并非抄自程乙本

同样，在改文和程乙本之间也存在着很多不同，而不是此前一些学者所认为的那样，杨本改文全部抄自程乙本。[1] 其中最明显的不同表现为：（1）改文虽然是比较详细的文本，但是相对于程本来说仍旧在很多地方不够完善。（2）某些改文比程甲本、程乙本中文字更合理且更符合上下文语意的表达和连贯性的要求。

例6，《红楼梦》第八十一回（第932页，第9行）：

改　文　看见满屋子里多是些青面撩牙、拿刀举棒的恶鬼。

程甲本　看见满屋子里都是些青面撩牙、拿刀举棒的恶鬼。

程乙本　看见满屋子里都是些青面撩牙、拿刀举棒的恶鬼。

其中"多"字改文未及改为"都"字，但程甲本、程乙本的"撩"字均错，独改文"獠"字对。"撩"字为动词，有"撩拨""挑逗"之义，不可能和"牙"字搭配在一起。而"獠"字却有此搭配，"獠牙"就是露在嘴外的长牙[2]，与本句文意契合。

例7，《红楼梦》第八十四回（第959页，第2—3行）：

改　文　宝钗又劝了一回，不知不觉的睡了一觉，肝气也渐渐平复了。宝钗便说道："妈妈，你这种闲气不要放在心上才好。过几天乐得往那边老太太姨妈处说说话散散闷也好。家里横竖有我和秋菱照看着，靠他也不敢怎么着。"

---

[1] 参见金品芳《谈杨继振藏本后四十回中十九回上的填补文字》，《红楼梦学刊》1995年第2辑。

[2] 参见中国社会科学院语言研究所词典编辑室编《现代汉语词典（修订本）》，商务印书馆1996年版，第794页。

程甲本 宝钗又劝了一回，不知不觉的睡了一觉，肝气也渐渐平复了。宝钗便说道："妈妈，你这种闲气不要放在心上才好。过几天走的动了，乐得往那边老太太姨妈处去说说话儿散散闷也好。家里横竖有我和秋菱照看著，靠他也不敢怎么着。"

程乙本 宝钗又劝了一回，不知不觉的睡了一觉，肝气也渐渐平复了。宝钗便说道："妈妈，你这种闲气不要放在心上才好。过几天走的动了，乐得往那边老太太姨妈处去说说话儿散散闷也好。家里横竖有我和秋菱照看着，靠他也不敢怎么着。"

这组例子中，程甲本和程乙本文字相同，而改文与其不同。相比之下，改文丢掉了薛姨妈将来去贾母、王夫人处的原因"走的动了"；"说说话"一词也不如"去说说话儿"动作连贯、明白晓畅。所以说改文依然保留了相当大的修改余地，有待于进一步完善。

例8，《红楼梦》第八十四回（第959页，第2行）：

改　文 薛姨妈只是又悲又气，气的是金桂撒泼，悲的是宝钗十分涵养，倒觉可怜。

程甲本 这薛姨妈只是又悲又气，气的是金桂撒拨，悲的是宝钗有涵养，倒觉可怜。

程乙本 薛姨妈只是又悲又气，气的是金桂撒拨，悲的是宝钗见涵养，倒觉可怜。

程甲本、程乙本"撒拨"均错，独改文"撒泼"对。

例9，《红楼梦》第九十七回（第1099页，第3行）：

改　文 忽然想起一个人来，便叫小丫头急忙去请大奶奶来。

程甲本 忽然想起一个人来，便命小丫头急忙去请。你道是谁，原来紫鹃想起李宫裁是个孀居，今日宝玉结亲，他自然回避。况且园中诸事向系李纨料理，所以打发人去请他。

程乙本 忽然想起一个人来，便命小丫头急忙去请。你道是谁，原来紫鹃想起李宫裁是个孀居，今日宝玉结亲，他自然回避。况且园中诸事向系李纨料理，所以打发人去请他。

这组例子中，改文与程甲本、程乙本的字数相差悬殊，改文仅23字（包含标点符号在内），而程甲本和程乙本俱为73字。改文一句"急忙去请大奶奶来"极为简略，而程甲本和程乙本的叙述却十分曲折，开始并未说明去请谁，而是用"你道是谁"一句引起下文，增加了对大奶奶也就是李纨的说明文字。相比之下，程甲本和程乙本中的细节更加突出，对"李纨"的塑造比之简略的改文塑造的"大奶奶"这一人物形象内涵更加丰富。

例10，《红楼梦》第一百六回（第1192页，第10行）：

改　文 可怜赫赫宁府只剩得他们婆媳并佩凤偕鸾二人，连一个下人没有。贾母指出一所房子，就在惜春所住的间壁居住。

程甲本 可怜赫赫宁府只剩得他们婆媳两个并佩凤偕鸾二人，连一个下人没有。贾母指出房子一所居住，就在惜春所住的间壁。

程乙本 可惜赫赫宁府只剩得他们婆媳两个并佩凤偕鸾二人，连一个下人没有。贾母指出房子一所居住，就在惜春所住的间壁。

这组例子中，改文第一句与程本第一句相比少了"两个"一词，表达的意思不如程本明确。并且改文第二句与程本第二句相比，句法形式还不尽相同。动词"居住"在改文中位于句末，在程本中则位于句中，显然后者更符合汉语表达习惯且不容易产生歧义，位于句末则颇令人费解。

三、原文、改文、程甲本、程乙本的先后顺序

由于资料的缺乏，关于原文、改文、程甲本和程乙本先后顺序的问题，至今仍然没有一个令人满意的答案。上文所列举的种种不同，已经排除了原文和改文均来自程乙本的可能。那么依据先简后繁的原则，原文和改文在程本之前的可能性很大，至少其底本要早于程本的刊行。为了证明这一点，排除先繁后简的可能性，只需将原文和改文中的大量文字与程本对比，便可发现如下规律。

首先，从原文、改文再到程甲本、程乙本，各本中的儿化词语逐渐增多。原文当中的字词大多数不带"儿"字词尾，而改文却在原文字词的后面逐个增加"儿"字词尾，这些例子上文已经列举了很多。程甲本、程乙本则将改文当中未被儿化的词语也给儿化了，比如改文只把"今日"儿化作"今儿"，对于"明日""前日"等类似的时间常用语并未儿化，而程甲本、程乙本在遇到这些词时就都变成了"明儿""前儿"。而且程乙本比程甲本儿化词使用得更多，说明儿化现象是从杨本的原文开始渐次增多的。现将一些明显的例子择要列举如下。

例11，《红楼梦》第八十一回（第930页，第6行）：

原　文　前日二姐姐回来的样子和那些话，你也都看见听见了。

改　文　前日二姐姐回来的样子和那些话，你也都听见看见了。（在"看见"和"听见"之间有倒"S"形调换文字顺序的符号）

程甲本　前儿二姐姐回来的样子和那些话，你也都听见看见了。

程乙本　前儿二姐姐回来的样子和那些话，你也都听见看见了。

杨本的原文和改文都作"前日"，而程甲本和程乙本都作"前儿"。儿化应在后。另外，在"看见"和"听见"之间的倒"S"形调换文字顺序的符号也颇值得注意。其实从上文来看，样子和那些话，对应"看见"和"听见"是比较合乎逻辑。而在"S"形符号的标示下，后来的改动与程本一致，都不如杨本原文

顺畅。如果不是有本可依，以另本互校的话，加修改符号的理由便不充分。

例12，《红楼梦》第八十一回（第932页，第8行）：

原　文　宝玉道："我记得得病的时候……"

改　文　宝玉想了一回，道："我记得得病的时候……"

程甲本　宝玉想了一回，道："我记得得病的时候儿……"

程乙本　宝玉想了一回，道："我记得得病的时候儿……"

杨本的原文和改文都作"时候"，而程甲本和程乙本都作"时候儿"。儿化应在后。

例13，《红楼梦》第八十二回（第941页，第3行）：

原　文　代儒道："你把节旨细细讲来。"

改　文　代儒道："你把节旨句子细细讲来。"

程甲本　代儒道："你把节旨句子细细儿讲来。"

程乙本　代儒道："你把节旨句子细细儿讲来。"

杨本的原文和改文都作"细细"，而程甲本和程乙本都作"细细儿"。儿化应在后。

从原文、改文再到程甲本、程乙本，各本语言风格逐渐由文言向白话转变。其实儿化词的逐渐增多，也可以看成语言风格从偏重文言走向偏重白话的一个明显例证。[1]

---

[1] 张俊先生在校订程乙本的过程中发现，程乙本喜用"是的"，而程甲本喜用"似的"，这两个词所表达的意思虽然一致，但是"是的"感觉上要比"似的"更加口语化一点。他指出："就语体色彩说，比较而言，甲本多作书面语，乙本则追求口语化，少有差异。"这也可以当成后四十回口语化逐渐增强的这一趋势的佐证。参见张俊《程本红楼语词校读札记》（二），第二届一百二十回本《红楼梦》版本专题学术研讨会发言稿，2009年12月19日。

其次，从原文、改文再到程甲本、程乙本，各本中的修饰词语和细节描写逐渐增多。这种现象是由原文的非常简短和改文的不尽完善造成的，在细节的处理上显然程本更加细腻。当然程本中也存在反不如原文和改文好的现象，比如出现了"撩""拨"等明显的错别字。但可以肯定的是，这些错误应该是在程本检字排版的过程中出现的，而不是程本据以排版的抄本本身的错误。这主要可以从程本排版时用字的随意性看出来。将程本与杨本的原文和改文比较一下，就可以发现，程本中"着"和"著""幾"和"几"等字经常混用，而且非常随意。杨本的原文和改文则都统一为"着"和"几"。这显示出程本在排版时经常出现将形近字、异体字混用的现象，这也许是活字排版的一个特殊现象。对于抄写者来说，所用之字则基本上是固定的，不会将形近字和异体字混用。但是，程本文字在多数情况下比杨本的原文和改文更好，渐次增加各种修饰语成分的趋势也很明显。这样的例子主要有——

例14，《红楼梦》第八十一回（第930页，第6行）：

原　文　如今，几个知心知意的人多弄得四散。

改　文　如今，宝姐姐家去了，连香菱也不能过来，二姐姐又出了门子，几个知心知意的人都不在一处，弄得这样光景。

程甲本　如今，宝姐姐家去了，连香菱也不能过来，二姐姐又出了门子了，几个知心知意的人都不在一处，弄得这样光景。

程乙本　如今，宝姐姐家去了，连香菱也不能过来，二姐姐又出了门子了，幾个知心知意的人都不在一处，弄得这样光景。

这组例子中，原文"多弄得四散"概括性极强，改文则增加了"宝姐姐家去了，连香菱也不能过来，二姐姐又出了门子"等内容，并将"多弄得四散"改写成"都不在一处，弄得这样光景"，感情色彩更浓烈，突出了此时宝玉内心的悲哀。程本又比改文增加了一个"了"，看似只是小小的不同，细较起来会发现，一个"了"字在时态上增加了过去、完成的意思，在语意上表达出来的是一种强烈的对时间流逝的无奈之情，同时也流露出对从前美好生活的怀念，语气上有所增强。

例15，《红楼梦》第八十二回（第939页，第4行）：

原　文　贾政听了点点头，道："你还到老太那边去坐坐。晚上早些睡，天天上学早些起来。"

改　文　贾政听了点点头，道："你还到老太太那边陪着坐坐去。你也该学些人功道理，别一味的贪顽。晚上早些睡，天天上学早些起来。"

程甲本　贾政听了点点头，因道："去罢，还到老太太那边陪着坐坐去。你也该学些人功道理，别一味的贪顽。晚上早些睡，天天上学早些起来。你听见了。"

程乙本　贾政听了点点头，因道："去罢，还到老太太那边陪着坐坐去。你也该学些人功道理，别一味的贪顽。晚上早些睡，天天上学早些起来。你听见了。"

这组例子中，改文先是比原文增加"陪着""你也该学些人功道理，别一味的贪顽"等内容，则使贾政的形象更符合他一贯的作风，若只有原文"晚上早些睡，天天上学早些起来"一句嘱咐言语，就显不出贾政以往的严父作派，过于柔媚了。接着程本又比改文多出"你听见了"一句，语带责备，与贾政口气更加符合。

例16，《红楼梦》第八十二回（第940页，第2—3行）：

原　文　宝玉听了，却不甚入耳，然又不敢驳回，只笑了一声。

改　文　宝玉听到这里，觉得不甚入耳，因想黛玉从来不是这样人，怎么也这样势欲熏心起来，又不敢在他跟前驳回，只笑了一声。

程甲本 宝玉听到这里，觉得不甚入耳，因想黛玉从来不是这样人，怎么也这样势欲熏心起来，又不敢在他跟前驳回，只在鼻子眼里笑了一声。

程乙本 宝玉听到这里，觉得不甚入耳，因想黛玉从来不是这样人，怎么也这样势欲熏心起来，又不敢在他跟前驳回，只在鼻子眼里笑了一声。

这组例子中，改文首先增加"听到这里，觉得""因想黛玉从来不是这样人，怎么也这样势欲熏心起来""在他跟前"等内容，随后程本又增加了"在鼻子眼里"，因此语意从模糊逐渐走向清晰、完善。

最后，程本中依然保存了某些错误，这些错误不是由于活字排版产生的，而是和原文、改文的字迹不清或辨认错误有关，我们推测从杨本到程本，其中存在一定的继承关系。又因为原文不可能删自程乙本，改文也不是抄自程乙本，而且原文和改文又都比程甲本较为简略，所以原文和改文早于程本的可能性是很大的。

例17，《红楼梦》第八十四回中间部分，"这改的也罢了，不过清楚"句，原文无此句，所以无从查考。但是改文"清楚"一词是写作"清楚"的，只是用行草字体书写的，其中"楚"字连笔甚多，以至于类同于"苦"字的草写体，如不仔细辨认很容易辨认错误。而程甲本、程乙本中恰恰就是犯了这样的错误，将"清楚"一词写作"清苦"。反之，如果认为改文是从程甲本、程乙本抄来，则不能成立。（见图1右第3行、图2左第1行）

综上所述，杨本的原文和改文都具有明显的早期抄本特色，即使与最早的刊印本程甲本和程乙本相较，在时间上也是略早的，或者至少可以说原文和改文的底本要早于程本。在某些地方，杨本的原文和改文要比程本的错误更少，比如错别字较少（如例17所示），有些地方前后文意更紧密（如例11所示），究其原因，多半应是活字排版时的疏忽造成的。多数情况下，程本中的文字都较杨本的原文和改文更具体，细节更突出，感情更丰富。并且从杨本的原文到程本的过程中，文字间简与繁的差异，存在着一种细节和内容依次递增的现

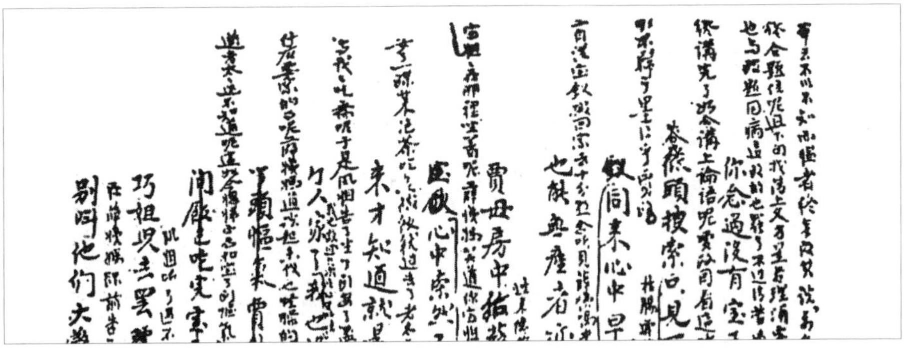

图 1　杨本第八十四回第 3 页 a 面，右第 3 行“清楚”草体

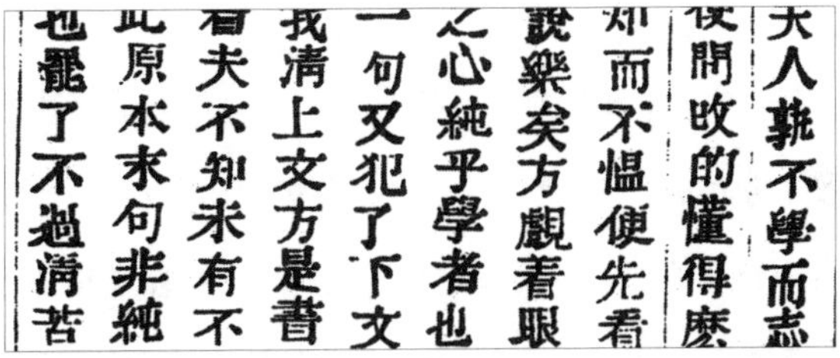

夫人孰不學而志
便問攷的懂得麽
知而不慍便先看
說樂矣方覷着眼
之心純乎學者也
一句又犯了下文
我清上文方是書
看夫不知未有不
此原本未句非純
也罷了不過清苦

图 2　程甲本第八十四回第 5 页 a 面，左第 1 行“清苦”（中国社科院文学所藏程甲本）

象，本文诸多例证说明这不大可能是从程本到杨本依次递减而形成的。杜春耕先生曾指出，杨本的前八十回是抄手抄自五个不同的脂本，而且杨本大体上是由同一批抄手在同一时间段内抄写完成的。[1] 这一结论，也能够在一定程度上证明杨本后四十回原文和改文较早的可能性。当然，我们的探讨只是一个初步的尝试，在此求教于方家。

（与耿晓辉合著，原载《红楼梦学刊》2010 年第 4 辑）

[1] 参见杜春耕《杨继振旧藏〈红楼梦〉稿告诉了人们什么》，《红楼梦学刊》2003 年第 1 辑。

《红楼梦》版本修订中的优化倾向

——以"十二钗"为观察对象

内容提要

《红楼梦》经历了多次增删的过程，现存版本不同程度地反映了各阶段的修订状态。本文从版本修订的角度，考察了与金陵十二钗中的几个人物相关的矛盾现象。围绕宝玉童年的两个青梅竹马的故事，小说进行了取舍，即在黛玉和湘云的情节出现冲突时，修订时优先考虑黛玉，隐去湘云。当黛玉和宝钗出现冲突时，后期版本优先关注宝钗的姻缘。早期版本中巧姐和大姐同时出现，经修订去掉大姐，保留巧姐，盖因贾家草字辈的小姐只有一人可入十二钗。比对和分析诸多版本异文的变化趋势，可以看出《红楼梦》修订过程中逐步呈现突出木石前盟、突出金玉良姻、突出十二钗正册中的成员等优化倾向。

关键词

《红楼梦》 | 版本 | 修订 | 优化倾向

　　《红楼梦》是一部多次增删的小说，诸多版本代表了不同的修订状态。从某种意义上说，《红楼梦》不是写成的，而是改成的。小说第一回便坦言："曹雪芹于悼红轩中披阅十载，增删五次，纂成目录，分出章回，则题曰《金陵十二钗》。"[1]这段话告诉读者三个信息：一是这部书多次修订达十年之久。句中的"披阅"同"披览"，指翻阅书籍或文章。"十载""五次"两个数词可以说亦虚亦实，意为曹雪芹在十年间反复增删、数易其稿。二是曹雪芹已完成了初稿。试想，如果没有完整的情节，何言"纂成目录，分出章回"？因而曹雪芹的工作就是创作，其写作的过程其实也是不断增删的过程。三是"金陵十二钗"曾是曹雪芹心仪的一个书名。我们今天姑且从金陵十二钗正册中的女子出发，考察一下各个版本的异文，并提炼出修订过程中反映出的优化倾向。

一、突出木石前盟

《红楼梦》中，从前后矛盾的文字可知，史湘云幼年时曾在贾府住过，而且与宝玉有过两小无猜的童年；从不同版本的异文可知，林黛玉进贾府时的年龄，有六七岁和十三岁两种构思，六七岁的思路意在安排黛玉与宝玉两小无猜的关系。这些现象告诉我们，修订小说时，在两个青梅竹马的故事中隐去了史湘云。下面将有关林黛玉和史湘云的版本异文加以比对。

其一，黛玉进贾府的年龄，存在版本差异。

黛玉进贾府时到底几岁？有六七岁和十三岁两种说法。六七岁之说是在小说没有明写的情况下，根据上下文的时序推算的。多数版本都没有直接写黛玉当时的年龄。第三回凤姐问黛玉："妹妹几岁了？可也上过学？现吃什么药？"一连串的问题，黛玉没有回答，似乎不合常理。我们从上文对黛玉、宝玉年龄的介绍推知，第三回黛玉的年龄应为六七岁。因为第二回初次介绍林如海的女儿"乳名黛玉，年方五岁"，接着写"堪堪又是一载的光阴，谁知女学生之母贾氏夫人一疾而终"。由这两点可知，丧母时黛玉六岁。第三回被外祖母接到

---

[1]（清）曹雪芹、高鹗：《红楼梦》，人民文学出版社 1982 年版（2006 年重印），第 6 页。本文所引排印本正文均出自此书。

贾府，贾母伤悼女儿，应该时隔不久。贾雨村带着黛玉从扬州到京都，路上所耗时间最长也就数月。又根据第二回写宝玉"如今长了七八岁"，第二、三两回贾雨村的故事是连续的，而黛玉比宝玉小一岁，所以第三回黛玉进贾府也应是六七岁。

十三岁之说，是几个版本中明写的。少数版本写了黛玉对凤姐问话的回答，如己卯本、梦稿本（杨本）在"妹妹几岁了"后边写道："黛玉答道：'十三岁了。'"那么，刚进贾府的黛玉到底是幼女还是少女呢？程甲本曾写宝玉看到"一个袅袅婷婷的女儿"，显然是已入豆蔻年华的妙龄少女，而不是十岁以下的儿童。唐代杜牧写过："娉娉袅袅十三余，豆蔻梢头二月初。"也印证袅袅婷婷的女儿应在十三岁左右。

其实不同版本出现的矛盾在黛玉成长过程中是可以统一的。在曹雪芹的爱情理想中，有三个重要因素：两小无猜、一见钟情、互为知己。作者写六七岁，是要强调两小无猜；写十三岁，是要强调一见钟情甚至一见如故。两者都不愿意割舍，所以出现了不同阶段修改稿中的矛盾现象。

其二，史湘云的年龄，实写与追忆存在矛盾。

十二钗中前文与后文存在矛盾者，在史湘云身上表现较为突出。小说中正面写史湘云的文字不多，关于她的情节，往往采用补叙、插叙等笔法。有时追述前事，会流露出时间上的疏忽。如第三十二回写道：

袭人道："这会子又害臊了。你还记得十年前，咱们在西边暖阁住着，晚上你同我说的话儿？那会子不害臊，这会子怎么又害臊了？"史湘云笑道："你还说呢。那会子咱们那么好，后来我们太太没了，我家去住了一程子，怎么就把你派了跟二哥哥，我来了，你就不像先待我了。"

此时史湘云的年龄不过十二岁左右，"十年前"和袭人在"西边暖阁住着"有过闺中夜话，两岁的小女孩不大可能有"害臊""不害臊"等情感交流。这里应是为了补写袭人曾服侍过湘云，而为两个人添加了一段回忆。用"十年前"也许是为了强调袭人服侍湘云在服侍宝玉之前，但作者在构思这一情节时忽视了儿童情感成熟的年龄底线。陈庆浩曾推论："旧稿黛玉十三岁才入京，大概是史湘云和宝玉一起在贾母身边生活。后来为使木石姻缘更有基础，就以黛玉取代湘云幼年在贾府的位置，湘云幼年的故事被删掉。"[1]的确，从黛玉进府时年龄的版本差异，到湘云与袭人追忆中的年龄矛盾，小说在成书过程中应存在过这样的艺术加工，即删削湘云幼年在贾府生活的正面描写，以突出宝黛的木石姻缘。

其三，收养史湘云的叔叔存在版本差异。

作者让童年的史湘云从贾府回到叔叔家，叔叔的名字在各本之间存在异文。湘云到底寄养在哪位叔叔的家里？究竟是忠靖侯史鼎、保龄侯史鼎，还是保龄侯史鼐家呢？这一问题需要结合版本异文的流变来考察。史湘云出身金陵望族史家，她是贾母的侄孙女。小说第四回介绍史家："阿房宫，三百里，住不下金陵一个史。"甲戌本侧批写道："保龄侯尚书令史公之后，房分共十八，都中现任（住）者十房，原籍现居八房。"史太君贾母是史公的女儿，贾母的兄弟当为湘云的祖父，庚辰本中写到他的三个儿子，一个是早亡的湘云之父，一个是忠靖侯史鼎，一个是保龄侯史鼐。史鼎和史鼐的排行顺序当依《战国策·楚四》所云："故昼游乎江河，夕调乎鼎鼐。"鼎为长，鼐为幼。所以，庚辰本写到"小史侯家"，第二十五回宝玉凤姐出事后，"次日王子腾也来瞧问，接着小史侯家、邢夫人弟兄辈并各亲戚眷属都来瞧看"。还写到"小侯爷家"，第三十七回写"宝二爷要打发人到小侯爷家与史大姑娘送东西"（程本同）。若与第四十九回联系起来看，这"小侯爷家"应指史鼐家。但到了程甲本等版本中"保龄侯"和"史鼐"都不见了，一律改为"忠靖侯史鼎"。

收养史湘云的叔叔，人名和头衔都存在版本差异。归纳起来大体有三种异

---

[1] 陈庆浩：《八十回本〈石头记〉成书初考》，《文学遗产》1992 年第 2 期。

文：一是保龄侯史鼐，二是保龄侯史鼎，三是忠靖侯史鼎。文字差异出现在小说第四十九回。庚辰本是这样写的：

谁知保龄侯史鼐又迁委了外省大员，不日要带了家眷去上任。贾母因舍不得湘云，便留下他了，接到家中，原要命凤姐儿另设一处与他住。史湘云执意不肯，只要与宝钗一处住，因此就罢了。

这段话传递的信息很明确，史湘云寄养在保龄侯史鼐家，由于"迁委"，即官职调动的原因，他要到外地上任，需要带家眷，史湘云也应随去。但"贾母因舍不得湘云，便留下他了，接到家中"。如果不是叔叔迁到他乡，在"都中"有"家"的史湘云是不会常住贾府的。然而，在第二类版本中，这个"迁委了外省大员"的叔叔则改换了名字。戚序本、蒙府本、列藏本、甲辰本等版本都作"保龄侯史鼎"，甲辰本缺"保"字，只写了"龄侯史鼎"。值得注意的是，蒙府本在这段正文旁边有一条侧批："史鼎未必左迁，但欲湘云赴社，故作此一折耳。莫被他混过。"正文和批语中都明写"史鼎"，显然不会是笔误。这类版本中，将"保龄侯"保留着，将名字由"史鼐"换成了"史鼎"。到了第三类版本中，这个"迁委了外省大员"的叔叔则是"忠靖侯史鼎"。以梦稿本（杨本）、程甲本、程乙本为代表。这类版本将"史鼎"的名字与"忠靖侯"的头衔连起来了。

其实在《红楼梦》的第十几回曾写到忠靖侯史鼎。第十一回"庆寿辰宁府排家宴"时，各位王侯来宁府贺寿，其中有"南安郡王、东平郡王、西宁郡王、北静郡王四家王爷，并镇国公牛府等六家，忠靖侯史府等八家"。这里，忠靖侯是史府的代表，也是八家侯门的代表。第十三回写秦可卿丧事时，"忠靖侯史鼎的夫人来了"。在此处，多个抄本都有批语。甲戌本："史小姐湘云消息也。"戚序本："伏史小姐一笔。"庚辰本上"伏史湘云"四字抄成正文。甲辰本"伏下文史湘云"，"史湘云"三字为正文。到了刊本当中，程甲本、东观阁本都在"忠靖侯史鼎的夫人"后，加了"史湘云"三个字，似将批语混入正文中。可见，这些版本都将"忠靖侯史鼎的夫人"与史湘云联系在一起。且不说收养问题，小说首先在强调，忠靖侯史鼎是史湘云这一家族的代表。至程乙本，直接改为"史鼎的夫人带着侄女史湘云来了"，是修订者在统稿中与后文（第四十九回）综合考虑所致。

史湘云的叔叔在作者早期的构思中，是两个人——忠靖侯史鼎和保龄侯史鼐，庚辰本上分得很清楚；但在以戚序本为代表的几个版本中，呈现将二人合并时的过渡状态的文字，即出现了"保龄侯史鼎"，也就是说人名为一个，但头衔还是两个。到了程甲本、程乙本中将人名和头衔都统一起来，史湘云的叔叔只剩下"忠靖侯史鼎"了。

总之，无论史湘云的叔叔是两人还是一个人，无论是史鼎还是史鼐，若从其父亲为长兄而论，史湘云寄养在叔叔（小史侯）和二婶婶家，都是可以讲得通的。从第二十回到第四十九回，她在贾府来去无定，诗社成立也未能参加。而后来的一些回忆中，追述史湘云幼时也曾在贾母身边，由袭人服侍过。第二十回初到贾府时与黛玉同住一处。待第四十九回叔叔举家迁到外省，居无定所的史湘云住进了大观园，贾母"原要命凤姐儿另设一处与他住，史湘云执意不肯"，所以她住进了宝钗的蘅芜院。

关于史湘云，作者在创作初期考虑过她，但在第十八回群钗集会的时候她还没有出现，说明起初是想写湘云与宝玉有过青梅竹马的关系，但后来为了突出林黛玉与贾宝玉的木石前盟，就把相关构思删掉了，让史湘云回到了叔叔家，以至于第二十三回派住大观园、第三十七回成立诗社都没有湘云的名字。这一点，从湘云的叔叔史鼎、史鼐的矛盾文字中可见一斑。

二、突出金玉良姻

《红楼梦》的修订趋势是，在黛玉和湘云的情节出现冲突时，优先考虑黛玉，侧重黛玉与宝玉的木石前盟。然而，当黛玉和宝钗出现冲突时，有时会优先安排宝钗的情节，侧重宝钗与宝玉的金玉姻缘。这在第八回的回目中和第二十二回的诗谜中，都有明显的表现。

《红楼梦》版本间的异文，反映了各个改稿阶段的创作思考，其间的变化也反映了作者（或校订者）的修订倾向。仅以回目的异文为例，不难发现，同样的故事，在不同版本的回目中，叙事的角度不同，如第三回；焦点人物不同，如第七回；情感倾向不同，如第八回。我们具体看看第八回，现将此回诸版本回目涉及的小说情节，按事情发生的先后顺序列表如下（见表1）：

表1　第八回主要情节与各本回目的侧重点

回目 时序	甲戌本	舒序本、列藏本	庚辰本、己卯本、杨本	戚序本、蒙府本、卞藏本	甲辰本、程甲本
1	薛宝钗小恙梨香院	—	—	—	—
2	—	—	—	—	薛宝钗巧合认通灵
3	—	—	比通灵金莺微露意	—	—
4	—	—	—	—	贾宝玉奇缘识金锁
5	—	—	探宝钗黛玉半含酸	—	—
6	—	薛宝钗小宴梨香院	—	—	—
7	—	—	—	拦酒兴（李）奶母讨厌	—
8	贾宝玉大醉绛云轩	贾宝玉大醉绛云轩	—	—	—
9	—	—	—	掷茶杯（贾）公子生嗔	—
本回目涉及人物	薛宝钗、贾宝玉	薛宝钗、贾宝玉	莺儿、宝玉、宝钗、黛玉	李嬷嬷、贾宝玉	薛宝钗、贾宝玉

从第八回回目中选取情节的时间顺序来看，甲戌本择取的故事是一回中发生得最早的和较晚的，在回目安排上照顾首尾。庚辰本等照顾的主要人物最多，较为突出婚恋故事的主线。甲辰本、程甲本侧重金玉良缘。戚序本等对次要人物也有所考虑，如将李奶母写进回目，通过主仆之间的矛盾，揭示了宝玉成人意识（或云贵族公子叛逆心理）的增强。总之，各个阶段的文字都有其合理性，我们可以从不同的视角欣赏每一类版本中赋予小说情节的审美内涵。

值得一提的是，表1内五种类型的回目，第一组甲戌本、第二组舒序本和列藏本、第三组庚辰本等、第五组甲辰本和程甲本，都谈到宝黛钗。所不同的是，第一组和第二组只写了宝玉去探宝钗，第三组和第五组涉及"通灵"宝玉等内容。我们看到，庚辰本、己卯本、杨本这一组，写到"比通灵金莺微露意"和"探宝钗黛玉半含酸"，回目出现人物有莺儿、宝玉、宝钗、黛玉四人。在小说情节中，宝钗的丫鬟黄金莺似乎充当了红娘的角色。其中的"微露意"和下文的"半含酸"，同时传达了金玉良缘和木石前盟两个故事正拉开序幕的信息。但到了甲辰、程甲等版本，"贾宝玉奇缘识金锁，薛宝钗巧合认通灵"，回目中由四个人变成两个人，黛玉的情愫在回目中不见了，只剩下宝钗和宝玉的金玉之缘。程乙本、东观阁本等版本与此同。在这样的思想基础上，后来的刊印本竟然把"红楼梦"书名改为"金玉缘"，今见者有"己丑仲夏沪上石印"本《增评补像全图金玉缘》[1]等。

第二十二回的诗谜，有残缺和补写两类版本的文字，黛玉和宝钗的诗谜差异较大。小说第二十二回在宝钗十五岁时，为她安排了一次"将笄之年"的隆重生日。凤姐亲自料理，老太太特意关照，家中搭台唱戏，好不热闹。然而这一回的回目是"听曲文宝玉悟禅机"和"制灯谜贾政悲谶语"。在宝钗的生日，繁华吵闹之后，竟以宝玉的了悟作结，寓意颇深。在众姐妹的灯谜中，宝钗的

---

[1]（清）曹雪芹、高鹗著，王希廉、张新之、姚燮评：《增评补像全图金玉缘》，北京图书馆出版社2002年影印本。

灯谜值得关注。因为宝钗的诗谜存在原文与补写的问题，也存在两类版本的差异。庚辰本此回惜春灯谜之上朱笔眉批写道："此后破失，俟再补。"其后，正文也缺失了。隔一页写："暂记宝钗制谜云：朝罢谁携两袖烟，琴边衾里总无缘。晓筹不用鸡人（原作"人鸡"，据戚序本改）报，五更无烦侍女添。焦首朝朝还暮暮，煎心日日复年年。光阴荏苒须当惜，风雨阴晴任变迁。"后边是一条墨笔批语："此回未成而芹逝矣，叹叹！丁亥夏，畸笏叟。"脂批曾告诉我们曹雪芹于"壬午除夕泪尽而逝"，壬午与丁亥相距五年，也就是说畸笏叟在这一年夏天看到的第二十二回是缺失的，而且从语气来体会，他经眼的应是作者的手稿。宝钗这条诗谜，在庚辰本上以批语的形式附记在回后，只有谜面，没有谜底。到戚序本上，诗谜写进了正文，但仍没有谜底，只写了贾政内心自忖道："此物还倒有限。只是小小之人作此词句，更觉不祥，皆非永远福寿之辈。"这条诗谜在杨本、甲辰本、程甲本等上移给了黛玉，而且出现了谜底"更香"。

"更香"诗谜是否适合宝钗？我们看尾联"光阴荏苒须当惜，风雨阴晴任变迁"，联系前文宝钗给宝玉诵读的《寄生草》中"烟蓑雨笠卷单行"和"芒鞋破钵随缘化"，似乎都有苏轼《定风波》词的意象："竹杖芒鞋轻胜马，谁怕？一蓑烟雨任平生。……回首向来萧瑟处，归去，也无风雨也无晴。"其中"任"和"随"，与宝钗随分从时的性格相符；从烟蓑芒鞋，到风雨阴晴，宝钗的诗谜同宝玉的心曲也是和谐一致的。

后补给宝钗的"竹夫人"诗谜在强调什么呢？杨本、甲辰本、程甲本等版本给宝钗补了一则诗谜："有眼无珠腹内空，荷花出水喜相逢。梧桐叶落分离别，恩爱夫妻不到冬。"谜底为"竹夫人"，一种中间空、四周有眼的竹制品，夏天置于床席间，用于通风、乘凉。甲辰本在此诗谜后写有一条夹批："此宝钗金玉成空。"在宝钗带有成人仪式意味的十五岁生日，出现的"禅机"和"谶语"，预示了宝玉出家，宝钗良缘成空的不幸结局。

可见，有关宝钗的两条诗谜都对她的悲剧命运含有谶语的意义，"更香"侧重于命运的无奈，"竹夫人"侧重于美满婚姻的落空。相比之下，"竹夫人"

的灯谜更突出了"悲金"的主题。

第二十二回在构思上有个不断完善的过程，生日宴会的寿星由"老太太和宝姐姐"两个人改为宝钗一人，情节重心逐渐集中于将来婚姻悲剧的主角薛宝钗。而在灯谜的补写上，也体现了修订思想的变化。联系后文第二十三回集中于黛玉的情节来看，这两回一个写宝钗点戏、宝玉悟禅，一个写黛玉听戏、双玉读曲，构成了钗黛对峙之势，也使得"怀金悼玉的《红楼梦》"这一双重意蕴前后映衬，相得益彰。但在情节安排的顺序上，这两回文字"怀金"在前，"悼玉"在后，与《终身误》和《枉凝眉》两首"红楼梦曲"的先后顺序是一致的。

三、突出十二钗中的成员

《红楼梦》因多次修订，留下了不少疏漏，具体在人物的名字、年龄等问题上出现的舛错较为明显。这些疏漏，或在一种版本的前后文之间，或在不同的版本之间，它们往往与作者在构思过程中思路的变化有关。如巧姐和大姐有时同时出现，后来经过修订，去掉大姐，保留巧姐。这大概是十二钗正册中，只为贾家草字辈的小姐保留了一个名额的缘故。

关于巧姐的名字和年龄都存在前后矛盾。关于巧姐的年龄忽大忽小的现象，俞平伯在《红楼梦辨》中专论后四十回中巧姐年龄的矛盾，尤其是回到幼年的文字，即认为这是与前八十回时序不协调导致的漏洞。[1] 对此，赵冈的解释似有说服力，即"雪芹最初写凤姐有两个女儿"，第八十四回（婴儿惊风）、八十八回（小儿学舌）、一百零一回（李妈打孩子）等处对巧姐年龄幼儿化的描写，可视为"根据雪芹较原始的稿本（比庚辰本还早）所续"，而且"高鹗校书是谨守

---

［1］ 参见俞平伯《红楼梦辨》之四"后四十回的批评"，岳麓书社1999年版，第189—192页。（王国维《红楼梦评论》、蔡元培《石头记索隐》、胡适《红楼梦考证》、俞平伯《红楼梦辨》合集）

尽量不动原文，'不欲尽掩本来面目'的原则"。[1]笔者也认为程高在序言中的讲述应有可信之处。其实，《红楼梦》的疏漏不仅限于后四十回与前面的矛盾，关于巧姐名字的混乱现象，表现在前八十回某些章回中，也表现在不同的版本中。

巧姐与大姐的名字，时而是两个人，时而是一个人的两个年龄阶段。庚辰本第二十七回中写道："凤姐等并巧姐大姐香菱与众丫嬛们在园内顽耍，独不见林黛玉。"明显是巧姐和大姐两个女儿在一处。到了第二十九回写得更清楚："奶子抱着大姐儿带着巧姐儿另在一车。"抱着、带着，还把大姐和巧姐的年龄加以区分。到了第四十二回，刘姥姥二进荣国府时，凤姐想借刘姥姥的寿，让其为大姐儿命名，因生在七月初七日，刘姥姥就为之命名为巧姐，取其以毒攻毒的道理，祝她逢凶化吉、遇难成祥。曹雪芹较早的构思中，凤姐有两个女儿。后来应该是情节安排上的考虑，将大姐与巧姐合而为一了，这也是艺术精练化的表现。考察《金瓶梅》之类描写大家庭的世情小说，西门庆的女儿也叫"大姐"，可见两者的继承关系。《红楼梦》也不乏艺术创新，为了强调判词中的"偶因济刘氏，巧得遇恩人"，刘姥姥给"大姐"取"巧姐"之名，后来成为她的救命恩人。

查验庚辰本之外的其他版本，综合几个版本中第二十七、二十九回两处有关"大姐"和"巧姐"同时出现的文字，不难发现：第二十七回己卯本此回缺失，甲戌本、舒序本、列藏本、杨本、甲辰本同，都有"巧姐"；蒙府本、戚序本、程甲本无"巧姐"二字。第二十九回甲戌本、己卯本此回缺失，舒序本、列藏本、杨本、甲辰本、蒙府本大体相同，都有"巧姐儿"；戚序本"巧姐儿"三字作"丫头们"；程甲本无"带着巧姐儿"五字。归结而言，去掉"巧姐"这个人物，只保留"大姐"，让凤姐只有一个女儿的版本，戚序本、程甲本相对晚出。不过，较为特殊的是蒙府本第二十七回无"巧姐"，而第二十九回则有。所以说，从过渡状态的复杂文字现象看，蒙府本应比戚序本、程甲本早，但比其他两处都有"巧姐"的版本略晚。可见，"巧姐"的名字曾被视

---

[1] 参见赵冈、陈钟毅《红楼梦新探》，文化艺术出版社1991年版，第281—282页。

为矛盾文字，也成为我们考察版本出现次序、各本修订过程的重要参照点。

《红楼梦》中的矛盾文字或疏漏之处显示了小说动态的成书过程。修订的优化原则是突出主要人物和主要矛盾，主要人物即贾宝玉和金陵十二钗；主要矛盾即家族、婚恋和人生的悲剧。如让凤姐的女儿只保留一个，并列入正册。在第二十二回生日宴会的寿星由"老太太和宝姐姐"两个人改为宝钗一人，情节重心逐渐集中于婚姻悲剧的主角薛宝钗。而在灯谜的补写上，也体现了修订思想的变化。联系后文来看，第二十三回集中于黛玉，也使得"怀金悼玉"的意蕴前后映衬。在作者创作初期曾设想过史湘云与宝玉青梅竹马的关系，但后来让位于宝黛的木石前盟，便安排史湘云由叔叔收养。但从史湘云这一人物在黛玉之才、宝钗之情等方面的间色作用来看，她依然是不可或缺的。小说从初期构思到最终成文，其间发生过变化，在多次的调整过程中因顾此失彼而留下的疏漏痕迹，是带有"化石"意义的。我们不妨从小说的修订过程入手，理解作者、修订者在突出主题这一优化原则的指导下，而对书中文字所做的调整。

俞平伯曾说："《红楼梦》是为十二钗作本传的。……书中最主要的人物，就是十二钗了。在这一方面，《水浒》和《红楼梦》有相同的目的。大家都知道，《水浒》作者要描写出他心目中一百零八个好汉来。但《红楼梦》作者底意思，亦复如此。他亦想把他念念不忘的十二钗，充分在书中表现出来。"[1] 既然十二钗是小说创作的重心，那么在修订过程中，对她们所用的心力自然要比别的人物多一些。本文从版本修订的角度，考察了诸多版本在对有关十二钗的部分的修订所反映出的总体趋势，以及在整体修订过程中所体现出的优化倾向。由于篇幅所限，在此仅讨论了与黛玉、宝钗、湘云、巧姐等金钗相关的疏漏和异文，其他人物形象及版本现象有待另外撰文分析。

（原载《红楼梦学刊》2011 年第 1 辑）

---

[1]　俞平伯：《红楼梦辨》，岳麓书社 1999 年版，第 222 页。

《红楼梦》张汝执评点述论

内容提要

近年，对于《红楼梦》评点的研究在不断深入，但刊刻本上的评点研究往往起于嘉庆十六年（1811）的"东观阁"重刊本，而对早于此本署名张汝执的萃文书屋活字印本却重视不够。经过系统梳理后发现，此本批语较为密集；与之前的"脂批"和之后出现的诸家评点相比，形态也更为完整，主要包括眉批、侧批、回后批和圈点；从批语内容看，尽管张汝执评与之前、之后的评点并无直接联系，但因其小说评点方法上的比较视野、对文学性的强调以及全局性思想等方面的特点，又使得此套批语具有独特的文论价值。

关键词

《红楼梦》｜ 张汝执 ｜ 评点

从现有《红楼梦》评点研究来看，《红楼梦》刻本的评点研究一般从嘉庆十六年（1811）"东观阁"重刊本谈起，而对早于此本的另一个《红楼梦》评点本，即署名张汝执的嘉庆六年（1801）萃文书屋活字印本上的评点还缺乏应有的重视。

据胡文彬先生在《红楼梦叙录》中介绍："《红楼梦》，张汝执、菊圃评。此本为清乾隆五十六年（1791）萃文书屋刊本，存第一至八十回。卷首程伟元序、次高鹗序，次署潞村瞿叟张汝执序，次目录，次图，次正文。书内有朱、墨两色眉批、朱笔侧批和回后总批。根据批语墨迹和内容分析，可以知道凡未署名批语均为张汝执所批。部分回后总批有署名者，为‘菊圃’所批。书原为郑振铎同志藏，现归北京图书馆善本室藏。"[1]之后关注此本的著作主要包括：《红楼梦东观阁本研究》[2]，书中设专节从小说人物的品鉴和创作手法两个角度对张汝执本的批语进行了分析；《红楼梦评点研究》[3]，介绍嘉庆年间的两家评点时，也谈及胡文彬先生有关此本的说明性文字。上述研究尚未对张汝执评点做全面辑录、系统梳理和具体分析。

对张汝执评点本进行系统梳理后发现，作为现今发现得较早的带有手写批语的刻本，评点中运用了大量的圈点符号，这些圈点在一定程度上对评点文字起着辅助作用。同时评点者以文人自娱兼指导阅读的心态对小说人物、语言、结构等多方面进行了较为客观的评价，其批语具有较高的文论价值，因此深入挖掘张汝执评点，有利于更好地考察嘉庆初年文人对《红楼梦》的解读，从而对此本进行合理定位。

一、评本中圈点符号的意义

张汝执评本所使用的圈点符号较为完备，有的在句中起句读作用，有的在于强调小说主旨，有的则在于点出妙词佳句，基本体现了明清小说评点中圈点符号的通行功能。为更全面地了解该评点本中的圈点符号及所具功能，现总结如下。

1. 张汝执评点本主要使用了实心扁点 "、"、圈点 "〇"、双圈 "◎"、三

---

[1] 胡文彬：《红楼梦叙录》，吉林人民出版社 1980 年版，第 31 页。

[2] 曹立波：《红楼梦东观阁本研究》，北京图书馆出版社 2004 年版。

[3] 刘继保：《红楼梦评点研究》，北京图书馆出版社 2007 年版。

角形"△"这四种符号。前两种符号有时单用，在句中起句读作用；有时连用，形成重点"、、"和重圈"○○"，主要点出小说中的妙词佳句或强调文辞在理解小说主旨中的重要性。

2. 单独使用圈点符号，具有句读功能，表示停顿。如第一回第 2 页 a 面：

然后携你到那昌明隆盛之邦○诗礼簪缨之族○花柳繁华之地○温柔富贵之乡○那里去走一遭○

3. 书中圆圈"○"符号连用时，往往点出直接关涉小说主旨的字句，或微言大义之处。如第一回第 1 页 b 面，"那僧笑道：你放心，如今现有一段风流公案正该了结，这一干风流冤家，尚未投胎入世，趁此机会，就将此物夹带于中，使他去经历经历"。又如第一回第 5 页 b 面，在"同这些情鬼下凡了解了，一了此案"处，同样出现了圆圈"○"符号连用的现象。

4. 双圈"◎"符号的使用，主要在于点出关涉书中"眼目"的字词，对文中"贾雨村""幻""甄士隐"等词都使用了这一评点符号。而这些字词能很好地表现"虚"和"幻"的主题，因此张汝执往往都加上"眼目"的侧批。

5. 重圈"○○"主要在于强调内容，提示《红楼梦》所具有的醒世功能。如跛足道人《好了歌》中独用此圈点符号强调"世人都晓神仙好，只有娇妻忘不了。君生日日说恩情，君死又随人去了"。作者写此一段，意在规劝那些醉心于声色犬马的世人，让他们不要迷恋尘世，因为一切到头来都是一场空而已，因此具有醒世的功能。张汝执在品评《红楼梦》时注重这一点，从"王熙凤毒设相思局　贾天祥正照风月鉴"的回后批语可以看出，他说："今贾瑞一触其怒，则性命生死在其掌握。其残忍狠毒，又何如也？虽然色不迷人人自迷，要当自加警惕耳。但作者仍恐世人不悟，又收骷髅形状。明明指示一番，想见醒世婆心，深切至矣。"

6. 三角形"△"的使用，主要是点出能够表现出主旨的具有神秘色彩的词语，以示区别。如"青埂峰""茫茫大士""渺渺真人""灵河岸""绛珠草""神瑛侍者""警幻仙子"等。这些字词虽不直接表现主旨，却间接地表现了"虚""幻"的主题，具有神秘色彩。

7. 重点"、、"符号的运用，一般表示妙词佳句，或对于小说线索、人物特征等描写确切处。如第一回第 2 页 a 面"然后携你到那昌明隆盛之邦诗礼簪缨之族花柳繁华之地温柔富贵之乡那里去走一遭"。在该句所对应的眉批中张汝执写道："逗起全部的大意，妙在虚写。"由此可见，此处主要在于点明妙词佳句。

以上介绍了张汝执评点本中所使用的圈点符号，并分析了其所承担的功能。结合正文所对应的批语内容看，此本所使用的圈点符号基本上体现了明清小说评点中的圈点符号及其通行意义，主要起到辅助品评的作用。对圈点符号的系统分析，有利于更好地理解张汝执的评点内容和审美倾向。

二、批语及分布状态概说

张汝执评点本中的批语形式较为完备，主要包括眉批、侧批、回后批这三种形式。三种批语形式在各回所占比例并不均衡，却贯穿于整个评点本的始终。为了更好地探寻张汝执批语的分布情况，现就仅存的八十回中各批语形式的分布状态以二十回为单位列表呈现。（见表 1 至表 4）

表 1　第一回至第二十回各批语形式的分布状态

回目	眉批（条）	侧批（条）	回后批（条）	回目	眉批（条）	侧批（条）	回后批（条）
第一回	28	13	1	第十一回	13	3	1
第二回	28	4	2	第十二回	22	29	2

回目	眉批（条）	侧批（条）	回后批（条）	回目	眉批（条）	侧批（条）	回后批（条）
第三回	37	10	1 或 2[1]	第十三回	20	3	1
第四回	25	4	1	第十四回	16	3	1
第五回	54	6	0	第十五回	23	7	2
第六回	27	8	1	第十六回	41	7	1
第七回	18	3	1	第十七回	32	17	1
第八回	34	6	1	第十八回	8	0	1
第九回	26	4	1	第十九回	23	2	2
第十回	10	1	1	第二十回	24	0	1
总计	287	59	10 或 11	总计	222	71	13
所占比	14.6%	17.6%	10.9%	所占比	11.3%	21.1%	14.1%

表2　第二十一回至第四十回各批语形式的分布状态

回目	眉批（条）	侧批（条）	回后批（条）	回目	眉批（条）	侧批（条）	回后批（条）
第二十一回	29	1	1	第三十一回	38	9	1
第二十二回	45	8	1	第三十二回	23	7	1
第二十三回	15	2	1	第三十三回	16	5	1
第二十四回	21	4	1	第三十四回	47	9	1
第二十五回	24	1	1	第三十五回	27	3	1
第二十六回	14	2	2	第三十六回	23	1	1
第二十七回	19	3	1	第三十七回	19	1	1
第二十八回	35	8	2	第三十八回	10	0	1
第二十九回	34	5	1	第三十九回	20	0	1
第三十回	33	3	1	第四十回	27	1	2
总计	269	37	12	总计	250	36	11
所占比	13.7%	11.0%	13.0%	所占比	12.8%	10.7%	12.0%

[1] 原本有脱落，可见张汝执回后批的部分文字，暂无法确定是否有其他批语。

表3　第四十一回至第六十回各批语形式的分布状态

回目	眉批（条）	侧批（条）	回后批（条）	回目	眉批（条）	侧批（条）	回后批（条）
第四十一回	25	1	1	第五十一回	7	0	1
第四十二回	15	2	1	第五十二回	29	8	2
第四十三回	11	1	1	第五十三回	11	5	1
第四十四回	36	13	1	第五十四回	20	0	2
第四十五回	16	2	1	第五十五回	39	7	1
第四十六回	38	4	1	第五十六回	17	1	1
第四十七回	26	4	1	第五十七回	36	8	1
第四十八回	13	0	1	第五十八回	10	1	1
第四十九回	16	1	1	第五十九回	3	1	2
第五十回	8	0	1	第六十回	18	6	1
总计	204	28	10	总计	190	37	13
所占比	10.4%	8.3%	10.9%	所占比	9.7%	11.0%	14.1%

表4　第六十一回至第八十回各批语形式的分布状态

回目	眉批（条）	侧批（条）	回后批（条）	回目	眉批（条）	侧批（条）	回后批（条）
第六十一回	18	1	1	第七十一回	26	1	1
第六十二回	24	2	1	第七十二回	15	1	1
第六十三回	54	5	1	第七十三回	10	1	1
第六十四回	26	1	1	第七十四回	15	3	2
第六十五回	54	2	1	第七十五回	38	5	1
第六十六回	47	4	1	第七十六回	9	0	2[1]
第六十七回	30	1	1	第七十七回	24	1	2
第六十八回	39	18	1	第七十八回	20	5	1
第六十九回	31	14	2	第七十九回	21	1	1
第七十回	5	1	0	第八十回	33	1	1

---

[1]　此处有与张汝执字体不同的回后批，但无署名。

回目	眉批（条）	侧批（条）	回后批（条）	回目	眉批（条）	侧批（条）	回后批（条）
总计	328	49	10	总计	211	19	13
所占比	16.7%	14.6%	10.9%	所占比	10.8%	5.7%	14.1%

通过各表的统计可看出，《红楼梦》张汝执评本的眉批有 1961 条，侧批有 336 条，而回后批有 92 条或者 93 条。尽管这里面掺杂了其他人的评点文字，但并不能否定张汝执评所具有的价值。就现存的八十回批语看，眉批最多的为第五回、第六十三回、第六十五回，均为 54 条；最少的为第五十九回，3 条。侧批最多的是第十二回，29 条；最少的为第十八回、第二十回、第三十八回、第三十九回、第四十八回、第五十回、第五十一回、第五十四回、第七十六回，为 0 条。批语总数最多的是第五回、第六十三回，均为 60 条；总数最少的为第五十九回，共 6 条。回后批署名菊圃的批语，主要分布在第二回、第十二回、第十五回、第十九回、第二十六回、第二十八回、第四十回、第五十二回、第五十四回、第五十九回、第六十九回、第七十四回、第七十七回；无回后批语的为第五回、第七十回。这在一定程度上反映了评语数目分布的不均衡性，我们认为之所以存在这种现象，主要包括以下几个方面的原因。

首先，文本所描写故事的浓淡程度决定了评点文字的多寡。眉批主要用于对人物性格、所叙写故事、行文笔法及小说结构等方面的点评。例如眉批较多的第五回，金陵十二钗正册、副册、又副册的命运在此展现，故评语密集。又如小说第九回"训劣子李贵承申饬　嗔顽童茗烟闹学堂"，此回所涉人物众多，顽童闹学堂的场面更是精彩之极。张汝执透过文本听到了"袭人规劝宝玉，语语妥当"；听到了贾政对李贵的呵斥，并反问"怎能怪小的"；还听到了学堂里的"孩子势利语话"。透过对话他读懂了宝玉除了林妹妹"别无牵挂"的纯真爱情观。在眉批中他表达了对贾家"败类""顽童""浮浪子弟"

的不满情绪。而对闹学堂场景的描写，他又道出了"乱乱哄哄的形景写来如画"的溢美之词。正因为评点角度众多，使得此回评点数量较多，他认为此回如此写"正是作者意匠孤营处"。如此看来，他花工夫做细致的评点也就不足为奇了。相反，小说第五十九回"柳叶渚边嗔莺叱燕　绛芸轩里召将飞符"所叙写故事，与前数回相比并非浓到极处，而是更平淡，是一篇闲情逸致的文字，是作者的"浓淡相间之法"，因此没有做大量的点评。

其次，评点所具有的文人自娱色彩，造成了评点分布的不平衡。评点的功用是在作品和读者之间架起沟通的桥梁，"它既强化了对某些精彩的叙事的印象和理解，刺激读者的感悟能力，又情不自禁流露出评点者的拍案惊奇和幽默感，给读者制造趣味浓郁的阅读气氛"[1]。而且中国古代小说评点，曾有"文人型""书商型"和"综合型"等类型上的划分[2]，本文所言文人自娱型的评点与文人型的小说评点有着类似的评点主线，"更注重通过小说的规定情境来抒发自身的感情思想、现实感慨乃至政治思想"[3]。张汝执评同样融入了个人强烈的主体情感，但不同的是他很少对现实发出感慨，也并未寄予非凡的政治抱负，更多的则是从小说本身去品鉴其艺术特色，具有明显的"借此适性怡情，以排郁闷，聊为颐养余年之一助"[4]的玩乐心态。其侧批往往在某一具体词语、具体事件处发挥着重要作用，尽管评点语言较为简单，或许只是单个的字或者词，且这些字词的重复性较高，但它们皆能起到一字千金的作用。

再次，文本的校改消耗了点评的精力。张汝执针对当时手中乾隆五十六年（1791）刊行的《红楼梦》指出："字句行间，鱼鲁亥豕，摹刻多讹，每每使人

---

［1］ 杨义：《中国叙事学》，中国社会科学出版社 2006 年版，第 259 页。

［2］ 参见谭帆《中国小说评点研究》，华东师范大学出版社 2001 年版，第 86 页。

［3］ 谭帆：《中国小说评点研究》，华东师范大学出版社 2001 年版，第 87 页。

［4］ （清）张汝执：《新镌全部绣像红楼梦·序》，载（清）曹霑著，张汝执评《新镌全部绣像红楼梦》，乾隆五十六年辛亥（1791）萃文书屋活字本（国家图书馆藏本）。

不能了然于心目，殊为憾事。"[1]正因如此，在阅读鉴赏时往往因为需要花费大量的时间进行文本的修改，而不得不放弃评点，这应该是导致这种不平衡性的原因之一种可能性。为了具体地说明这一问题，现统计相关回目的字数、眉批、侧批、改文情况列表如下。（见表5、表6）

表5　第一回至第十回字数及批改情况对照表

回目	字数（字）	眉批（条）	侧批（条）	批语总数（条）	正文改动（处）
第一回	6748	28	13	41	5
第二回	5683	28	4	32	9
第三回	7893	37	10	47	1
第四回	5422	25	4	29	1
第五回	7312	54	6	60	0
第六回	6987	27	8	35	4
第七回	7005	18	3	21	6
第八回	6230	34	6	40	2
第九回	3753	26	4	30	3
第十回	4773	10	1	11	0

表6　第七十一回至第八十回字数及批改情况对照表

回目	字数（字）	眉批（条）	侧批（条）	批语总数（条）	正文改动（处）
第七十一回	8385	26	1	27	86
第七十二回	7123	15	1	16	26
第七十三回	6790	10	1	11	93
第七十四回	10735	15	3	18	122
第七十五回	8529	38	5	43	70
第七十六回	6771	9	0	9	66
第七十七回	10208	24	1	25	122

---

[1]（清）张汝执：《新镌全部绣像红楼梦·序》，载（清）曹霑著，张汝执评《新镌全部绣像红楼梦》，乾隆五十六年辛亥（1791）萃文书屋活字本。

回目	字数（字）	眉批（条）	侧批（条）	批语总数（条）	正文改动（处）
第七十八回	9079	20	5	25	88
第七十九回	4675	21	1	22	45
第八十回	6448	33	1	34	35

通过以上分析，笔者认为校改是导致批语数量分布不均的重要的原因，从张汝执评相关数据对比图的两条曲线可以看出，批语数与校改文字数成反比关系，批语较为集中的各回（见图1），改文通常较少，而批语较少的回目，改文则较多。尽管如此，是否所有的回目都符合这种分布规律，还需做进一步的数据统计分析。

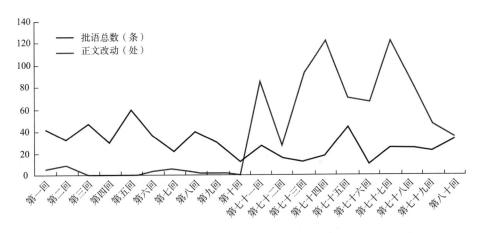

图1　张汝执评本相关数据对比图

最后，他人批语的掺入，也可能影响整个批语的分布状态。该本中出现了笔迹不同的文字，且有署名"菊圃"的回后批，因此无法准确对张汝执批语进行准确量化，但从笔迹来看，张汝执批语肯定占绝大多数。对回后批进行分析后，我们认为，在批语中加句读的为张汝执所批，没有的则为"菊圃"或是他人所批。至于他人批语究竟占多大比重，由于技术原因暂不能做准确判定，但这却是分析张批分布状态时不容忽视的因素。

总之，系统研究各回批语的分布状态，有利于我们更好地把握张汝执的评点脉络，从而挖掘其所具有的文论价值，同时也有利于为《红楼梦》文本的修订和评点提供更加可靠的研究资料。

三、张汝执评独特的评点观念

张汝执评点所据底本为清乾隆五十六年（1791）萃文书屋活字印本。从张汝执序言得知其评点《红楼梦》的时间是嘉庆六年（1801），此评本要晚于甲辰本、己卯本、庚辰本等"脂本"系统的版本，但又早于嘉庆十六年（1811）的"东观阁"重刊本和更晚的以回评为主要形式的王希廉评（道光十二年，1832）。从时间上看，张汝执评介于从文人自娱到商业传播的转型的中间地带[1]；从评点内容上看，张汝执评与之前、之后的评点并无直接联系，正因如此，其批语也就具有独特性，下面拟就有关评点进行初步探讨。

（一）对《红楼梦》主人公与作者关系的思考

《红楼梦》自刊行以后，很快流行南北各地，在社会各个阶层流传。乾嘉时期，评论、考据《红楼梦》成为一种风尚，而其中较有影响的当数周春的《阅红楼梦随笔》，他在书中对于曹雪芹笔下的人物进行了考证，同时代还有其他的一些以考据见长的文士对《红楼梦》进行了解读，但后来证明这种研究方法并不可取。在考据盛行的氛围中，张汝执对《红楼梦》中的主人公与作者之间的关系进行了深入思考，他认为作者并非以宝玉自喻而是以宝钗自比，这在当时是相当有见地的。如第四十二回回后评：

读书要得真解，若蒙混看去，则便失立言之旨矣。如此一书，多以为作

---

[1]　参见曹立波《红楼梦版本与文本》，中华书局2007年版，第263页。

者必遭逢不偶，故借宝玉弃物，以泄沦落终身之愤耳。然愚细玩其旨，殊不尔也。却是以宝钗自喻，与《金瓶》中作者以孟玉楼自喻同一意也。何也？看其写宝玉处，总是日在群女队中柔媚自喜，毫无一点丈夫气象。以此自喻，岂不自贬其身分；看其写宝钗处，凡一切治家、待人，温厚和平、幽娴贞静。至若前后规谏宝、黛之正论，无不剀切详明。真可谓才德兼优，此书中一大醇人。但如此淑女，而乃归于痴迷之宝玉，或亦作者之别具深情也。岂即如蔡邕之托身董卓，范增之托身项羽。郁然不解，而借此立言，以泄一时之傲愤，未可知也！盲瞽之见，敢以质之高明。

从《红楼梦》全书来看，作者所写的宝玉天生具有"癖性"——"见了女儿，便觉清爽。见了男子，便觉浊臭逼人"，这也是张汝执说他"毫无一点大丈夫气"的理由。而在作者的笔下宝钗却是一个"厚重可嘉"之人，她才德兼备，治家更是张弛有度，说服其母允许哥哥薛蟠外出经商正体现出她非凡的治家之才。从文本来看，张汝执的分析是有道理的。无独有偶，在其他章回中他又从不同角度论述了作者以宝钗自喻的观点。如第五十六回回后评：

以上二回，却是极写探、钗的身分。但探春虽是贾府嫡女，究系外人，此之谓主中宾。宝钗虽是贾府亲眷，后为正室，此之谓宾中主。据此而论，则是以宝钗陪探春；据后而论，则是以探春陪宝钗。看他写宝钗处，无一而非圣人真实的正理，即此便见作者之深意。凡读书者，须要得其真窍，要得真窍，非将眼界放开断断不能。故善读书者每读——每读一过，便先看其立意所在；次看其眼目在于所处；复看其线索、主脑又在何处，方不负作者之费一番心血。今如《红楼梦》一书，宝玉之痴迷，幻也。贾府之势炎，幻也。其立意总是一个"幻"字，所以始以警幻开端，终以警幻结局也。此既幻矣！不得以圣人之真实学问，警省愚蒙也。何以见之？贾宝玉，主也。但一味溺于声色，则所以是假，此之谓主中宾；甄宝玉，宾也。但不肯撇却忠孝，则所以是真，此之谓宾中主。至若书中之言，立身扬名以及福善福淫等语，俱是全部中之用意点睛处，读者须宜着眼。

结合正文来看，如小说第五十五回"辱亲女愚妾争闲气　欺幼主刁奴蓄险心"，第五十六回"敏探春兴利除宿弊　贤宝钗小惠全大体"。此二回主要叙写探春和宝钗管理贾府的才能，张汝执从家庭的"主""宾"关系的角度分析了探春、宝钗、宝玉三人所处的地位，在他看来写探春精于治家，并非在于赞美探春，而在于写宝钗的贤明，这才是作者真实的立意。张汝执认为《红楼梦》在于写"幻"而非真事，小说描写诸多幻化的形象最根本的目的在于"警醒悉蒙"。如小说第十二回作者在风月宝鉴中呈现骷髅形状，在张汝执看来是"明明指示一番，想见醒世婆心，深切至矣"。由此可见，说张汝执评揭示了《红楼梦》所具有的醒世功能也是有一定道理的。

为了更明确否定宝玉为作者影子的观点，他在第六十二回回后评道："前见平儿而曰：'可惜已为兄妾'；此见香菱而曰：'可惜不得其夫'。则其虽相亲近之，神情俱在言外。见色而起淫心，宝玉之谓也。人终以作者以宝玉自喻，何其所见之浅也。"从正面着手对问题进行剖析，是张汝执立论的基础，但从反面来分析问题往往又让张汝执的观点更合逻辑，从而更能自圆其说。

虽然否认了"作者以宝玉自喻"的说法，张汝执评也强调了宝玉在突出小说主旨上的作用。他说："至宝玉则又书中之主脑也，看他写宝玉，无一回不有宝玉也。无宝玉，则无《红楼梦》一书矣，读者其细玩之。"[1] 从这段话中，我们不难看出，张汝执认为作者安排宝玉的出场，并非表明宝玉即自我，而是因宝玉在文中起着串联的作用，他更能彰显小说"幻"的立意，从而揭示真言，以醒后世。

总之，张汝执选取一个较为独特的评价视角，对《红楼梦》中的男女主人

---

[1]（清）曹霑著，张汝执评：《新镌全部绣像红楼梦》，乾隆五十六年辛亥（1791）萃文书屋活字本，第五十六回第16页a面眉批。

公进行了品读，并对他们在小说中的作用进行了概说，而对作者与小说主人公关系的探讨更显出了他"借此适性怡性，以排郁闷"[1]的自娱心态，同时又不乏"至管见之遗讯，仍望质高明而开盲瞽"的导读使命，为解读《红楼梦》开启了新的视角。

（二）评点体系的全局性

从现有的《红楼梦》版本来看，主要包括两种：一是以"脂批"为代表的八十回系统；另一类是以"程甲""程乙"为代表的一百二十回系统。张汝执所据底本为程甲本，因而其评点对象理应是一百二十回，但从现存的资料来看，却仅存八十回，这是评点者有意为之，还是有其他原因，我们不得而知，然而从其评点的体系来看，他是将《红楼梦》全书作为整体进行点评的，其评点呈现出着眼一百二十回全局的特点。现举几例进行说明。

1.宝、黛爱情的归属

如若将《红楼梦》看作一部婚恋题材的小说，将宝玉、黛玉、宝钗三人的爱情婚姻故事当成主要线索，在张汝执看来，他们三人之间虽有爱情纠葛，但宝玉和宝钗的结合无疑是最完满的。

如：

此回原是金、玉二人彼此互验灵物，以为后日配合伏案。然若呆呆写去，便觉了无生趣矣。于是想出一黛玉来，加杂其间以衬托之，便成一篇极生动之文字。[2]

---

［1］（清）张汝执：《新镌全部绣像红楼梦·序》，载（清）曹霑著，张汝执评《新镌全部绣像红楼梦》，乾隆五十六年辛亥（1791）萃文书屋活字本。

［2］（清）曹霑著，张汝执评：《新镌全部绣像红楼梦》，乾隆五十六年辛亥（1791）萃文书屋活字本，第八回回后评。

又如：

线索，影射后文。[1]

（正文）和尚道士的话，如何信得。什么是金玉姻缘，我偏说是木石姻缘。

宝玉与宝钗二人的婚配发生在第九十七回"林黛玉焚稿断痴情　薛宝钗出闺成大礼"，然而张汝执在第八回和第三十六回就看到了钗、黛二人情感的归属，这说明他熟悉《红楼梦》的全部故事，对于林黛玉和薛宝钗二人的结局已了然于胸。他的评点中存在明显的"拥钗抑黛"的倾向性是否因为受此影响，也值得进一步思考。

2. 宝玉的最终出家

对于宝玉，张汝执提前看到了他遁入空门的命运。小说第二十二回，当宝钗为宝玉念"赤条条，来去无牵挂"时，张汝执眉批道："为后出家一照。"小说第三十回写道："宝玉道：你死了，我做和尚。"他眉批"伏后"二字。第三十一回："宝玉笑道，你死了，我做和尚去。"张又眉批道："伏后。"

显然，张汝执的上述评点是针对"和尚"一词而展开的。诚然，《红楼梦》一书带有佛教色彩，但并非故事发展的初期贾宝玉出家的命运已经彰显，而是随着爱情最终的幻灭表现出来的。宝玉出家发生在小说的最后一回"甄士隐详说太虚情　贾雨村归结红楼梦"，当小说写贾政"抬头忽见船头上微微的雪影里面一个人，光着头，赤着脚，身上披着一领大红猩猩毡的斗篷，向贾政倒身下拜。贾政尚未认清，急忙出船，欲待扶住问他是谁。那人已拜了四拜，站起来打了个问讯。贾政才要还揖，迎面一看，不是别人，却是宝玉"[2]时，我们才

---

[1] （清）曹霑著，张汝执评：《新镌全部绣像红楼梦》，乾隆五十六年辛亥（1791）萃文书屋活字本，第三十六回第 7 页 a 面眉批。

[2] （清）曹雪芹、高鹗：《程甲本红楼梦》，北京图书馆出版社 2001 年影印本，第一百二十回第 3 页 a 面。

知道宝玉当了和尚。于此看来，张汝执所谓的"伏后"应指第一百二十回的宝玉出家。

3. 袭人的爱情归属

小说第二十八回"蒋玉菡情赠茜香罗　薛宝钗羞笼红麝串"写到贾宝玉与蒋玉菡的相见，彼此还赠送了礼物。宝玉将袭人送给他的松花汗巾与蒋玉菡的一条大红汗巾子相交换。当袭人发现后，点头叹道："我就知道又干这些事！也不该拿着我的东西给那起混账人去。"张汝执眉批道："那知混账者，却不是外人。"[1] 言外之意就是二人有缘。之后，宝玉又将所收汗巾子送给袭人，于是张汝执眉批道："伏后。"他在此处所说的"伏后"，当指小说第一百二十回所写"到了第二天开箱，这姑爷看见一条猩红汗巾儿，方知是宝玉的丫头"，以及"此时蒋玉菡念着宝玉待他的旧情，倒觉满心惶愧，更加周旋；又故意将宝玉所换那条松花绿的汗巾拿出来。袭人看了，方知这姓蒋的原来就是蒋玉菡，始信姻缘前定"[2] 这段故事。而在小说第六十三回当袭人念到"桃红又见一年春"一句时，张汝执眉批道："'又'字妙，恰映后文改嫁。"这也照应了"程甲本"第一百二十回的相关情节。由此可见，对于袭人的爱情归属，张汝执也是从全局性的角度出发进行评点的。

4. 秦可卿与贾母发丧场面的对比

《红楼梦》第十三回"秦可卿死封龙禁尉　王熙凤协理宁国府"，该回中作者用了大量的篇幅写贾家的兴盛，以及秦可卿出殡的排场之大，在回后张汝执写道："此回是极力描写宁府的铺陈、热闹，以对照后文发送贾母之冷落。恰与《金瓶》先葬瓶儿，后葬西门一样笔意。"他在这里提到了第一百十回"史太君寿终归地府　王凤姐力诎失人心"中有关贾母丧葬的情节。

---

[1]（清）曹霑著，张汝执评：《新镌全部绣像红楼梦》，乾隆五十六年辛亥（1791）萃文书屋活字本，第二十八回第 14 页 a 面眉批。

[2]（清）曹雪芹、高鹗：《程甲本红楼梦》，北京图书馆出版社 2001 年影印本，第一百二十回第 10 页 a 面。

综合上述几点，我们相信张汝执通晓《红楼梦》一百二十回的全部内容，于是他的评点也就具有"全知"的叙事特点，在读者还未能接触故事时，评点者已给读者构建了一个固有的阅读期待视野，从评点的全局性这个角度来看，张汝执评点所具有的导读性是较强的。

（三）注重挖掘《红楼梦》的继承性

尽管暂时无法知晓张汝执究竟系何人，但从他对于《红楼梦》的评点文字分析可知，他应属于文人阶层，尤其是那类熟悉明代文学的文人，他对于《金瓶梅》《西游记》《水浒传》《牡丹亭》等文本都相当熟悉，这对于他以前期文学为参照系，在比较视野下考察《红楼梦》是很有意义的。兹举几例进行说明：

1. 诡诈狠毒，妒刻薄贪淫。虽《金瓶》之潘五儿，亦不能如此全备。（第十五回回后）

2. 得意语颇似《金瓶》中潘金莲语气。正文：凤姐道我那里管得这些事来……（第十六回第4页a面眉批）

3. 正在叙事往□缀以奇语□间之。《水浒传》多用此笔。正文：这一夜上下通不曾睡……（第十八回第1页b面眉批）

4. 颇似《西游记》猪八戒的口吻，可发一笑。正文：宝玉着了忙，向前拦住道："好妹妹，千万饶我这一遭，原是我说错了……"（第二十三回第9页a面眉批）

5. 半句语传神最妙，作者善用此笔，然亦自《水浒传》中得来。正文：刚说了半句又忙咽住，自悔说的话急了，不觉的就红了脸，低下头来。（第三十四回第1页b面眉批）

6. 此回贾政出差乃书中一大关键，何也？不有此行，则园中众儿女必不能纵情顽戏以畅其所乐。此正与《牡丹亭》杜宝课农一折，同一立意。（第三十七回回后评）

7.《水浒传·火烧翠云楼序》中，圣叹引一善口技者以□（喻）耐庵行文

之妙。此回笔墨亦当以此去喻之。（第九回第8页a面眉批）

一部文学作品是否具有审美价值，往往要将其置于一定的文学领域进行综合的考察，于是通过与其他同类作品进行横向或纵向的比较，从而凸显作品的艺术价值，也就成为文学批评中的重要方法。从以上所举评点文字看，评者显然受到了这种批评方法的影响，尽管在"脂批"中已有部分文字提及《红楼梦》与《金瓶梅》《水浒传》之间的关系，在张汝执之后的张新之也在评点中运用了此种方法，但能如此自如地运用比较方法进行《红楼梦》的评点，说明张汝执无疑是较为自觉的。从例7看，张汝执的评点又借用了金圣叹评点《水浒传》的某些文字，从一个侧面反映出他对于金圣叹在小说评点中某些思想的继承。

（四）总结《红楼梦》的文学性

阅读名著的最终目的在于指导文学鉴赏和文学创作，尽管张汝执的评点具有自娱的随意性，但是细加分析就可发现，他基于《红楼梦》语言、结构的评点对于后人的文学创作不乏指导意义。如第十七回回后评：

此回是极力将大观园描写一番。似此规模，规模阔大，点缀之繁多，楼阁之峥嵘，铺陈之富丽，势须大为铺张，方足以影射后之荒凉景况。但若不借此初创查看的节目，按其方向，星分棋布的写来，则阅者必不能豁目，而下笔亦难措手，此正是作者偷巧处。但立意虽善，用笔最难。何也？若呆呆写此一段，又呆呆写彼一段，一涉板直，则便了无生动之气矣。看他处处纯用衬贴之笔，而衬笔中又将清客、贾珍数人夹杂其间以烘托之。便觉笔笔变、笔笔活，是极好一篇出色文字。

又如第六十五回回后评：

读此回书，须知是作者大放手笔处。何也？贾府之帘箔不修，必何如以形容之而后可。若直写怎样内乱，便为低手。必须旁笔、隐笔出之，方见手法。但若拈出一个正经淑女来以衬贴之，仍为低手。何也？犹不足以痛砭之也。故不知几经筹度，方想出个似乎泼皮之尤三姐来。又想出专尚气节之柳湘莲来以衬托之，方见文字之妙！如尤、柳竟成夫妇，则仍是低手。何也？若终成夫妇，则终有淫荡之意，亦不足以形容其丑。惟一则宁死不污；一则宁鳏不就，方将贾氏男女形容得不为人类矣。岂不为高手文字？

贾府，主也；尤、柳，宾也。此文字之宾主法也，又文字之陪衬法也。若贾琏路遇湘莲，代提亲事。大家一喜，随以宝剑为定。读者未有不以为恰是好夫妻矣，亦自为之一快！不意死者死，亡者亡，一场好事竟如火化冰消。真如神龙夭矫，见首而不见尾。离奇变化，此又文字之离合法也！读者其细玩之。

尽管这两段文字是针对《红楼梦》中的某些章节而言，但从具体内容不难看出，张汝执总结了文学创作的核心内容。首先，写作需要讲究构思，即怎样写的问题，如若呆呆写去则"了无生动之气"；其次，要善于裁剪，否则"下笔亦难措手"；再次，要善于构架谋篇，要随时为读者提供新的期待视野，让他们始终保持阅读的兴趣；最后，语言需要"活是"，只有这样才能写出极出色的"跳脱"文字。立意，在张汝执看来最为重要，他认为善读书者，每读一遍，"便先看其立意所在；次看其眼目在于何处；复看其线索、主脑又在何处，方不负作者之费一番心血"。那么，从另一角度看，创作的好坏，关键在于立意，所谓"立意"就是确立主题，这要求作者在进行创作时要有明确的观点或价值判断，只有立意确定了，才能进行材料的取舍、结构的安排乃至语言的使用。

综合分析张汝执的评点文字，我们发现他对文学创作的"笔法"有很深的研究，他总结出了"实笔""虚笔""省笔""奇笔""闲笔""隐笔""略笔""摇曳之笔""隐刺之笔""追神之笔""顿笔""顿宕之笔""曲折之笔""直笔""曲

笔""松一笔""反笔""空灵之笔""傍笔""逼近一笔""惊疑之笔""开脱一
笔""妙笔""补笔""游戏之笔"等，同时对文章的具体写法提出了"欲擒故纵
之法""虚处实写""文字之宾主法""文字之离合法""烘云托月之法"等。

尽管这些笔法的概念并非张汝执独创，但他如此大规模地对诸多笔法加
以总结，无疑对指导文学创作具有重要影响，而系统研究张汝执的评点中有关
"笔法"的评语，对总结中国古代小说评点中的叙事理论也有十分重要的意义。

综观张汝执的评点文字，我们认为，它处于由手写批语到刊刻批语转型
的中间时期，具有文人自娱兼阅读提示的功能特点；从评点内容看，他立足
于《红楼梦》全书，从一百二十回整体的角度对人物、结构、行文等多方面进
行探讨，并对作者与《红楼梦》主人公的关系进行了论说，展现了独特的解读
视角；从具体小说文本入手，他揭示了《红楼梦》与前代文学在结构、人物
塑造、语言等方面的继承关系，使得该评点具有承前启后的意义；基于《红楼
梦》的创作所概括出的文学创作观，对文学鉴赏与创作具有指导意义。因此深
入挖掘张汝执评点的价值，有利于更好地考察嘉庆初年文人对《红楼梦》的解
读，进而对《红楼梦》刊行初期读者对于这部小说的立意主旨、文学创作观等
问题的看法，进行较有历史感的观照。

（与谭君华合著，原载《红楼梦学刊》2011 年第 4 辑）

补充说明：

张汝执，"执"应为"埶"。该论文发表时间为 2011 年，经谭君华于
2012 年 3 月查阅（清）曹霑著，张汝执评《新镌全部绣像红楼梦》，乾隆五十
六年辛亥（1791）萃文书屋活字本（国家图书馆藏本），考订评者姓名，应为
"张汝埶"。详见谭君华《〈红楼梦〉张汝埶评点研究》，硕士学位论文，中央民
族大学，2012 年。

《红楼梦》张汝执评本校改文字探析

内容提要

清乾隆五十六年（1791），《红楼梦》萃文书屋活字印本初刊，受到时人的关注，但其中为数不少的舛错也被后人注意到，嘉庆初年张汝执较早针对这一刊本的有关文字进行了校改。系统梳理后发现，张汝执运用改字、加字、文字位置互换、补配文字等方法对《红楼梦》程甲本进行了校正。对比相关版本后，我们认为，张汝执的校改文字具有自身的独特性、对前期抄本的继承性等特点。虽然有些改文带有随意性，但从总体上看张汝执仍有自己的校改原则。本文试图以张汝执所校改的文字为研究对象，从校改文字概况、校改原则分析这两个角度进行初步探析，以期为合理定位张汝执评本提供一些依据。

关键词

《红楼梦》│ 张汝执评本 │ 程甲本 │ 校改

220年前，《红楼梦》程甲本初刊时出现不少讹误，这一点从程乙本的修订文字可以明显看出。值得注意的是，程甲本问世不久，便有人在这个本子上以手书的形式做了大量改订。现有资料显示，清嘉庆五年（庚申，1800）至六年（辛酉，1801），张汝执以手批形式对程甲本，即乾隆五十六年（1791）萃文书屋活字印本中的刊刻谬误进行了校订（以下简称"张校本"）。在该本《序》

中，张汝执写道：

余性鲁，而颇嗜书。忆自髫年时，凡稗官野史，莫不旁搜博览，以为淑性陶情逸致。迨后于古人之奥秘者求之，顿觉雕虫小技，亦只以供一时耳目之观，无足贵也。岁己酉，有以手抄《红楼梦》三本见示者，亦即随阅随忘，漫不经心而置之。及梓行于世，遐迩遍传，罔不啧啧称奇。以为脍炙人口。然余仍为之朵颐，而一为染指也。迨庚申夏，余馆于淬峰家八弟之听和轩，弟偶顾余曰："新书纸贵，曾阅及乎？"余应之曰："否。"旋又曰："子髦且闲，曷借此适性怡性，以排郁闷？聊为颐养余年之一助乎？"余又应之曰："唯。"但其字句行间，鱼鲁亥豕，摹刻多讹，每每使人不能了然于心目，殊为憾事。爰以不揣固陋，率意增删，而复妄抒鄙见，缀以评语。虽蠡测之私，弥增颜汗，然自冬徂夏，六越月而工始竣，亦云惫矣。至管见之遗讯，仍望质高明而开盲瞽，岂敢曰蟪蛄之音，而擅与天籁争鸣也哉！

嘉庆辛酉立夏前一日，潞村矐叟张汝执识。[1]

张汝执在《序》中透露，《红楼梦》萃文书屋活字印本"字句行间，鱼鲁亥豕，摹刻多讹，每每使人不能了然于心目，殊为憾事"。为了弥补这种遗憾，他用"自冬徂夏，六阅月"的时间对手头的刊本进行了"率意增删"的校改工作。针对张汝执批校的本子，前期学者的研究[2]视阈多集中于探讨其在《红楼梦》评点史的地位或评点本身的学术价值，尚未关注校改文字所承载的版本价值。本文试图以张汝执所校改的文字为研究对象，从校改文字、校改原则两个

---

[1]（清）张汝执：《新镌全部绣像红楼梦·序》，载（清）曹霑著，张汝执评《新镌全部绣像红楼梦》，乾隆五十六年辛亥（1791）萃文书屋活字本（国家图书馆藏本）。

[2] 前期研究成果参见胡文彬《红楼梦叙录》，吉林人民出版社1980年版，第31页；胡文彬《读遍红楼》，书海出版社2006年版，第360—361页；曹立波《红楼梦东观阁本研究》，北京图书馆出版社2004年版，第46—47、178—186页。

角度入手，对张汝执校改的文字进行初步探析，以期对《红楼梦》张汝执评本进行合理定位。

一、校改文字概况

张汝执评本中校改文字的数量较大，为了更好地展现其版本特色，本文将从以下几方面对这些校改文字进行分析。[1]

（一）改字
此本的正文中有一些改动的文字，且有其独特性。略举数例，可见一斑。

例1：

庚辰本[2] 你只管这么想着病那里能好呢？（第十一回第5页a面第4行）

戚序本[3] 你只管这们想病那里能好呢？（第7页b面第4行）

程甲本[4] 你只管这么想这里能好呢？（第5页b面第8行）

程乙本[5] 你只管这么想这病那里能好呢？（第5页b面第8行）

张校本[6] 你只管这么想着那里能好呢？（第5页b面第8行）

---

[1] 本文呈现的均为张汝执评本中校改后的文字状态，并用下画线"＿"标出改动处。所举版本以庚辰本、程甲本、程乙本、张校本为主，其他版本若有特殊处则举出，如戚序本、东观阁本等。

[2] （清）曹雪芹：《脂砚斋重评石头记：庚辰本》，人民文学出版社2006年影印本。

[3] （清）曹雪芹：《戚蓼生序本石头记》，人民文学出版社2006年影印本。

[4] （清）曹雪芹、高鹗：《程甲本红楼梦》，北京图书馆出版社1992年影印本（2006年重印）。

[5] （清）曹雪芹著，陈其泰批校：《红楼梦（程乙本）——桐花凤阁批校本》，北京图书馆出版社2001年影印本。

[6] （清）曹霑著，张汝执评：《新镌全部绣像红楼梦》，乾隆五十六年辛亥（1791）萃文书屋活字本（国家图书馆藏本）。

通过例 1 可知，各本的不同之处在于此句"想"后边是"着病""病""这""这病"还是"那病"的问题。

庚辰本作"着病"，己卯本[1]、舒序本[2]、列藏本[3]、甲辰本[4]同；

戚序本作"病"，蒙府本[5]同；

程甲本作"这"，东观阁本[6]同；

程乙本作"这病"；

杨藏本（蒙稿本）[7]作"那病"。

综上，张校本将程甲本上的"这"字改为"着"，这一改文与己卯本、庚辰本、舒序本、列藏本、甲辰本相似。

例 2：

庚辰本　幸而我们都体[8]嘴体腮的。（第五十四回第 11 页 a 面第 3 行）

戚序本　幸而我们都笨嘴笨腮的。（第 17 页 a 面第 8 行）

程甲本　幸而我们都是夯嘴夯腮的。（第 13 页 a 面第 6 行）

程乙本　幸而我们都是夯嘴夯腮的。（第 13 页 a 面第 6 行）

张校本　幸而我们都是笨嘴笨腮的。（第 13 页 a 面第 6 行）

---

［1］（清）曹雪芹：《脂砚斋重评石头记：己卯本》，人民文学出版社 2010 年影印本。

［2］（清）曹雪芹：《清乾隆舒元炜序本红楼梦》，上海古籍出版社 2007 年影印本。

［3］（清）曹雪芹著，中国艺术研究院红楼梦研究所、苏联科学院东方学研究所列宁格勒分所编：《石头记》，中华书局 1986 年影印本（2003 年重印）。

［4］（清）曹雪芹：《甲辰本红楼梦》，书目文献出版社 1989 年影印本。

［5］（清）曹雪芹：《蒙古王府本石头记》，书目文献出版社 1986 年影印本。

［6］（清）曹雪芹、高鹗著，东观主人评：《新增批评绣像红楼梦》，北京图书馆出版社 2003 年影印本。

［7］（清）曹雪芹：《杨继振藏本红楼梦》，沈阳出版社 2008 年影印本。

［8］此为"笨"的另一种写法。

在例2中，各版本的不同在于"笨"（有的版本写成"体"）或"夯"的区别。

庚辰本作"体嘴体腮"，杨藏本的改文同（原文作"体嘴"）；

戚序本作"笨嘴笨腮"；

列藏本作"笨嘴夯腮"；

程甲本为"夯嘴夯腮"，程乙本、东观阁本同。甲辰本亦作"夯嘴夯腮"，只是这四个字前面多一"个"字。

综上，张校本将程甲本上的"夯"字点改为"笨"，与庚辰本、戚序本、杨藏本同。

例3：

庚辰本　我怎么操心打听，又怎么设法子，须得如此如此，方救下众人无罪，少不得我去拆（"去"字点掉）这个鱼头，大家才好。不知端详，且听下回分解。（第六十八回回末）

戚序本　我怎么操心打听，又怎么没法子，须得如此如此，方救下众人才无罪，少不得我去拆开这个鱼头才好。要知端的，下回分解。

程甲本　我怎么操心，又怎么打听，须得如此如此，方保得众人无罪，少不得咱们按着这个法儿来才好。不知凤姐又变出什么法儿来，且听下回分解。

程乙本　我怎么操心，又怎么打听，须得如此如此，方保得众人无罪，少不得咱们按着这个法儿来才好。不知凤姐又想出什么计策，且听下回分解。

张校本　我怎么操心，又怎么打听，须得<u>一同回明老太太</u>，方保得众人无罪，<u>且又省得大家每日提心吊胆，不成事体，但不知妹妹以为如何？要知二姐怎样回答</u>，且听下回分解。

从例3可见，张校本第六十八回结尾处的改动较大，第一处是将程甲本上的"如此如此"改成"一同回明老太太"；第二处是将"少不得咱们按着这个法儿来才好。不知凤姐又变出什么法儿来",改成"且又省得大家每日提心吊胆,不成事体,但不知妹妹以为如何?要知二姐怎样回答"。

这些改动的文字与庚辰本、戚序本、程乙本等版本都不同,查阅其他版本也没有类似的文字,基本可以判定为张校本所独有。结合所改的文字来看,小说第六十九回写道:"话说尤二姐听了,又感谢不尽,只得跟了他来。"(程甲本第六十九回第1页a面第1行)到了贾母面前,凤姐"笑着忙跪下,将尤氏那边所编之话,一五一十细细的说了一遍"(程甲本第六十九回第1页b面第7行)。从第六十九回的开头可以推断,凤姐并没有如第六十八回结尾所写"变出什么法儿来",因此从这两回的情节来看,张汝执的修改让文字更具连贯性。

通过统计发现,此本正文有959处改字,经查找上述三例的版本依据可知,诸多改文,有的与己卯本、庚辰本、舒序本、列藏本、甲辰本相似,如例1所示;有的与庚辰本、戚序本、杨藏本相同,如例2所示;有的暂未找到版本来源,如例3所示,应属于张汝执评本所独有,正如张汝执所言,具有"率意增删"的特点。

(二)加字

张汝执评本的正文中有较多加字。有的为语气词,如"呢""罢""了""吗"等,占有较大比例,而有的则为使文句更加通顺完整。现举几例。

例4:

庚辰本 但书中所记何事何人?自又云:今风尘碌碌一事无成。(第一回第1页a面第2行)

戚序本 但书中所记何事何人?自又云:今风尘碌碌一事无成。(第1页a面第3行)

程甲本 但书中所记何事何人?自己又云:今风尘碌碌一事无成。(第1页a面第2行)

程乙本　但书中所记何事何人？自己又云：今风尘碌碌，一事无成。（第1页a面第2行）

张校本　但书中所记何事何人？<u>一无考较，不过借此影射，以抒己意耳，所以</u>自己又云：今风尘碌碌一事无成。（第1页a面第2行）

由例4可知，张校本的文字与其他版本相比多出了"一无考较，不过借此影射，以抒己意耳，所以"17个字。戚序本、舒序本、蒙府本、列藏本、杨藏本、卜藏本[1]、甲辰本此处皆同庚辰本。己卯本第一回残缺，甲戌本凡例有一段文字与之同中有异："但书中所记何事？又因何而演是书哉？自云：今风尘碌碌，一事无成。"东观阁本与程甲本、程乙本同。诸多版本皆无张汝执所加的17个字。

通过所增加的文字可以发现，张汝执将《红楼梦》当作一部融入了作者真实情感和艺术想象的文学作品，针对小说中人和事的本事问题，认为《红楼梦》"一无考较，不过借此影射"，可以说这是对索隐派研究方法的一种反驳。

例5：

庚辰本　奴才到没听见这个话，听说为二爷霸占着戏子，人家来和老爷要，为这个打的。（第三十四回第5页b面第1行）

戚序本　我倒没听见这话，为二爷霸占着戏子，人家来和老爷要，为这个打的。（第8页a面第9行）

列藏本　我到没听见这话，只听说为二爷霸占着戏子，人家来和老爷要，为这个打的。（第11页b面第2行）

杨藏本　我倒没听见这话，只听见说为二爷霸占着戏子，人家来和老爷要，为这个打的。（原文）杨藏本改文为：我倒没听见这<u>个</u>话，只听见说为二爷<u>认</u>

---

[1]（清）曹雪芹：《卜藏脂本红楼梦》，北京图书馆出版社2006年影印本。

得什么王府的戏子，人家来和老爷<u>说了</u>，为这个打的。（第3页a面第10行）

程甲本　我到没听见这话，为二爷霸占着戏子，人家来和老爷要，为这个打的。（第6页b面第2行）

程乙本　我倒没听见这个话，只听见说为二爷认得什么王府的戏子，人家来和老爷说了，为这个打的。（第6页b面第1行）

张校本　我到没听见这话，<u>只听得说</u>为二爷霸占着戏子，人家来和老爷要，为这个打的。（第6页b面第2行）

从例5可以看出，张校本在程甲本的基础上加有"只听得说"4个字。其他版本此处文字为：

庚辰本作"听说"，己卯本同。需要指出的是，庚辰本上"奴才"由"我"字点改而成，"个"字和"听说"二字都是旁边添加的，己卯本上朱笔添改了同样的字。原文为："我到没听见这话，为二爷霸占着戏子，人家来和老爷要，为这个打的。"舒序本、甲辰本、程甲本、东观阁本同。

戚序本无"听说"等字样，直接写"为二爷"一句。戚序本与程甲本等大体一致，只是"到"字写作"倒"。

列藏本为"只听说"；程乙本为"只听见说"，杨藏本（原文、改文）也为"只听见说"。

此处张汝执所加文字"只听得说"与列藏本、杨藏本、程乙本具有相似性。

例6：

庚辰本　媳妇道：是老太太赏金花二位姑娘吃的。秋纹笑道：外头唱的是八义，没唱混元盒，那里又跑出金花娘娘来了。（第五十四回第3页b面第5行）

戚序本　媳妇们道：是老太太赏金花二位姑娘吃的东西。秋纹笑道：外头

唱的是八义，没唱混元盒，那里又跑出金花娘娘来了。（第5页a面第4行）

程甲本　媳妇道：外头唱的是八义，没唱混元盒，那里又跑出金花娘娘来了。（第4页a面第1行）

程乙本　媳妇道：外头唱的是八义，没唱混元盒，那里又跑出金花娘娘来了。（第4页a面第1行）

东观阁本　媳妇道：是送给金花二姑娘的，麝月又笑道：外头唱的是八义，没唱混元盒，那里又跑出金花娘娘来了。（第4页a面第6行）

张校本　媳妇道：<u>是老太太赏金花二位姑娘的点心。</u>麝月道：外头唱的是八义，没唱混元盒，那里又跑出金花娘娘来了。（第4页a面第1行）

对比几个版本可以看出，张校本的加字"是老太太赏金花二位姑娘的点心。麝月道"，前半句"是老太太赏金花二位姑娘"与庚辰本、戚序本相同；张校本的后半句"麝月道"与东观阁本的"麝月又笑道"相似。张校本在此处的加字与庚辰本、戚序本、东观阁本均有相似之处，但又不完全相同。

值得一提的是，国家图书馆影印的程甲本、程乙本，在此处都有墨笔的添改。程甲本在"媳妇道"之后添加了"给金花二姑娘的，麝月等道"；程乙本添加了"是送给金花二姑娘的，麝月等又笑道"。从上文的例句可知，程乙本添加的文字与东观阁本基本一致，只缺少一个"等"字，程甲本的加字也与东观阁本大体相近。而张校本的加字有"是老太太赏"等字样，与庚辰本、戚序本相同，但庚辰本、戚序本后边是"秋纹笑道"，而这句话的上文："麝月等问：'手里拿着什么？'"所以，综合考察，从上下文来看，张汝执此处添加的文字是较为合理的。

统计所加文字后发现，在张汝执评本中加字的有1695处。从上述例4、例5、例6来看，张汝执所加文字虽与其他《红楼梦》版本有一定的相似性，但暂时无法判定他校改时所依照的具体版本，即比较确切的版本来源。但改文的合理性，让张汝执评本的文字具有独特的版本价值。

（三）文字位置互换

在张汝执评本中，他善用"S"形符号对小说前后颠倒的文句进行修改，使得语言呈现出文从字顺的特点。现举几例加以说明。

例7：

庚辰本 虽有几门，却与如海俱是堂族而已，没甚亲支嫡派的。（第二回第3页a面第8行）

己卯本 虽有几门，却与如海俱是堂族而已，没甚亲近嫡派。（第3页a面第8行）

戚序本 虽有几门，却与如海俱是堂族而已，没甚亲支嫡派的。（第4页b面第3行）

程甲本 虽有几门，却与如海俱是堂没族甚亲支嫡派的。（第2页b面第7行）

程乙本 虽有几门，却与如海俱是堂族没甚亲支嫡派的。（第2页b面第7行）

张校本 虽有几门，却与如海俱是堂<u>族没</u>甚亲支嫡派的。（第2页b面第7行）

由例7可以看出，张汝执本将程甲本上"没族"二字互换了位置，变为"族没"，"没"与后面的"甚"搭配构成"没甚"。

再查甲戌本、舒序本，同庚辰本、戚序本；甲戌本"已"写作"矣"；舒序本"支"写作"枝"。甲辰本没有"而已"二字，"族"字处空白，其他同庚辰本。

己卯本"亲支嫡派的"作"亲近嫡派"，"支"作"近"（后用朱笔改"支"），句末无"的"字。列藏本与己卯本（原文）相同。卞藏本亦作"亲近嫡派"，"俱是"作"俱系"。

东观阁本的文字同程乙本。

综观例7的各本文句，虽然文字上存在细微差异，但"堂族没甚"四个字的顺序是一致的。张汝执发现程甲本"堂没族甚"的颠倒错乱，将"没""族"二字调换位置，是较为合理的。

例8：

庚辰本　我有一个孽根祸胎……（第三回第7页b面第10行）

戚序本　我有一个孽根祸胎……（第13页b面第2行）

杨藏本　我有一个业根祸胎……（第4页第14行）

卞藏本[1]我有个孽根衬胎……（第10页a面第3行）

程甲本　我一有个孽根祸胎……（第9页a面第5行）

程乙本　我有一个孽根祸胎……（第9页a面第5行）

张校本　我有一个孽根祸胎……（第9页a面第5行）

通过例8可见，除庚辰本、戚序本、程乙本之外，甲戌本、己卯本、舒序本、列藏本、甲辰本皆为"我有一个孽根祸胎"。

而杨藏本作"我有一个业根祸胎"，卞藏本作"我有个孽根衬胎"，东观阁本作"我却有个孽根祸胎"。

此处，张汝执用添加"S"形符号的修改方法，将程甲本上"一有"二字调换位置，变为"有一"，更顺畅了。同样作为对程甲本上的舛错进行修改的版本，对程甲本上"一有"二字的处理方式各有不同，程乙本调整成"有一"，东观阁本则改成"却有"。所以，张校本的改文与多数版本比较相似，其修改方法简便易行，合理性较强。

---

[1] （清）曹雪芹：《卞藏脂本红楼梦》，北京图书馆出版社 2006 年影印本。

例 9：

庚辰本　忽听嗯一声帘子响……（第二十回第 4 页 a 面第 4 行）

戚序本　忽听嗯一声帘子响……（第 6 页 a 面第 3 行）

程甲本　忽听嗯一帘声子响……（第 4 页 b 面第 4 行）

程乙本　忽听嗯一声帘子响……（第 4 页 b 面第 4 行）

张校本　忽听嗯一声帘子响……（第 4 页 b 面第 4 行）

由例 9 可知，张汝执将程甲本上"帘声"二字的位置进行了互换，变为"声帘"，于是此句变为"忽听嗯一声帘子响"。

对比他本可见，除了戚序本、程乙本之外，己卯本、蒙府本、甲辰本、东观阁本都与庚辰本相同。

舒序本作"忽听的嗯的一声帘子响"（第 5 页 b 面第 2 行）、杨藏本作"忽听嗯的一声帘子响"（第 2 页 b 面第 6 行）。虽然因"嗯"前后添加"的"字而略有出入，但上述版本皆作"一声帘子响"。

此处张校本将程甲本上活字排印颠倒的"嗯一帘声子响"，用添加"S"形符号的修改方法，将"帘声"二字调换，改为"嗯一声帘子响"，其改动文字与其他版本相同，也合乎用"一声"这个数量词组修饰"响"的语言表达习惯。

通过统计发现，张汝执评本中文字互换位置的情况有 60 处，尽管数量不多，却构成了此本文字修订中较为特殊的现象。从例 7、例 8、例 9 可以看出，张汝执校改后所形成的文字形态与其他诸本类似，这或许属于英雄所见略同，但也将有利于我们进一步思考张汝执校勘时所依照的底本问题。

（四）补字

在张汝执校改的《红楼梦》中，出现了三例[1]补配文字，现将其展示如下。

例10：

张校本　"滴不尽相思血泪抛红豆，开不完春柳春花满画楼，睡不稳纱窗风雨黄昏后，忘不了新愁与旧愁，咽不下玉粒金波噎满喉，照不尽菱花镜里形容瘦，展不开的眉头，捱不明的更漏。呀恰便似遮不住的青山隐隐，流不断的绿水悠悠。"唱完，大家齐声喝彩，独薛蟠说无板。（宝玉饮了门杯，便拈起）唱罢即随手拈起一片梨来，说道："雨打梨花深闭门。"完了令。下该冯紫英说道："女儿喜，头胎养了双生子；女儿乐，私向花园掏蟋蟀；女儿悲，儿夫得（染）病在垂危；女儿愁，大风吹倒梳妆楼。"说毕，端起酒来，唱道……（第二十八回第10页a面第6行）

程甲本　"滴不尽相思血泪抛红豆，开不完春柳春花满画楼，睡不稳纱窗风雨黄昏后，忘不了新愁与旧愁，咽不下玉粒金波噎满喉，照不尽菱花镜里形容瘦，展不开的眉头，捱不明的更漏。呀恰便似遮不住的青山隐隐，流不断的绿水悠悠。"唱完，大家齐声喝彩，独薛蟠说无板。宝玉饮了门杯，便拈起一片梨来，说道："雨打梨花深闭门。"完了令。下该冯紫英说道："女儿喜，头胎养了双生子；女儿乐，私向花园掏蟋蟀；女儿悲，儿夫染病在垂危；女儿愁，大风吹倒梳妆楼。"说毕，端起酒来，唱道……（第10页a面第6行）

需要说明的是，张汝执所评改的这部程甲本中有文字模糊不清的现象，从上面这段文字来看，张汝执所补配的文字集中在此回第10页的一角，即第10页a面左下角和b面右下角。对比程甲本后发现，补配文字所对应的是"咽不

---

[1]　补字三例，共12处。

下玉粒金""青山隐隐流不断的""宝玉饮了门杯便拈起""紫英说道女儿""悲儿夫染"。在第 10 页 a 面左下角，从倒数第三行的"咽不下玉粒金"至倒数第一行的"青山隐隐流不断的"，缺失字数由 6 个到 8 个。反之，在第 10 页 b 面右下角，从第一行的"宝玉饮了门杯便拈起"、第二行的"紫英说道女儿"到第三行的"悲儿夫得"，缺失字数由 9 个、6 个到 4 个。此页正反面补配字数的变化趋势显示，这恰好是一个边角字迹不清。

补配缺字时，所补抄的文字与程甲本有出入。查其他版本，甲辰本（第 13 页 a 面第 2 行）、程乙本（第 10 页 a 面第 6 行）、东观阁本（第 11 页 a 面第 4 行）与程甲本同。而庚辰本、戚序本（第 13 页 b 面第 3 行）、舒序本（第 12 页 b 面第 2 行）等抄本上的文字，与程甲本存在异文，以庚辰本为例说明之。

庚辰本 "滴不尽相思血泪抛红豆，开不完春柳春花满画楼，睡不稳纱窗风雨黄昏后，忘不了新愁与旧愁，咽不下玉粒金蓴噎满喉，照（'不'字无）<u>见菱花镜里形容瘦，展不开的眉头，捱不明的更漏。呀恰便似遮不住的青山隐隐，流不断的绿水悠悠。"唱完，大家齐声喝彩，独薛蟠说无板。宝玉饮了门杯，便拈起一片梨来，说道："雨打梨花深闭门。"完了令。下该冯紫英说道：<u>"女儿悲，儿夫染病在垂危；女儿愁，大风吹倒梳妆楼。女儿喜，头胎养了双生子；女儿乐，私向花园掏蟋蟀。"</u>说毕，端起酒来，唱道……（第 9 页 b 面第 5 行）

庚辰本等版本与程甲本这段文字的主要区别在"玉粒金蓴"，不是"金波"；"照不见菱花镜"，不是"照不尽"；而冯紫英的说辞中女儿的悲愁，排在女儿的喜乐之前，这与程甲本女儿的喜乐在前而悲愁在后是不一样的。

比对张汝执此处所补配的 5 处文字，有 2 处文字与程甲本不同：一处是程甲本为"宝玉饮了门杯，便拈起"，而张校本补作"唱罢即随手拈起"；另一处是程甲本为"（女儿）悲，儿夫染（病）"，而张校本补作"悲儿夫得"。从现有的版本来看，暂无法确定其校改依据。

例11：

张校本　（宝玉）便命将那合欢花的酒拿了一壶来。黛玉也只吃了一口便放
下了。宝钗也走进前另拿了一只杯来，也饮了一口，放下，便蘸笔至墙上，把
头一个问菊勾了，底下又赘了一个蘅字。宝玉忙道：好姐姐，第二个我已有了
一句了，你让我做罢。宝钗笑道：我好容易有了一首，你又忙的这样。（第三
十八回第6页a面第6行）

程甲本　（宝玉）便命将那合欢花浸的酒烫了一壶来。黛玉也只吃了一口便
放下了。宝钗也走过来另拿了一只杯来，也饮了一口，放下，便蘸笔至墙上，
把头一个忆菊勾了，底下又赘了一个蘅字。宝玉忙道：好姐姐，第二个我已有
了四句了，你让我做罢。宝钗笑道：我好容易有了一首，你又忙的这样。（第6
页a面第6行）

庚辰本　（宝玉）便令将那合欢花浸的酒烫一壶来。黛玉也只吃了一口，便
放下了。宝钗也走过来，另拿一支杯来，也饮了一口。便蘸笔至墙上，把头一
个忆菊勾了，底下又赘了一个蘅字。宝玉忙道："好姐姐，第二个我已经有了
四句了，你让我作罢。"宝钗笑道："我好容易有了一首，你就忙的这样。"（第
5页b面第3行）

　　张校本中补配的文字，"花的酒拿了""进前另拿了""一个问菊勾""我已
有了一""又忙的这"几句，己卯本、庚辰本、戚序本、舒序本、列藏本、甲
辰本、程甲本、程乙本、东观阁本的文字相同，即"花浸的酒烫""过来另拿
了""一个忆菊勾""我已有了四""就忙的这"，也集中在此回第6页的一角。

　　在小说中，可以很清楚地看出第一首"忆菊"为蘅芜君所作，而第八首
"问菊"则是潇湘妃子所作；宝玉想出的是四句诗，而不是一句。张汝执的补
文中，宝钗的诗题错了，让她勾了"问菊"很显然与下文潇湘妃子所作"问
菊"矛盾；宝玉的诗句数量也不对，他本应想出四句才去写，而不是胸中只有

一句便要作该诗题。可见，此处张汝执补配的文字，有的目前找不到版本依据，未免有点率性而为。

例 12：

张校本 宝玉笑道："等我从后门出去，<u>到他们那里</u>，听听说些什么，来告诉你。"说着，果从后门出去，至<u>窗外，只听麝</u>月悄悄问道："你怎么就得了的?"（第五十二回第 2 页 a 面第 9 行）

程甲本 宝玉笑道："等我从后门出去，<u>到那窗根下</u>，听听说些什么，来告诉你。"说着，果从后门出去，至<u>窗下潜听。麝</u>月悄悄问道："你怎么就得了的?"（第 2 页 a 面第 9 行）

庚辰本 宝玉笑道："让我从后门出去，在那窗根下，听听他们说些什么，来告诉你。"说着，果然从后门出去，至窗下潜听。麝月悄悄问道："你怎么就得了的?"（第 2 页 a 面第 5 行）

戚序本 宝玉笑道："等我从后门出去，到那窗根下，听听他们说些什么，回来告诉你。"说着，果然从后门出去，至窗下潜听。只闻麝月悄悄问道："你怎么就得了的?"（第 2 页 a 面第 7 行）

张汝执所补配的文字"到他们那里"和"窗外只听麝"，查其他版本，庚辰本为"那窗根下"和"窗下潜听麝"；甲辰本、程甲本、东观阁本同。程乙本为"那窗户根下"和"窗下潜听麝"。戚序本为"那窗根下"和"窗下潜听只闻麝"；列藏本为"那窗眼下"和"窗下潜听只听见麝"。从以上版本所对应的文字来看，张汝执所补配的文字虽暂未找到版本依据，但仍有合理之处。

张汝执评本之所以出现补配文字的现象，可能是因为此本部分文字印刷得较为模糊，影响阅读，他依据原有的模糊字迹进行描补或填写。从上述例子来看，其补配带有主观率性的特点。

综合以上几个方面，我们探讨了张汝执校改本中有关文字的改动状况。通过版本比对发现，张汝执改动的文字与其他版本在某些地方有相似性，但它们究竟有怎样的关系，还需要做进一步的比对分析。不过从改订文字的独特性来看，张汝执评本在《红楼梦》版本的校勘上应具有一定的参考价值。

二、校改原则分析

通过以上各种文字改动情况的分析发现，张汝执所校改的文字在整体上具有合理性，能更好地为阅读《红楼梦》提供方便。对所有校改文字进行梳理后，可将张汝执的校改原则大体归结为以下几个方面。

其一，文从字顺是其进行校改的第一原则。

对程甲本相关文字进行细致考查后可见，该本的确存在很多文字颠倒的现象，这是由于"摹刻多讹"，张汝执用"S"形符号对这些地方进行调整是很科学的。如例13：

原　文　口里说着却头也不竟回去了……（第三十二回第6页b面第10行）
改　文　口里说着却头也不<u>回竟</u>去了……

例14：

原　文　宝玉道自然等送了殡才来呢黛玉还有说话……（第五十二回第8页a面第3行）
改　文　宝玉道自然等送了殡才来呢黛玉还有<u>话说</u>……

例15：

原　文　宝钗自那日见他起想他家业贫寒……（第五十七回第13页b面第7行）
改　文　宝钗自那日见他<u>想起</u>他家业贫寒……

从以上三例不难看出，这些句子都是程甲本的活字排版错误，经过张汝执用"S"形符号调整后，变得更为流畅。

其二，注意将未能表达完整的文意补全，所指对象更明确。

在程甲本中亦能找到很多所指对象不明确的语句，容易引起误读，这就是张汝执《序》中所说的"每每使人不能了然于心目"。或许就是这个原因，促使他对这类句子进行了修改。如例16：

原　文　迎春老实惜春小因此窗外听了听便走进来陪笑向贾母道……（第四十六回第14页a面）

改　文　迎春老实惜春<u>又</u>小<u>探春</u>因此窗外听了<u>一</u>听便走进来陪笑向贾母道……

小说第四十六回"尴尬人难免尴尬事　鸳鸯女誓绝鸳鸯偶"，因鸳鸯的诉说，使得贾母将所有的怒气都撒到了王夫人身上，于是：

王夫人忙站起来，不敢还一言。薛姨妈见连王夫人怪上，反不好劝的了；李纨一听见鸳鸯这话，早带了姊妹们出去。探春有心的人，想王夫人虽有委屈，如何敢辩；薛姨妈现是亲姊妹，自然也不好辩；宝钗也不便为姨母辩；李纨、凤姐、宝玉一发不敢辩：这正用着女孩儿之时，迎春老实，惜春小，因此，窗外听了一听，便走进来陪笑向贾母道："这事与太太什么相干？老太太想一想，也有大伯子的事，小婶子如何知道？"[1]

仅就这段文字，读者如果不熟悉上下文，很难想象劝说贾母的究竟为谁。

---

[1]（清）曹雪芹、高鹗：《程甲本红楼梦》，北京图书馆出版社1992年影印本（2006年重印），第1216—1217页。

经过张汝执的修改，直接指出此人为"探春"，这是合乎情理的。从前文可见，面对贾母，媳妇们都不好辩解，只有"探春有心的人"，且"正用着女孩儿之时，迎春老实，惜春小"，所以这项重任落在"探春"肩上，是合情又合理的。

其三，修订时注重突出作品的文学色彩。

张汝执将口语化色彩较浓的词汇进行了改写，并善于运用文学性较强的词汇烘托情感气氛，让改文更具文学色彩。

例17：

你哥哥恨得牙痒痒（"牙痒痒"点改为：咬牙切齿的）不是我拦着窝心脚（加早）把你的肠子窝出来呢……（第二十回第7页b面第2行）

"牙痒痒"为口语化色彩较浓的词汇，而"咬牙切齿"更具书面色彩，用来形容痛恨到极点，从而形象地表现出凤姐此时的愤怒神情。

例18：

众人都拍手呵呵的（加乱）笑……（第四十回第3页b面第4行）

加一个"乱"字，更能突出刘姥姥滑倒后众女子的"乱笑"场景，与贾母的骂声形成鲜明对比，凸显众女子的冷漠、天真少虑，以及贾母的慈爱、人情练达。

其四，注重上下文的逻辑联系。

在《红楼梦》的刊印本中，有的地方存在前后文字不合逻辑情况，张汝执注意到这一问题，并进行了相应调整，使得行文更加顺畅。

如例19，小说第四十四回第4页b面第7行，张汝执将"一脚踢开了门进去也不容分说抓着鲍二家的撕打一顿"中的"一脚踢"校改为"擂鼓也似叫开了门"，从凤姐的身份来看，小说第三回写她是一个"身量苗条，体格风骚"的大家族女子，怎么会有如此大的力气，能够一脚将门踢开？从下文来看有"抓着鲍二家的撕打""又怕贾琏走出去，便堵着门站着骂道"两句，从这些文字可以判定凤姐并没有走进屋子与人厮打，张汝执的改订具有合理性，一方面"擂鼓也似"突出了凤姐醉酒而又气愤的状态，也为鲍二家的前去开门提供了一种可能性，让这一场景得以生动而真切地展现在读者面前。

又如例 20，小说第四十九回第 2 页 a 面第 5 行，原文为"因当年父亲在京时已将胞妹薛宝琴许配都中梅翰林之子为婿"，很明显薛宝琴为女性，怎么可能做他人的"婿"？显然与上文矛盾，张汝执将"婿"点改为"妻"是合理的，让文意更加明晰。

其五，善于运用语气词。

张汝执的校改文字中，语气词运用得较多，主要包括"呢""罢""了""吗"等。语气词的运用一方面可以起到停顿的作用，另一方面有利于让行文更加舒缓，便于阅读。

如例 21，小说第二十回第 4 页 a 面第 5 行，原文为"咱们两个说话玩笑岂不好"，张汝执在该句后加一个"吗"字，如此一来，询问中似乎带着祈求，更能反映麝月不想出去，想跟宝玉说话玩笑的心思，展现出一位痴情少女的情态。

又如例 22，小说第三十五回第 4 页 a 面第 7 行，原文为"只管惊动姨娘姐姐我当不起"，张汝执将"当不起"点改为"如何当得起呢"。原句是肯定语气，给人生硬的感觉，不太符合宝玉的性格，张汝执的点改能突出病中的宝玉对薛姨妈和宝钗的感激之情，也为怡红公子增添了几分柔情，因此是合理的。

三、结语

我们对张汝执的校改文字进行了系统梳理，经统计，正文中添、改、补的文字总数有 2726 处。通过对文字的细致分析发现，张校本文字的文学色彩更浓，且注重补齐文意，善于推敲语言的逻辑结构，喜用语气词，从而形成版本面貌的独特性。

综合"校改文字概况"和"校改原则分析"两个方面的分析可以发现，张汝执的校改文字在一定程度上又具有继承性。从《序》里"岁己酉，有以手抄《红楼梦》三本见示者，亦随阅随忘，漫不经心而置之"云云可以推断，张汝执曾经见过《红楼梦》的手抄本，从其装订形式上看为120回的可能性较大。基于此，我们对其校雠底本可做两种推论：（1）校改时有本可依，但从现有的版本来看，这个本子究竟为哪种，还无法说明，有可能即为张汝执所说的"手抄《红楼梦》三本"，如例3中将第六十八回结尾改动得更为合理，便值得思考；（2）张汝执参看了若干"脂本"，如例2中将"夯嘴夯腮"改为"笨嘴笨腮"，文字位置调换的情况，也与"脂本"有相似之处。

同时，我们也认为，张汝执的校雠还存在没有参看其他版本的可能，其校改具有"率意增删"的随意性，如本文中所举的例10、例11、例12中所补配文字的不合理性即为一证。

尽管《红楼梦》张汝执评本中的校改现象仍存在一系列尚待厘清的问题，但仅从他进行校改的时间和校改文字这两方面看，此本应具有较大的版本价值。我们从校改文字入手，进行了初步的梳理、归纳和分析，以期从嘉庆初年张汝执的校订文字中为当下《红楼梦》的校勘探寻有价值的文献资料，进而推动《红楼梦》版本与文本的研究。

[与谭君华合著，原载《中国矿业大学学报（社会科学版）》2011年第3期]

补充说明：

张汝执，"执"应为"埶"。该论文发表时间为2011年，经谭君华于2012年3月查阅（清）曹霑著，张汝执评《新镌全部绣像红楼梦》，乾隆五十六年辛亥（1791）萃文书屋活字本（国家图书馆藏本），考订评者姓名，应为"张汝埶"。详见谭君华《〈红楼梦〉张汝埶评点研究》，硕士学位论文，中央民族大学，2012年。

北师大图书馆藏《红楼梦》一百二十回抄本考辨

内容提要

　　北京师范大学图书馆（简称"北师大图书馆"）藏有一部题名为《红楼梦》的手抄本，钤有近代学者孙人龢的藏书章，是目前仅知的带有 24 幅手绘彩色绣像的《红楼梦》一百二十回抄本。虽有程伟元和高鹗的序言，但与程甲本、程乙本有别。从序言题目、绣像题名、行款格式等特征，以及同正文的比对来看，此本与乾嘉之际的东观阁白文本相同，与嘉庆十六年（1811）的东观阁评点本差异较大。应是乾嘉之际东观阁书坊照程甲本翻刻白文本之前，在一部程甲本（手书题名"东观阁原本"，现藏北京大学图书馆）上挖改修订，然后再抄录正文、手绘绣像的一个誊清本。现知的几种每面 10 行、每行 22 字的一百二十回抄本，皆与东观阁本存在渊源关系，但北师大这部抄本更为完整。可以说这是东观阁白文本刊刻之前一部誊清的工作底本。在纪念程甲本刊行 220 年之际，这一抄本的披露，使《红楼梦》一百二十回抄本系统的队伍有所壮大，让《红楼梦》东观阁系统的版本增加了新成员。它为我们探寻《红楼梦》一百二十回本的修订历程和传播形式，提供了新的研究视角和版本资料。

关键词

《红楼梦》 | 一百二十回抄本 | 孙藏本 | 北师大图书馆

北京师范大学图书馆藏有一部带有彩色绣像的一百二十回《红楼梦》抄本，因书上有"孙人龢藏书馆"字样的印章，我们姑且称"孙人龢藏一百二十回《红楼梦》抄本"（以下简称"孙藏本"），于1957年6月同陶洙校抄的八十回《脂砚斋重评石头记》抄本一起入藏北京师范大学图书馆。这是目前仅知的带有24幅手绘彩色绣像的《红楼梦》一百二十回抄本。此书被列为馆藏善本之一，其图书检索条目中有如下记录：

红楼梦：一百二十回

抄本

出版发行［抄刻地不详抄刻者不详］［清代，1791 — 1911］

载体形态36册（6函）：小说戏曲故事图；22cm

出版发行附注目录前有清乾隆辛亥［56年，1791］高鹗序

载体形态附注10行22字，白口，四周单边。框高19.2cm，宽12.1cm

从中可以获知三点信息：（1）由带有高鹗的序言可知，该书的抄写年代应在1791年程伟元、高鹗程甲本刊行之后；（2）这是一个带有绣像的一百二十回抄本，在现知的《红楼梦》抄本里是较为特殊的；（3）从每面10行、每行22字来看，该书的抄写格式不同于每行24字的程刻本。

根据目前发现的几部一百二十回《红楼梦》抄本所传达出来的信息，一百二十回抄本的流传大致可划分为三个时期：一是程本出现之前，《红楼梦》的前八十回已基本定型而后四十回仍旧"滠漫"的时期，杨继振藏《红楼梦稿》本（简称"杨本"，或"梦稿本"）是这个时期较为典型的代表[1]；二是从程本出

---

[1] 按目前学者对杨本的看法，还存有争议。有的认为杨本产生在程本之前，如范宁、潘重规等；有的则认为杨本产生在程乙本之后，如郑庆山、金品芳等。笔者倾向于杨本早于程本，参见耿晓辉、曹立波《杨本后四十回与程乙本关系考辨》，《红楼梦学刊》2010年第4辑。

现之后到其翻刻本大量出现之前[1]，目前可知蒙古王府本的后四十回应属于此类情况[2]；三是程本的翻刻本出现之后的一段时期，仍然有抄本出现。而北师大图书馆的这部孙藏本究竟属于上述哪个时期呢？目前勘比和查对的结果显示，这个抄本当出现在第二个时期，即由程本向翻刻本的过渡阶段。下文是我们所进行的考察与分析。

一、孙藏本的外部特征

关于此书的入馆时间。孙藏本的函套后边贴了一张薄纸卡片，上有小型红色方框，里边是一个表格：

书名：红楼梦旧抄
册数：36
议价：160 元
编号：前字第 18 号
北京市图书出版业同业公会印制

表下写有日期"1957.6.26"。编号中的"前"当为"前门区议价组"，因北师大图书馆所藏陶洙校抄的八十回本《脂砚斋重评石头记》书后的方框中钤有一长条形小章，文字是"前门区议价组"，说明书价是由前门区议价小组统一议定的。此八十回抄本当年议价为 240 元。据中国书店马建农先生考证，"北

---

[1] 程本翻刻本的大量出现是以东观阁本的多次印行为标志的，从乾隆末年到道光初年，东观阁本至少重印了四版，既有白文本又有评点本，对后世的影响较大。参见曹立波《红楼梦东观阁本研究》，北京图书馆出版社 2004 年版，第 11 页。

[2] 参见（清）曹雪芹《蒙古王府本石头记》，书目文献出版社 1986 年影印本。其后四十回抄写的文字大体同程甲本，但有异文（原书未题著者名）。

京市图书出版业同业公会"成立议价组的时间在 1955 年下半年至 1958 年 1 月
6 日。[1]此书入藏北师大图书馆的时间为 1957 年 6 月 26 日。从相同的书卡来
看，孙藏本和陶洙校抄本是在同一时间入藏北师大图书馆善本室的，而且都是
通过"北京市图书出版业同业公会"，从琉璃厂一带古籍书店购入的。

关于收藏者孙人龢。这部一百二十回抄本中钤有几个与孙人龢有关的朱文
印章。在第一函第一册上有两处：一处为阳刻椭圆形章，有纵向的"蜀丞"字
样；一处为阴刻方章，有两两排开的"孙氏人龢"字样，显示出此书原藏者的
部分信息。在第一函第二册上也钤有两处朱文印记，均为阳刻方章，有"盐
城孙氏"和"孙人龢藏书馆"字样。由此可知，此书原藏者为盐城人，名孙人
龢，字或号为"蜀丞"。经查：

【孙人龢】（1895 ？—？）　江苏盐城人。字蜀丞。毕业于北京大学文学系。
1929 年后，任中国大学教授，兼任北平师范大学、女子师范等校讲师。抗战
前后任中国大学国文系主任、辅仁大学名誉教授、北京古学院文学研究会研究
员。著有《论衡举正》《吕氏春秋举正》《抱朴子校补》等。[2]

关于此书的来源。这部书原为孙人龢之私人藏书，后流入琉璃厂一带古
旧书店，最终入藏北师大图书馆。北师大旧址距琉璃厂很近，据"留学北师大
第一人"日本学者仓石武四郎的纪念文章讲，当年仓石武四郎"一出门便到了
有名的琉璃厂文化街"，而且在北京留学的后期，他一直住在孙人龢先生家中，
与孙先生建立了深厚的私人友谊，一个典型的故事是：孙人龢在与书肆的伙计
通电话购书时，因为浓重的苏北方言而不能被对方明白，往往求助于一口京话

---

［1］　参见曹立波、张俊、杨健《北师大藏〈脂砚斋重评石头记〉版本来源查访录》，《北京师范大
　　　学学报》2002 年第 1 期。
［2］　陈玉堂编著：《中国近现代人物名号大辞典（全编增订本）》，浙江古籍出版社 2005 年版，
　　　第 326 页。

的居停仓石武四郎来接电话。[1]我们从一个特殊的视角，即1928—1930年被日本文部省派往北京留学的仓石武四郎的经历中，可以了解到当年的孙人龢、北平师范大学、琉璃厂书肆三者之间的密切关系。孙人龢还收藏过光绪丙午（1906）印本《禹贡本义》，此书也见于北京琉璃厂书肆。书上除了钤有"孙人龢读书记"和"盐城孙人龢字蜀丞珍藏"外，还有"蜀丞""孙氏人龢""盐城孙氏"等朱文印记[2]，与北师大馆藏的一百二十回《红楼梦》抄本上的钤章相同。

关于孙藏本上的程高序言。这部抄本全套36册，各册淡黄色封皮及扉页上均无题名，第一函第一册的第二页为小泉程伟元的《叙》，接下来是铁岭高鹗的《序》，名字后边没有印章。序言内容同程甲本，但需要指出的是，序言题目的名称与程本略有不同。[3]（见表1）

表1　程高序言题目在各本中的异文

版本	程序名称	高序名称
程甲本[4]	序	叙
程乙本[5]	序	叙
东观阁白文本[6]	叙	序

---

[1]　参见朱玉麒《仓石武四郎：留学北师大第一人》，2009年9月7日，中国社会科学网。

[2]　参见辛德勇《题孙人龢旧藏初印本〈禹贡本义〉》，载徐少华主编《荆楚历史地理与长江中游开发——2008年中国历史地理国际学术研讨会论文集》，湖北人民出版社2009年版。

[3]　程高序言与东观阁本异文比对表，详见曹立波《红楼梦东观阁本研究》，北京图书馆出版社2004年版，第24页。

[4]　（清）曹雪芹、高鹗：《程甲本红楼梦》，北京图书馆出版社2001年影印本。

[5]　（清）曹雪芹著，陈其泰批校：《红楼梦（程乙本）——桐花凤阁批校本》，北京图书馆出版社2001年影印本。

[6]　（清）曹霑撰，高鹗、程伟元增：《新镌全部绣像红楼梦》，东观阁梓行，现藏北京大学图书馆（作者署名按此书函套所写）。

版本	程序名称	高序名称
东观阁评点本[1]	叙	—
孙藏本	叙	序

由表 1 可知，从序言题名的特征来看，孙藏本不同于程本，与东观阁白文本相同，与东观阁评点本有差异。

关于孙藏本的绣像。孙藏本的插图为彩图，以蓝、绿、红、黄等颜色的水彩为主，所表现之内容与程本一致。经北师大馆藏程乙本比对，从画幅的尺寸来看，显然不是在程本的绣像上描摹的，应为仿程本的绣像手绘而成。与程甲本、程乙本以及东观阁本的绣像相比，其构图、彩绘都比刻印的图像显得细致、生动，在细节上更近于程本，而比东观阁本的绣像要精细得多。

仔细比对 24 幅绣像的题名，我们发现，孙藏本与程甲本、程乙本以及东观阁评点本都存在异文，唯独与东观阁白文本一致。（见表 2）

表 2　绣像题名异文举隅

插图序号	程甲本、程乙本	东观阁白文本	东观阁评点本	孙藏本
绣像 4	史太君	史太君	太君	史太君
绣像 5	贾政　王夫人	王夫人	贾政　王夫人	王夫人
绣像 13	秦氏	秦可卿	秦氏	秦可卿
绣像 19	李纹　李绮 邢岫烟	李纹　李绮 邢岫烟	李纹　李绮 邢岫烟	李纹　李绮 邢岫烟

由表 2 可知，关于绣像 5、绣像 19 的题名，东观阁白文本与孙藏本完全一样。从序言、绣像等外部特征来看，这个抄本与东观阁白文本特有文字的相同之处较多。

---

[1]（清）曹雪芹、高鹗著，东观主人评：《新增批评绣像红楼梦》，北京图书馆出版社 2003 年影印本。

二、孙藏本与东观阁白文本相同

针对孙藏本与东观阁白文本的关系，我们从回目与正文两个方面进行了较为深入的考察，发现北师大图书馆藏的这部手抄本，与东观阁书坊首次刊行的白文本（之后东观阁书坊还多次刊行了评点本）各个方面均有相同之处。

其一，从回目上看，孙藏本与东观阁白文本相同。

孙藏本的目录与程甲本有不少异文，经过比对发现绝大部分与东观阁白文本相同。（见表3）

表3　回目异文举隅

回次	程甲本	东观阁白文本	孙藏本
第七回	宁国府宝玉会秦钟	宁国府贾玉会秦钟	宁国府贾玉会秦钟
第十八回	天伦乐宝玉呈才藻	天伦乐宝玉逞才藻	天伦乐宝玉逞才藻
第二十七回	滴翠亭杨妃戏彩蝶 埋香冢飞燕泣残红	滴翠亭宝钗戏彩蝶 埋香冢黛玉泣残红	滴翠亭宝钗戏彩蝶 埋香冢黛玉泣残红
第三十三回	不肖种种大承笞挞	不肖种种大受笞挞	不肖种种大受笞挞
第五十二回	勇晴雯病补雀毛裘	勇晴雯病补雀金泥	勇晴雯病补雀金泥
第六十六回	冷二郎一冷入空门	冷二郎心冷入空门	冷二郎心冷入空门
第八十一回	占旺相四美钓游鱼	占吒相四美钓游鱼	占旺相四美钓游鱼
第九十四回	失宝玉通灵知奇祸	失通灵宝玉有灾咎	失通灵宝玉有灾咎

表3明示，第七回目录中，孙藏本和东观阁白文本都有"贾玉"二字，也许是想与后文的"秦钟"之姓名对应，但于情理很难讲通，应该是"宝玉"之误。孙藏本与东观阁本具有相同的错误，说明二者的联系十分紧密。第五十二回、第六十六回出现目录和正文回目不同的现象，目录中作"金泥""心"字，而到了正文回目中皆作"毛裘""一"字（保留了程甲本的特征），这一现象在东观阁白文本中同样存在，进一步说明孙藏本与东观阁白文本有密切关系。

值得关注的是，孙藏本与东观阁白文本之间存在对某些错误的继承。

如孙藏本第八十一回目录中的"旺相"二字很明显是经过修改得来的，从笔势上判断"旺"字原本写作"吒"字（见图 1），与东观阁白文本相同（见图2），查东观阁评点本（嘉庆十六年，1811）此处作"吁"。这说明孙藏本不但文字与东观阁白文本一样，还保留着与东观阁白文本相同的错误，而且存在改订的痕迹，修订的依据应是程本。

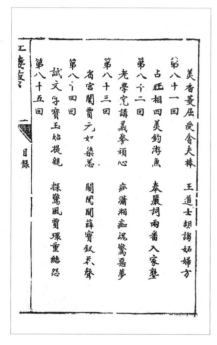 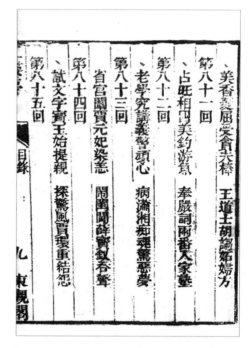

图 1　孙藏本第八十一回的回目将"吒"改　　　　图 2　东观阁白文本第八十一回的回目作"吒"，
　　　　"旺"，北师大图书馆藏本　　　　　　　　　　　　　杜春耕先生自藏本

又如，第九十四回第 11 页 a 面（为比对整齐之便，以下将东观阁白文本简称"白文本"，东观阁评点本简称"评点本"）：

孙藏本　丫头们也都愿意洗净自己，先是平儿起，平儿说到："打我先搜起。"

白文本　丫头们也都愿意洗净自己，先是平儿起，平儿说到："打我先搜起。"

评点本　丫头们也都愿意洗净自己，先是乎儿起，乎儿说到："打我先搜起。"

上例中，孙藏本的"平"字从抄写字迹来看显然是经过修改得来的，从修改痕迹上看，其情况类似于第八十一回目录的修改情况，将原抄的"乎"字改成了"平"字。这说明，孙藏本中出现的这种先抄错后修改的现象不是唯一的，但目前无法确定修订的时间，即不能由修订痕迹确定孙藏本是对东观阁本的错抄，因为我们不能排除东观阁本照刻的可能性。不过可以确定的是，这两种版本之间存在对同一舛错现象的继承关系。

其二，从文字书写款式上看，孙藏本抄写的行款格式与东观阁白文本相同。

如书影所示，图3为孙藏本第四回的首页a面，图4、图5、图6为东观阁白文本第四回的首页a面。需要指出的是，我们在考辨此问题时，参看了现知藏于北京的三部东观阁白文本，即北京大学图书馆藏本（见图4）、国家图书馆藏本（见图5），以及杜春耕先生自藏本（见图6）。以《红楼梦》第四回第1页a面为例，三部东观阁白文本的书影相同，说明是同一版。再与北师大的手抄本即孙藏本对照，不难看出，这一面的回目、款式、正文的起讫文字（从开头的"却"到末尾的"记"）、每行的首尾文字，甚至正文的文字都几乎完全一样。

其三，通过正文对比，不难看出，孙藏本与东观阁本基本一致（因东观阁白文本和评点本在以下几组文字中基本相同，为比对整齐之便，统称"东观阁"）。

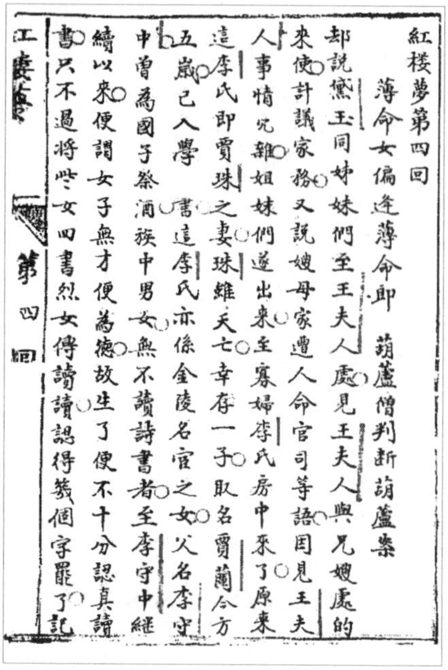
紅樓夢第四回
薄命女偏逢薄命郎　葫蘆僧判斷葫蘆案
却說黛玉同姊妹們至王夫人處見王夫人與兄嫂處的來使計議家務又說姨母家遭人命官司等語因見王夫人事情冗雜姊妹們遂出來至寡嫂李氏房中來了原來這李氏即賈珠之妻珠雖夭亡幸存一子取名賈蘭今方五歲已入學　書這李氏亦係金陵名宦之女父名李守中曾為國子祭酒族中男女無不讀詩書者至李守中繼續以來便謂女子無才便為德故生了便不十分認真讀書只不過將些女四書烈女傳讀讀認得幾個字罷了記

图 3　孙藏本第四回第 1 页 a 面，
北师大图书馆藏本

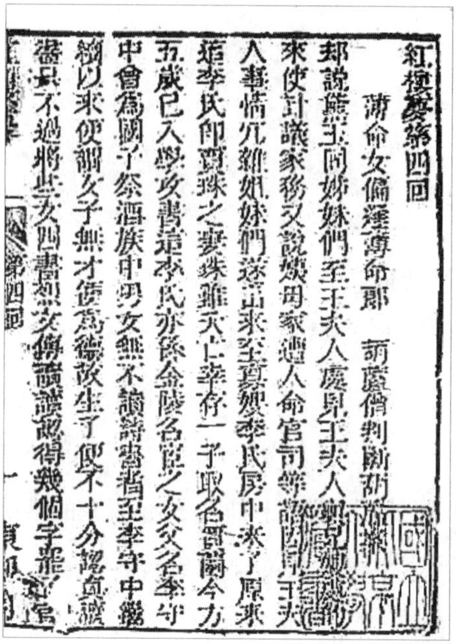
紅樓夢第四回
薄命女偏逢薄命郎　葫蘆僧判斷葫蘆案
却說黛玉同姊妹們至王夫人處見王夫人與兄嫂處的來使計議家務又說姨母家遭人命官司等語因見王夫人事情冗雜姊妹們遂出來至寡嫂李氏房中來了原來這李氏即賈珠之妻珠雖夭亡幸存一子取名賈蘭今方五歲已入學攻書這李氏亦係金陵名宦之女父名李守中曾為國子祭酒族中男女無不讀詩書者至李守中繼續以來便謂女子無才便為德故生了便不十分認真讀書只不過將些女四書烈女傳讀讀認得幾個字罷了記

图 4　东观阁本第四回第 1 页 a 面，
北京大学图书馆藏本

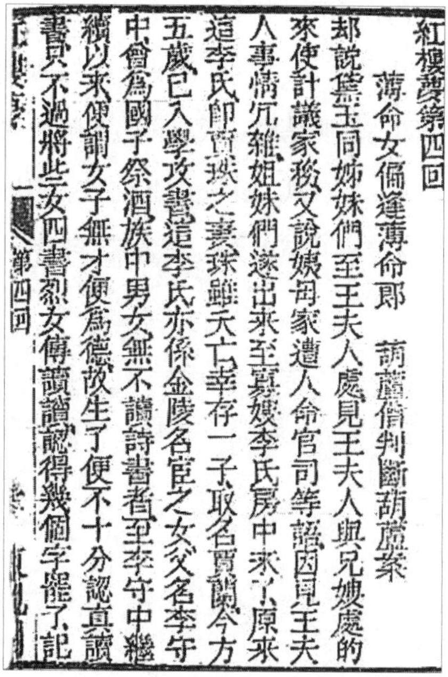
紅樓夢第四回
薄命女偏逢薄命郎　葫蘆僧判斷葫蘆案
却說黛玉同姊妹們至王夫人處見王夫人與兄嫂處的來使計議家務又說姨母家遭人命官司等語因見王夫人事情冗雜姊妹們遂出來至寡嫂李氏房中來了原來這李氏即賈珠之妻珠雖夭亡幸存一子取名賈蘭今方五歲已入學攻書這李氏亦係金陵名宦之女父名李守中曾為國子祭酒族中男女無不讀詩書者至李守中繼續以來便謂女子無才便為德故生了便不十分認真讀書只不過將些女四書烈女傳讀讀認得幾個字罷了記

图 5　东观阁本第四回第 1 页 a 面，
国家图书馆藏本

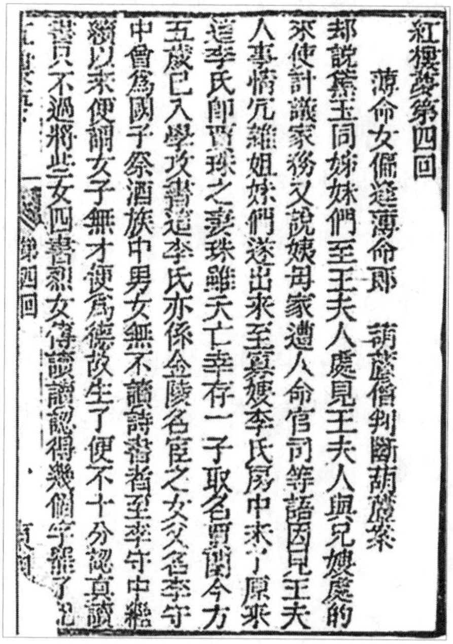
紅樓夢第四回
薄命女偏逢薄命郎　葫蘆僧判斷葫蘆案
却說黛玉同姊妹們至王夫人處見王夫人與兄嫂處的來使計議家務又說姨母家遭人命官司等語因見王夫人事情冗雜姊妹們遂出來至寡嫂李氏房中來了原來這李氏即賈珠之妻珠雖夭亡幸存一子取名賈蘭今方五歲已入學攻書這李氏亦係金陵名宦之女父名李守中曾為國子祭酒族中男女無不讀詩書者至李守中繼續以來便謂女子無才便為德故生了便不十分認真讀書只不過將些女四書烈女傳讀讀認得幾個字罷了記

图 6　东观阁本第四回第 1 页 a 面，
杜春耕先生自藏本

（一）孙藏本与东观阁本特有文字相同的地方

例1，第九十二回第10页 b 面第9行（正文位置据孙藏本）：

程甲本　一层一层折好收拾。

程乙本　一层一层折好收拾了。

东观阁　一层一层折好收了。

孙藏本　一层一层折好收了。

例2，第九十四回第7页 b 面第7行：

程甲本　一云旋复占先梅。

程乙本　一阳旋复占先梅。

东观阁　一元旋复占先梅。

孙藏本　一元旋复占先梅。

例3，第九十五回第8页 b 面第1行：

程甲本　袭人等道叫宝玉接去请安。

程乙本　袭人等叫宝玉接去请安。

东观阁　袭人等忙叫宝玉接去请安。

孙藏本　袭人等忙叫宝玉接去请安。

从以上三例可见，东观阁本与程甲本、程乙本都存在异文，但在这样的地方，孙藏本独与东观阁本相同。

（二）孙藏本与东观阁本借鉴程乙本文字处相同的地方

孙藏本与东观阁本借鉴程乙本文字处相同的地方，列表如下（见表4）：

表4　正文中特殊异文比对

正文位置（据孙藏本）	程甲本（国图影印本）	程乙本（国图影印本）	东观阁本	孙藏本
第一回1a页第6行	当日所有之子女一一细考	当日所有之女子一一细考	当日所有之女子一一细考	当日所有之女子一一细考
第三回2a页第9行	两村另有一只船	雨村另有一只船	雨村另有一只船	雨村另有一只船
第九十一回8b页第8行	宝玉道姑娘那里去	宝玉道姑娘那里去了	宝玉道姑娘那里去了	宝玉道姑娘那里去了
第九十二回1b页第7行	玉宝点头道	宝玉点头道	宝玉点头道	宝玉点头道
第九十二回13a页第7行	因此遂觉得亲熟了	因此遂觉得亲热了	因此遂觉得亲热了	因此遂觉得亲热了
第九十二回13b页第6行	贾赦道咱们家是最没有事的	贾赦道咱们家是再没有事的	贾赦道咱们家是再没有事的	贾赦道咱们家是再没有事的
第九十四回2a页第2行	一个人干了混账事也肯应承么	一个人干了混账事也肯应承么	一个人干了混账事也肯应承么	一个人干了混账事也肯应承么
第九十四回7a页第1、7行	贾赦、贾政、贾嬛、贾兰都来看花叫宝玉、嬛儿、兰儿各作一首诗志喜	贾赦、贾政、贾环、贾兰都进来看花叫宝玉、环儿、兰儿各作一首诗志喜	贾赦、贾政、贾环、贾兰都进来看花叫宝玉、环儿、兰儿各作一首诗志喜	贾赦、贾政、贾环、贾兰都进来看花叫宝玉、环儿、兰儿各作一首诗志喜
第九十五回9a页第1行	将那往南安王府里去听戏时丢了这块玉的话悄悄的告诉了一遍	将那往临安伯府里去听戏时丢了这块玉的话悄悄的告诉了一遍	将那往临安伯府里去听戏时丢了这块玉的话悄悄的告诉了一遍	将那往临安伯府里去听戏时丢了这块玉的话悄悄的告诉了一遍

上述九例，笔者曾在考察东观阁本与程甲本、程乙本的关系时仔细比对过，十年前曾在《"东观阁原本"与程刻本的关系考辨》一文的"内容提要"中指出：

现藏北京大学图书馆的一部程甲本，马幼渔曾赠给胡适，其题记写于1929年。此书扉页手书"东观阁原本　绣像红楼梦　本宅梓行"，第一百二十回回末有"萃文书屋藏版"字样，其文字特征与国家图书馆、中国社会科学院文学研究所收藏的程甲本基本相同，但贴补处大体照程乙本所改，查后来的东观阁刻本，则与"东观阁原本"贴改的文字相同，而与程甲本原有的文字略异。可以推知，此程甲本应为东观阁翻刻前的工作底本，它揭示了程甲本与东观阁本之间的密切关系；而东观阁在翻刻程甲本的过程中，同时参考了程乙本，也可以从这部书中找到较为直接的证据。[1]

北京大学图书馆所藏的"东观阁原本"有修订程甲本时贴改、挖补的痕迹，而有些改动与程乙本相同。如第九十五回第7页b面第5行的例文，写贾宝玉听戏丢玉的地方，程甲本作"南安王府"，程乙本作"临安伯府"，笔者核查古籍原件时发现，"东观阁原本"将程甲本上的文字"南安王"贴改为"临安伯"[2]，而东观阁刻本亦作"临安伯"。值得注意的是，孙藏本也作"临安伯"。这说明东观阁书坊刻印前的工作底本对程乙本有所参考，从而对《红楼梦》中相应的文字做了调整，这种调整同样出现在孙藏本上。

三、孙藏本与东观阁评点本不同

东观阁书坊刊印的版本比较多，既有白文本，也有评点本。东观阁白文本的文字构成是比较复杂的。这个版本虽然说是程甲本的早期翻刻本，但它并没有机械照搬程甲本，而在对一些文字加以修订时参考了程乙本。后来，在东观

---

[1] 曹立波：《"东观阁原本"与程刻本的关系考辨》，《文学遗产》2003年第4期，后收入曹立波《红楼梦版本与文本》，中华书局2007年版。

[2] 参见曹立波《"东观阁原本"与程刻本的关系考辨》，《文学遗产》2003年第4期。

阁白文本的基础上又增加评点，刊刻了东观阁评点本，并且多次重镌。随着刊印量的增大，正文的文字也出现了不少误刻的现象，导致后期的评点本与早期的白文本之间出现了异文，而在有异文的地方，孙藏本的文字与最早的东观阁本，即东观阁白文本一致。

孙藏本与东观阁白文本相同而与东观阁评点本不同的文字较多，以下举例说明。

首先，我们通过图像的比对加以分析。如将图7与上文的三幅图（图4、图5、图6）相比，同为《红楼梦》第四回第1页a面，东观阁评点本和东观阁白文本虽然行款格式、起讫文字都一样，但正文中有几处文字却不尽相同。相比之下，如图3显示，孙藏本此处与东观阁白文本全同，而与东观阁评点本是不一样的。我们将第四回首页第9行的相同文字对比如下：

图7　东观阁评点本第四回第1页a面，天津市图书馆藏本，北京图书馆出版社影印

程甲本　李守中继续以来便谓女子无才便为德，故生了便不十分认真读书。

程乙本　李守中继续以来便谓女子无才便是德，故生了此女不曾叫他十分认真读书。

白文本　李守中继续以来便谓女子无才便为德，故生了便不十分认真读书。

评点本　李守中继续以来便谓女子无才便为德，故女子便不十分认真读书。

孙藏本　李守中继续以来便谓女子无才便为德，故生了便不十分认真读书。

由这组文字可见，程甲本、程乙本、东观阁评点本都存在异文，而孙藏本与东观阁白文本一致，同时保留了程甲本的特征。

将图7与上文的三幅图（图4、图5、图6）比对可见，除了第7行中东观阁白文本的"女子"与东观阁评点本的"生了"不同，而孙藏本同东观阁白文本之外，在此页第7行也有一处文字，白文本与评点本亦不同，即东观阁白文本作"五岁"，孙藏本也作"五岁"，东观阁评点本则是"五三"，从上下文来看这里叙述的是贾兰的岁数，程甲本、程乙本都是五岁。东观阁评点本上的"五三"应属于后期翻刻出现的错误，此处孙藏本与早期的东观阁白文本一致，相对于评点本而言，更接近程甲本。

孙藏本与程甲本、东观阁白文本（以下简称"白文本"）相同，而与东观阁评点本（以下简称"评点本"）有出入的现象还有很多，兹举例如下。

例1，第二回第1页a面第8行：

孙藏本　至二更时分封肃方回来

程甲本　至二更时分封肃方回来

白文本　至二更时分封肃方回来

评点本　至二更时分村肃方回来

孙藏本的"封肃"与程甲本、东观阁白文本同，而东观阁评点本作

"村肃"。

例2，第五回第8页b面第9行：

孙藏本　一从二令三人木

程甲本　一从二令三人木

白文本　一从二令三人木

评点本　一从三令三人木

孙藏本的"二令"与程甲本、东观阁白文本同，而东观阁评点本作"三令"。

例3，第八回第4页b面倒数第2行：

孙藏本　仙寿恒昌

程甲本　仙寿恒昌

白文本　仙寿恒昌

评点本　仙寿怛昌

孙藏本的"恒昌"与程甲本、东观阁白文本同，而东观阁评点本误作"怛昌"。

例4，第七十六回第1页a面第9行：

孙藏本　又不免想到母子夫妻儿女不能一处

程甲本　又不免想到母子夫妻儿女不能一处

白文本　又不免想到母子夫妻儿女不能一处

评点本　又不免想到母子大妻儿女不能一处

孙藏本的"夫妻"与程甲本、东观阁白文本同，而东观阁评点本误作"大妻"。

例5，第七十八回第17页a面第7行：

孙藏本　门前庭前兰芳枉待

程甲本　斗草庭前兰芳枉待

白文本　门前庭前兰芳枉待

评点本　斗草庭前兰芳枉待

这是第七十八回宝玉《芙蓉女儿诔》中的一句，联系上下文，是写小儿女的游戏，即"捉迷屏后，莲瓣无声；斗草庭前，兰芳枉待"。值得注意的是，"斗"字的繁体写法有"鬥"和"鬬"等不同形式，程甲本是"鬥"、东观阁评点本为"鬬"，而孙藏本抄写似与"鬥"相近，写成了"門"（"门"字的繁体）。孙藏本、东观阁白文本虽然将"鬥"误写成"門"，但在字形上更接近程甲本。

例6，第七十八回第18页a面第3行：

孙藏本　希其不昧之灵

程甲本　希其不昧之灵

白文本　希其不昧之灵

评点本　希其不麻之灵

孙藏本的"不昧"与程甲本、东观阁白文本同，而东观阁评点本误作"不麻"。

例7，第七十八回第18页b面第9行：

孙藏本	搴烟罗而为步障
程甲本	搴烟罗而为步障
白文本	搴烟罗而为步障
评点本	塞烟罗而为步障

孙藏本的"搴烟罗"与程甲本、东观阁白文本同，而东观阁评点本作"塞烟罗"。第七十八回宝玉《芙蓉女儿诔》有"搴烟罗而为步障，列枪蒲而森行伍"一句。虽然都是动词，搴是拔取之意，较"塞"字生动，屈原《离骚》："朝搴阰之木兰兮，夕揽洲之宿莽。"

例8，第七十八回第19页a面第1行：

孙藏本	弄玉吹笙搴簧击敔
程甲本	弄玉吹笙搴簧击敔
白文本	弄玉吹笙搴簧击敔
评点本	弄玉吹笙塞簧击敔

孙藏本的"搴簧"与程甲本、东观阁白文本同，而东观阁评点本作"塞簧"，应属误刻。需要说明的是，《芙蓉女儿诔》中"搴簧"这一处文字，《红楼梦》其他抄本上存在异文。庚辰本作"寒簧"，戚序本、蒙府本同；列藏本和杨藏本（梦稿本）皆作"零簧"。联系上一句的"弄玉吹笙"，"搴簧"和"寒簧"两种解释差异较大。如作"寒簧"，那么弄玉和寒簧就是两个仙女的名字，一个吹笙，一个击敔。敔也是古代一种乐器，形状如伏虎。若按程甲本上的写法作"搴簧"的话，这两句连起来便是只有一个仙女弄玉在吹笙，旁边有搴簧和击敔伴奏，这里的"击"字繁体写作"擊"，与"搴"字都是手字底，视觉效果较为和谐。此处孙藏本不仅同东观阁白文本，还保留了程甲本的文字形态。

例 9，第八十七回第 10 页 b 面第 3 行：

孙藏本　　山迢超兮水长

程甲本　　山迢超兮水长

白文本　　山迢超兮水长

评点本　　山迢迢兮水长

这一句比较特殊，孙藏本的"迢超"与程甲本、东观阁白文本同，而东观阁评点本作"迢迢"，此回写黛玉抚琴吟唱，从全句来看，似乎评点本的"山迢迢兮水长"较为流畅。而孙藏本与白文本相同，且保留了程甲本的原始文字。

四、孙藏本的版本价值

北师大所藏这部《红楼梦》一百二十回抄本（孙藏本）的披露，不仅使《红楼梦》一百二十回抄本系统的队伍有所壮大，更让《红楼梦》东观阁系统的版本增加了新成员。孙藏本与东观阁白文本相同，其抄写时间和版本功能值得重视。

其一，这部抄本的抄写时间当在乾嘉之际。具体而言，有两种可能性。

1.乾隆末年。从上文所列举的诸多例子来看，可能性较大的是，这部抄本是东观阁白文刻本付梓前的一个誊清本。那么，我们便找到了一部东观阁原本[1]、东观阁白文刻本之间的誊清的《红楼梦》一百二十回抄本。如果此推论成立，这个版本的披露和考证，将成为笔者 2001 年东观阁工作底本探寻工作的

---

[1]　即北京大学藏程甲本，上有许多贴改、挖补的文字，可视为东观阁本最初的工作底本。

后续和推进。它的誊抄时间当在乾隆末年程乙本出现稍后，东观阁本刊行[1]之前，大约在 1792 至 1795 年。

2. 嘉庆初年。可能性相对较小的是，这个抄本是东观阁白文本出现之后，红楼爱好者又认真抄写的一部《红楼梦》一百二十回本。东观阁白文本和评点本存在差异，孙藏本在程高序言的标题、绣像题名以及正文等特征上，多同于白文本而异于评点本。因此可以推测，其产生时间应在东观阁白文本和评点本之间。东观阁白文本的刊刻时间在乾隆末年程乙本出现之后。目前可见最早的东观阁评点本为"嘉庆辛未重镌"本，这一年为嘉庆十六年（1811）。按常规推算，孙藏本的抄写时间应在乾隆末年至嘉庆初年，大约在 1795 年（或稍前）至 1811 年。因为嘉庆十六年（1811）东观阁书坊刊刻的评点本已是"重镌"，其初版应该更早一些。这部白文版手抄本的时间下限，当在嘉庆十年（1805）前后。

其二，这部抄本应为东观阁翻刻白文本之前的一部誊清的工作底本。理由有如下四点。

1. 行款格式的要求：东观阁白文本是程甲本的早期翻刻本之一，这个刻本的行款格式与程甲本有很大差异。程甲本、程乙本为每面 10 行，每行 24 字；程甲本的早期翻刻本中，本衙藏版本（早于东观阁本[2]）、抱清阁刊本（嘉庆四年[3]，1799）都是每面 10 行，每行 24 字。而东观阁本为每面 10 行，每行 22 字。之后的六十余年间（现知至同治五年[4]，1866），东观阁系统的评点本都是以这种款式刊行的。试想一下，虽然每面 10 行不变，但从程甲本的每行 24

---

[1] 魏绍昌在介绍东观阁白文本时写道："乾隆末（约 1795 年或稍前）东观阁刊行。"参见魏绍昌《红楼梦版本小考》，中国社会科学出版社 1982 年版，第 59 页。

[2] 参见曹立波《本衙藏板本红楼梦考辨》，《明清小说研究》2003 年第 4 期。

[3] 参见一粟编著《红楼梦书录（增订本）》，中华书局 1963 年版，第 37 页。

[4] 参见曹立波《红楼梦东观阁本研究》，北京图书馆出版社 2004 年版，第 22 页。书影有"同治五年春镌绣像红楼梦文玉楼藏板"字样，经考辨也属于东观阁系列的评点本。

字，到东观阁本的每行 22 字，如果没有一个纸本参考的话，刻工是不可能直接以 22 字的形式雕刻在整块的木板上的。所以，像北师大孙藏本这样一个誊写得清、齐、定的抄本，应是东观阁刊刻前所必需的工作底本。2003 年笔者发表在《文学遗产》上的论文《"东观阁原本"与程刻本的关系考辨》，曾给北京大学的"东观阁原本"这样的定位："此程甲本应为东观阁翻刻前的工作底本。"现在发现了北师大图书馆的这部一百二十回抄本，可以推进一步说，这是东观阁书坊刻印白文本之前的一部誊清的抄本，为程甲本向东观阁白文本的过渡搭建了桥梁。

2. 特有文字的显示：孙藏本上有些文字，具备东观阁本独有的特征，而这正是来自对程甲本的修订，即从贴改到誊抄，再到刻印，有些特征性文字是一以贯之的。而孙藏本这样的手抄本，成为程甲本向东观阁系统版本过渡的必经之路，试举两例为证。

例证之一，第九十四回第 6 页 a 面第 9 行（正文位置据孙藏本）：

程甲本　应着小阳春的开花也天气，因为和暖，是有的。（见图 8）

本衔藏本　应着小阳春的开花也天气，因为和暖，是有的。

程乙本　应着小阳春的天气，因为和暖，开花也是有的。

东观阁原本　应着小阳春的天气这花开，因为和暖，是有的。（见图 9）

孙藏本　应着小阳春的天气这花开，因为和暖，是有的。（见图 10）

东观阁　应着小阳春的天气这花开，因为和暖，是有的。（见图 11）

吉晖堂藏本　应着小阳春的天气这花开，因为和暖，是有的。

春草堂藏本　应着小阳春的天气这花开，因为和暖，是有的。

在上述几个版本的异文中，有四个版本较为关键，我们通过书影比照，加以说明。这四个版本即现藏于国家图书馆的程甲本（见图 8）、现藏于北京大学的程甲本（其书名页题为"东观阁原本"，见图 9）、现藏于北京师范大学图书馆的孙藏本（见图 10），以及现藏于北京大学的东观阁白文本（见图 11）。

《红楼梦》第九十四回写贾母解释十一月海棠开花的问题，国家图书馆藏程甲本上的"开花也天气"（见图 8），显然属于活字排版导致的倒错。程乙本把"天气"二字前移，把"开花也"三字挪到"因为和暖"之后，句子就通顺了。本衙藏本属于程甲本较早的翻刻本，直接把程甲本的错误继承下来了。[1]北京大学图书馆藏程甲本"天气这花开"五字为挖改，把"开花也天气"（见图 9）五字替掉，此本书名页题"东观阁原本"，并写有"本宅梓行"字样。[2]因而，"天气这花开"是东观阁系统版本的独有文字，"东观阁原本"、东观阁白文本和评点本相同。

这组文字的后两行显示，孙藏本的文字还与近年发现的另两部《红楼梦》一百二十回抄本存在密切关系。鉴于几部抄本中都存在与东观阁本相同的迹象，笔者认为，每面 10 行、每行 22 字的一百二十回抄本，与东观阁本同源的可能性较大，现知的有：上海图书馆吉晖堂（沈星炜）藏本[3]、首都图书馆春草堂藏本（残抄本，16 回在首图）[4]，以及北师大图书馆孙人龢藏本。目前所知的三种每面 10 行、每行 22 字的一百二十回抄本，都作"天气这花开"，且抄写的行款格式也与东观阁本相同。可见，东观阁系统的版本在传播过程中不仅有刻本，还有为数不少的抄本。但在诸抄本中，北师大的孙藏本较为完整。

---

[1] 上述异文的书影，参见曹立波《红楼梦版本与文本》，中华书局 2007 年版，第 211—212 页。

[2] 参见曹立波《红楼梦版本与文本》，中华书局 2007 年版，第 190 页。

[3] 参见杨绪容《上图抄本〈红楼梦〉与沈星炜》，《明清小说研究》2006 年第 2 期；杨文云利用曹立波女士《"东观阁原本"与程刻本的关系考辨》一文中提供的线索，验证了"上图抄本与东观阁本相同"。夏薇：《上海图书馆藏〈红楼梦〉一百二十回抄本研究》，《红楼梦学刊》2009 年第 6 辑；夏文列举的多处不同于程本的例证，如第二十九回黛玉丫鬟有"春纤"（诸本作"鹦哥"），经笔者查验同东观阁本。

[4] 参见夏薇《〈红楼梦〉春草堂藏本》，《文学遗产》2007 年第 2 期；夏文认为此抄本"既不同于程甲本也不同于程乙本，有大量文字与脂本相同"。笔者去首都图书馆查阅了吴晓铃收藏的残本（第五十一至七十回、第八十一至一百回），发现在第九十二、九十四、九十五回中东观阁本的特有文字，此本皆相同。

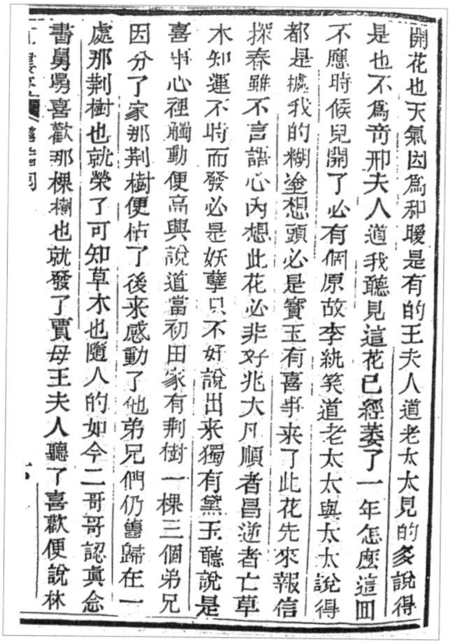

開花也天氣因爲和暖是有的王夫人道老太太見的多說得
是也不爲奇邢夫人道我聽見這花已經萎了一年怎麽這回
不應時候兒開了必有個原故李紈笑道老太太與太太說得
都是據我的糊塗想頭必是寶玉有喜事來了此花先來報信
探春雖不言語心內想此花必非好兆大凡順者昌逆者亡草
木知運不時而發必是妖孽只不好說出來獨有黛玉聽說是
喜事心裡觸動便高興說道當初田家有荊樹一棵三個弟兄
因分了家那荊樹便枯了後來感動了他弟兄們仍舊歸在一
處那荊樹也就榮了可知草木也隨人的如今二哥哥認真念
書舅舅喜歡那棵樹也就發了賈母王夫人聽了喜歡便說林

图 8　程甲本第九十四回第 6 页 a 面第 1 行作“开花也天气”，国家图书馆藏本

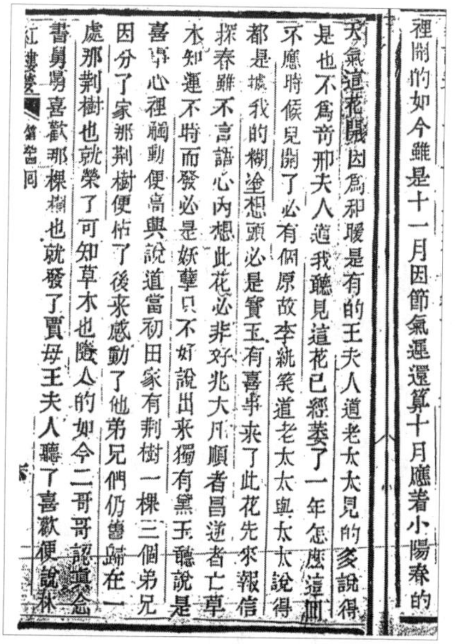

裡開的如今雖是十一月因節氣遲還算十月應着小陽春的
天氣這花開因爲和暖是有的王夫人道老太太見的多說得
是也不爲奇邢夫人道我聽見這花已經萎了一年怎麽這回
不應時候兒開了必有個原故李紈笑道老太太與太太說得
都是據我的糊塗想頭必是寶玉有喜事來了此花先來報信
探春雖不言語心內想此花必非好兆大凡順者昌逆者亡草
木知運不時而發必是妖孽只不好說出來獨有黛玉聽說是
喜事心裡觸動便高興說道當初田家有荊樹一棵三個弟兄
因分了家那荊樹便枯了後來感動了他弟兄們仍舊歸在一
處那荊樹也就榮了可知草木也隨人的如今二哥哥認真念
書舅舅喜歡那棵樹也就發了賈母王夫人聽了喜歡便說林

图 9　北大程甲本（即“东观阁原本”）第九十四回第 6 页 a 面第 1 行“天气这花开”为贴改

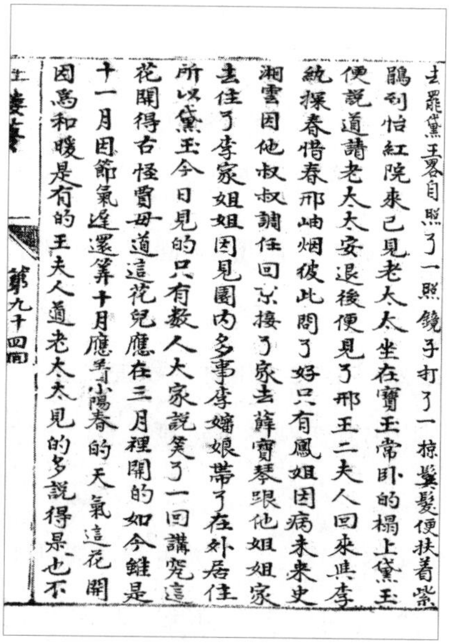

去罷黛玉略自照了一照鏡子掠了一掠鬢髮便扶着紫
鵑到怡紅院來已見老太太坐在寶玉常臥的榻上黛玉
便說道請老太太安退後便見了邢王二夫人回來與李
紈探春惜春邢岫烟彼此問了好只有鳳姐因病未來史
湘雲因他叔叔調任回京接了家去薛寶琴跟他姐姐家
去住了李家姐姐因見園內多事李嬸娘帶了在外居住
所以黛玉今日見的只有數人大家說笑了一回講究這
花開得古怪賈母道這花兒應在三月裡開的如今雖是
十一月因節氣遲還算十月應着小陽春的天氣這花開
因爲和暖是有的王夫人道老太太見的多說得是也不

图 10　孙藏本第九十四回第 6 页 a 面第 9—10 行作“天气这花开”，北师大图书馆藏本

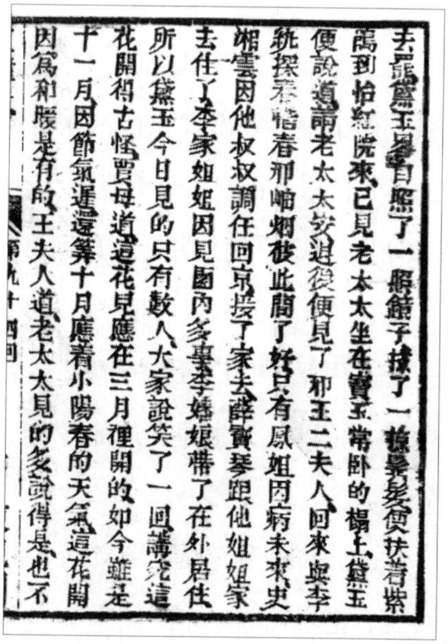

去罷黛玉略自照了一照鏡子掠了一掠鬢髮便扶着紫
鵑到怡紅院來已見老太太坐在寶玉常臥的榻上黛玉
便說道請老太太安退後便見了邢王二夫人回來與李
紈探春惜春邢岫烟彼此問了好只有鳳姐因病未來史
湘雲因他叔叔調任回京接了家去薛寶琴跟他姐姐家
去住了李家姐姐因見園內多事李嬸娘帶了在外居住
所以黛玉今日見的只有數人大家說笑了一回講究這
花開得古怪賈母道這花兒應在三月裡開的如今雖是
十一月因節氣遲還算十月應着小陽春的天氣這花開
因爲和暖是有的王夫人道老太太見的多說得是也不

图 11　东观阁白文本第九十四回第 6 页 a 面第 9—10 行作“天气这花开”，北京大学图书馆藏本

例证之二，第七十九回第 3 页 b 面第 4 行（正文位置据孙藏本）：

程甲本（社科院藏本）　未曾会过这孙祖一面的（缺少"绍"字，见图 12）

程甲本（国图藏本）　未曾会过这孙绍祖一面的（"祖"字的位置，挖改成"绍祖"二字，见图 13）

孙藏本　未曾会过这孙绍祖一面的（"绍祖"并排写在一个字的位置上，见图 14）

东观阁本　未曾会过这孙绍祖一面的（"绍祖"并排刻在一个字的位置上，见图 15）

由这组例文可知，孙藏本上抄写文字的异常现象是事出有因的，一般与程甲本上的舛错及修订者的贴补有关。此处孙藏本"绍祖"二字抄写拥挤的现象，上到程甲本上的缺字（社科院程甲本只有一个"祖"字）和补字（国图程甲本一个"祖"的位置挖补了两个小字"绍祖"），下到东观阁本（"绍祖"两个小字并排刻印），都能找出相应的证据。就图 14 和图 15 而论，同样是"绍祖"两个字并排出现，抄本在前的可能性较大。而东观阁本刻印成双行夹批的形式，刻工在刻版时更应该是有本可依的。查后来的东观阁评点本（1811），"绍祖"两个字也是并排刻印的。与之相似的孙藏本和东观阁本同样存在两个字挤在一个字的位置的现象，如第八十二回第 1 页 a 面"学么"二字，以及第七十八回第 12 页 a 面"不舞"二字、第七十六回第 12 页 b 面"我去"二字，等等。可以说，北师大这部抄本呈现出从程甲本到东观阁本过渡状态的文字特征。

3. 完整的彩色绣像：能否排除东观阁白文本刊行之后有人再誊抄的可能性呢？笔者认为，东观阁系统一百二十回的抄本目前已知有几部，但有 24 幅完整而精细的彩色绣像者，北师大的孙藏本是现知的唯一的一部。通过比较可知，孙藏本上的彩色绣像比东观阁白文本上的更为精致而传神。诸多因素显

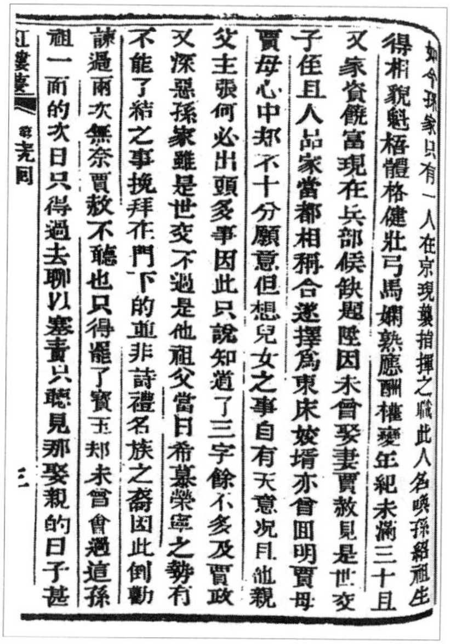

如今孫家只有一人在京現襲指揮之職此人名喚孫紹祖生得相貌魁梧體格健壯弓馬嫺熟應酬權變年紀未滿三十且又家資饒富現在兵部候缺題陞因未曾娶妻賈赦見是世交子侄且人品家當都相稱合遂擇為東床嬌壻亦曾回明賈母賈母心中却不十分願意但想兒女之事自有天意况且他親父主張何必出頭多事因此只說知道了三字餘不多及賈政又深惡孫家雖是世交不過是他祖父當日希慕榮寧之勢有不能了結之事挽拜在門下的並非詩禮名族之裔因此倒勸諫過兩次無奈賈赦不聽也只得罷了寶玉却未曾會過這孫祖一面的次日只得過去聊以塞責只聽見那娶親的日子甚

紅樓夢 第七十九回 三

图 12　程甲本第七十九回第 3 页 a 面倒数第 1 行首字为“祖”，中国社科院文学所藏本，吉林文史出版社影印

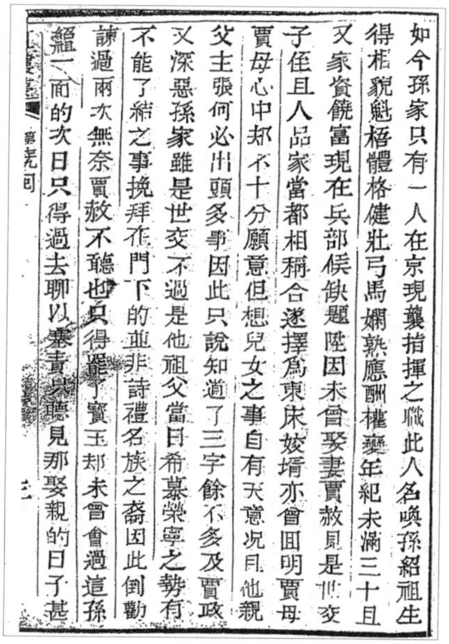

如今孫家只有一人在京現襲指揮之職此人名喚孫紹祖生得相貌魁梧體格健壯弓馬嫺熟應酬權變年紀未滿三十且又家資饒富現在兵部候缺題陞因未曾娶妻賈赦見是世交子侄且人品家當都相稱合遂擇為東床嬌壻亦曾回明賈母賈母心中却不十分願意但想兒女之事自有天意况且他親父主張何必出頭多事因此只說知道了三字餘不多及賈政又深惡孫家雖是世交不過是他祖父當日希慕榮寧之勢有不能了結之事挽拜在門下的並非詩禮名族之裔因此倒勸諫過兩次無奈賈赦不聽也只得罷了寶玉却未曾會過這孫紹祖一面的次日只得過去聊以塞責只聽見那娶親的日子甚

紅樓夢 第七十九回 三

图 13　程甲本第七十九回第 3 页 a 面倒数第 1 行首字原“祖”字改为“绍祖”两个小字，国家图书馆藏本，北京图书馆出版社影印

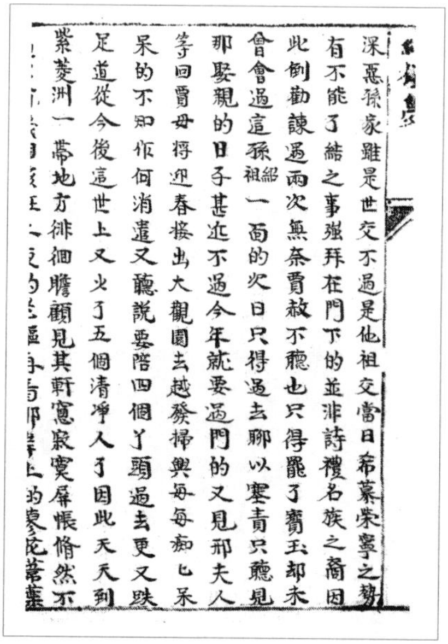

深惡孫家雖是世交不過是他祖父當日希慕榮寧之勢有不能了結之事強拜在門下的並非詩禮名族之裔因此倒勸諫過兩次無奈賈赦不聽也只得罷了寶玉却未曾會過這孫紹祖一面的次日只得過去聊以塞責只聽見那娶親的日子甚近不過今年就要過門的又見邢夫人等回賈母將迎春接出大觀園去越發掃興每每痴痴呆呆的不知作何消遣又聽說要陪四個丫頭過去更又跌足道從今後這世上又少了五個清淨人了因此天天到紫菱洲一帶地方徘徊瞻顧見其軒窗寂寞屏帳翛然不

图 14　孙藏本第七十九回第 3 页 b 面第 4 行“绍祖”两个小字并排抄写，北京师范大学图书馆藏本

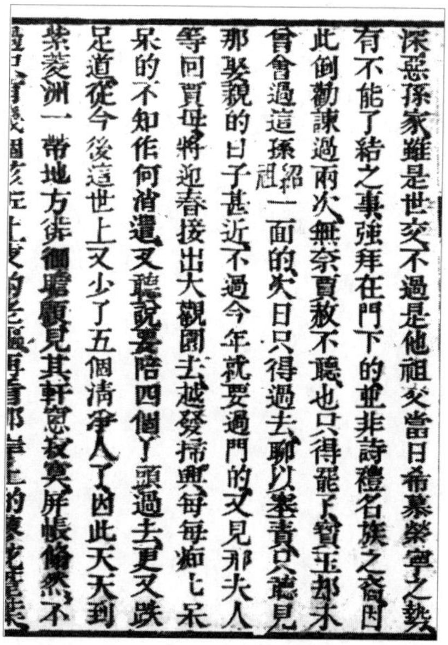

深惡孫家雖是世交不過是他祖父當日希慕榮寧之勢有不能了結之事強拜在門下的並非詩禮名族之裔因此倒勸諫過兩次無奈賈赦不聽也只得罷了寶玉却未曾會過這孫紹祖一面的次日只得過去聊以塞責只聽見那娶親的日子甚近不過今年就要過門的又見邢夫人等回賈母將迎春接出大觀園去越發掃興每每痴痴呆呆的不知作何消遣又聽說要陪四個丫頭過去更又跌足道從今後這世上又少了五個清淨人了因此天天到紫菱洲一帶地方徘徊瞻顧見其軒窗寂寞屏帳翛然不

图 15　东观阁白文本第七十九回第 3 页 b 面第 4 行“绍祖”两个小字并排刻印，北京大学图书馆藏本

示，孙藏本早于东观阁白文本的可能性更大。

4.孙人龢的藏书印章：就此书在入藏北师大图书馆前的收藏者孙人龢先生的阅历来看，这位曾执教于北平师大、辅仁大学等高等学府的国学前辈，对自己的藏书应有相当的评鉴水准。而且单就孙先生的收藏时间而言，此书也历经了近百年的沧桑。

总之，孙藏本是明显带有东观阁早期白文本特征的一百二十回《红楼梦》抄本，这样一个版本的存在，证明在《红楼梦》刊行之后，对它的修订工作仍在进行。在程甲本、程乙本问世后，东观阁书坊迅速修订、改版并产生广泛影响，这不仅表现为白文本和系列评点本的刊刻，还表现为多部手抄本的流传。与现藏北京大学的"东观阁原本"只是在程甲本上挖改相比，北师大这部抄本的行款格式更易于东观阁刻印时如实仿照。所以说，现藏北京师范大学图书馆的一百二十回抄本，在《红楼梦》木活字本向木刻本过渡的进程中，应担当了誊清的工作底本的角色。

[与耿晓辉合著，原载《北京师范大学学报（社会科学版）》2012 年第 2 期]

关于蒙府本后四十回版本特征的几点思考

内容提要

《蒙古王府本石头记》(简称"蒙府本")是为数不多的带有后四十回的手抄本。在程甲本、程乙本、杨藏本(又称"梦稿本")等版本中,它的后四十回文字更接近程甲本,但是并不完全等同于程甲本或者东观阁本、王希廉本等稍后的一百二十回刻本,而是有其独特的风格特色。它是属于程甲本系统的另一种《红楼梦》一百二十回抄本。此外,蒙府本后四十回的行款格式对研究杨藏本的文字跳脱现象具有一定的启发意义,从而为探讨《红楼梦》后四十回成书问题提供了新的考察视角和可资参考的新材料。

关键词

《红楼梦》 | 蒙古王府本 | 后四十回 | 程甲本 | 版本特征

对于《蒙古王府本石头记》后四十回的文字,目前学术界多数人认为是其抄配程甲本所得。如周汝昌在《红楼梦新证》中所言:"八十回中,其第五十七至六十二回书文,独用素白纸钞写,笔墨亦与后四十回一色;查其文字异同及批语有无,则显然是程本系统,而非脂本情况。"又云:"程本部分的文字,大致可推断为'程甲本'系统。"[1]

---

[1] 周汝昌:《红楼梦新证》,华艺出版社 1998 年版,第 833—834 页。

虽然对蒙府本后四十回来源的大致看法倾向于抄配程甲本，但具体的比对和分析文章并不多。近日笔者通过对蒙府本[1]、程甲本[2]、程乙本[3]、杨藏本[4]、东观阁本[5]、王希廉本[6]等几个版本后四十回的比对分析，发现以下几个问题。

一、蒙府本后四十回并非用程甲本抄配

其一，蒙府本后四十回文字与程甲本比对，并不完全相同，而是有其独特之处。如第八十一回：

蒙府本　看见曹孟德"对酒当歌，人生几何"一首，益觉刺心。（第4页a面）

程甲本　看见曹孟德"对酒当歌，人生几何"一首，不觉刺心。（第3页b面）

程乙本　看见曹孟德"对酒当歌，人生几何"一首，一觉刺心。（第3页b面）

杨藏本　看见曹孟德"对酒当歌，人生几何"一首，不觉刺心。（第2页a面）

东观阁本　看见曹孟德"对酒当歌，人生几何"一首，不觉刺心。（第4页a面）

王希廉本　看见曹孟德"对酒当歌，人生几何"一首，不觉刺心。（第4页a面）

此处蒙府本的"益觉刺心"，与其他版本不同。程乙本作"一觉刺心"，发音相同，字形字义迥异。程甲本作"不觉刺心"，杨藏本、东观阁本、王希廉

[1]（清）曹雪芹：《蒙古王府本石头记》，书目文献出版社1986年（周汝昌序言所题时间）影印本。

[2]（清）曹雪芹、高鹗：《程甲本红楼梦》，北京图书馆出版社1992年影印本。

[3]（清）曹雪芹著，陈其泰批校：《红楼梦（程乙本）——桐花凤阁批校本》，北京图书馆出版社2001年影印本。

[4]（清）曹雪芹：《乾隆抄本百廿回红楼梦稿》，上海古籍出版社1984年版。

[5]（清）曹霑撰，高鹗、程伟元增：《新镌全部绣像红楼梦》，东观阁梓行，现藏于北京大学图书馆（作者署名按此书函套所写）。

[6]（清）王希廉评：《新评绣像红楼梦全传》，双清仙馆，现藏于北京大学图书馆。

本与之相同，藤花榭本也同程甲本。从这句话来看，用"益""不""一"似都能讲得通。但前文的内容是宝玉听说迎春在孙家受欺负，联想到大观园中姐妹四散，光景萧瑟，内心难受，去黛玉处倾诉，回到怡红院后随手拿起一本书看，正是古乐府中曹孟德的"对酒当歌，人生几何"一诗，不免更增伤感。"益"可作副词，表示"更加"之意。[1]因此，蒙府本中的一个"益"字恰到好处地表达了这一意思，比程甲本等上的"不"字更贴切。蒙府本中的"益"与程甲本中"不"的发音和字形都相去甚远，误抄的可能性很小，而更可能是作者或抄写者有意为之。值得注意的还有，程乙本作"一觉刺心"，似讲不通，若拿蒙府本上的"益觉刺心"作为参照，我们可以找到音讹的线索。所以，蒙府本上的此类异文，对于勘校程乙本的文字具有参考价值。

其二，第八十二回：

蒙府本　紫鹃道："我们这里才沏了茶，索性让他呷了再去。"（第 2 页 b 面）

程甲本　紫鹃道："我们这里才沏了茶，索性让他喝了再去。"（第 2 页 b 面）

程乙本　紫鹃道："我们这里才沏了茶，索性让他喝了再去。"（第 2 页 b 面）

杨藏本　紫鹃道："我们这里才沏了茶，索性让他喝了再去。"（第 1 页 b 面）

东观阁本　紫鹃道："我们这里才泡了茶，索性让他喝了再去。"（第 2 页 b 面）

王希廉本　紫鹃道："我们这里才泡了茶，索性让他喝了再去。"（第 3 页 a 面）

蒙府本上特有的"呷"字，《应用汉语词典（大字本）》中的解释是："〔动〕（吴语）小口地喝。"[2]《明清吴语词典》中也收录了这个字，解释为：

---

[1] 汉语大词典编辑委员会、汉语大词典编纂处编纂：《汉语大词典》第七卷下册，汉语大词典出版社 2001 年版，第 1422 页。

[2] 参见商务印书馆辞书研究中心编《应用汉语词典（大字本）》，商务印书馆 2002 年版，第 1352 页。

"〔动〕喝。"[1]因此，"呷"字生动而有分寸地表达了品茶的意思。并且这种现象在蒙府本中并不是孤立的，据笔者初步统计，在蒙府本的后四十回中，"呷"字多达 32 个。可见，蒙府本中的"呷"字并不是对程甲本"喝"字的误抄，而是具有原创性。需要说明的是，"呷"字并非独属吴语方言。因为清人郝懿行《征俗文》卷十七写道："京师谓饮曰呷。"又《嘉定县续志》云："呷，俗谓吸水也。吸而饮曰呷，呼甲切。"鲁迅、老舍小说亦用。[2]综上可知，"呷"字的使用范围较广，对饮水品茶之动作情态的描述也较为具体。

还需指出的是，蒙府本中的"沏茶"与程甲本、程乙本、杨藏本同，但与东观阁本、王希廉本的"泡茶"不同。查藤花榭本作"泡""喝"，亦与蒙府本不同。

其三，第九十四回的一例蒙古王府本上的异文值得关注。这一回写海棠花不合时宜地在十一月开放了，凤姐等认为是不祥之兆，贾母却从气象学的角度加以解释说："如今虽是十一月，（因）节气迟，还算十月。"其后文云：

蒙府本　应着小阳春的开花天气，因为和暖，也是有的。

程甲本　应着小阳春的开花也天气，因为和暖，是有的。

本衙藏本　应着小阳春的开花也天气，因为和暖，是有的。

程乙本　应着小阳春的天气，因为和暖，开花也是有的。

东观阁本　应着小阳春的天气这花开，因为和暖，是有的。

孙藏本　应着小阳春的天气这花开，因为和暖，是有的。

吉晖堂藏本　应着小阳春的天气这花开，因为和暖，是有的。

春草堂藏本　应着小阳春的天气这花开，因为和暖，是有的。

---

[1]　参见石汝杰、〔日〕宫田一郎主编《明清吴语词典》，上海辞书出版社 2005 年版，第 654 页。

[2]　《征俗文》《嘉定县续志》及鲁迅、老舍小说的例证为张俊先生的建议。

《红楼梦》第九十四回写贾母解释十一月海棠开花的问题，程甲本上的"开花也天气"，显然属于活字排版导致的倒错。程乙本把"天气"二字前移，把"开花也"三字挪到"因为和暖"之后，句子就通顺了。本衙藏本属于程甲本较早的翻刻本，直接把程甲本的错误继承下来了。北京大学馆藏程甲本"天气这花开"五字为挖改，把"开花也天气"五字替掉。[1] 此本书名页题"东观阁原本"，并有"本宅梓行"字样。[2] 因而，"天气这花开"是东观阁系统版本的独有文字。目前所知的三种每面 10 行、每行 22 字的一百二十回抄本，都作"天气这花开"，且抄写的行款格式也与东观阁本相同。[3]

通过对诸多版本的异文比对不难看出，其他版本都比蒙府本的改动大。程乙本将"开花也"三个活字调整到后边，而东观阁系列的版本是将"开花也天气"五个字改成"天气这花开"，由贴改、抄写，到刻印。蒙府本作"应着小阳春的开花天气，因为和暖，也是有的"，在保留这段话原文的基础上，只调整一个"也"字，句子便通顺了。当然，也不排除另一种可能性，即与程甲本排错之前的底本文字有关。

其四，是第一一四回的回目。在回前总目中可以明显看到，蒙府本第一一四回的回目缺少前半部分"王熙凤历幻返金陵"。

凭这一点可以初步判断，蒙府本后四十回的回前总目并非抄自程甲本，因为程甲本的回前总目是完整无缺的。对于程甲本这种排印得整整齐齐的刊印本来说，不存在不清楚的问题，抄手不会疏忽到只抄写一半。缺少前半部分回目的原因，大致存在两种可能性：一是蒙府本的底本原来就没有这前半部分，二是在抄写回前总目时这一回的回目还没有拟定。因此，无论从哪个角度看，蒙府本总目录都应不是抄自程甲本的。

---

［1］ 上述异文的书影，参见曹立波《红楼梦版本与文本》，中华书局 2007 年版，第 199、211 页。

［2］ 参见曹立波《红楼梦版本与文本》，中华书局 2007 年版，第 190 页。

［3］ 参见曹立波、耿晓辉《北师大图书馆藏〈红楼梦〉一百二十回抄本考辨》，《北京师范大学学报》2012 年第 2 期。

其五，需要指出的是，还有一种情况，即程甲本有明显错误的地方而蒙府本是正确的。例如第一〇五回"锦衣军查抄宁国府"：

蒙府本　守门军传进来说："主上特命北静王到这里宣旨。"（第3页b面）

程甲本　守门军传进来说："主上特北静王到这里宣旨。"（第3页b面）

程乙本　守门军传进来说："主上特派北静王到这里宣旨。"（第3页b面）

杨藏本　守门军传进来说："主上特派北静王到这里宣旨。"（第2页a面）

东观阁本　守门军传进来说："主上特命北静王到这里宣旨。"（第3页b面）

王希廉本　守门军传进来说："主上特命北静王到这里宣旨。"（第3页b面）

此例中，蒙府本的用字和程乙本、杨藏本不同，但是两种表意都是清楚的，只有程甲本因为"特"字后边漏掉一个动词，出现了句子不通顺的问题。此处蒙府本上的"特命"一词与程甲本的"特"以及程乙本、杨藏本上的"特派"之间的区别，足以说明这一点。需要指出的是，与程甲本系统的其他版本相比，此处文字蒙府本作"特命"，东观阁本、王希廉本同，查藤花榭本亦作"特命"。

程甲本出现错误而蒙府本是正确的，这样的现象在第一〇五回有十来处之多。现列举这一回中蒙府本与程甲本的异文如下：

（1）蒙府本　众人看见来头不好，也有躲避里间屋里的，也有垂手侍立的。

　　　程甲本　众人看见来头不好，也有躲进里间屋里的，也有垂手侍立的。

（2）蒙府本　西平王用两手扶起。

　　　程甲本　西平郡王用两手扶起。

需要说明的是，即使在程甲本中，第一〇五回中多处地方也都作"西平王"，而不是"西平郡王"。

（3）蒙府本　如今当堂中筵席未散。

　　　程甲本　如今满堂中筵席未散。

（4）蒙府本　惟宝玉假说有病在贾母那闹贾环本系不大见人。

　　　程甲本　惟宝玉假说有病在贾母那边打闹贾环本来不大见人。

（5）蒙府本　唬得贾政上下人等面面相看，喜淂翻役等人摩拳擦掌。

　　　程甲本　唬得贾政上下人等面面相看，喜得翻役家人摩拳擦掌。

（6）蒙府本　王爷喝令不许啰唣，待本爵自行查看。

　　　程甲本　王爷喝令不许啰，待本爵自行查看。

例（6）中，程甲本只一个"啰"字不通，而蒙府本多一"唣"字，作"啰唣"，即吵闹寻事之意，与上下文相符。

（7）蒙府本　大家没趣只得侍立听候。

　　　程甲本　大家没趣只得侍立听后。

此例中，程甲本"听后"的"后"字显然错了，而蒙府本作"听候"是正确的。

（8）蒙府本　西平王听了好不喜欢。

　　　程甲本　西平领了好不喜欢。

（9）蒙府本　切不可再有隐匿自干罪戾。

　　　程甲本　切不可再有隐匿自干罪涙。

程甲本"罪涙"讲不通，而"罪戾"一词是罪过的意思，《左传》中便有"免于罪戾，弛于负担"之句。

（10）蒙府本　王夫人正在那边说，宝玉不到外头，恐他老子生气。

程甲本　王夫人正在那边说，不到外头，恐他老子生气。

此例后文是："凤姐带病哼哼唧唧的说：'我看宝玉也不是怕人，他见前头陪客的人也不少了，所以在这里照应，也是有的。'"显然，王夫人所云"不到外头"会让"老子生气"的人是宝玉。程甲本缺"宝玉"二字，蒙府本则有。

由上述十余例可见，蒙府本与程甲本相比，有正确与讹误之别、缺失与完善之别，充分说明蒙府本并非照程甲本抄配，并且有自己的文字特点。

其六，有些程甲本刻印得较清楚的地方，蒙府本却出现了空缺。如蒙府本第一百二十回第3页b面第1行和第10页a面第6行都有留出一个字的空缺：

蒙府本　我所居兮青埂峰。（第3页b面）

程甲本　我所居兮青埂之峰。

蒙府本　若说我守着，又叫人说我不臊。（第10页a面）

程甲本　若说我守着，又叫人说我不害臊。

如果说蒙府本是直接抄自程甲本的话，那么程甲本上"之"和"峰"刊印得很清楚无疑，也并不繁难，抄手没有理由空出一个字的空间不写上去。

其七，蒙府本上一些文字有别于程甲本，与程乙本等版本差异也较大。如第一百二十回中，程甲本上的"刘老老"（程乙本同），蒙府本作"刘妈妈"。

老人家在与王夫人谈及巧姐终身大事时的一番宏论存在异文：

蒙府本　便说样将来怎样升官、起家、做日子，怎样子孙昌盛。

程甲本　便说些将来怎样升官，怎样起家，怎样子孙昌盛。

程乙本　便说些将来怎样升官，怎样起家，怎样子孙昌盛。

此例中，蒙府本的文字与程甲本不同，而程乙本与程甲本是相同的。另外从文字本身来看，程本的三个"怎样"构成排比句，较有气势。蒙府本的语法自然、口语化，更符合人物身份。蒙府本此处的异文质朴平白，自具特色。

结合上述七组例文，综合考察多种因素，我们认为蒙府本后四十回的文字与程甲本存在异文，不是直接从程甲本抄录而来，也不与东观阁本、王希廉本等程甲本系统的翻刻本完全相同，它的底本应该是另外一种《红楼梦》一百二十回本。

二、蒙府本后四十回文字更接近程甲本系统

通过将蒙府本与程甲本、程乙本、杨藏本后四十回的异文加以考辨，笔者发现，蒙府本的文字在有其自身特点的基础上更接近程甲本。

如第八十一回所写，迎春在孙家受了气，宝玉内心不平，给王夫人出主意说让迎春仍住在紫菱洲，凭孙家来接，硬不让她回去。此处，四个版本的文字分别是：

蒙府本　由他接一百回，咱们留一百回。（第 1 页 b 面）

程甲本　由他接一百回，咱们留一百回。（第 1 页 b 面）

程乙本　由他接一百回，咱他留一百回。（第 1 页 b 面）

杨藏本　由他接一百回，咱他留一百回。（第 1 页 a 面）

东观阁本　由他接一百回，咱们留一百回。（第 1 页 b 面）

王希廉本　由他接一百回，咱们留一百回。（第 1 页 b 面）

蒙府本和程甲本文字一致，并且句子通顺。东观阁本、王希廉本都属于程甲本系统的翻刻本或评点本，此处文字蒙府本也与这类版本相同。而程乙本和杨藏本误把"们"字误作"他"字，使得这句话表意不清。

又如第八十二回写宝玉看书:

蒙府本　看着小注,又看讲章,闹到梆子下来了。(第3页b面)

程甲本　看着小注,又看讲章,闹到梆子下来了。(第3页b面)

程乙本　看着小注,又看讲章,闹到起更以后了。(第3页b面)

杨藏本　看着小注,又看讲章,闹到起更以后了。(第1页b面)

东观阁本　看着小注,又看讲章,闹到梆子下来了。(第3页b面)

王希廉本　看着小注,又看讲章,闹得梆子下来了。(第3页b面)

同样是表示时间,蒙府本的"梆子下来"和程甲本系统的版本用字一样,而程乙本和杨藏本则作"起更以后"。综合看来,蒙府本此处的文字与程甲本系统的本子相同。

再如第八十七回回目:

蒙府本　感秋深抚琴悲往事　坐禅寂走火入邪魔

程甲本　感秋深抚琴悲往事　坐禅寂走火入邪魔

程乙本　感秋声抚琴悲往事　坐禅寂走火入邪魔

杨藏本　感秋声抚琴悲往事　坐禅寂走火入邪魔

东观阁本　感秋深抚琴悲往事　坐禅寂走火入邪魔

王希廉本　感秋深抚琴悲往事　坐禅寂走火入邪魔

蒙府本和程甲本、东观阁本、王希廉本同作"感秋深",程乙本和杨藏本一样,作"感秋声"。

第九十四回宝玉的咏海棠诗的后两句:

蒙府本　应是北堂增考寿,一云旋复占先梅。

程甲本　　应是北堂增寿考，一云旋复占先梅。

程乙本　　应是北堂增寿考，一阳旋复占先梅。

东观阁本　应是北堂增寿考，一元旋复占先梅。

王希廉本　应是北堂增寿考，一阳旋复占先梅。

在这组文字中，蒙府本的"一云旋复占先梅"独与程甲本相同。

第一百二十回描述贾政在停泊的船上写家书，关于驿站的名字，各本不同：

蒙府本　　一日行到昆陆驿地方……

程甲本　　一日行到昆陆驿地方……

程乙本　　一日行到毗陵驿地方……

东观阁本　一日行到毗陵驿地方……

王希廉本　一日行到毗陵驿地方……

在这组例子中，程乙本等版本均作"毗陵驿"，而目前影印出版的两种程甲本中，国家图书馆的程甲本在"昆"字的"曰"上加一竖，添改成"毗"；在"陆"下边的"土"上写个"又"，描改成"陵"字。查阅中国社会科学院文学所藏的程甲本（吉林文史出版社影印），清晰地写着"昆陆驿"。蒙府本此处独与程甲本相同。

这种蒙府本和程甲本用字、用词相同，而与程乙本等不同的情况，在后四十回中为数较多，此处不再一一列举。

综上所述可以推断，蒙府本后四十回的文字并非抄自程甲本，而具有自身的原始面貌。不过，蒙府本是不是先于程甲本等问题还有待考证。目前可以确定的是，在版本归属上，它应属于程甲本系统。

三、蒙府本的行款格式对于杨藏本研究具有启发性

蒙府本抄写的行款格式是：前八十回为每页第 9 行，每行 20 字；后四十回为每页第 9 行，每行 24 字。后四十回的行款与程甲本、程乙本、东观阁本都不同，这种抄写款式似乎与杨藏本上的跳脱现象存在某种联系。

杨继振藏本，简称"杨藏本""杨本"，又称"梦稿本"。这个带有后四十回的抄本上存在原文和改文两种文字，改文中有大量涂抹、修改、增添的痕迹。增添的符号大致有三种。

第一种是在需要补字的地方拉出一条线，沿着线条右边写出增加的文字，这种往往用于需要补充的字数不是太多的情况。

第二种方式是在所补内容首字上方及末字下方，分别标上一个"○"（如第九十八回第 3 页 b 面上的补字，开头文字"贾"字上方有一个"○"符号，结尾"们"字下方有一个"○"符号）。

第三种方式是在所补内容首字上方标出两个"○"，然后拉出一条线，沿线写出所补文字（如第八十五回第 3 页 b 面上的补字，原文第 2 行开头"这些话"上边的双"○"符号）。

第八十二回第 1 页 b 面原文第 11 行，"也睡了"后，"直到红日高升"前，出现了双"○"符号，但是却找不到增补的文字。经对比蒙府本，笔者发现，所缺文字位于蒙府本此回第 4 页 a 面（总第 3209 页）第 1 行至第 4 页 b 面（总第 3210 页）第 2 行。

在程乙本中，杨藏本缺失的这部分文字起自第 3 页 b 面的第 6 行，迄于第 4 页 a 面的第 6 行，分别位于两页的中间。（见图 1、图 2）对于程乙本这种排印整齐的刊印本来说，杨藏本抄手从一页中间漏掉文字（且在相同位置没有重复词句出现），再从下一页中间开始抄起的可能性较小，而更可能漏掉的是一整页的文字。这一点，与蒙府本这种行款的抄本的文字相对吻合，即从前一页的第一行抄到下一页的第 2 行，内容是从睡到醒，所以行数和内容都接续得上。

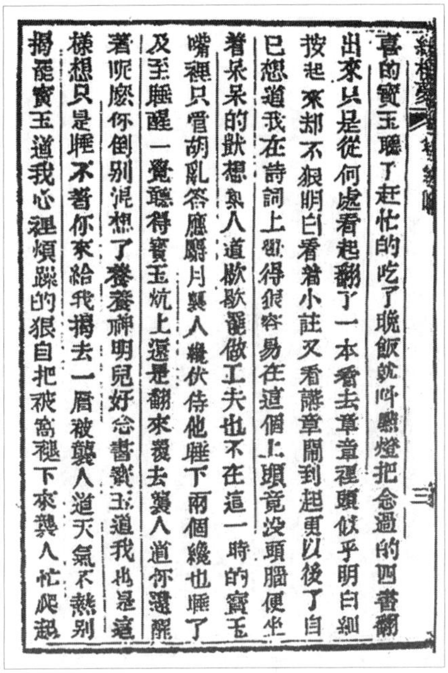

喜的寶玉聽了赶忙的吃了晚飯就叫點燈把念過的四書翻
出來只是從何處看起翻了一本看去章章裡頭似乎明白細
按起來却不很明白看着小註又看講章鬧到起更以後了自
已想道我在詩詞上覺得很容易在這個上頭竟沒頭腦便坐
着呆呆的獃想襲人道歇歇罷做工夫也不在這一時的寶玉
嘴裡只管胡亂答應麝月襲人纔伏侍他睡下兩個纔也睡了
及至睡醒一覺聽得寶玉炕上還是翻來覆去襲人道你還醒
着呢麼你倒別混想了養養神明兒好念書寶玉道我也是這
樣想只是睡不着你來給我揭去一層被襲人道天氣不熱别
揭罷寶玉道我心裡煩躁的很自把被窩褪下來襲人忙爬起

图 1　程乙本第八十二回第 3 页 b 面第 6 行下方“也睡了”

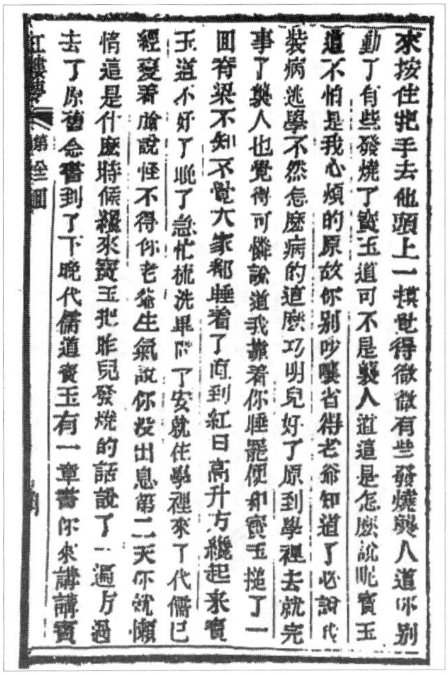

來按住把手去他頭上一摸覺得微微有些發燒襲人道你别
動了有些發燒了寶玉道可不是襲人道這是怎麼說呢寶玉
道不怕是我心煩的原故你别吵嚷省得老爺知道了必説我
裝病逃學不然怎麼病的這麼巧明兒好了原到學裡去就完
事了襲人也覺得可憐説道我靠着你睡罷便和寶玉搥了一
回脊梁不知不覺大家都睡着了直到紅日高升方纔起來寶
玉道不好了晚了急忙梳洗畢問了安就往學裡來了代儒已
經變着臉說怪不得你老爺生氣說你沒出息第二天你就懶
惰這是什麼時候纔來寶玉把昨兒發燒的話說了一遍方過
去了原舊念書到了下晚代儒道寶玉有一章書你來講講寶

图 2　程乙本第八十二回第 4 页 a 面第 6 行“直到红日高升”

杨藏本第八十二回第 2 页 a 面原文第 9 行，“代儒道”下方，“你既懂得”上方，出现一处增添符号双“○”，却找不到增添的文字。经翻查蒙府本发现，缺失的文字在此回第 5 页 b 面（总 3212 页）第 5 行至第 6 页 a 面（总第 3213 页）第 6 行，程乙本则在第 5 页 a 面第 8 行至第 5 页 b 面第 8 行。（见图 3、图 4）

杨藏本这段文字的跳脱现象较为复杂。假设它的底本是程乙本，那所漏抄的文字是从前一页的第 8 行第 7—9 字“代儒道”（如图 3 所示），到后一页第 8 行的第 6—9 字“你既懂得”（如图 4 所示）之间，除了位置相似，没有重复出现的文字，跳脱现象产生的理由不够充分。

如果杨藏本改文的底本是一个近似蒙府本的抄本，那么它所漏抄的文字，是从前一页的第 5 行第 17—19 字“代儒道”，到后一页第 6 行第 9—12 字“你既懂得”，似乎没有直接的联系，但是后一页的第 5 行第 18—20 字与前一页相同，恰巧也是“代儒道”，所以在两面文字的相同行数（第 5 行）和字数（第

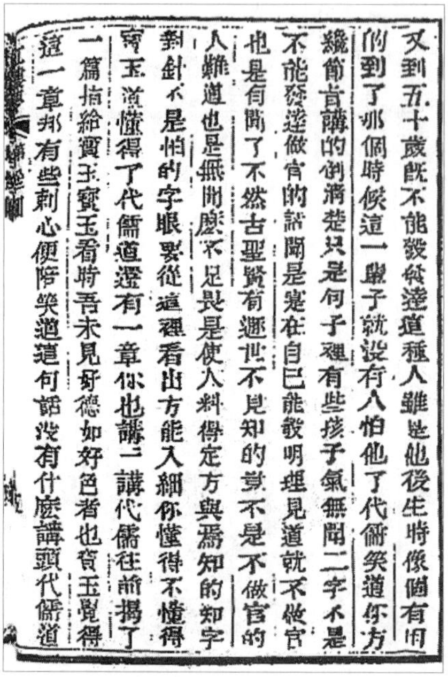

紅樓夢 第八十二回

又到五十歲既不能發達這種人雖是他後生時像個有用
的到了那個時候這一輩子就没有人怕他了代儒笑道你方
纔節旨講的倒清楚只是句子裡有些孩子氣無聞二字不是
不能發達做官的話聞是實在自己能彀明理見道就不做官
也是有聞了不然古聖賢有遯世不見知的豈不是不做官的
人難道也是無聞麼不足畏是使人料得定方與焉知的知字
對針不是怕的字眼要從這裡看出方能入細你懂得不懂得
寶玉道懂得了代儒道還有一章你也講一講代儒往前揭了
一篇指給寶玉寶玉看時吾未見好德如好色者也寶玉覺得
這一章却有些刺心便陪笑道這句話沒有什麼講頭代儒道

图 3　程乙本第八十二回第 5 页 a 面第 8 行第 7—9 字“代儒道”

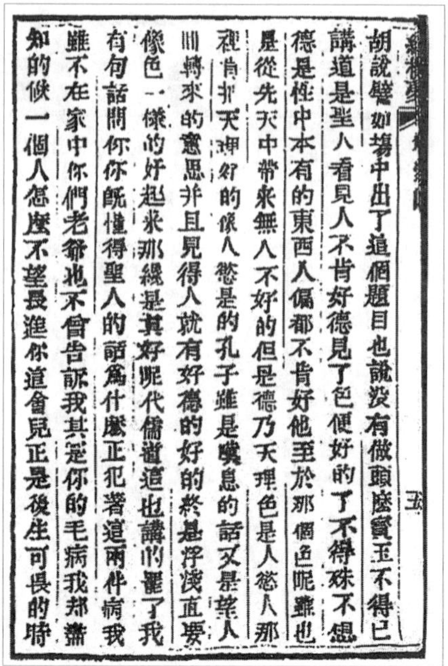

紅樓夢 第八十二回

胡說譬如場中出了這個題目也說沒有做頭麼寶玉不得已
講道是聖人看見人不肯好德見了色便好的了不得殊不想
德是性中本有的東西人偏都不肯好他至於那個色呢雖也
是從先天中帶來無人不好的但是德乃天理色是人慾人那
裡肯把天理好的像人慾是的孔子雖是嘆息的話又是望人
回轉來的意思並且見得人就有好德的好的終是浮淺直要
像色一樣的好起來那纔是真好呢代儒道這也講的罷了我
有句話問你你既懂得聖人的話為什麼正犯著這兩件病我
雖不在家中你們老爺也不曾告訴我其實你的毛病我却盡
知的像一個人怎麼不望長進你這會兒正是後生可畏的時

图 4　程乙本第八十二回第 5 页 b 面第 8 行第 6—9 字“你既懂得”

18、19 字前后）的位置，由于“代儒道”三个字重出而产生跳脱现象，这个推测可以说是比较有说服力的。

蒙府本后四十回的行款格式是每页 9 行，每行 24 个字，杨藏本第八十二回这两处脱落的字数大约相当于蒙府本第 9 行至第 10 行的字数，也就是此类抄本的一页纸，因此可以推测杨藏本的抄写底本很有可能是与蒙府本的行款格式相似的一个手抄本，而抄写底本就是程乙本的可能性不大。

综合上述三个分论点，我们认为，蒙府本后四十回是一个属于程甲本系统的版本，但不同于程甲本，与程甲本的翻刻本如东观阁本、王希廉本等也存在异文。它应是一个保留了较多原始性文字的手抄本，对于研究程甲本、杨藏本乃至《红楼梦》后四十回的成书和修订过程，都有十分重要的参考价值。诚然，本文仅仅就蒙古王府本后四十回的十几处文字进行了列举、比对，略谈了几点初步的认识和粗浅的体会。对这一带有后四十回文字的抄本，还有待于结合其他一百二十回抄本的考察，进一步做深入系统的探讨。

书影补充说明：

2012 年论文发表时所附程乙本书影，源自北京图书馆出版社影印陈其泰批校的桐花凤阁批校本（北京图书馆出版社 2001 年版），所引第八十二回的四幅书影有点改的笔迹。随后得到天津市图书馆程乙本的影印本（黄山书社 2012 年版），相关版面品相较好，现采用津图程乙本书影。

2012 年 7 月修订稿

（与张锐合著，原载《曹雪芹研究》2012 年第 2 期）

从《柳絮词》的抄写形式看《红楼梦》几个抄本的关系

内容提要

《红楼梦》的诗词不同版本的差异，为我们了解各种版本之间的关系提供了重要信息。本文试从《红楼梦》第七十回的五首《柳絮词》中的异体字、断句、脱文、重复字处理方法等方面入手，探讨己卯本和庚辰本、己卯本和杨藏本、庚辰本和列藏本、蒙府本和戚序本之间的关系。从诗词断句中出现的讹误可以推知，己卯本和庚辰本应非作者手稿；异体字相似度较高的现象显示，杨藏本第七十回的底本有可能是己卯本；而蒙府本和戚序本的兄弟关系，也可以从《柳絮词》断句和脱文等相同的舛错上找到证据。

关键词

《红楼梦》 | 柳絮词 | 抄本 | 抄写形式

《红楼梦》中大量的诗词曲赋等韵文在小说中的特殊地位，一直为历代的评论家所瞩目。迄今为止，学界对于《红楼梦》诗词的研究，主要围绕诗词对小说故事发展、人物刻画、主题表达的重要作用等角度展开。而《红楼梦》的诗词除了起到上述作用以外，在版本研究中的作用也不容小觑。诗词属于韵文，因其句式有规律且蕴涵丰富等特点，在抄写的过程中被随意改动的概率比散体文要小。而且，文化水平不高的抄手很难理解其中的含义，所以在抄写的过程中一般都遵守其原貌。因此不同版本的诗词文本的差异，为我们了解各种版本之间的关系，提供了很重要的信息。本文尝试从诗词抄写形式的角度来探讨版本之间的关系。

《红楼梦》第七十回"林黛玉重建桃花社　史湘云偶填柳絮词"中有五首《柳絮词》，即《如梦令》《南柯子》《西江月》《唐多令》和《临江仙》，分别由史湘云、贾探春和贾宝玉、薛宝琴、林黛玉、薛宝钗所作，这几首词对上述人物的性格塑造以及故事发展都起到了较为重要的作用，在《红楼梦》诗词中颇具代表性。在现知的各种抄本中，己卯本、庚辰本、蒙府本、戚序本、杨藏本、列藏本、甲辰本等都存有这一回的五首词，因此本文选择上述版本为研究对象，对诸版本之间的关系加以探讨。（为便于对比各版本抄写情况，本文所列表格中"正文"用繁体字）

一、己卯本和庚辰本的关系

（一）己卯本和庚辰本属于同源

己卯本和庚辰本是《红楼梦》早期抄本，由于分别题有"脂砚斋凡四阅评过，己卯冬月定本"和"脂砚斋凡四阅评过，庚辰秋月定本"，简称"己卯本"和"庚辰本"。一般认为"己卯"为乾隆二十四年（1759），己卯本原存四十回，1959 年又发现了三整回并两个半回。一般认为"庚辰"为乾隆二十五年（1760），庚辰本为八十回抄本，现存七十八回，缺六十四和六十七两回。[1]

己卯本和庚辰本五首《柳絮词》的文本有很多相似之处，也有些许差异，无论异或同，都显示出一些十分值得注意的特点。

1. 格式

己卯本和庚辰本《唐多令》的句子格式相同，其他抄本的格式都和它们不

---

[1]　参见冯其庸、李希凡主编《红楼梦大辞典》，文化艺术出版社 1990 年版，第 919—920 页。

同。（见表 1）

表 1

版本	正文
己卯本	嫁与東凤春不管凭尔去　忍淹留
庚辰本	嫁與東風春不管凭你去　忍淹留
杨藏本	嫁与东风春不管　凭尔去　忍淹留
列藏本	嫁与东风春不管　憑爾去　忍淹留
蒙府本	嫁與東風春不管　凭你去　忍俺留
戚序本	嫁與東風春不管　憑你去　忍淹留
甲辰本	嫁與東風春不管　憑爾去　忍淹留

己卯本和庚辰本断为两句，其他各版本都断为三句。

《唐多令》这一词牌，双调，60 字，上下共 12 句，每句的字数要求为 5、5、7、7、3、3，薛宝钗所作全词为：

粉堕百花洲，香残燕子楼。一团团逐对（队）成毬。飘泊亦如人命薄，空缱绻，说风流。

草木也知愁，韶华竟白头。叹今生谁拾（捨）谁收。嫁与东风春不管，凭尔去，忍淹留。

"嫁与东风春不管"和"凭尔去"本应是下片的第四句、第五句，己卯本和庚辰本就把两句合成一句了。这种错误的存在表明己卯本、庚辰本应该不是曹雪芹的手稿，而是过录中由于不注意诗词的格式而产生的讹误。

2. 异体字

（1）抄写的习惯不同形成的异体字。己卯本和庚辰本中有一些相同的异体字，有的异体字还是和其他版本完全不同的。（见表 2）

表2

版本	正文		
己卯本	空使鹃啼燕妒	鹭愁蝶倦晚芳时	叹今生谁拾（捨）谁奴
庚辰本	空使鹃啼燕妒	鹭愁蝶倦晚芳时	叹今生谁拾谁奴
杨藏本	空使鹃啼燕妒	鹭愁蝶倦晚芳时	叹今生谁捨谁收
列藏本	空使鹃啼燕妒	鹭愁蝶倦晚芳时	叹今生谁拾谁收
蒙府本	岂使鹃啼燕妒	鹭愁蝶捲晚芳时	叹今生谁捨谁妆
戚序本	岂使鹃啼燕妒	鹭愁蝶捲晚芳时	叹今生谁舍谁妆
甲辰本	空使鹃啼燕妒	鹭愁蝶倦晚芳时	叹今生谁捨谁妆

如上表所示，"妒"字有"妒"和"妒"两种写法；"倦"字则有"倦"和"倦""捲""捲"的区分；"收"字有"收""奴""妆"三种写法。这三个字，己卯本和庚辰本都写作"妒""倦""奴"，写法完全相同。

（2）简体字和繁体字。己卯本和庚辰本繁简基本一致。（见表3、表4）

表3

版本	正文	
己卯本	岂是绣绒残（綫）吐	空挂纤≈缕　徒垂络≈绦
庚辰本	岂是绣绒残吐	空挂纤≈缕　徒垂络≈絲
杨藏本	岂是绣绒残吐	空挂纤≈缕　徒垂络络絲
列藏本	岂是绣绒残吐	空挂纤≈缕　徒垂络≈绦
蒙府本	岂是绣绒残吐	玄挂纤纤缕　徒垂络络絲
戚序本	岂是绣绒残吐	空挂纤纤缕　徒垂络络絲
甲辰本	岂是绣绒綫吐	空挂纤≈缕　徒垂络≈絲

表4

版本	正文			
己卯本	隋堤点缀無穷	几處落红庭院	几曾随逝水	萬缕千缕终不改
庚辰本	隋堤点缀無窮	几處落红庭院	几曾随逝水	萬缕千絲不改
蒙府本	隨堤點缀無窮	幾處落红庭院	几曾随逝水	萬缕千絲不改
戚序本	隋堤點缀無窮	幾處落红庭院	幾曾随逝水	萬缕千絲不改
杨藏本	隋堤点缀無窮	几处落红庭院	几曾随逝水	万缕千絲不改
列藏本	隋堤点缀無窮	幾處落红庭院	幾曾随遊水	萬缕千缕终不改
甲辰本	隋隄點缀無窮	幾處落红庭院	幾曾随逝水	萬缕千絲終不改

己卯本和庚辰本都使用了共同的字体，如"绒""残""缕""络""点""几""萬"等。表4中，"几处落红庭院"句，己卯本、庚辰本为"几處"；蒙府本、戚序本为"幾處"，杨藏本为"几处"。可以看出，其他版本或繁或简，唯独己卯本和庚辰本的字体繁简一致。

（3）特有文字。有的文字己卯本和庚辰本相同，与其他版本的有异。（见表5）

表5

版本	正文
己卯本	一團〻逐对（隊）成毡
庚辰本	一團〻逐对成毡
杨藏本	一團〻逐隊成毡
列藏本	一團〻逐對成毡
蒙府本	一團團逐隊成毡
戚序本	一團團逐隊成毡
甲辰本	一團團逐對成毡

己卯本、庚辰本都写作"对"，其他版本分别写成"對"或"隊"。

3. 重复字的处理方法相同

表6

版本	正文		
己卯本	空掛纖〻缕　徒垂络〻绦	一團〻逐对（隊）成毯	蜂團蝶陣乱纷〻
庚辰本	空掛纖〻缕　徒乖络〻丝	一團〻逐对成毯	蜂團蝶陣乱纷〻
杨藏本	空掛纖〻缕　徒垂络络絲	一團〻逐隊成毯	蜂團蝶陣乱纷纷
列藏本	空掛纖〻缕　徒垂络〻绦	一團〻逐對成毯	蜂團蝶陣乱纷〻
蒙府本	玄掛纖纖缕　徒垂絡絡絲	一團團逐隊成毯	蜂團蝶陣亂粉粉
戚序本	空掛纖纖縷　徒垂絡絡糸	一團團逐隊成毯	蜂團蝶陣亂纷纷
甲辰本	空掛纖〻缕　徒垂络〻丝	一團團逐對成毯	蜂圍蝶陣乱纷纷

己卯本、庚辰本，重复字都用"〻"代替，其他各版本有的字用"〻"，有的用本字。

上面的比对显示，从抄写格式中的错误和繁简字的运用，到抄写中产生的异体字，以及重复字的处理方法，己卯本和庚辰本都显示出许多共同的版本现象。由此可以看出，这两个本子在版本源流上有着不同寻常的关系，二者同源的迹象很明显。

（二）己卯本上《柳絮词》朱笔校文是据程甲本

己卯本原为董康收藏，后归陶洙，现藏于国家图书馆。陶洙在己卯本上过录了大量甲戌本和庚辰本的批语。对此，陶洙在丁亥（1947）和己丑（1949）两年在书上都有题记，己丑的题记说：

此己卯本阙第三册（二十一回至三十回），第五册（四十一回至五十回），第六册（五十一回至六十回），第八册（七十一回至八十回），又第一回首残（三页半），第十回残（一页半），均用庚辰本钞补。因庚本每页字数款式均相同也。凡庚本所有之评批注语，悉用朱笔依样过录。甲戌残本只十六回，计

（一至八）（十三至十六）（廿五至廿八），胡适之君藏，周汝昌君钞有副本，曾假互校，所有异同处及眉评旁批夹注皆用蓝笔校录，其在某句下之夹注只得写于旁而于某句下作ㄥ式符号记之，与庚本同者以〇为别，遇有字数过多无隙可写者，则另纸照录，附装于前以清眉目。

己丑人日灯下记于安平里忆园[1]

他在另一页题记上说：

二十一回至三十回，缺。此十回现据庚本已钞补齐全，并以甲戌本庚辰本互校，所有评批均依式过录，尚未裁钉。[2]

四十一回至六十回，缺。未抄补。[3]

从上述引证中可知，陶洙未提到己卯本七十回。虽然在己卯本七十回上面有红笔所题"庚辰本校过"字样，但是，我们通过己卯本和庚辰本对比发现，五首《柳絮词》中有几处朱笔旁添的文字，如《如梦令》中"岂是繡绒殘（綝）吐"的"綝"字，《南柯子》中"縱（總）是明春再見隔年期"的"總"字，《唐多令》中"嘆今生谁拾（捨）谁収"的"捨"字，《临江仙》中"韶華你（休）笑本無根"的"休"字，在庚辰本中找不到原文。

冯其庸在《己卯本上原有朱笔校字的分析》中认为：

按己卯本上原有的朱笔校字，大致可以分为两类，一类是早期的朱笔校字。这类校字，早于庚辰本据己卯本的过录时间，也就是我们所说的，在己卯

---

［1］（清）曹雪芹：《脂砚斋重评石头记：己卯本》，人民文学出版社 2010 年影印本，第 1 页。

［2］（清）曹雪芹：《脂砚斋重评石头记：己卯本》，人民文学出版社 2010 年影印本，第 1251 页。

［3］（清）曹雪芹：《脂砚斋重评石头记：己卯本》，人民文学出版社 2010 年影印本，第 1252 页。

本过录成书以后的若干年内，己卯本的抄藏者又借到了庚辰秋定本，并据以校补己卯本。这些校补的文字，即以朱笔旁加或点改在己卯本的正文之侧。这些朱笔的旁改文字，到庚辰本据己卯本过录的时候，在庚辰本上它们就都成为了正文，不再是写在行侧的旁加文字了……[1]

己卯本上另一类的朱笔改字，从字体来说，是拙笨的粗笔触，从它的时间来说，我判断它最早只能是在嘉庆初年，即乾隆五十六、五十七年程甲、乙本流行以后。为什么说它是在程甲、乙本流行以后，因为这类粗笔改字，经我核对，绝大部分是程甲本上的文字。这就是说这部分己卯本到了乾隆末、嘉庆初年（时间也可能更后一些，如嘉庆中期等）的藏者手里，他并不懂得这个抄本的可贵，相反，他倒是去用当时流行的程甲本校改它。[2]

冯其庸先生提到己卯本原有朱笔校字，第一种成为庚辰本的正文，第二种据程甲本校改。

我们从上文己卯本和庚辰本的对比中发现，己卯本旁添的朱笔文字，在庚辰本正文中找不到，因此这些朱笔旁添文字不是据庚辰本校录的。

我们据冯其庸的"己卯本上另一类的朱笔改字……绝大部分是程甲本上的文字"的说法，把己卯本五首《柳絮词》和程甲本对照。（见表7）

己卯本上朱笔旁添的文字，除了"綡"字和程甲本"纏"的写法稍有不同，其他各字均一致。由此可见，己卯本上《柳絮词》朱笔旁添的文字并不是陶洙校改的，而是己卯本原有的某藏者根据程甲本校改的痕迹。

另外，我们翻看了北京师范大学藏《石头记》庚辰抄本，发现它和国家图书馆藏己卯本有一些关联。

---

[1] 冯其庸：《论庚辰本》，上海文艺出版社 1978 年版，第 40—41 页。
[2] 冯其庸：《论庚辰本》，上海文艺出版社 1978 年版，第 44 页。

表 7

版本	正文
己卯本	豈是繡絨殘（纔）吐
程甲本	豈是繡絨纔吐
己卯本	落去君你（休）惜
程甲本	落去君休惜
己卯本	縱（總）是明春再見隔年期
程甲本	總是明春再见隔年期
己卯本	嘆今生谁拾（捨）谁扱
程甲本	嘆今生誰捨誰收
己卯本	韶華你（休）笑本無根
程甲本	韶華休笑本無根

有些己卯本中朱笔旁添的文字，在北师大藏本中变成正文，如"休""隊"等字。"韶華你咲本無根"，庚辰本"你"字用墨笔点改称为"休"字，己卯本"休"字为朱笔旁添，而北师本正文变成"韶華休笑本無根"；"落去君你知"，庚辰本把"你"字划去改成"休"，北师本正文变成"落去君休知"。第七十回中正文还有其他改文，经对比得知，这些墨笔改文在北师本上都已经变成了正文，而且改文的字体和北师大抄本第七十回的字体相同，所以庚辰本第七十回《柳絮词》的墨笔改文应该出自陶洙之手。（见表 8）

表 8

版本	己卯本	庚辰本	北师本
正文	殘（纔）	殘	殘
	你（休）	你 休	休
	縱（總）	縱	縱
	对（隊）	对	隊
备注：己卯本的第二字都是朱笔旁添			

二、杨藏本和己卯本、列藏本和庚辰本的关系

杨藏本,即杨继振藏本,又称"梦稿本",前八十回属脂评本系统。此本1959 年春发现,藏于中国社会科学院文学研究所图书馆,中华书局于1963 年影印出版,题名为《乾隆抄本百廿回红楼梦稿》。列藏本由"苏联科学院东方学研究所列宁格勒分所"收藏,存七十八回,缺第五、六两回。[1]

我们阅读中发现这样一个现象,五首《柳絮词》在各种抄本中,文字存在的差异主要分三种情况:一是简体字和繁体字的不同,二是抄写习惯不同,三是文本中出现完全不同的文字。杨藏本和己卯本、列藏本和庚辰本均存在大量相似的异文。

(一)简体字和繁体字使用的不同

第一组　绣/綉:杨藏本、蒙府本、戚序本、甲辰本

　　　　绣/繡:己卯本、庚辰本、列藏本

第二组　(缕纟纖)缕:己卯本、庚辰本、杨藏本、列藏本

　　　　(纖纖)缕:蒙府本、戚序本、甲辰本

第三组　绦:己卯本、列藏本

　　　　烋:庚辰本、戚序本、甲辰本

　　　　絲:杨藏本、蒙府本

第四组　络:己卯本、庚辰本、杨藏本、列藏本

　　　　絡:蒙府本、甲辰本

第五组　残:庚辰本、杨藏本、列藏本、蒙府本、戚序本

　　　　綹:甲辰本

第六组　缯:己卯本、杨藏本、列藏本

---

[1]　参见郑庆山《〈红楼梦〉版本简说》,《齐齐哈尔师范学院学报》1992 年第3 期。

　　　　　　缱：庚辰本、蒙府本、戚序本、甲辰本

第七组　说：己卯本、杨藏本、列藏本

　　　　　　說：庚辰本、蒙府本、戚序本、甲辰本

第八组　点：己卯本、庚辰本、杨藏本、列藏本

　　　　　　點：蒙府本、戚序本、甲辰本

第九组　缀：己卯本、杨藏本、列藏本

　　　　　　綴：庚辰本、蒙府本、戚序本、甲辰本

第十组　几（處）：己卯本、庚辰本

　　　　　　几（处）：杨藏本

　　　　　　幾（處）：蒙府本、戚序本

　　　　　　幾（處）：列藏本、甲辰本

第十一组　离（人）：己卯本、杨藏本

　　　　　　離（人）：庚辰本、戚序本、列藏本、甲辰本

第十二组　谁：己卯本、杨藏本、列藏本

　　　　　　誰：庚辰本、蒙府本、戚序本、甲辰本

第十三组　纷：己卯本、杨藏本、列藏本

　　　　　　紛：庚辰本、戚序本、甲辰本

第十四组　几（曾）：己卯本、庚辰本、蒙府本、杨藏本

　　　　　　幾（曾）：戚序本、列藏本

第十五组　（萬）缕：己卯本、列藏本

　　　　　　（万）缕：杨藏本

　　　　　　（萬）縷：庚辰本、蒙府本、戚序本、甲辰本

第十六组　随：己卯本、庚辰本、杨藏本、甲辰本

　　　　　　隨：蒙府本、戚序本、列藏本

第十七组　绾：己卯本、杨藏本、列藏本

　　　　　　綰：庚辰本、蒙府本、戚序本、甲辰本

（二）由于抄写习惯不同而产生的异文

第一组　捲（起）：己卯本、杨藏本、甲辰本

　　　　捲（起）：庚辰本、列藏本、蒙府本、戚序本

第二组　垂：己卯本、杨藏本、列藏本、蒙府本、甲辰本

　　　　乖：庚辰本

　　　　垂：戚序本

第三组　蔦：己卯本、杨藏本

　　　　鴬：庚辰本

　　　　鶯：戚序本、甲辰本、蒙府本、列藏本

第四组　倦：己卯本、庚辰本、列藏本、甲辰本

　　　　捲：蒙府本

　　　　捲：戚序本

第五组　絺：己卯本、列藏本

　　　　綺：庚辰本、戚序本、甲辰本

　　　　綣：蒙府本

　　　　绻：杨藏本

第六组　凤：己卯本

　　　　風：庚辰本、杨藏本、列藏本、蒙府本、戚序本、甲辰本

第七组　凭：己卯本、庚辰本、杨藏本、蒙府本

　　　　憑：列藏本、戚序本、甲辰本

第八组　蜂：己卯本、庚辰本、列藏本、蒙府本、戚序本

　　　　蜂：杨藏本、甲辰本

第九组　捲（得）：己卯本、庚辰本、戚序本、杨藏本、列藏本

　　　　捲（得）：蒙府本、甲辰本

第十组　（几）曾：己卯本、庚辰本、蒙府本、杨藏本

　　　　（幾）曾：甲辰本

第十一组　（千）綵：己卯本、列藏本

　　　　　（千）�：庚辰本、蒙府本、戚序本、甲辰本

　　　　　（千）絲：杨藏本

第十二组　笑：己卯本、蒙府本、戚序本、列藏本、甲辰本

　　　　　咲：庚辰本、杨藏本

（三）异文或异体字

第一组　空（使）：己卯本、庚辰本、杨藏本、列藏本、甲辰本

　　　　豈（使）：蒙府本、戚序本

第二组　妒：己卯本、庚辰本

　　　　妬：杨藏本、列藏本、蒙府本、戚序本、甲辰本

第三组　縦：己卯本、庚辰本、杨藏本、列藏本

　　　　緫：蒙府本

　　　　總：戚序本、甲辰本

第四组　对：己卯本、庚辰本

　　　　隊：杨藏本、蒙府本、戚序本

　　　　對：列藏本、甲辰本

第五组　你：庚辰本、蒙府本、戚序本

　　　　尔：己卯本、杨藏本

　　　　爾：列藏本、甲辰本

第六组　蜂圍：甲辰本

　　　　蜂團：己卯本、庚辰本、列藏本、蒙府本、戚序本

　　从以上各版本简体字和繁体字比较中可以看出，己卯本中多处使用简体字，而且杨藏本、列藏本中使用的简体字和己卯本有很多字是相同的，如：

　　己卯本—杨藏本：（纖纖）缕、绾、络、尔、点、缀、谁、说、离、纷、缱。

己卯本—列藏本：缕、络、绾、点、缀、谁、说、纷。

己卯本和杨藏本在十四处使用了同样的简体字，而且"离人"的"离"字，唯独己卯本和杨藏本使用，其他版本皆用繁体字"離"。在抄写过程中，己卯本和杨藏本有些字还保存着共同习惯写法，如"垂"写作"埀"，"凭"写作"凴"，"卷"写作"捲"。还有些文本不同的字，如"空使"有的版本作"岂使""縱是"，有的写作"總使"，"凴尔"有的写作"憑尔"或"凴你"，己卯本和杨藏本则完全相同。

从以上对照中可以看到庚辰本和列藏本有共同的异文，如：

简繁字相同：（纖纖）缕、络、点、離（人）。

抄写习惯相同：卷起—捲起、卷得—捲得、倦—倦。

不同文字相同：空使、縱。

庚辰本和列藏本有 8 处使用了相同的繁简字，"卷"为偏旁都写作"夅"。

己卯本和杨藏本、庚辰本和列藏本《柳絮词》分别有相同的异文，应该不能单纯用传抄中出现的巧合来解释。针对杨藏本，郑庆山在《〈红楼梦〉版本简说》中说"（杨藏本）前七回的底本是己卯本，其余各回则与戚本、列本、郑本、舒本是相同底本"[1]。从上面列举的异体字的相似度较高等现象，似乎可以推断，杨藏本第七十回的底本与己卯本比较接近。

虽然列藏本和己卯本也有很多相同的异体字，己卯本却和庚辰本同源。另外，郑庆山根据列藏本和庚辰本第二十二回末惜春诗谜以下都缺，第七十九回和第八十回尚未分开等现象，认为"列藏本的底本和庚辰本相当"[2]，而今就从《柳絮词》异文的角度来看，这个观点也是可信的。

---

［1］ 郑庆山：《〈红楼梦〉版本简说》，《齐齐哈尔师范学院学报》1992 年第 3 期。

［2］ 郑庆山：《〈红楼梦〉版本简说》，《齐齐哈尔师范学院学报》1992 年第 3 期。

三、蒙府本和戚序本的关系

蒙府本，即《蒙古王府本石头记》。周汝昌先生在《红楼梦新证》中说：
"蒙赵万里先生见告：这本子系一清代蒙古旗王府的后人所出。"[1] 据以定名为蒙
古王府本。此本第七十一回回末总评的背面书有"柒爷王爷"的字样，疑出于
清王府旧藏。[2] 蒙府本共一百二十回，目前可知其后四十回是据程本系统版本
抄配的[3]，我们谈论的"蒙府本"，一般是就前八十回而言的。

戚蓼生序本《石头记》，简称"戚序本"，共八十回。戚本的原本，是清乾
隆时人戚蓼生的收藏本。有戚沪本和戚宁本，两者的文字有极细微的差别。[4]

第七十回的《柳絮词》，蒙府本和戚序本具有相同的文字，但和其他脂本
不尽相同。

（一）蒙府本和戚序本的共同异文

1.异体字

表9

版本	正文		
己卯本	豈是繡绒殘（緵）吐	捲起半簾香霧	嘆今生谁拾（捨）谁妆
庚辰本	豈是繡绒殘吐	捲起半簾香霧	嘆今生誰拾誰妆
杨藏本	豈是绣绒殘吐	捲起半帘香霧	嘆今生谁捨谁收
列藏本	豈是綵绒殘吐	捲起半帘香霧	嘆今生谁拾谁收
蒙府本	豈是绣绒殘吐	捲起半簾香霧	嘆今生谁捨誰妆

---

[1] 周汝昌：《红楼梦新证》，人民文学出版社1976年版，第999页。

[2] 参见郑庆山《〈红楼梦〉版本源流概说》，《红楼梦学刊》1998年第4辑。

[3] 参见曹立波、张锐《关于蒙府本后四十回版本特征的几点思考》，《曹雪芹研究》2012年第
2辑。

[4] 参见郑庆山《〈红楼梦〉版本源流概说》，《红楼梦学刊》1998年第4辑。

版本	正文		
戚序本	豈是綉絨殘吐	捲起半簾香霧	嘆今生誰舍誰妝
甲辰本	豈是綉絨總吐	捲起半簾香霧	嘆今生誰捨誰妝

蒙府本、戚序本"绣绒"均写作"綉絨","捲"写作"捲"。结合"殘""簾""嘆"等字来看，相似度高于其他版本的写法。

2. 特有文字

表 10

版本	正文		
己卯本	空使鵑啼燕妒	嫁与東凤春不管凭尔去	忍淹留
庚辰本	空使鵑啼燕妒	嫁與東風春不管凭你去	忍淹留
杨藏本	空使鵑啼燕妬	嫁与东风春不管　凭尔去	忍淹留
列藏本	空使鵑啼燕妬	嫁与东风春不管　憑爾去	忍淹留
蒙府本	豈使鵑啼燕妬	嫁與東風春不管　凭你去	忍俺留
戚序本	豈使鵑啼燕妬	嫁與東風春不管　憑你去	忍淹留
甲辰本	空使鵑啼燕妬	嫁與東風春不管　憑爾去	忍淹留

正文第一栏首字，蒙府本和戚序本均为"豈"，其他版本均为"空"。正文第二栏第二句，庚辰本、蒙府本、戚序本为"凭你去"或"憑你去"，其他版本多为"凭尔去"。庚辰本文字虽和蒙府本、戚序本相近，但断句不同。从"豈使鵑啼燕妬"的"豈"字，以及"憑你去"的"你"和断句来看，蒙府本和戚序本的特征相同，有别于其他版本。

3. 脱文

表 11

版本	正文
己卯本	萬缕千絲终不改

版本	正文
庚辰本	萬縷干絲終不改
杨藏本	万缕干絲终不改
列藏本	萬缕干絲终不改
蒙府本	萬缕干絲不改
戚序本	萬缕干絲不改
甲辰本	萬缕干絲終不改

"万缕千丝〔终〕不改"出自《临江仙》。全文如下：

白玉堂前春解舞，东风卷得均匀。蜂团（围）蝶阵乱纷纷，几曾随逝水，岂必委芳尘。

万缕千丝终不改，任他随聚随分。韶华休（你）笑本无根，好风频借力，送我上青云。

《临江仙》，双调，60字，前后阕各三平韵，每阕5句。另外在双调中，前后阕各句字数是相同的。本词的上阕第一句为"白玉堂前春解舞"共7个字，下阕的第一句也应该是7个字，因此下阕第一句应该为"万缕千丝终不改"，而蒙府本和戚序本却抄为"万缕千丝不改"成了6个字，明显不符合词作的规矩。但由于抄写中不慎漏掉的一个"终"字，却给它们出于同一祖本提供了一个重要例证。

4.抄写格式

蒙府本和戚序本"草木也知愁韶華竟白頭"中间没有空格断句，而其他各版本均有断句。

表 12

版本	正文
己卯本	草木也知愁　韶華竟白頭
庚辰本	草木也知愁　韶華竟白頭
蒙府本	草木也知愁韶華竟白頭
戚序本	草木也知愁韶華竟白頭
杨藏本	草木也知愁　韶華竟白頭
列藏本	草木也知愁　韶華竟白頭
甲辰本	草木也知愁　韶華竟白頭

"草木也知愁，韶华竟白头"，出自《唐多令》。《唐多令》，双调，60字，上下片各四平韵。全词为："粉堕百花洲，香残燕子楼。一团团逐对（队）成毬。飘泊亦如人命薄，空缱绻，说风流。　草木也知愁，韶华竟白头。叹今生谁拾（舍）谁收。嫁与东风春不管，凭尔去，忍淹留。"上下片应该各有四句，押平声韵，上片韵脚为洲、楼、毬、流，下片为愁、头、收、留。"草木也知愁"和"韶华竟白头"应该是两句，而不应是一句，蒙府本和戚序本合成一句是抄写中出现的相同舛错。

总之，蒙府本和戚序本具有较为显著的共同特点。这些特点不仅表现在文字上，也表现于行款乃至习惯写法上。在文字方面，蒙府本和戚序本与其他抄本相比，共同特点十分明显：或者是在其他抄本有不同写法的情况下，此二本却完全一致；或者是各抄本之间并无差异，这两本却又另有同样的异文。这种现象说明，两本可能拥有共同的祖本。

（二）关于蒙府本和戚序本中改文的不同

通过和其他脂本比对，我们发现《柳絮词》在蒙府本和戚序本中有一些文字与其他版本不同。（见表 13、表 14）

表 13

蒙府本	其他版本
玄掛纖纖縷	空掛纖纖縷
隨堤點綴無窮	隋堤點綴無窮
蜂團蝶陣亂粉粉	蜂團（圍）蝶陣乱紛紛

表 14

戚序本	其他版本
落去君休惜飛来我自知	落去君休惜　飛来我自知
誰知香雪簾櫳	誰家香雪簾櫳

表 13、表 14 中，蒙府本出现了改文"玄""隨""粉"，戚序本"誰"字后为"知"字，这些字在其他版本中没有出现，应该属于讹误。关于蒙府本，林冠夫曾经说过："这是一个过录本。……这个本子与各脂本的异文中，有相当一部分是属于此本在过录的过程中因传抄的讹误而产生的。"[1] 戚序本和其他版本的异文，也应该是抄写错误。由于抄手的文化水平不高，加以过录中又马虎草率，以至于产生这种属于过录中的种种问题。[2] 从这些不同的错误可以看出，蒙府本和戚序本的改文是分别进行的。蒙府本和戚序本可能有共同的祖本，而且在抄写过程中又各自修改了文字，所以二者应该是兄弟关系。

本文从诗词的抄写形式这一视角来研究《红楼梦》版本问题，选择了五首代表人物性格的《柳絮词》作为探讨各抄本之间关系的新材料，并通过各版本《柳絮词》中字体、异文、断句以及重复字处理方式等现象的比对与分析，对各版本之间的关系又有了新的开掘：己卯本上的《柳絮词》朱笔旁添的文字，并非陶洙校改，而是己卯本原有的，是某藏者根据程甲本校改的痕迹。而且从

---

[1] 林冠夫：《论王府本——〈红楼梦版本论〉之一》，《红楼梦学刊》1981 年第 1 辑。

[2] 参见林冠夫《论王府本——〈红楼梦版本论〉之一》，《红楼梦学刊》1981 年第 1 辑。

断句中出现的讹误，可以推知己卯本和庚辰本并非作者手稿，皆为过录本；杨藏本第七十回的底本有可能是己卯本；蒙府本和戚序本是兄弟关系；等等。上述考辨，可以给《红楼梦》版本研究，尤其是各抄本之间关系问题的探究，提供一些新的证据。而这种以诗词抄写形式为切入点的方法是否可以为《红楼梦》版本研究提供新的门径？还期待方家指教。

（与戴永新合著，原载《红楼梦学刊》2014年第1辑）

《红楼梦》杨藏本底文的独立性

——从程本多出的文字"金陵""南边""南方"谈起

内容提要

《红楼梦》杨继振藏本与程本的先后问题备受关注。从"金陵""南边"和"南方"等词语的检索入手，比对后发现，杨本提及南方之事的次数比程本少，程本有明显的强调南方信息的倾向。如第九十七回宝钗的婚礼描写，"要拜堂时冷冷清清的使不得"说明杨藏本从底文到改文都优于程本；程乙本的"要拜堂的"和"使不的"，显示杨藏本并非完全源自对程乙本的删节。第一百十九回，杨本底文是"皇上传旨询问两个姓贾的是否贾妃一族"，句子顺畅；而程本在"两个姓贾的"后面多出"是金陵人氏"五字，以烦琐的句式来突出"金陵"。杨藏本底文的文字简洁自然，自成体系，与程甲本、程乙本相比，不乏独立性和逻辑性。没有像程本那样强调"南方"信息，说明杨藏本后四十回依然处于尚未成熟的过录本阶段。

关键词

《红楼梦》 ｜ 杨藏本 ｜ 杨藏本底文 ｜ 独立性

清末杨继振旧藏的百二十回《红楼梦》抄本（简称"杨藏本""杨本"）自1959年被披露，至今仍然令红学界瞩目。因藏书者杨继振及其友人曾认为这是

"兰墅太史手定《红楼梦稿》百廿卷"[1]，且"中华书局上海编辑所影印出版此书，定名为《乾隆抄本百廿回本红楼梦稿》"[2]，故简称"梦稿本"。书中有大量删改的文字，曾与原来的文字并称为改文与原文或繁文与简文，为客观起见，笔者采用改文与底文[3]的表述方法。

范宁先生认为杨本可能是高鹗修订过程中所用的底本。吴世昌先生与其展开过"高续说与非高续说"的论争，均以杨藏本后四十回中的十九回原抄正文和添补文字为据。"红楼梦稿"的说法随着金品芳、朱淡文等人通过版本的比对所得出的结论而被打破。金品芳认为："原抄正文不是程甲本刊行前高鹗或他人的'初稿'，而是据程乙本的删改本过录的，它不能作为高续说或非高续说的依据。"[4]指出杨本后四十回在程本之后产生。朱淡文在《红楼梦论源》中通过对程甲本、程乙本、杨藏本第八十一回宝玉路遇四美钓鱼，第一百十八回惜春出家、第一百二十回没有前文却出现"仍旧写家书"等内容的版本比对，推断杨本原抄系据程本删削所致，杨藏本后四十回中不同于程甲、乙的十九回系据程乙本（由于其他二十一回系照程乙本过录，故此十九回所据亦应系程乙本）删节抄录。[5]结论指向杨本后四十回是程乙本缩写的说法。陈庆浩先生一直关注程乙本的问题，在他的鼓励之下，台湾东华大学的研究生蔡芷瑜于2012年6月完成了硕士学位论文《〈乾隆抄本百廿回红楼梦稿〉后四十回中有改文的十九回研究》。通过对杨藏本中有改文的十九回与程本系统进行比对，"从抄

[1]（清）曹雪芹：《乾隆抄本百廿回本红楼梦稿·序》，人民文学出版社2010年影印本，第8页。

[2]（清）曹雪芹：《乾隆抄本百廿回本红楼梦稿·序》，人民文学出版社2010年影印本，第1页。

[3]底文，指杨藏本修改之前的文字，陈庆浩和李鹏飞先生近年研讨中用此概念，笔者认为相对客观。张爱玲曾云此本"后四十回的原底大概比程高本早"，也称"原底"。参见张爱玲《红楼梦魇》，北京十月文艺出版社2009年版，第12页。

[4]金品芳：《谈杨继振藏本后四十回中十九回上的添补文字》，《红楼梦学刊》1995年第2辑。

[5]参见朱淡文《红楼梦论源》，江苏古籍出版社1992年版，第335—347页。

写格式及各回原文中多有矛盾不能自足的段落，认为杨藏本原文系一删节本，且原文与程乙本文字多相同，是自程乙本节本过录；改文部分前十四回据程乙本添补，后五回据程甲本添补。杨藏本为程甲本、程乙本之后的本子"[1]。

与之相反的是，范宁关于杨本为程本的工作底本的看法曾得到潘重规、王三庆等学者的认同。林冠夫先生认为，杨本后四十回中，有十九回的底本源自"既不同于程甲也不同于程乙的一个特殊的本子"，其"文字虽简略，但却准确无误"，"杨本（原文）要早于程本，程本只是在杨本的基础上加工发展。也就是说，在程本摆字付印之前，已经流传过一个文字比较简略的后四十回本了"。[2]耿晓辉和曹立波在《杨本后四十回与程乙本的关系考辨》中提出："从后四十回文字的演变趋于复杂化和口语化等规律来看，可以推断杨本出现在程本之前的可能性更大。"[3]

在上述研究的基础上，本文通过对程本、杨本底文和改文的版本比对，将"金陵""南边"和"南方"等词语在各本中穷尽搜索，发现程甲本、程乙本中"金陵""南边"和"南方"的描写多于杨藏本底文和改文，根据南方情节在四个本子中前后文的内涵可以推知，杨本不是单纯地从程本中删削而来的，杨藏本底文有其独立性。

一、从"金陵"在杨藏本底文、改文及程本中的异同分析杨藏本底文的特性

《红楼梦》前几回中交代了贾家、薛家、史家原籍，出现"金陵""南边"和"南方"等字样呼应前文。

---

[1] 蔡芷瑜：《〈乾隆抄本百廿回红楼梦稿〉后四十回中有改文的十九回研究》，硕士学位论文，台湾东华大学，2012年，第2页。

[2] 参见林冠夫《红楼梦版本论》，文化艺术出版社2007年版，第151—157页。

[3] 耿晓辉、曹立波：《杨本后四十回与程乙本的关系考辨》，《红楼梦学刊》2010年第4辑。

将这三个词在杨藏本底文、改文和程甲本、程乙本中进行穷尽检索后发现,"金陵"一词在程甲本14个章回中出现26次,程乙本出现25次,杨本出现了24次;"南边""南方"在程甲本16个章回中出现31次,程乙本同程甲本亦为31次,杨本27次。

虽然数字差距并不大,只有2次、4次的差异,但从趋势上反映出杨本提及南方事的次数比程本少,程本存在强调与南方相关信息的倾向,这表明杨本底文是有其特殊性的。

例1,《红楼梦》第九十七回在宝玉与宝钗的婚礼描写中,程本当中尤其是程甲本,多次提及贾府原籍为南方。(见表1、表2)

通过比对表1中的四段文字,不难发现一些值得思考的现象。

杨藏本底文 拜堂时冷冷清清的,使不得。[1]

杨藏本改文 虽有服,外头不用鼓乐,咱们家的规矩要,拜堂时冷冷清清的,使不得。[2]

程甲本 虽然有服,外头不用鼓乐,咱们南边规矩,要拜堂的,冷清清,使不得。[3]

程乙本 虽然有服,外头不用鼓乐,咱们家的规矩,要拜堂的,冷清清的,使不的。[4]

［1］（清）曹雪芹:《乾隆抄本百廿回本红楼梦稿》,人民文学出版社2010年影印本,第1091页。

［2］（清）曹雪芹:《乾隆抄本百廿回本红楼梦稿》,人民文学出版社2010年影印本,第1091页。

［3］（清）曹雪芹:《程甲本红楼梦》,沈阳出版社2006年影印本,第2683页。

［4］（清）曹雪芹:《程乙本红楼梦》,中国书店2011年影印本,第667页。

表 1 《红楼梦》第九十七回宝钗婚礼描写的对照表之一

正文位置	杨藏本底文	杨藏本改文	程甲本[1]	程乙本[2]
第九十七回	又听见凤姐和王夫人说道："拜堂时冷冷清清的，使不得。我传了家里学过音乐管过戏的那些女人来吹打着，热闹些。"王夫人点头说："使得。"	又听见凤姐和王夫人说道："虽有服，外头不用鼓乐，咱们家的规矩要，拜堂时冷冷清清的，使不得。我传了家里学过音乐管过戏的那些女人来吹打着，热闹些。"王夫人点头说："使得。"	又听见凤姐与王夫人道："虽然有服，外头不用鼓乐，咱们南边规矩，要拜堂的，冷清清，使不得。我传了家内学过音乐管过戏子的那些女人来吹打，热闹些。"王夫人点头说："使得。"	又听见凤姐和王夫人说道："虽然有服，外头不用鼓乐，咱们家的规矩，要拜堂的，冷清清的，使不的。我传了家里学过音乐管过戏的那些女人来吹打着，热闹些。"王夫人点头说："使得。"

表 2 《红楼梦》第九十七回宝钗婚礼描写的对照表之二

正文位置	杨藏本底文	杨藏本改文	程甲本	程乙本
第九十七回	下首扶新人的就是雪雁。宝玉看见竟如见了黛玉的一般，拜了天地。请出贾母受了四拜，后请贾政夫妇登堂，行礼毕，送入洞房。还有坐帐等事，俱是按本府旧例，不必细说	下首扶新人的就是雪雁。宝玉看见竟如见了黛玉的一般。傧相喝礼，拜了天地。请出贾母受了四拜，后请贾政夫妇登堂，行礼毕，送入洞房。还有坐帐等事，俱是按本府旧例，不必细说[3]	下首扶新人的你道是谁，原来就是雪雁。宝玉看见雪雁，犹想，因何紫鹃不来，倒是他呢？又想道，是了，雪雁原是他南边家里带来的，紫鹃仍是我们家的，自然不必带来。因此见了雪雁竟如见了黛玉的一般欢喜。傧相赞礼，拜了天地。请出贾母受了四拜后，请贾政夫妇登堂，行礼毕，送入洞房。还有坐床撒帐等事，俱是按金陵旧例[4]	下首扶新人的你道是谁，原来就是雪雁。宝玉看见雪雁，犹想，因何紫鹃不来，倒是他呢？又想道，是了，雪雁原是他南边家里带来的，紫鹃是我们家的，自然不必带来。因此见了雪雁竟如见了黛玉的一般欢喜。傧相喝礼，拜了天地。请出贾母受了四拜后，请贾政夫妇等登堂，行礼毕，送入洞房。还有坐帐等事，俱是按本府旧例，不必细说[5]

[1]（清）曹雪芹：《程甲本红楼梦》，沈阳出版社 2006 年影印本。

[2]（清）曹雪芹：《程乙本红楼梦》，中国书店 2011 年影印本。

[3]（清）曹雪芹：《乾隆抄本百廿回本红楼梦稿》，人民文学出版社 2010 年影印本，第 1091 页。

[4]（清）曹雪芹：《程甲本红楼梦》，沈阳出版社 2006 年影印本，第 2658 页。

[5]（清）曹雪芹：《程乙本红楼梦》，中国书店 2011 年影印本，第 667 页。

综合观之，杨藏本底文的这段描写"拜堂时冷冷清清的，使不得"，简明通顺。杨藏本改文在"拜"字前添加一行字"虽有服，外头不用鼓乐，咱们家的规矩要"，与下文"拜堂时冷冷清清的，使不得"衔接紧密，表述连贯。从底文到改文，杨藏本用"使不得"，是在强调拜堂那个时候的气氛，认为不能"冷冷清清的"。所以，"时"字在强调时间。"拜堂时"与"冷冷清清"，恰好是时间与空间的极不和谐，所以"使不得"。而程甲本和程乙本都作"要拜堂的"，意在突出这个"规矩"。而程乙本又将"使不得"改为"使不的"，语义不通。"南边"二字显示，杨藏本改文作"咱家"，与程甲本不同，接近程乙本。但"要拜堂时"说明杨藏本从底文到改文，都优于程甲本和程乙本之"要拜堂的"。假设杨藏本是从程乙本删节而来的话，程乙本的"要拜堂的"和"使不的"，杨藏本并没有照抄。从"时"字和"得"字来看，杨藏本有自己的独立意识。

进而可以推知，程甲本作"咱们南边规矩"，强调了"南边"，而程乙本又改为"咱家"。程乙本修订时，将程甲本第九十七回的"咱们南边规矩"去掉"南边"字样，改成"咱们家的规矩"，也许参考了杨藏本之类抄本上的文字。

描写宝钗婚礼时，第九十七回王夫人的话须引起注意：

杨本底文　……还有<u>坐帐</u>等事，俱是按<u>本府旧例</u>。
杨本改文　<u>咱们家的规矩</u>，……还有<u>坐帐</u>等事，俱是按<u>本府旧例</u>。
程甲本　<u>咱们南边规矩</u>，……还有<u>坐床撒帐</u>等事，俱是按<u>金陵旧例</u>。
程乙本　<u>咱们家的规矩</u>，……还有<u>坐帐</u>等事，俱是按<u>本府旧例</u>。

关于宝钗婚礼，前半部分强调拜堂和气氛，后半部分是关于<u>坐床撒帐</u>的习俗。杨本底文、改文和程乙本均为"本府旧例"，程甲本为"金陵旧例"。如果单从"坐床撒帐"的习俗来看，杨藏本和程乙本表述相似，为"本府旧例"，这两个本子关系比较密切。张爱玲在写《红楼梦魇》时也关注到这一点。[1]程甲本在此处道："咱们南边规矩要拜堂的……还有坐床撒帐等事，俱是按金陵旧例。"程甲本对"南边"和"金陵"的突出表现告诉读者，宝钗的婚礼就是按照南方的规矩、金陵的旧例来安排的。意在强调这是南方的规矩，与当地的婚俗不同。

例2，《红楼梦》第一百十九回，程本与杨本底文出现"金陵"的次数不同。（见图1、图2、图3）

杨藏本底文 见第七名贾宝玉是金陵籍贯，第一百三十名又是金陵贾兰，皇上传旨询问，两个姓贾的，是否贾妃一族。[2]

杨藏本改文 见第七名贾宝玉是金陵籍贯，第一百三十名又是金陵贾兰，皇上传旨询问，两个姓贾的，是否贾妃一族。[3]

程甲本 见第七名贾宝玉是金陵籍贯，第一百三十名又是金陵贾兰，皇上传旨询问，<u>两个姓贾的是金陵人氏</u>，是否贾妃一族。[4]

程乙本 见第七名贾宝玉是金陵籍贯，第一百三十名又是金陵贾兰，皇上传旨询问，<u>两个姓贾的是金陵人氏</u>，是否贾妃一族。[5]

---

[1] 张爱玲《红楼梦魇》亦写道："第九十六回已经说：'照南边规矩，拜了堂一样坐床撒帐……'第九十七回凤姐又说：'虽然有服，外头不用鼓乐，咱们南边规矩要拜堂的，冷清清的使不得。我传了家内学过音乐管过戏子的那些女人来吹打，热闹些。'以上三个本子相同，旧本写'送入洞房，还有坐帐等事，但是按本府旧例，不必细说'。这是因为避免重复。甲本却改为'还是坐床撒帐等事，俱是按金陵旧例'，又点一句原籍南京，表示不是满人。"此处所讲的旧本应该是杨藏本，张爱玲看出乙本和旧本皆为"本府旧例"，而甲本是"金陵旧历"。只是"旧本"的"但是"经与杨本核对，应为"俱是"。张爱玲：《红楼梦魇》，北京十月文艺出版社2009年版，第16页。

[2] （清）曹雪芹：《乾隆抄本百廿回本红楼梦稿》，人民文学出版社2010年影印本，第1333页。

[3] （清）曹雪芹：《乾隆抄本百廿回本红楼梦稿》，人民文学出版社2010年影印本，第1333页。

[4] （清）曹雪芹：《程甲本红楼梦》，沈阳出版社2006年影印本，第3244页。

[5] （清）曹雪芹：《程乙本红楼梦》，中国书店2011年影印本，第813页。

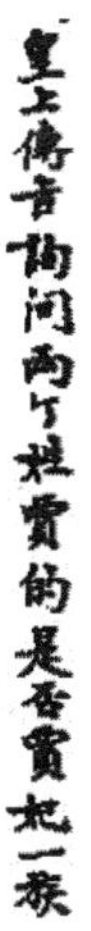

皇上傳旨詢问两个姓賈的是否賈妃一族

图 1　杨藏本书影

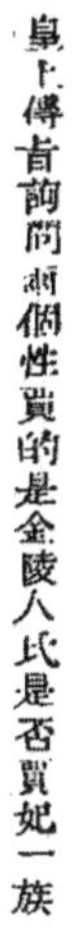

皇上傳旨詢問兩個姓賈的是金陵人氏是否賈妃一族

图 2　程甲本书影

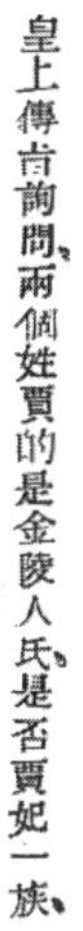

皇上傳旨詢問、兩個姓賈的是金陵人氏。是否賈妃一族、

图 3　程乙本书影

杨藏本和程甲本、程乙本写道“第七名贾宝玉是金陵籍贯”“第一百三十名又是金陵贾兰”，交代了宝玉与贾兰均为金陵籍贯。皇上传旨询问两人时，杨藏本底文说“皇上传旨询问两个姓贾的是否贾妃一族”，程甲本、程乙本多出来“是金陵人氏”五个字，为“皇上传旨询问，两个姓贾的是金陵人氏，是否贾妃一族”。

这组例句显示，杨藏本的文字更具合理性。首先在句子结构上，杨本底文这个句子“两个姓贾的”做主语，简洁明了；而程本中“两个姓贾的是金陵人氏”本身又构成了一个判断句，相对复杂而累赘。其次在语义上，此回宝玉虽走失，但考取了功名，贾兰只得先去谢恩，皇上披阅卷子，“见第七名贾宝玉是金陵籍贯，第一百三十名又是金陵贾兰，便传旨询问这两个姓贾的是否贾妃一族”，前面三个本子都一一交代了宝玉是金陵籍贯，贾兰也是金陵籍贯，杨藏本直接问这两个姓贾的是否为贾妃一族，读者都能明白“两个姓贾的都是金陵人氏”。而程甲本、程乙本又多一处“金陵”，虽然文意前后呼应，但略显重复。

例 3，《红楼梦》第一百二十回中杨本底文、杨本改文、程甲本、程乙本中均有“金陵”，但前后内容有所差异。

杨藏本底文 且说贾政扶贾母灵柩，到了金陵，安了葬。贾蓉<u>又</u>送代玉的灵也去安葬。[1]

杨藏本改文 且说贾政扶贾母灵柩，<u>贾蓉送秦氏凤姐鸳鸯的棺木</u>，到了金陵，先安了葬。贾蓉<u>又</u>送代玉的灵也去安葬。[2]

程甲本 且说贾政扶贾母灵柩，<u>贾蓉送了秦氏凤姐鸳鸯的棺木</u>，到了金陵，先安了葬。贾蓉<u>自</u>送黛玉的灵也去安葬。[3]

程乙本 且说贾政扶贾母灵柩，<u>贾蓉送了秦氏凤姐鸳鸯的棺木</u>，到了金陵，先安了葬。贾蓉自送黛玉的灵也去安葬。[4]

　　杨藏本底文、改文和程甲本、程乙本均为"且说贾政扶贾母灵柩"，接下来杨藏本改文加上"贾蓉送秦氏凤姐鸳鸯的棺木"，而程甲本、程乙本均作"贾蓉送了秦氏凤姐鸳鸯的棺木"，只多出一个"了"字，杨藏本底文没有此情节。也就是说后三个本子除了送贾母的灵柩还有秦氏、凤姐、鸳鸯的棺木。四个本子接下来都提到黛玉的灵柩，但不同的是程甲本、程乙本为贾蓉"自"送黛玉的灵去安葬，杨藏本底本与改文则为贾蓉"又"送黛玉的灵也去安葬。

　　假设杨藏本底文是对程乙本的缩写，删除的应该是黛玉，而不应是与贾蓉有密切关系的秦氏，甚至程乙本中强调的与他有暧昧关系的凤姐，所以杨藏本底文不是对程乙本的简单缩写。[5]杨藏本底文的"又送"比程本的"自送"显

---

[1]（清）曹雪芹：《乾隆抄本百廿回本红楼梦稿》，人民文学出版社 2010 年影印本，第 1339 页。

[2]（清）曹雪芹：《乾隆抄本百廿回本红楼梦稿》，人民文学出版社 2010 年影印本，第 1339 页。

[3]（清）曹雪芹：《程甲本红楼梦》，沈阳出版社 2006 年影印本，第 3225 页。

[4]（清）曹雪芹：《程乙本红楼梦》，中国书店 2011 年影印本，第 816 页。

[5] 陈庆浩先生与蔡芷瑜的《〈红楼梦〉后四十回版本研究——以杨藏本为中心》一文，认为杨藏本这十九回底文为程乙本的删节本，增删改文中的前十四回是据程乙本增补，后五回则据程甲本增补，结论是杨藏本后四十回，在程乙本出版后才可能产生。文中也涉及此例，认为："在杨藏本底文仅提及贾政扶贾母灵柩、贾蓉送黛玉的棺木，但是实际上秦可卿是贾蓉之妻，不能不提，凤姐鸳鸯也是重要脚色，漏了他们只单写贾母与黛玉是有问题的。（转下页）

得顺畅，因为"贾蓉又送"是针对贾政送贾母灵柩而言的。这里没有提及黛玉的灵柩在何处安葬，抑或葬在其父亲的葬身之地扬州，有"致使香魂返故乡"之意。杨藏本改文的"又送"是针对贾蓉自己而言的，送完秦氏、凤姐等人的棺木，再送黛玉的灵柩。程甲本、程乙本的"贾蓉自送"是在强调贾蓉自己送黛玉的灵去安葬。这两个本子在文字上已经表示出分工，贾政扶贾母灵柩，贾蓉送秦氏等灵柩，这里黛玉的灵柩就不用再强调是贾蓉自己送去安葬了。所以，相比之下，杨藏本的"贾蓉又送代玉的灵也去安葬"，在语气上似更自然。

二、"南方""南边"在程甲本、程乙本、杨藏本底文及改文中的异同

例4，《红楼梦》第八十一回宝玉入家塾的情节，与杨本相比，程本强调要找一个南方先生作塾师。

杨藏本底文 贾母道："你这话说的也是！"遂叫鸳鸯等传饭。只见玉钏儿走来对王夫人道："老爷要找一件什么东西，请太太自己去找一找呢。"贾母道："你去罢。"王夫人答应着，便留下凤姐儿伺候，自己退了出来。回至房中，贾政便问道："我想起一件事来了，宝玉这孩子天天放在园子里，也不是一件事。生女儿不得济，还是别人家的人；生儿不济，关系非浅。□□塾中儒大太爷虽学问平常，还惮压得住，不至以颟顸了事。我想宝玉闲着总不好，不如仍旧叫他家塾中读书去罢了。"王夫人道："此话狠是。"又说些闲话不题。[1]

杨藏本改文 贾母道："你这话说的也是，这样事，没有对证，也难作准。只是佛菩萨看的真。他们姐儿两个如今又比谁不济了呢？罢了，过去的事凤哥

（接上页）改文便做了补充。另外从底文文意来看，贾母到金陵去安了葬，'贾蓉又送代玉的灵也去安葬'，读起来黛玉与贾母同被送往金陵安葬，但是这并不合理，黛玉应该送往苏州而非金陵。"参见《中国文化研究》2013年第4期。

[1]（清）曹雪芹：《乾隆抄本百廿回本红楼梦稿》，人民文学出版社2010年影印本，第923页。

儿也不必提了。今日你合太太都在我这边吃了晚饭再过去罢。"遂叫鸳鸯等传饭。风姐赶忙笑道:"怎么老祖宗倒操心起来。"王夫人也笑了。只见外头几个媳妇伺候,风姐连忙告诉小丫头子传饭:"我合太々都跟着老太々吃。"正说着,只见玉钏儿走来对王夫人道:"老爷要找一件什么东西,请太々伺候了老太々的饭完了自己去找一找呢。"贾母道:"保不住你老爷有要紧的事,你去罢。"王夫人答应着,便留下风姐伺候,自己退了出来。回至房中,合贾政说了两句话,把东西找了出来。[1]

程甲本 贾母道:"你这话说的也是,这样事,没有对证,也难作准。只是佛爷菩萨看的真,他们姐儿两个如今又比谁不济了呢。罢了,过去的事,风哥儿也不必提了。今日你合你太太都在我这边吃了晚饭再过去罢。"遂叫鸳鸯琥珀等传饭。风姐赶忙笑道:"怎么老祖宗倒操起心来!"王夫人也笑了。只见外头几个媳妇伺候。风姐连忙告诉小丫头子传饭:"我合太太都跟着老太太吃。"正说着,只见玉钏儿走来对王夫人道:"老爷要找一件什么东西,请太太伺候了老太太的饭,完了自己去找一找呢。"贾母道:"你去罢,保不住你老爷有要紧的事。"王夫人答应着,便留下风姐儿伺候,自己退了出来。

回至房中,合贾政说了些闲话,把东西找了出来。贾政便问道:"迎儿已经回去了,他在孙家怎么样?"王夫人道:"迎丫头一肚子眼泪,说孙姑爷凶横的了不得。"因把迎春的话述了一遍。贾政叹道:"我原知不是对头,无奈大老爷已说定了,教我也没法。不过迎丫头受些委屈罢了。"王夫人道:"这还是新媳妇,只指望他巳后好了好。"说着,嗤的一笑。贾政道:"笑什么?"王夫人道:"我笑宝玉,今儿早起特特的到这屋里来,说的都是些孩子话。"贾政道:"他说什么?"王夫人把宝玉的言语笑述了一遍。贾政也忍不住的笑,因又说道:"你提宝玉,我正想起一件事来。这小孩子天天放在园里,也不是事。生女儿不得济,还是别人家的人;生儿若不济事,关系非浅。前日倒有人和我提

---

[1] (清)曹雪芹:《乾隆抄本百廿回本红楼梦稿》,人民文学出版社 2010 年影印本,第 923 页。

起一位先生来，学问人品都是极好的，也是<u>南边人</u>。但我想南边先生性情最是和平，咱们城里的孩子，个个踢天弄井，鬼聪明倒是有的，可以搪塞就搪塞过去了；胆子又大，先生再要不肯给没脸，一日哄哥儿是的，没的白耽误了。所以老辈子不肯请外头的先生，只在本家择出有年纪再有点学问的请来掌家塾。<u>如今儒大太爷虽学问也只中平，但还弹压的住这些小孩子们，不至以颠顶了事</u>。我想宝玉闲着总不好，不如仍旧叫他家塾中读书去罢了。"王夫人道："老爷说的<u>狠</u>是。自从老爷外任去了，他又常病，竟耽搁了好几年，如今且在家学里温习温习也是好的。"贾政点头，<u>又说些</u>闲话不题。[1]

程乙本　　贾母道："你这话说的<u>也</u>是，这样事，没有对证，也难作准。只是佛爷菩萨看的真，他们姐儿两个如今又比谁不济了呢。罢了，过去的事，凤哥儿也不必提了。今日你合你太太都在我这边吃了晚饭再过去罢"<u>遂叫鸳鸯琥珀等</u>传饭。凤姐赶忙笑道："怎么老祖宗倒操起心来！"王夫人也笑了。只见外头几个媳妇伺候。凤姐连忙告诉小丫头子传饭："我合太太都跟着老太太吃。"正说着，只见<u>玉钏儿走来对王夫人道</u>："老爷要找一件什么东西，请太太伺候了老太太的饭完了，<u>自己去找一找呢</u>。"贾母道："你去罢，保不住你老爷有要紧的事。"王夫人答应着，便留下凤姐儿伺候，自己退了出来。

回至房中，合贾政说了<u>些</u>闲话，把东西找出来。<u>贾政便问道</u>："迎儿已经回去了，他在孙家怎么样？"王夫人道："迎丫头一肚子眼泪，说孙姑爷凶横的了不得。"因把迎春的话述了一遍。贾政叹道："我原不知是对头，无奈大老爷已说定了，叫我也没法。不过迎丫头受<u>些</u>委屈罢了。"王夫人道："这还是新媳妇，只指望他巳后好了好。"说着，嗤的一笑。贾政道："笑什么？"王夫人道："我笑宝玉儿，早起特特的到这屋里来说的都是<u>些</u>小孩子话。"贾政道："他说什么？"王夫人把宝玉的言语笑述了一遍。贾政也忍不住的笑，因又说道："你提宝玉，<u>我正想起一件事来了。这孩子天天放在园里，也不是事</u>。生女儿不得

---

[1]（清）曹雪芹：《程甲本红楼梦》，沈阳出版社2006年影印本，第2251页。

济，还是别人家的人；生儿若不济事，关系非浅。前日倒有人和我提起一位先生来，学问人品都是极好的，也是南边人。但我想南边先生性情最是和平，咱们城里的孩子，个个踢天弄井，鬼聪明倒是有的，可以搪塞就搪塞过去了；胆子又大，先生再要不肯给没脸，一日哄哥儿是的，没的白耽误了。所以老辈子不肯请外头的先生，只在本家里择出有年纪再有点学问的请来掌家塾。如今儒大太爷虽学问也只中平，但还弹压的住这些小孩子们，不至以颟顸了事。我想宝玉闲着总不好，不如仍旧叫他家塾中读书去罢了。"王夫人道："老爷说的狠是。自从老爷外任去了，他又常病，竟耽搁了好几年，如今且在家学里温习温习也是好的。"贾政点头，又说些闲话不题。[1]

此处杨藏本底文的描写简洁明了[2]，而程甲本、程乙本内容冗长。意在为宝玉选一个私塾先生，在程甲本、程乙本中强调找的先生"学问人品都是极好的，也是南边人"，又指出"南边先生性情最是和平"。教书育人这件事应该注重先生的学识，而不应该强调南方人或北方人，程甲本、程乙本的描写虽显牵强，但不免透露出侧重表现"南边人"的信息。

我们再聚焦于几个本子在这一处的异文：

杨藏本底文　塾中儒大太爷虽学问平常，还惮压得住，不至以颟顸了事。

杨藏本改文　（勾掉了这段话）

程甲本　如今儒大太爷虽学问也只中平，但还弹压的住这些小孩子们，不

---

[1]（清）曹雪芹：《程乙本红楼梦》，中国书店 2011 年影印本，第 556 页。

[2] 林冠夫先生三十年前即认为："从杨本与程乙本的异文，即杨本原文与改文的异文看，程本常常出现一些'文理荒谬'的现象。这样，孰先孰后，就比较易于判别了。"并就第八十一回四美钓鱼的一段异文说明杨本底文巧用限知叙事，明确指出："原文虽简单，却很准确。改文字数增加不少，把'杨叶窜儿'移动了位置，结果却弄巧成拙。"参见林冠夫《谈杨本》，《红楼梦研究集刊》1980 年第 2 辑。

至以颟顸了事。

　　程乙本　如今儒大太爷虽学问也只中平，但还弹压的住这些小孩子们，不至以颟顸了事。

　　对儒大太爷的评价，杨藏本底文与程本在表述上存在差异，程甲本与程乙本的文字较为接近。杨藏本写到了"塾中"，点明儒大太爷的身份和工作地点，并指出他"学问平常"。程甲本、程乙本没有"塾中"二字，却强调了时间点"如今"，贾政说他"学问也只中平"。比较而言，杨本底文的"塾中"比程本的"如今"更为贴切，因为贾代儒本身就是私塾先生，"塾中"这样的空间定位是准确的。联系后面的内容，在程本的语境中，贾政对贾代儒这位先生并非十分满意。实际上，贾政和王夫人在讨论请谁来教书时权衡利弊，儒大太爷是比较合适的人选。所以，杨本的"塾中儒大太爷虽学问平常，还……"语义更显顺畅。

　　例5，《红楼梦》第九十七回中程本强调贾府原籍为南方。

　　杨藏本底文　李纨道："倒是雪雁去罢，也是一样的。"林家的道："那么着就叫雪姑娘跟了我去。"说着，平儿已叫住雪雁人来，换了衣服，跟着林家的去了。[1]

　　杨藏本改文　李纨在旁解说道："当真的林姑娘和这丫头也是前世的缘法儿。倒是雪雁是他南边带来的，他倒不理会。惟有紫鹃，我看他两个一时也离不开。"林之孝家的头里听了紫鹃的话，未免不受用，被李纨这一番话，却也没有说的了，又见紫鹃哭的泪人一般。说着，平儿叫换了新鲜衣服，跟着林家的去了。[2]

---

　　[1]（清）曹雪芹：《乾隆抄本百廿回本红楼梦稿》，人民文学出版社2010年影印本，第1088页。
　　[2]（清）曹雪芹：《乾隆抄本百廿回本红楼梦稿》，人民文学出版社2010年影印本，第1088页。

程甲本　<u>李纨</u>在旁解说道："当真这（的）林姑娘和这丫头也是前世的缘法儿。<u>倒是雪雁是他南边</u>带来的，他倒不理会。惟有紫鹃，我看他两个一时也离不开。"林之孝家的头里听了紫鹃的话，未免不受用，被李纨这番一说，却也没的说（的了），又见紫鹃哭得泪人一般，只好瞅着他微微的笑，因又（因又）说道："紫鹃姑娘这些闲话倒不要紧，只是他（你）却说得我可怎么回老太太呢。况且这话是告诉得二奶奶的吗！"

正说着，平儿擦着眼泪出来道："告诉二奶奶什么事？"林之孝家的将方才的话说了一遍。平儿低了一回头，说："这么着罢，就叫<u>雪姑娘去罢</u>。"<u>李纨</u>道："他使得吗？"平儿走到李纨耳边说了几句，李纨点点头儿<u>道</u>："既是这（这著）么着，就叫<u>雪雁过去也是一样的</u>。"林之孝家的因问平儿道："雪姑娘使得吗？"平儿道："使得，都是一样。"林家的道："那么（着）姑娘就快叫雪姑娘跟了我去。我先去（去）回了老太太和二奶奶，这可是大奶奶和姑娘的主意。回来姑娘再各自回二奶奶去。"李纨道："是了。你这么大年纪，连这么点子事还不耽呢。"林家的笑道："不是不耽，头一宗这件事老太太和二奶奶办的（的事），我们都不能狠明白；再者又有大奶奶和平姑娘呢。"说着，平儿已叫了雪雁出来。原来雪雁因这几日（黛玉）嫌他小孩子家懂得什么，便也把心冷淡了。况且听是老太太和二奶奶叫，也不敢不去。连忙收拾了头，<u>平儿叫他换了新鲜衣服，跟着林家的去了</u>。[1]

程乙本　<u>李纨</u>在旁解说道："当真的林姑娘和这丫头也是前世的缘法儿。<u>倒是雪雁是他南边</u>带来的，他倒不理会。惟有紫鹃，我看他两个一时也离不开。"……<u>平儿叫他换了新鲜衣服，跟着林家的去了</u>。[2]（程乙本同程甲本相比存在略微差异，多出"的""的了""你""著""着""事""黛玉"9个字，少了"这""去""的"3个字，在程甲本例文中用括号标出）

[1]（清）曹雪芹：《程甲本红楼梦》，沈阳出版社 2006 年影印本，第 2679 页。

[2]（清）曹雪芹：《程乙本红楼梦》，中国书店 2011 年影印本，第 666 页。

此处描写的是王熙凤调包计中需要林黛玉的一个丫鬟去陪着宝钗做诱饵，李纨和平儿商量着紫鹃不成用雪雁替代的事。杨藏本底文简明扼要，仅用一行半的文字就描述了整个过程，而程甲本、程乙本用十三行文字来渲染此事。此时林黛玉奄奄一息，王熙凤的调包计亟待实施，恐被宝玉发现，时间非常紧急，所以李纨道："倒是雪雁去罢，也是一样的。"林家的道："那么着就叫雪姑娘跟了我去。"说着平儿已叫住雪雁人来，换了衣服跟着林家的去了。此处顺理成章，符合当时的情形，而且言简意赅。

但到了程甲本和程乙本，先描写紫鹃对黛玉的姐妹深情，又说雪雁是南边带来的反而冷静。使用雪雁的主意，在杨藏本底文中是李纨提出来的，在程本中则为平儿。而且，又写了李纨、林之孝家的两个人分别问平儿雪雁是否使得，平儿一再回答"使得"。接着描写林之孝的办事态度，雪雁为何心冷淡，一一交代后，才将雪雁带走。程甲本、程乙本欲表达细节，反而使得文句过于冗长。写到雪雁与紫鹃相比，对黛玉较为冷淡，原因仅为"南边带来的"，如果是南边带来的应该与黛玉的关系更密切才合理。此处似乎只在强调南方问题，反而淡化了逻辑关系。在杨藏本改文中增添了紫鹃与黛玉缘深的情节，但后面涂掉雪雁，使句子主语不明，情节不够清晰，读者并不能从文字中读出林之孝家的最终带走的是谁。而杨藏本底文短小精练，有自己的逻辑性，更符合当时的情形。

例6，《红楼梦》第一百六回程本中史湘云的婚礼强调是按照南方的礼儿办的。（见图4、图5、图6）在史湘云婚礼的描写中，杨藏本上贾母仅说："你们姑娘出阁，我想过来吃杯喜酒。"程甲本道："咱们都是南边人，虽则这里住久了。那些大规矩，还是从南边礼儿，所以新姑爷我们都没见过。"程乙本为："咱们家的规矩还是南方礼儿所以新姑爷我们都没见过。"程甲本提到了"南边人""南方礼儿"，程乙本只说了"南方礼儿"，但程甲本、程乙本此处都不同程度地强调了湘云的婚礼遵循的是南方的习俗。

杨藏本底文　你们姑娘出阁，我原想过来吃杯喜酒。[1]

杨藏本改文　你们姑娘出阁，我原想过来吃杯喜酒。[2]

　程甲本　你家姑娘出阁……咱们都是南边人，虽在这里住久了，那些大规矩还是从南方礼儿，所以新姑爷我们都没见过。……月里出阁，我原想过来吃杯喜酒的。[3]

　程乙本　你们姑娘出阁……咱们家的规矩还是南方礼儿，所以新姑爷我们都没见过。……月里头出阁，我原想过来吃杯喜酒。[4]

　　杨藏本中"你们姑娘出阁，我想过来吃杯喜酒"，这句话没有指明"南方""北方"，只代表贾母要为史姑娘的婚礼吃杯酒，庆贺一下。而在程甲本、程乙本中"你们姑娘出阁""月里（头）出阁我原想过来吃杯喜酒"中间多了一大段的描述，并且提到"咱们都是南边人"和"咱们家的规矩还是南方礼儿"等，有强调南边人的意味。程甲本、程乙本修订地点应该是北方，程乙本在改程甲本时大量运用"儿"化音，有北京方言的倾向。《红楼梦》的修订工作至程乙本，小说语言呈现出明显的北京方言特色。"[5]杨本此处只字未提南方，北京话的特点也不明显，地域观念上与程本存在差异，但叙事简明，语言顺畅。

　　例7，《红楼梦》第八十六回杨本底文为"男边"，改文为"南边"。（见图7、图8、图9）

　　杨本底文　大爷说自从家里闹的特利害，大爷也没心肠了，所以要到男边

　[1]（清）曹雪芹：《乾隆抄本百廿回本红楼梦稿》，人民文学出版社 2010 年影印本，第 1183 页。

　[2]（清）曹雪芹：《乾隆抄本百廿回本红楼梦稿》，人民文学出版社 2010 年影印本，第 1183 页。

　[3]（清）曹雪芹：《程甲本红楼梦》，沈阳出版社 2006 年影印本，第 2894 页。

　[4]（清）曹雪芹：《程乙本红楼梦》，中国书店 2011 年影印本，第 721 页。

　[5]　谭笑：《论程高本中叠音词的儿化现象》，《红楼梦学刊》2011 年第 4 辑。

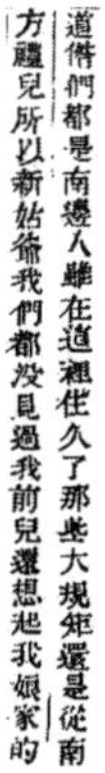
道偺們都是南邊人雖在這裡住久了那些大規矩還是從南
方禮兒所以新姑爺我們都没見過我前兒還想起我娘家的

图 4　程甲本书影

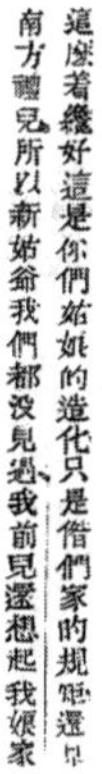
這麼着纔好這是你們姑娘的造化只是偺們家的規矩還是
南方禮兒所以新姑爺我們都没見過我前兒還想起我娘家

图 5　程乙本书影

你们姑娘出阁我原想過来吃盃喜酒

图 6　杨藏本书影

置货去。[1]

杨本改文　大爷说自从家里闹的特利害，大爷也没心肠了，所以要到南边置货去。[2]

程甲本　大爷说自从家里闹的特利害，大爷也没心肠了，所以要到南边置货去。[3]

程乙本　大爷说自从家里闹的特利害，大爷也没心肠了，所以要到南边置货去。[4]

此处，薛姨妈听了薛蝌的家书，向小厮询问薛蟠打死人的事，因为在家里闹得厉害，薛蟠没有心情，要到南边置货，途中遭遇此事。杨本底文将“到南边置货去”写成了“到男边置货去”。显然“男边”是不合理的，后将其改为“南边”。程甲本此处就是“南边置货”，符合底文本意。此处杨本底文将“南”写成了“男”应属于音讹。“南”写成“男”看似意义不大，但如果从音讹的

[1]（清）曹雪芹：《乾隆抄本百廿回本红楼梦稿》，人民文学出版社 2010 年影印本，第 963 页。

[2]（清）曹雪芹：《乾隆抄本百廿回本红楼梦稿》，人民文学出版社 2010 年影印本，第 963 页。

[3]（清）曹雪芹：《程甲本红楼梦》，沈阳出版社 2006 年影印本，第 2381 页。

[4]（清）曹雪芹：《程乙本红楼梦》，中国书店 2011 年影印本，第 590 页。

角度来看，此处是因听写所导致的错误。这说明杨本的抄写情况异常复杂，存在听写抄书的可能性，所以，简单地认为杨本文字来源于程本的观点是不可取的，还需要经过更多的分析才能得出最后结论。

例8，《红楼梦》第一百十二回杨本的缺字现象。（见图10、图11、图12）

杨藏本底文　原打谅完了事算了帐，再有的在这里和<u>南置坟产的</u>。[1]
杨藏本改文　原打谅完了事算了帐，再有的在这里和<u>南置坟产的</u>。[2]
程甲本　原打谅完了事算了帐还人家，再有的在这里和<u>南边置坟产的</u>。[3]
程乙本　原打谅完了事算了帐还人家，再有的在这里和<u>南边置坟产的</u>。[4]

此处，小说写贾府被盗，将老太太上房的东西都偷去，报了案还没有开单，贾政与众人道："也没法儿，只有报官缉贼。但只是一件：老太太遗下的东西咱们都没动，你说要银子，我想老太太死得几天，谁忍得动他那一项银子。原打谅完了事算了帐还人家，再有的在这里和南边置坟产的，再有东西也没见数儿。如今说文武衙门要失单，若将几件好的东西开上恐有碍，若说金银若干，衣饰若干，又没有实在数目，谎开使不得。"杨本此处为"在这里和南置坟产"，读起来没有程本的"南边置坟产"顺畅，显然少了一个"边"字。杨本与程本存在差异，有两种可能性：一是出于杨本抄手的疏忽，二是也许原底本也缺字。

总体来看，程本比杨本多出的文字可分为以下几类。

其一，程甲本、程乙本比杨藏本更强调"金陵""南边""南方"。大抵出现以下几种情况：（1）程甲本、程乙本修订地点应该是北方，程乙本在改程甲本

［1］（清）曹雪芹：《乾隆抄本百廿回本红楼梦稿》，人民文学出版社 2010 年影印本，第 1252 页。
［2］（清）曹雪芹：《乾隆抄本百廿回本红楼梦稿》，人民文学出版社 2010 年影印本，第 1252 页。
［3］（清）曹雪芹：《程甲本红楼梦》，沈阳出版社 2006 年影印本，第 3046 页。
［4］（清）曹雪芹：《程乙本红楼梦》，中国书店 2011 年影印本，第 761 页。

图7　杨藏本书影　　　　　图8　程甲本书影　　　　　图9　程乙本书影

时大量运用"儿"化音，有北京话的倾向，在内容上反复提及南方。反而杨本在相同的情节处未提南方，在行文上相对流畅。（2）杨本底文在内容上较为通顺，程本为突出"南方"反而不符合逻辑关系。（3）按照常理，自己生活中常见的事情，一般不过于强调。杨本在叙事中不强调南方，故事情节好像发生在身边一样，而程本将部分地点坐实，指定为"南方"。（4）杨本部分内容言简意赅，三言两语就将事情叙述清楚，程本则用十几行来交代一件事情。（5）杨藏本与程乙本文字关系密切的内容，在一些字词上也存在恰当与欠妥之分，并非完全一致。

这些例证集中指向相同的结论，即杨藏本底文、改文不强调"南边""南方"，而程甲本、程乙本有意将"金陵"的地点和"南方"的习俗坐实。

其二，从杨藏本某些讹误可以反观其继承性的问题。例7显示，《红楼梦》第八十六回杨本出现讹误，底文为"男边"，改文为"南边"。"南"写成"男"，疑似音讹。但程本此处正确。同理，由例4可见，程甲本和程乙本均为"弹压的住这些小孩子们"，而杨本为"惮压得住"。杨本底文上的"惮（dàn）压"与程甲本和程乙本上的"弹（tán）压"相比，显然程本的表述是正确的，杨本应属于笔误。但从语法的准确性上看，杨本作"惮压得住"，程本作"弹压的住"，作为补语，杨本的"得"比程本的"的"更规范一些。不过，"惮"

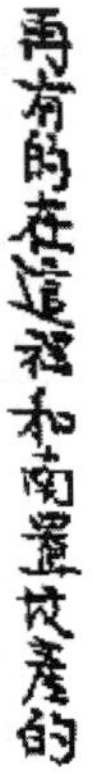
再有的在這裡和南邊置坟產的

图 10　杨藏本书影

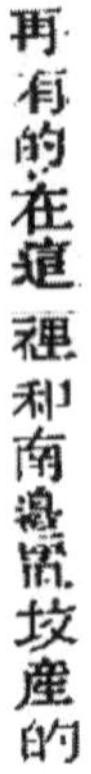
再有的在這裡和南邊置坟產的

图 11　程甲本书影

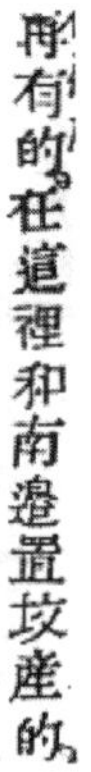
再有的在這裡和南邊置坟產的

图 12　程乙本书影

和“弹”虽然属于形近字，右边都是“单”字，但偏旁的差异还是很明显的，加上“弹”是个多音，也有 dàn 的读音，所以杨本抄手把“弹”写成“惮”，音讹的可能性也较大。总之，从音讹的角度来看，此处可能是因听写所导致的错误。如果是对一个版本的改写，应该是看着底本修改。一般来说，听写改动的可能性较小。由此可推知，杨本底文并非照程甲本或程乙本抄写或缩写的。

由上述例证可见，程本有强调“南方”信息的意图，而杨藏本底文的文字虽然简洁，但有自己的独立意识，逻辑上前后照应，与程甲本、程乙本相比，有自己的行文特色和倾向。可以说杨藏本底文是自成体系的。

《红楼梦》的诸版本在修订过程中，存在“去”南方话的趋向。胡文彬先生指出：“程乙本虽然保留了个别的南方话（如扬州话‘没得’等），但从第六十一回将南方的‘浇头’改为北京的‘飘马儿’例证看，整理者在‘去’南方话上也下了一番工夫。”[1] 也可以说，这部小说的修改过程中，语言不断趋于规范化，即趋向“官话京腔”。而恰恰在程本修订时，南方的地名如“金陵”，甚

[1] 胡文彬：《论〈红楼梦〉中的方言构成及其演变——兼谈〈红楼梦〉方言研究与校勘中的两个值得思考的倾向》，载张丽珍、潘碧华编《红楼梦与国际汉学》（马来亚大学学术文丛），马来西亚大学中文系、马来西亚大学中文系毕业生协会，2009 年。

至南边的婚俗以及南方籍贯都变得敏感起来。所以说，通过与杨藏本的比较，程甲本、程乙本所表现出来强调南方信息的现象，从反面证明程本有《红楼梦》修订后期阶段的特征，而杨藏本底文对"南方"信息的淡然或忽视，则说明它依然是一个尚未成熟的过录本。

[与韩林岐合著，原载《中国矿业大学学报（社会科学版）》2014年第3期]

《红楼梦》后四十回中的雪芹残稿和程高补笔

内容提要

本文旨在进一步探讨《红楼梦》后四十回的作者问题。首先通过分析后四十回中珍珠与袭人、鹦哥与紫鹃、大姐与巧姐，以及贾珍协理荣国府、鲍二与荣宁二府的关系等疑团，认为后四十回中应有曹雪芹残稿。而吴贵夫妇、柳五儿复活和一些回忆性文字等迹象表明，后四十回中存在疑似程高补笔的成分。带有曹雪芹残稿特征的文字主要集中在第八十四回至第一百一十二回；而不符合前八十回伏线的情节多集中在全书后几回，因其缺失或不全，为程高所补的可能性较大。程伟元和高鹗虽非续书人，但作为一百廿回《红楼梦》的整理和刊行者，也可能修补某些章回。

关键词

《红楼梦》后四十回　│　曹雪芹　│　程伟元　│　高鹗

《红楼梦》后四十回的作者问题，自程甲本、程乙本刊行，便已得到清代评点家如张新之[1]等人的关注。而自从胡适《红楼梦考证》问世，在红学界

---

[1] 张新之《太平闲人〈石头记〉读法》："有谓此书止八十回，其余四十回乃出另手，吾不能知。但观其通体结构，如常山蛇首尾相应，安根伏线，有牵一发全身动之妙，且词句笔气，前后全无差别。则所增之后四十回，从中后增入耶，抑参差夹杂增入耶？觉其难有甚于作书百倍者。虽重以父兄命、万金赏，使闲人增半回不能也。何以耳为目，随声附和（转下页）

又引发数次论争，尚未得出定论。[1]目前主要有高鹗续书、无名氏续书、曹雪芹残稿、曹雪芹原著等几种说法。关于高鹗续书说，《红楼梦考证》中的论证有待推敲，从20世纪50年代开始此说已遭质疑，如王佩璋[2]、王利器[3]、胡文彬[4]等学者的文章都曾以较有说服力的论据说明高鹗续写《红楼梦》后四十回的观点之难以成立。关于该问题众说纷纭，莫衷一是，故后四十回中是否有曹雪芹残稿，哪些为程伟元、高鹗"准情酌理，补遗订讹"[5]的补笔，是否有其他续书人等一系列问题，依然值得探讨。

一、后四十回中应含有雪芹残稿

判断《红楼梦》后四十回是否出自曹雪芹之手，撇开脂砚斋批语不言，文风优劣、人物命运结局等都是必须考虑的因素。有学者曾指责后四十回为"狗尾续貂"，无论思想还是艺术水平，都难以达到前八十回的高度。但也有论家认为，有些情节也相当精彩，应给予公正的评价。

有学者认为《红楼梦》后四十回中含有曹雪芹残稿，如周绍良[6]等。哪些文字出自曹雪芹之手，尚值得讨论。然而不能"单凭作风与优劣，判断后

（接上页）者之多！"参见（清）曹雪芹、高鹗著，护花主人、大某山民、太平闲人评《红楼梦（三家评本）》，上海古籍出版社1988年版，第5页。

[1] 参见胡适《中国章回小说考证》，中国社会科学出版社2013年版，第125—167页。

[2] 参见王佩璋《〈红楼梦〉后四十回的作者问题》，《光明日报》1957年2月3日。

[3] 参见王利器《高鹗、程伟元与〈红楼梦〉后四十回》，《扬州师院学报》1978年第Z1期。

[4] 参见胡文彬《千秋功罪谁与评说——为程伟元与高鹗辩诬》，《明清小说研究》1995年第3期。

[5] （清）程伟元、高鹗：《红楼梦引言》，载《绣像红楼梦》，北京师范大学图书馆古籍部藏程乙本。有关程乙本的其他选文，参见（清）曹雪芹著，陈其泰批校《红楼梦（程乙本）——桐花凤阁批校本》，北京图书馆出版社2001年影印本。

[6] 参见周绍良《略谈〈红楼梦〉后四十回哪些是曹雪芹原稿》，载《红楼论集——周绍良论红楼梦》，文化艺术出版社2006年版，第97页。

四十回不可能是原著或含有原著成份，难免主观之讥"[1]。可以运用版本学的方法，对后四十回中有可能是曹雪芹早期稿本的内容加以考证。如果曹雪芹在前八十回已经改订过而在后四十回再度出现，可以说这部分内容应属于曹雪芹的残稿。

（一）珍珠与袭人、鹦哥与紫鹃、大姐儿与巧姐儿问题

后四十回中，珍珠、鹦哥等丫鬟复出，巧姐儿年龄忽大忽小等问题，已不算是新话题，清代评点家以及现今许多学者都曾加以探讨。[2]

小说第三回曾交代袭人原名珍珠及贾母另给黛玉丫鬟鹦哥之事。

贾母见雪雁甚小，一团孩气，王嬷嬷又极老，料黛玉皆不遂心，将自己身边一个二等丫头名唤鹦哥的与了黛玉。……当下，王嬷嬷与鹦哥陪侍黛玉在碧纱橱内。[3]（第三回，程甲本）

原来这袭人亦是贾母之婢，本名珍珠，贾母因溺爱宝玉，恐宝玉之婢不中任使，素喜袭人心地纯良，遂与宝玉。宝玉因知他本姓花，又曾见旧人诗句有"花气袭人"之句，遂回明贾母，即更名袭人。（第三回，程甲本）

这两段文字中，除程乙本中袭人本名"蕊珠"外，诸本略同。鹦哥应是紫

---

[１] 张爱玲：《红楼梦魇》，北京十月文艺出版社 2009 年版，第 6 页。

[２] 如陈其泰批语——第一百一回巧姐夜泣，眉批："大姐儿非幼孩，何至夜啼？此真败笔。"第一百十二回鹦哥给贾母伴灵，夹批："鹦哥是贾母之婢，派与黛玉久矣。此又是何人耶？若从黛玉死后，仍回贾母房中，前文应叙明。"参见（清）曹雪芹著，陈其泰批校《红楼梦（程乙本）——桐花凤阁批校本》，北京图书馆出版社 2001 年影印本，第 3002、3316 页。现代学者如俞平伯（《红楼梦辨》）、张爱玲（《红楼梦魇》）及赵冈、陈钟毅（《红楼梦新探》）等都曾探讨过此话题。

[３] （清）曹雪芹：《绣像红楼梦》，吉林文史出版社 2000 年影印本（底本为中国社会科学院文学所藏程甲本）。以下程甲本选文均出自此书。

鹃。珍珠更名为"袭人"是明写，鹦哥更名为"紫鹃"是暗写，在艺术手法上以求同中之异。

"紫鹃"之名在第八回第一次出现，紫鹃派雪雁给在薛姨妈家的黛玉送手炉。至此，读者多心领神会，紫鹃正是鹦哥。如甲戌本夹批："鹦哥改名已。"[1]因已改名，前八十回中，除了个别章回，"珍珠""鹦哥"之名绝少出现。而在后四十回，"珍珠""鹦哥"之名屡屡出现。（见表1、表2）

表 1　珍珠出现的情节

回次	相关文字（程甲本）	对应情节
第九十四回	贾母还坐了半天，然后扶了珍珠回去了，王夫人等跟着过来	贾母赏花妖
第九十六回	我白和宝二爷屋里的袭人姐姐说了一句。……林姑娘，你说我这话害着珍珠姐姐什么了吗？他走过来就打了我一个嘴巴，说我混说	傻大姐泄密
第九十八回	贾母连忙扶了珍珠儿，凤姐也跟着过来	宝玉之病
第一百六回	默默说到此，（不）禁伤心，呜呜咽咽的哭泣起来。鸳鸯、珍珠一面解劝，一面扶进房去	贾母祷天
第一百八回	小丫头依言回去，告诉珍珠，珍珠依言回了贾母	宝玉探视潇湘馆
第一百九回	珍珠等用手轻轻的扶起，看见贾母这回精神好些	贾母弥留之际
第一百十一回	琥珀等进去，正夹蜡花，珍珠说："谁把脚凳摺在这里，几乎绊我一跤！"	鸳鸯殉主
第一百十二回	贾琏心里明知老太太的东西都是鸳鸯经管，他死了问谁？就问珍珠，他们那里记得清楚？	贾府失窃案

---

[1]（清）曹雪芹：《脂砚斋重评石头记：甲戌本》，人民文学出版社2010年影印本，第239页。

表2　鹦哥出现的情节

回次	相关文字（程甲本）	对应情节
第九十七回	（紫鹃）欲不叫人时，自己同着雪雁和鹦哥等几个小丫头，又怕一时有什么原故	黛玉之死
第一百回	王奶妈养着他，将来好送黛玉的灵柩回南。鹦哥等小丫头，仍伏侍了老太太	黛玉之死
第一百十二回	邢夫人派了鹦哥等一干人伴灵，将周瑞家的等人派了总管，其余上下人等都回去。寺里只有赵姨娘、贾环、鹦鹉（程乙本作鹦哥）等人	贾母丧事

　　小说第九十六回袭人与珍珠同时出现、第九十七回紫鹃与鹦哥并存等现象可以看出，在后四十回中，珍珠、鹦哥（鹉）是独立于袭人、紫鹃之外的人物。如何看待这种现象？

　　张爱玲解释道："近人推测续书者知道现实生活中的贾母确有珍珠、鹦哥两个丫头，情不自禁地写了进去。"她以此推测："续书者《红楼梦》不熟，却似乎熟悉曹雪芹家里的历史。"[1]这种推断主观性较强。《红楼梦》中，丫鬟名字富于艺术色彩，经常成对出现，如贾母的丫鬟鸳鸯、鹦鹉取自禽鸟，珍珠、琥珀取自珠宝；黛玉的丫鬟紫鹃、雪雁则同时被赋予禽鸟的艺术色彩。若说珍珠、鹦哥是曹雪芹家中实有的两个丫鬟的名字，未免忽视了小说人物命名上的艺术思考。

　　实际上，不仅后四十回，前八十回也有类似矛盾现象。前八十回鹦哥仅在第三回出现，珍珠在第二十九回再次出场，同时还有贾母的丫鬟鹦鹉。

　　贾母的丫头鸳鸯、鹦鹉、琥珀、珍珠，黛玉的丫头紫鹃、雪雁、春纤，宝钗的丫头莺儿、文杏。（第二十九回，程甲本）

---

[1]　张爱玲：《红楼梦魇》，北京十月文艺出版社2009年版，第20页。

此处，珍珠是贾母的丫鬟，别于袭人。诸本的这段文字皆同程甲本，唯程乙本"春纤"作"鹦哥"；无独有偶，程甲本第一百十二回："寺里只有赵姨娘、贾环、鹦鹉等人。"此处的"鹦鹉"在程乙本上也作"鹦哥"。程乙本是程伟元、高鹗修订程甲本而来，凡程乙本异于程甲本的文字，可视为程、高之笔。故这两处将"春纤""鹦鹉"改作"鹦哥"的文字，应出自程、高之手。这恰恰说明，在程、高的意识中，黛玉有丫鬟名为鹦哥。这个意识的形成恐怕不仅是因为程、高看了第三回对鹦哥的介绍，否则不会不质疑鹦哥与紫鹃的关系，更有可能与后四十回鹦哥作为黛玉的丫鬟频频出场有关。程、高似乎未注意到紫鹃与鹦哥的矛盾，却发现了珍珠与袭人的矛盾，故程乙本第三回袭人的原名唤作蕊珠。

除了袭人与紫鹃，前八十回与后四十回中的巧姐也存在类似的问题。后四十回中巧姐年龄忽大忽小。如第八十四回，巧姐患惊风，"用桃红绫子小绵被儿裹着"；第八十八回，巧姐"手里拿着好些玩意儿"，向凤姐学舌；第一百一回，巧姐半夜啼哭，遭奶妈虐待。据此情节描述，巧姐应不过一两岁光景。而在第九十二回，巧姐却与宝玉讨论《列女传》，再至后文，巧姐的亲事也被提上日程。另外，在第一百一回，"大姐儿"之名又出现了，而且回到婴儿状态，例如：

那凤姐刚有要睡之意，只听那边大姐儿哭了，凤姐又将眼睁开。平儿连向那边叫道："李妈，你到底是怎么着？姐儿哭了，你到底拍着他些。你也忒好睡了。"（第一百一回，程甲本）

后四十回中，巧姐忽为婴孩，忽为豆蔻少女，似一人兼二人角色。这种推测是对的，在某些抄本的前八十回中，大姐儿与巧姐分明是两个角色，如：

且说宝钗、迎春、探春、惜春、李纨、凤姐等并巧姐、大姐、香菱与众丫

鬟们，都在园内玩耍，独不见林黛玉。[1]（第二十七回，甲戌本）

然后贾母的丫头鸳鸯、鹦鹉、琥珀、珍珠，黛玉的丫头紫鹃、雪雁、春纤，宝钗的丫头莺儿、文杏……金钏、彩云、奶子抱着大姐儿，带着巧姐儿，另在一车。[2]（第二十九回，庚辰本）

第四十二回，大姐儿经刘姥姥起名为巧姐。按照情理，第二十九回不应出现巧姐之名。考察诸版本，也存在差异："第二十九回甲戌、己卯此回缺失，舒序本、列藏本、杨本、甲辰本、蒙府本大体相同，都有'巧姐儿'；戚序本'巧姐儿'三字作'丫头们'；程甲本无'带着巧姐儿'五字。"[3]可见在各版本的修订过程中，有关"巧姐"名字的文字是被视为前后矛盾的。第二十九回这段的上下文，也恰有珍珠与袭人并存的文字。

根据这些矛盾的文字，可这样推论：在曹雪芹早期构思中，大姐儿和巧姐、珍珠和袭人、鹦哥（鹉）与紫鹃等人物都存在，后来出于艺术上精练化的考虑，将其两两合并。大概是为了减少头绪，或为了突出宝玉之婢袭人、黛玉之婢紫鹃、凤姐之女巧姐。另外，合并大姐儿与巧姐，"大概是由于十二钗正册中，只为贾家草字辈的小姐保留了一个名额的缘故"[4]。合并之后，关于大姐儿、珍珠、鹦哥（鹉）的字样或情节便被删改了。

按照这样的分析，后四十回中巧姐年龄忽大忽小的问题也能解释得通了，如赵冈解释道：

［1］（清）曹雪芹：《脂砚斋重评石头记：甲戌本》，人民文学出版社 2010 年影印本，第 413 页。

［2］（清）曹雪芹：《脂砚斋重评石头记：庚辰本》，人民文学出版社 2006 年影印本。后文庚辰本选文均出自此书，不另行作注。

［3］曹立波：《〈红楼梦〉版本修订中的优化倾向——以"十二钗"为观察对象》，《红楼梦学刊》2011 年第 1 辑。

［4］曹立波：《〈红楼梦〉版本修订中的优化倾向——以"十二钗"为观察对象》，《红楼梦学刊》2011 年第 1 辑。

在面临上述的矛盾情形下，一个忠实的校书者只能做两件事，一是将两个人的名字一致化，使之与前八十回相合。第二个办法是将有关"大姐儿"的几段通通删去，只留下一个"巧姐儿"。根据尽量保持本来面目的原则，他（高鹗）只好采取第一个办法。[1]

赵冈的说法不乏说服力，多数学者也接受这一观点。

既然曹雪芹已经修改了早期的构思，将珍珠和袭人、鹦哥和紫鹃、大姐儿和巧姐等两两合并，并改动小说相应情节，尚未修改的文字，应是曹雪芹早期稿本的内容。

按照这样的逻辑，我们目前尚不能断定后四十回中涉及珍珠、鹦哥、小巧姐（大姐儿）的情节所在章回是否一定属于曹雪芹残稿，因为后四十回还有程、高"截长补短，补遗订讹"的工作。但可以推知，珍珠、鹦哥、小巧姐（大姐儿）所对应的情节，包括贾母赏花妖、傻大姐泄密、黛玉之死、宝玉之病、贾母祷天、宝玉探视潇湘馆、贾母之死、鸳鸯殉主、贾府失窃案、贾母丧事、巧姐惊风、巧姐见贾芸哭、巧姐夜啼等，应是曹雪芹残稿中的情节。

（二）贾珍协理荣国府与鲍二归属问题

第八十八回谈及贾珍协理荣国府，包括向贾母请安，料理"庄头送果子"事，处理鲍二与周瑞干儿子何三打架事等。但此时，贾赦、贾政、贾琏俱在府中，小说并未交代贾珍在荣国府理事的原因，略显蹊跷。

第一百六回，贾政向家仆问话，吵嚷出贾赦与贾珍之事的鲍二为何不在荣国府点名册上，家仆回话：

众人回道："这鲍二是不在册档上的。先前在宁府册上，为二爷见他老实，

---

[1] 赵冈、陈钟毅：《红楼梦新探》，文化艺术出版社 1991 年版，第 282 页。

把他们两口子叫过来了。及至他女人死了，他又回宁府去。后来老爷衙门事，老太太们爷们往陵上去，珍大爷替理家事，带过来的，已后也就去了。"（程甲本）

这段文字既交代了贾珍协理荣国府之因，又交代了鲍二与荣宁二府的关系，却与前文叙述不符。

首先，这一回写贾珍协理荣国府，原因是"老爷衙门事，老太太们爷们往陵上去"。赵冈以《红楼梦稿》上此句为后加文字为据，认为这句话是"高鹗整理残稿时'略为修辑，使其有应接而无矛盾'的一点工作"[1]。实际上，这句话应并非程、高所加，而应是曹雪芹早期稿本中的内容。

贾珍因"老太太们爷们往陵上去"才协理荣国府，而此时贾府人员并未往陵上去。第八十三回元妃染恙，举家探望，贾琏、贾蓉留下看家，也并无贾珍协理荣国府之事。可见，有关贾珍因举家赴陵而协理荣国府的叙述存在问题。

但为何会这样写？我们假设第八十三回元妃不止染恙，而且身亡，倒有可能在紧接其后的第八十八回发生举家赴陵、贾珍协理两府的事。大概后来作者将元妃之死拖后了，设计"全家赴陵"的文字随之也被修改。文中尚存此漏洞，恐怕是因为鲍二。

第八十八回鲍二与何三打架，二人皆被贾珍鞭打五十并赶出去。贾珍不分青红皂白，致使鲍二因受到冤屈而怀恨在心，后来由他吵嚷出贾赦与贾珍犯事的情节便合乎情理。为照应后文，贾珍协理荣府的情节必须保留。

其次，对鲍二与荣宁二府关系的交代也与前文不符。第四十四回"变生不测凤姐泼醋"一节中，鲍二家的因与贾琏偷情被凤姐撞破，羞愧自杀。在第六十四回，贾琏偷娶尤二姐，派鲍二夫妇服侍，对此抄本与程本叙述略有不同，现将其按时间顺序列出。

[1] 赵冈、陈钟毅：《红楼梦新探》，文化艺术出版社1991年版，第272页。

抄本[1]：

第四十四回鲍二在荣府（鲍二媳妇被捉奸后自杀）

第六十四回鲍二自宁府到荣府（贾琏偷娶尤二姐，贾珍给了家仆鲍二夫妇）

第八十八回鲍二在荣府（贾珍协理荣国府）

程本：

第四十四回鲍二在荣府（鲍二媳妇被捉奸后自杀）

第六十四回鲍二在荣府（贾琏偷娶尤二姐，让续娶多姑娘的家仆鲍二服侍）

第八十八回鲍二在荣府（贾珍协理荣国府）

第一百六回家仆回话：鲍二自宁府到荣府（二爷见他老实，从宁府要过来）—回到宁府（女人死了）—再次来到荣府（贾珍协理荣国府带过来）

按照抄本所述，第六十四回鲍二夫妻来自宁国府，第四十四回鲍二夫妻却是荣国府家仆，前后矛盾。

张爱玲解释说："写第六十四回甲乙的时候，显然第四十四回还不存

---

[1] 本文所用抄本选文，多参照庚辰本。因庚辰本缺第六十四回，故此处参照蒙府本。戚序本、杨藏本、列藏本、甲辰本等抄本同蒙府本。参见（清）曹雪芹《蒙古王府本石头记》，北京图书馆出版社 2007 年影印本；（清）曹雪芹《戚蓼生序本石头记》，人民文学出版社 2006 年影印本；（清）曹雪芹《石头记（列藏本）》，中华书局 2003 年影印本；（清）曹雪芹《乾隆抄本百廿回红楼梦稿》，上海古籍出版社 1984 年影印本；（清）曹雪芹《甲辰本红楼梦》，沈阳出版社 2006 年影印本。

在。"[1] 又说："泼醋回提前用了鲍二家的，因此需要改第六十四回的鲍二夫妇，因为鲍二家的已死。于是结果了多浑虫，将他老婆配给鲍二补漏洞。"[2]

张爱玲的猜测是有道理的。按照第一百零六回家仆对鲍二的描述，鲍二因被二爷看中，从宁府来到荣府（被二爷要来的理由可能是服侍尤二姐）。他女人死了之后，鲍二便回了宁府（鲍二女人之死，与同贾琏偷情被凤姐捉奸有关）。等贾珍协理荣国府时，鲍二又跟着贾珍来到荣府。这样安排较为合理，与张爱玲的推测不谋而合。可见，第一百零六回中这段关于鲍二的描述以及对贾珍协理荣国府的叙述与作者早期构思相符，大概出自曹雪芹之手。

二、后四十回中某些文字疑似程高补笔

程伟元在乾隆五十六年（1791）刊本（程甲本）的《序》中说，他与友人高鹗对所得残稿"细加厘剔，截长补短"[3]。在次年（程乙本）《红楼梦引言》中又说，他与友人的工作是"惟按其前后关照者，略为修辑，使其有应接而无矛盾"[4]。通俗地讲，程、高二人的工作是查缺补漏，截长补短。故后四十回有程、高笔墨在情理之中。具体哪些情节为程、高所为，也值得进一步探讨。

（一）晴雯"新"哥嫂吴贵夫妇

吴贵夫妇应是程、高设置的新人物。在抄本第七十七回中，晴雯哥嫂本为多浑虫夫妇，以庚辰本为例（其他版本大致相同）：

---

[1] 张爱玲：《红楼梦魇》，北京十月文艺出版社 2009 年版，第 142 页。

[2] 张爱玲：《红楼梦魇》，北京十月文艺出版社 2009 年版，第 144 页。

[3] （清）曹雪芹：《绣像红楼梦》，吉林文史出版社 2000 年影印本。

[4] （清）程伟元、高鹗：《红楼梦·引言》，载（清）曹雪芹《绣像红楼梦》，北京师范大学图书馆古籍部藏程乙本。有关程乙本的其他选文，参见（清）曹雪芹著，陈其泰批校《红楼梦（程乙本）——桐花凤阁批校本》，北京图书馆出版社 2001 年影印本。

不想荣国府内有一个极不成器破烂酒头厨子名唤多官，人见他懦弱无能，都唤他作"多浑虫"。因他自小父母替他在外娶了一个媳妇，今年方二十来往年纪。（第二十一回，庚辰本）

这晴雯当日系赖大家用银子买的……故又将他姑舅哥哥收买进来，家里一个女孩子配了他成了房。……若问他夫妻姓甚名谁，便是上回贾琏所接见的多浑虫灯姑娘儿的便是了。（第七十七回，庚辰本）

这两回文字矛盾重重。如晴雯是收买的孤儿，姑舅哥哥多浑虫反而父母双全；多浑虫的妻子是父母给娶的，还是赖大家的给配的？而在程高本第六十四回，多浑虫患酒痨死了，多姑娘改嫁鲍二为妻；第七十七回，吴贵夫妇代替多浑虫夫妇为晴雯哥嫂。因吴贵夫妇仅出现在程本中，我们有理由推断这段文字是程、高修补的。

后四十回吴贵夫妇出场两次。第九十二回，因巧姐告诉宝玉将在怡红院补入柳五儿，宝玉回忆去吴贵家看晴雯的事；第一百二回，叙述吴贵的淫荡老婆吃错药死了。

吴贵夫妇既然是程高本增添的，那么后四十回中关于吴贵夫妇的文字应也是程、高修订的，甚至可能有关吴贵夫妇的情节设计亦出于程、高之手。

（二）"死而复生"的柳五儿

死而复生的柳五儿似也出自程、高之手。抄本第七十七回借王夫人之口补叙出柳五儿已死之事，"幸亏那丫头短命死了"（庚辰本）。但在程高本第七十七回柳五儿复活，已死的信息也被删除。

后四十回柳五儿出场次数较多，却缺乏实际情节。如第八十七回、第九十二回、第九十四回、第一百一回、第一百二回、第一百八回、第一百九回、第一百十六回、第一百十八回等都有五儿，多是借众人之口陈述将其补入怡红院之事。如第八十七回，借黛玉与紫鹃之口叙述补入五儿之事；第九十二回，借巧姐之口；第九十四回，借宝玉之口；第一百一回，借凤姐之口；第一百二回，借王夫人之口。这些描述重复而无趣。另外，五儿不过是个丫鬟，却得到这么多主子的关注，似乎于情理不合。后来第一百九回"五儿承错爱"一节，五儿"隆重"登场。研究者对这段文字评价褒贬不一，俞平伯认为此节"较有精彩，可以仿佛原作的"[1]，吕启祥却持否定意见：

> 一〇九回"候芳魂五儿承错爱"是对前面晴雯起夜一节的蹈袭，然而趣味低下，流于恶俗。……这种轻薄味加上道学气的描写，怎么能和泄儿女之真情的文章相比？[2]

吕先生这段话不无道理。后四十回，"千呼万唤始出来"的柳五儿，表现令人失望。前八十回中，她本是如黛玉、晴雯一般的人物，娇弱美丽，灵性十足，到后四十回中却成了一个缺乏灵性的世俗女子，形象反差较大。

五儿郁郁而终的结局是凄美的，何必画蛇添足让其复活？或后四十回中有五儿笔墨，故程本让其复活？又或者众女子陆续离开大观园，程、高将五儿补入，以丰富情节？无论如何，后四十回中有关五儿的大部分情节，似应为程、高笔墨。

（三）后四十回中的回忆性情节

后四十回有些情节与前八十回"重复"，常为后人所诟病。如蔡义江认为后四十回非曹雪芹所作的理由之一便是"缺乏创意，重提或模仿前事"[3]。后四十回中确有一些回忆性情节，叙述略显重复。因篇幅所限，以表格列出部分前

---

[1] 俞平伯：《后四十回底批评》，《红楼梦辨》，岳麓书社 2010 年版，第 45 页。
[2] 吕启祥：《不可企及的曹雪芹——从美学素质看后四十回》，《红楼梦学刊》1988 年第 1 辑。
[3] 蔡义江：《〈红楼梦〉是怎样写成的》，浙江文艺出版社 2012 年版，第 216 页。

八十回与后四十回中的回忆性情节，以便比对分析。

表3 《红楼梦》前八十回与后四十回中的回忆性情节

回次	回忆性情节
第二回	贾雨村回忆黛玉念"敏"为"密"之事
第四回	贾雨村回忆小沙弥之事；小沙弥回忆甄英莲之事
第七回	宝钗讲述冷香丸药方儿的来历之事
第十六回	赵嬷嬷与贾琏、凤姐回忆"太祖皇帝仿舜巡"之事
第二十六回	佳蕙与小红回忆贾母给丫头发赏钱之事
第二十九回	张道士与贾母回忆宝玉祖父之事
第三十二回	袭人与湘云回忆小时同住西边暖阁之事
	袭人回忆宝钗劝宝玉谈经济学问，宝玉抬脚就走之事
	湘云与袭人回忆黛玉跟宝玉口角，剪扇套子之事
第三十七回	秋纹回忆宝玉给贾母、王夫人送花之事
第五十八回	芳官与宝玉回忆藕官与菂官、蕊官之事
第六十六回	尤二姐与贾琏回忆尤三姐遇柳湘莲之事
第八十八回	凤姐与贾琏回忆焦大喝醉酒骂人之事
第九十六回	袭人回忆宝玉初见黛玉砸玉，夏天误把袭人当作黛玉说知心话，紫鹃说顽话惹宝玉生病等事
第一百九回	宝玉回忆柳五儿探望晴雯之事
第一百十八回	莺儿回忆给宝玉打络子的情景

从表3可见，前八十回中的回忆性情节多是一个新的完整故事，对小说情节发展具有补叙作用。后四十回中的回忆性情节，多是前八十回发生之事，缺乏新意，有些文字甚至有凑数之意。

程伟元在《序》中写道："数年以来，仅积有廿余卷。一日，偶于鼓担上得十余卷，遂重价购之，欣然翻阅，见其前后起伏，尚属接笋，然漶漫殆不可收拾。"程伟元所说的"卷"应指"回"。后之所得十余卷与前之所得廿余卷是否有重复尚不可知，但二者累加恰为四十卷的可能性较小。保守地讲，有三十余卷已属幸运，而最终成稿却有四十回。可见，要将三十余卷敷演成四十回文字，程、高也颇费了些气力。故后四十回中，这些回忆性文字或者其他类似具有重复的文字，应是程、高所为，盖其意在使情节前后呼应，也不免有凑字之嫌。

此部分旨在说明，程、高虽非续书人，然为凑足四十回文字，使情节前后贯通，所承担的"截长补短"工作也不限于修改错字之类，后四十回中有一些笔墨出自程伟元、高鹗之手也在情理之中。

三、后四十回是否另有续书人

上文已推断后四十回中应有曹雪芹残稿。赵冈曾认为若曹雪芹为后四十回作者，至少有两点矛盾无法讲清："第一，雪芹不会在初稿中写出一七八一年以后的京师城防制度。其次，第一百廿回中的那段续书'跋言'无法解释。"[1]赵先生并不否认后四十回中有曹雪芹的文稿，但他认为续书人"也许是根据曹雪芹早期稿本续写下来的"[2]。

关于第一点，《清史稿·职官志》记载："（乾隆）四十六年，以三营辖境辽阔，增设左右二营，是为五营，并置副将各官。"[3]乾隆四十六年（1781），曹雪芹已作古，而第一百十九回写道："皇上降旨，着五营各衙门用心寻访。"（程甲本）关于第二点，首回确言空空道人"从头至尾抄录回来"（庚辰本），末回又说"见后面偈文后又历叙了多少收缘结果的话头"（程甲本），这确实是

---

[1] 赵冈、陈钟毅：《续书人究竟是谁？》，《红楼梦研究新编》，台湾联经出版事业公司1975年版，第324页。

[2] 赵冈、陈钟毅：《续书人究竟是谁？》，《红楼梦研究新编》，台湾联经出版事业公司1975年版，第324页。

[3] 赵尔巽主编：《清史稿》，天津古籍出版社2012年版，第1590页。

有人续书的证明。[1] 如陈其泰批曰："明明说出后四十回是续纂也。"赵冈的疑问是有道理的。这两段文字，也许出自程伟元、高鹗之手。

除了上文所述属于曹雪芹早期稿本的情节外，后四十回中还有两处漏洞，即程甲本回目与正文内容不符，而程、高在程乙本中补上了，所以程甲本文字也不似程、高的手笔。其一，第九十二回回目为"评女传巧姐慕贤良　玩母珠贾政参聚散"，程甲本只有讲《烈女传》、玩母珠，没有慕贤良、参聚散的内容，文不对题。程乙本补上了巧姐的反应及贾政谈母珠与聚散之理的内容。其二，第九十三回，因有匿名帖揭发贾芹在水月庵中的淫乱之事，赖大问及贾芹是否有曾经得罪之人，程甲本为："贾芹想了一想，忽然想起一个人来，未知是谁，下回分解。"下回却并无文字照应。程乙本改为："贾芹想了一会子，并无不对人的。"[2] 现将这两处确定并非出自程、高之手的文字所在章回列出。（见表4）

另外，很多人认为后四十回并非出自曹雪芹之手，理由之一是其中人物结局或主旨与前八十回有异，下面将这部分文字列出。（见表5）

表4　后四十回中并非出自程、高之手的文字所在章回（第八十一回至第一百二十回）

第八十一回	第八十二回	第八十三回	第八十四回	第八十五回	第八十六回	第八十七回	第八十八回	第八十九回	第九十回
—	—	—	小巧姐	—	—	—	小巧姐、贾珍	—	—
第九十一回	第九十二回	第九十三回	第九十四回	第九十五回	第九十六回	第九十七回	第九十八回	第九十九回	第一百回
—	慕贤良；参聚散	贾芹	珍珠	—	珍珠	鹦哥	珍珠	—	鹦哥
第一百零一回	第一百零二回	第一百零三回	第一百零四回	第一百零五回	第一百零六回	第一百零七回	第一百零八回	第一百零九回	第一百一十回

［1］　参见（清）曹雪芹著，张俊、沈治钧评批《新批校注红楼梦》，商务印书馆2013年版，第2114页。

［2］　王佩璋：《〈红楼梦〉后四十回的作者问题》，《光明日报》1957年2月3日。

小巧姐	—	—	—	—	珍珠、鲍二	—	珍珠	珍珠	—
第一百一十一回	第一百一十二回	第一百一十三回	第一百一十四回	第一百一十五回	第一百一十六回	第一百一十七回	第一百一十八回	第一百一十九回	第一百二十回
珍珠	珍珠、鹦哥	—	—	—	—	—	—	—	—

表5　后四十回中不合前八十回伏线的文字

情节	所在章回
小红结局	第一百十七回
探春归宁情节	第一百十八回
探春归宁情节	第一百十九回
知贡举情节	
贾珍、贾赦复职情节	
五营各衙门寻访情节	
巧姐嫁给乡绅情节	第一百二十回
袭人再嫁情节	
香菱扶正遗子情节	
兰桂齐芳情节	
空空道人再行抄录《红楼梦》情节	

　　对比表4、表5可以推断，非出自程、高之手的文字多集中在第八十四回至第一百十二回，而不合前八十回伏线的文字主要集中在小说结尾的三四回。

　　程伟元所言"集腋成裘"的后四十回文稿所依据的文本应有三十余卷（前已说明），是否连贯，不能尽知，但提供了一些重要信息：这些与前八十回伏线相异的情节主要集中在后几回。程、高所得的三十余卷文稿可能恰好缺这几回，由程、高补写或修改，即"补遗订讹"。因后几回涉及故事或人物结局，空空道人末回所言"见后面偈文后又历叙了多少收缘结果的话头"（程甲本）便能讲通。当然也不能排除程、高将其他章回的部分内容移到后几回的可能性。

综上，后四十回中应有曹雪芹残稿，其中珍珠、鹦哥（鹉）、小巧姐（大姐儿）、贾珍协理荣国府、小厮补叙鲍二与荣宁二府关系等文字，带有曹雪芹早期稿本的痕迹。这些情节主要集中在第八十四回至第一百十二回（跨度达29回）。与这些文字对应的贾母赏花妖、傻大姐泄密、黛玉之死、宝玉之病、贾母祷天、宝玉探视潇湘馆、贾母之死、鸳鸯殉主、贾府失窃案、贾母丧事、巧姐惊风、巧姐见贾芸哭、巧姐夜啼、贾珍协理荣国府等情节，应属于曹雪芹的构思。程、高的序言表明，程伟元先后搜罗到的文稿分别为二十余卷和十余卷，虽接近四十卷，但后四十回中还应有一些笔墨为程、高的补笔。如吴贵夫妇的增设、柳五儿复活情节的添加，以及一些回忆性文字等，旨在修补漏洞或呼应情节，也不乏凑字之嫌。与前八十回伏线不符的情节大多集中在小说结尾的三到四回，这几回文字可能恰巧缺失或不全，出自程、高之手的可能性较大。程伟元和高鹗虽非续书者，然而作为整理者，也可能修补某些章回。至于后四十回是否有其他续书人的问题，尚待发掘更为有力的证据。

（与曹明合著，原载《红楼梦学刊》2016年第5辑）

艺术编

《红楼梦》立体式网状结构模型的构建

内容提要

《红楼梦》的立体式网状结构问题，以及把网状具体化、形象化的操作，前辈学者已有不同程度的尝试。笔者在此基础上，应课堂教学的需要，用感性的描绘和理性的提炼相结合的方法，构建出立体式网状结构模型来阐释《红楼梦》的结构。在宏观上将"渔网"的轮廓勾画得更为清晰，在微观上把纲、线、目等构成要素与小说结构中的纲领、线索、关目等要素对应。具体操作方法是：将纲领这根由三条主线编织的粗绳，横向放置于网口上端；将人、事、物等线索分类梳理；将网眼之间的衔接和对称等关系引入小说关目（主要情节）问题的考察。笔者将这一结构分析的视角和方法在本科教学中应用，收到了适合空间维度、适合传播对象的诠释效果。

关键词

《红楼梦》 | 网状结构 | 纲领 | 线索 | 关目

关于《红楼梦》的艺术结构问题尽管众说纷纭，但"网状结构说"正逐渐成为共识。就最近二十年关于《红楼梦》结构问题的研究论著进行统计，可归纳出十几种说法，较有代表性的如网状结构说、各种主线说、对称结构说、真假结构说、四季性意象结构说、宿命结构说、阴阳对应和阴阳循环结构说、精神结构说、多维叙事结构说等。[1]相比而言，因网状结构直观性和整体性较强，网状结构说更具有合理性。[2]从高等学校的古代文学教学角度而言，20世纪多数高校用作教材的游国恩等主编《中国文学史》，虽然指出了《红楼梦》结构的"百面贯通，筋络相连，纵横交错"等特征，但没有明确提出"网状结构"的概念。[3]作为面向21世纪课程教材，袁行霈主编的《中国文学史》在讲解《红楼梦》结构时以介绍网状结构为主。[4]

网状结构的直观性对高校教学提出了新的挑战——不仅要用具体而形象的描绘诠释抽象的小说结构，还要把感性成分对应到理性要素中去。本文结合教学体会，借助"渔网"这一比喻性的具象，构建出立体式网状结构模型，以阐释《红楼梦》的网状结构。具体方法是对这张"网"的三个组成部分纲、线、目加以分解，并对应小说中的纲领、线索、关目（主要情节）等组成要素进行归类和解析。下文将具体论述"网状"观念的演变与成型过程，分析纲领的成分与作用、线索的梳理与编织，以及关目的衔接与照应等问题。

一、网：观念的演变与成型

近年来随着多媒体等教学辅助手段走进高校课堂，学生对抽象内容具体化的期待值越来越高。对于《红楼梦》网状结构的认识，学生们普遍肯定了线索的纵横交叉，但落实到整体形状时，或片形，或环形，或圆形，不同的人有

---

[1] 参见高淮生、李春强《二十年来曹雪芹艺术创作研究述评》艺术结构论部分，《红楼梦学刊》2004年第3辑。

[2] 参见郑铁生《半个世纪关于〈红楼梦〉叙事结构研究的理性思考》，《红楼梦学刊》1999年第1辑。

[3] 参见游国恩、王起、萧涤非、季镇怀、费振纲主编《中国文学史》，人民文学出版社1964年版，第325页。

[4] 参见袁行霈主编《中国文学史》第4卷，高等教育出版社1999年版，第371页。

不同的描述。针对学生的困惑，笔者在教学中借助"渔网"这一比喻性的具象，从空间感来阐释《红楼梦》的网状结构，构建出立体式网状模型，对这张"网"的三个组成部分纲、线、目加以分解，并分别结合作品进行剖析阐释，收到了良好的效果。

"网"，从造字到概念，从原始人捕鱼捉鸟的工具到现代人传递信息的途径，都体现了从具象到抽象的过程。而我们对小说《红楼梦》网状结构的认识，则是一个从抽象到具象的还原过程。笔者认为《红楼梦》的结构是能够用"网"来统摄的，但是考察这张网的视角一定要全面而不能片面，立体而不能平面。这一观念是通过对相关论述的理解逐渐建立起来的。

对"网"的形状的认识，本来并没有复杂的考虑，但笔者在与学生的互动中却发现了一些需要澄清的问题，也经历了从片形到环形、从圆球形到网兜形的认识过程。片形认识的基础是线性结构，因为在讲解《红楼梦》之前，学生学到的是章回小说以线性结构为主，即使各书之间有"辫"状、"链"状等差异，但宏观的线性特征是比较容易在平面上加以图示的。因此沿着这样的思维惯性，多数学生把网状结构理解成平面的阡陌纵横。在授课中需要将平面引导到立体上来，要让学生的认识完成两个过渡——从片形到环形、从圆球形到网兜形。这两个形状的演进分别借鉴了郭英德、齐裕焜先生的观点。郭英德先生曾指出"《红楼梦》网状艺术构思的丰富性、典型性、整体性和内在联系性"四个方面的特征："第一，以复杂的社会、广阔的生活和广泛的批判组成网状的构思内容，显示了艺术构思的丰富性"；"第二，以浓烈的情感和冷峻的思考、驰骋的想象和逼真的描摹组成网状的构思心理，显示了艺术构思的典型性"；"第三，以丰富的生活画面、曲折的情节、众多的人物和中心人物、中心线索组成网状的表层结构，显示了艺术构思的整体性"；"第四，以内在的向心力、规律性和系统性组成网状的深层结构，显示了艺术构思的内在联系性"。[1]
在郭先生所阐述的丰富性、典型性、整体性和联系性四个方面中，后两个特征
具有形象感，告诉我们《红楼梦》的网状结构要从整体和联系性上来考虑，这
就不是一块有边缘的片状织物，而是左右相连的环形。在学生的印象中，网状
由近似方形的、平面的变成了圆柱形的、立体的。

　　齐裕焜先生的观点进一步启发学生将圆柱的上下底缝合，并修整成一个圆
球状的网。文章认为："曹雪芹比较彻底地突破了中国古代长篇小说单线结构
的方式，采取了多条线索齐头并进、交相连结又互相制约的网状结构。青埂峰
下的顽石由一僧一道携入红尘，经历了人间的悲欢离合，又由一僧一道携归青
埂峰下，这在全书形成了一个严密的、契合天地循环的圆形的结构。在这个神
话世界的统摄之下，以大观园这个理想世界为舞台，着重展开了宝、黛爱情的
产生、发展及其悲剧结局，同时，体现了贾府及整个社会这个现实世界由盛而
衰的没落过程。从爱情悲剧来看，贾府的盛衰是这个悲剧的产生的典型环境；
从贾府的盛衰方面看，贾府的衰败趋势促进了叛逆者爱情的滋生，叛逆者的爱
情又给贾府以巨大的冲击，加速了它的败落。这样全书三个世界构成了一个立
体的交叉重叠的宏大结构。"[2]如果将齐先生勾画的"一个严密的、契合天地循
环的圆形的结构"与网状建立联系的话，那么这张网则是上下闭合的圆球形。
然而，如果进一步将"纲"的作用引入的话，这张网的上端网口就应该由闭合
的改成收放自如的了。

　　在前人研究成果的启发之下，我们逐步建立了对《红楼梦》网状结构模型
的整体认识。首先从三维的视角出发，在宏观上把整部书看成一张网；再从微

---

[1]　参见郭英德《佳园结构类天成——〈红楼梦〉网状艺术构思的特征》，《红楼梦学刊》1991
　　年第4辑。

[2]　袁行霈主编：《中国文学史》第4卷，高等教育出版社1999年版，第371页。该书《红楼
　　梦》一章由齐裕焜先生执笔。

观的角度领会网的组成部分纲、线和目的具体功用。[1]

二、纲：纲领的成分与作用

"纲"是提网的总绳。笔者对纲的位置的认识，经历了从三条纲的并列到网口处的横向拧结的理解过程。这个阶段的认识与秦家伦先生的观点同中有异。秦先生认为《红楼梦》"这个网式结构中，有三条纲即三根主线"，分别是"以贾家的兴衰史为纲""以宝玉的泛爱史为纲"和"以科举的衰落史为纲"。[2]这个看法的可贵之处是在"网式结构"中形象而自然地引入了"纲"的概念，并指出小说中的"三条纲即三根主线"。不过，还应理清的是"纲"的数量和位置。受到提纲挈领、纲举目张的启示，我们将《红楼梦》网状结构的"纲"，由三条主线拧成一股绳，放到网口处，以起到统领全网的作用。

《红楼梦》结构之网的纲是由三条主线构成的，这个数字在学界被多数人认同，但对于组成纲的三条主线的内容则看法不一，下文择要列举。

第一种说法是以"一主双宾"为主线，即贾宝玉的叛逆线，宝、黛、钗的爱情婚姻线和王熙凤的理家线。张锦池先生认为，《红楼梦》有五大线索："居于中心地位的，是'顽石'下凡历劫即贾宝玉的叛逆故事；处于第二个层次的，是宝黛钗的爱情婚姻故事和王熙凤的理家故事；处于第三个层次的，是元迎探惜的故事和甄贾冷刘的故事。作为线索，作者对它们是放在一起统一构思的。……前两个层次上的三条线索尤为重要，这一主双宾是作品无可争议的主

---

[1] 网状模型建立起来后，笔者还查到徐君慧先生的《从金瓶梅到红楼梦》一书中有"《红楼梦》的网式结构"一节，也涉及纲目问题的具体论述。参见徐君慧《从金瓶梅到红楼梦》，广西人民出版社 1987 年版，第 298 页。

[2] 参见秦家伦《论〈红楼梦〉的写作主旨与创作思想》，《贵阳学院学报（社会科学版）》1996 年第 3 期。

线。其余两条可称之为重要线索。其实，这三个层次也是种一主双宾。"[1]一主双宾说，即三条主线分别是贾宝玉的叛逆故事，宝、黛、钗的爱情婚姻故事，王熙凤的理家故事。这段论述中"主线"与"重要线索"的区别大体上相当于"纲"和"线"的区别。

第二说法是以三种矛盾，即叛逆者和正统派之间的矛盾、主子和奴才之间的矛盾、统治阶级内部的矛盾为主线。周先慎先生认为："《红楼梦》里共写了三组矛盾，一组是以贾宝玉、林黛玉为代表的贵族阶级的叛逆者，和以贾母、贾政、王夫人、薛宝钗等人为代表的贵族统治者和正统派之间的矛盾；一组是统治阶级和被统治阶级，亦即贾府中主子和奴才之间的矛盾；一组是统治阶级内部的矛盾。这三组矛盾中，叛逆者和统治者及正统派之间的矛盾是主要矛盾，居于中心地位，是全书描写的重点，构成主要情节。"[2]"居于中心地位"的矛盾包含了人生的、爱情婚姻的、家族的矛盾因素，"是全书描写的重点"，构成纲领性的内容。

第三种说法是以三曲挽歌为主线，即贵族家庭的挽歌、尘世人生的挽歌、生命之美的挽歌。梅新林先生在《红楼梦哲学精神——石头的生命循环与悲剧指归》中指出："《红楼梦》的贵族家庭的挽歌、尘世人生的挽歌、生命之美的挽歌三重主题的生成转换及其终极指归，既是从三重模式（思凡、悟道、游仙）到哲理再到主题的必然产物，同时也是在充分吸取前人研究成果基础上的一次新的融汇、新的综合的结果。"[3]陈惠琴先生论述叙事结构中的三大叙事模式，也用了三曲挽歌的概念："贵族家庭的挽歌——变历史传奇治乱分合的循环模式为盛衰荣枯的循环模式""宝、黛爱情的挽歌——对爱情传奇结构模式的

---

[1] 张锦池：《红楼梦考论》，黑龙江教育出版社 1998 年版，第 330 页。

[1] 张锦池：《红楼梦考论》，黑龙江教育出版社 1998 年版，第 330 页。
[2] 周先慎：《明清小说》，北京大学出版社 2003 年版，第 281—282 页。
[3] 梅新林：《红楼梦哲学精神——石头的生命循环与悲剧指归》，学林出版社 1995 年版，第316 页。

接受与突破""尘世人生的挽歌——承宗教传奇谪凡度脱的游历模式"。[1]

第四种说法是以三个世界为主线，即神话世界、理想世界、现实世界。齐裕焜先生认为："在这个神话世界[2]的统摄之下，以大观园这个理想世界为舞台，着重展开了宝、黛爱情的产生、发展及其悲剧结局，同时，体现了贾府及整个社会这个现实世界由盛而衰的没落过程。"[3]在这三个世界中分别演绎了尘世人生的悲剧、宝黛爱情的悲剧、贵族家庭的悲剧。

第五种说法是以三段历史为主线，即贾家的兴衰史、宝玉的泛爱史、科举的衰落史。[4]

第六种说法是以三重悲剧为主线，即贾宝玉的人生悲剧、女儿国的悲剧、以贾府为代表的贵族家庭的悲剧。[5]

笔者认为上述六种说法站在不同的欣赏角度都有一定的道理，但若将对《红楼梦》艺术结构的分析与其思想价值结合起来，尤其是避免在教学中使学生重复记忆或接触过多概念，还是将《红楼梦》的三重悲剧作为三条主线较为合适。这三重悲剧分别是：家族悲剧（既有贾家，也有其他三家）、婚恋悲剧（既有二玉的爱情，也有二宝的婚姻）、人生悲剧（既有女儿们的，也有贾宝玉的）。

《红楼梦》结构网的纲领到底是什么？脂砚斋在第一回曾有点评："四句乃一部之总纲。"这四句正文是："瞬息间则又乐极悲生，人非物换，究竟是到头一梦，万境归空。"（甲戌本侧批）其中的盛衰之感、梦幻之叹，足以囊括家

---

［1］ 陈惠琴：《论〈红楼梦〉叙事结构的三重奏》，《福建论坛》1998 年第 2 期。

［2］ 即顽石由一僧一道携入红尘的神话故事。

［3］ 袁行霈主编：《中国文学史》第 4 卷，高等教育出版社 1999 年版，第 371 页。该书《红楼梦》一章由齐裕焜先生执笔。

［4］ 参见秦家伦《论〈红楼梦〉的写作主旨与创作思想》，《贵阳学院学报（社会科学版）》1996年第 3 期。

［5］ 参见王平《论〈红楼梦〉的网络式叙事结构》，《东岳论丛》2000 年第 5 期。

族、婚恋和人生的所有悲剧。具体而言，整部书纲要性的内容集中在前五回，到第五回结束则全部凸现出来。第一、二两回引出家族兴衰，先以甄士隐家的败亡引起，后以冷子兴的演说介绍了贾府的主要人物。第三、四两回引出婚恋的对象，分别交代了黛玉和宝钗寄居贾府的因由。第五回由宝玉神游引出主要人物的归宿，随着人生悲剧的奏响，婚恋、家族都在"白茫茫大地"中被掩埋。第六回的回目是"贾宝玉初试云雨情　刘姥姥一进荣国府"，意味着这张大网撒开了，"初""一"都显示出小说在结构上的开端意义。

三、线：线索的梳理与编织

"线"是织网的主要材料。线索比喻事物发展的脉络或探索问题的途径。笔者对线的分布的认识，经历了从经线和纬线的提出到网眼均匀地交叉编织的理解过程。这个阶段的认识受到张锦池、王平先生观点的启发。张锦池先生在1982年曾提出《红楼梦》"立体多层次网状结构"的观点，并引入经线和纬线的概念，认为《红楼梦》在情节安排上是"千经万纬"的："'千经'中最绚烂的一条是贾宝玉的爱情悲剧和婚姻悲剧，'万纬'中最斑驳的一条是王熙凤的'半世'事业悲剧，其他风流冤家或人物的悲剧故事或经或纬地纵横穿插其间，而以贾宝玉走什么路做什么人的问题作为贯穿三者发展过程的主要脉络所形成的'横看成岭侧成峰'式的立体多层次网状结构。"[1]张先生的看法中有较明确的立体空间意识，首先指出经线和纬线之多，其次强调主次分工，并赋予其中一条经线和一条纬线表现主题的使命。王平先生认为"《红楼梦》的叙事结构呈现为网络式，是由三条经线与若干纬线交叉编织而成"。三条经线分别指"贾宝玉的人生悲剧""女儿国的悲剧""以贾府为代表的贵族家庭的悲剧"。

---

[1] 张锦池：《论〈姽婳词〉在〈红楼梦〉悲剧结构中的地位——兼说〈红楼梦〉的艺术结构》，《红楼十二论》，百花文艺出版社1982年版，第395页。

众多纬线指"刘姥姥三进荣府、贾雨村仕途沉浮、秦钟短命夭折、蒋玉菡爱情波折、柳湘莲人生遭遇等等"[1]。王先生在论述网状结构时也用了经纬线的概念，并进一步细化了它们的具体分工。综合上述观点，笔者认为，若从一张网的整体性和均衡性的角度考虑，两篇文章都分别强调了某些具体"线"的作用，其实这几条线担负的是"纲"的任务。而"三条经线与若干纬线交叉编织"，又有失均衡。相对合理的处理办法是，将这"三条经线"提升为"纲"，让"若干纬线"重新分工成经线和纬线，然后再纵横编织成若干均匀的网眼（或曰网目）。

《红楼梦》的线索较为复杂，也就是说这张"网"不是由一根线织成的，而是由许多条线纵横交错编织到一起的。脂砚斋批语中曾以"一树千枝，一源万派，无意随手，伏脉千里"[2]的比喻，形象地道出了《红楼梦》结构线索的特征。这里的"一树"和"一源"同指小说之网的纲领，"千枝"和"万派"则应指纲绳所提领的各条线索。而《红楼梦》千头万绪的线索，大体可归为人、事、物三类，以下分别谈谈人物线索、事件线索、物件线索。

首先看人物线索。围绕《红楼梦》的人物，张锦池先生提出的"五大线索"都是以人物为出发点的："居于中心地位的，是'顽石'下凡历劫即贾宝玉的叛逆故事；处于第二个层次的，是宝黛钗的爱情婚姻故事和王熙凤的理家故事；处于第三个层次的，是元迎探惜的故事和甄贾冷刘的故事。"[3]我们把宝玉叛逆故事，宝、黛、钗的婚恋故事都提升到纲领中去了，其余作为重要线索的有王熙凤的理家故事、元迎探惜的故事、甄贾冷刘的故事。下面简要分析这些人物在小说中的线索作用。

王熙凤　对关于王熙凤这一人物形象在小说结构中的作用，专家们曾予以

［1］　王平：《论〈红楼梦〉的网络式叙事结构》，《东岳论丛》2000 年第 5 期。

［2］　己卯本、庚辰本、戚序本第十九回脂批。

［3］　张锦池：《红楼梦考论》，黑龙江教育出版社 1998 年版，第 330 页。

关注，如杜景华的专论《王熙凤与〈红楼梦〉的艺术结构》[1]。诚然，王熙凤是小说纲领之下最重要的一条人物线索，纲领中的三条要素都与她密切相关。家族悲剧中，贾府的由盛转衰作为当家奶奶她要负直接责任。婚恋悲剧中，若按后四十回所续的内容，她直接导演了钗嫁黛死的惨剧。笔者认为，从前八十回文字来看王熙凤毒设"调包计"的可能性很小。其一是她对宝、黛关系的冷嘲热讽中，流露出善意的关注和撮合意愿；其二是薛宝钗对她的威慑，书中"金凤"亦作为头饰在迎春故事中被提及，"钗头凤"之间才德的比拼在第五十六回已浮出水面[2]，金玉良缘取代木石前盟，受冲击最大的是凤姐的利益。在人生悲剧中，这位"男人万不及一"的女人与"天下无能第一"的宝玉形成阴阳互逆关系，与凤姐相关的回目也多用"辣""酸"字样，揭示了封建末世女强人的"辛酸"。

元、迎、探、惜　她们虽然不是贯穿始末的人物，也不是小说中的主角，但作为贾府的四位千金小姐，从各自的侧面反映了这个封建大家庭的矛盾，照应了家族盛极而衰的悲剧。元春，家族利益的牺牲品，被送到"那见不得人的去处"，省亲时天伦之乐代以君臣之礼，反映出封建家长的希望和儿女自身幸福之间的矛盾（第十八回）。迎春，在"误嫁中山狼"的婚姻问题上，贾赦和贾政对孙绍祖的看法不一，反映出大家庭里两房兄弟之间的矛盾；迎春听从贾赦的安排而陷入不幸，也揭示出父女之间的矛盾（第七十八回）。探春，理家的风波深刻表现了封建家庭特有的正庶之间的矛盾（第五十六回）。惜春，"避嫌隙杜绝宁国府"生动地反映出大家族中姑嫂之间的矛盾（第七十四回）。面对元春，贾政的无情是可敬的；面对迎春，贾赦的无情是可恶的。面对赵姨娘，为掩饰内心的自卑，探春的无情令人感叹她的出身；面对尤氏，为证明自

---

［1］ 杜景华：《王熙凤与〈红楼梦〉的艺术结构》，载中国红楼梦学会秘书处编《红楼梦艺术论》，齐鲁书社 1983 年版。

［2］ 详见曹立波《〈红楼梦〉中花卉背景对女儿形象的渲染作用》，《红楼梦学刊》2006 年第3 辑。

己的清白，惜春的无情令人反思她的家境。贾府四春，或强，或懦，或进宫墙，或入空门，最终都难逃"落花流水春去也"的悲剧命运，"惜春常怕花开早"，这句辛词似乎可以视为作者塑造四位千金时创作心理的写照。

甄、贾、冷、刘 贯穿全书的有贾雨村和刘姥姥，冷子兴出现在开头，甄士隐出现在首尾，但这四人对于小说的结构都起到了重要作用，堪称不可或缺的线索。吴组缃先生1959年曾发表文章论述这几个"陪衬人物"在《红楼梦》艺术结构中所起的作用。关于甄士隐和贾雨村，吴文认为"甄士隐和贾雨村在开头是笼罩全书的主题思想，为准备开展悲剧故事而安排的两个人物"。关于冷子兴，"作者在第二回安排了冷子兴这个人物；通过他和贾雨村在村野小店里的一次谈话，扼要地介绍了贾家的家世、现状和书里重要人物的关系"。关于刘姥姥，"刘姥姥一共三次进荣国府，两次是出于作者手笔。第一次，刘姥姥主要是和凤姐见面，两个社会的性格在我们面前对比着"，"刘姥姥第二次进贾府，和贾母见了面。书里主要地是抓紧了这两个老太太，作了又一次的性格对比，揭示得更加广阔深入"。"续书里还写了刘姥姥第三次到贾家，这时悲剧已到尾声，贾家败局已成，她把巧姐儿打救了出来。这大致也是揣摩着原作者的意思安排的。"吴先生总结道："上面谈的都是几个外围的陪衬人物。作者安排他们，主要是为了饱满深到地表达中心内容、为了艺术结构的严密和完整，同时又和中心内容血肉联结着，成为不可分割的一体；绝不能看作可有可无的外加部分。"[1]

如何解释这几个陪衬人物与小说主题血肉相连的关系？笔者认为，从结构的角度考察这几条人物线索与小说纲领的关系，可操作性较强。纲领中的因素之一是以贾府为代表的家族悲剧。而这个家族是一片温柔富贵之乡，充满了恩情和关爱。贾府的恩情和关爱直接反映在贾雨村和刘姥姥身上，间接作用于

---

[1] 吴组缃：《谈〈红楼梦〉里几个陪衬人物的安排》，《人民文学》1959年第8期，见吴组缃《中国小说研究论集》，北京大学出版社1998年版，第255—264页。

甄士隐。通过贾雨村，表现了贾府的施恩，但他恩将仇报，走完了读书人的穷通怪圈。通过刘姥姥，表现了贾府的舍财，贾家惜老怜贫；而刘姥姥又反过来成为贾府由盛而衰的见证。至于甄士隐，他本人虽未走进贾府就离开尘世，但却难了尘缘，女儿香菱接续了他的红楼一梦。小说通过香菱，表现了贾府的垂爱，她成为意淫的对象，承载着小说男女主人公怜香惜玉式的关爱——宝玉给她换裙的体贴，黛玉教她学诗的关怀。而贾雨村的忘恩负义、薛蟠的胡作非为、夏金桂的盗跖性情，都通过她反衬出与"意淫"理想不同的物欲横流的世界。

需要单独说明的是冷子兴的线索作用。这个人物并未与贾府中的人物构成冲突情节，但作者在开篇安排他来介绍荣国府，主要原因恐怕是由于他的名字本身所具有的双关作用。冷子兴的"兴"字应读仄声，东观阁本第二回在正文"姓冷号子兴"行侧加批语："兴读作仄声，语乃双关。"又在正文"子兴笑道荣国府中"行侧加批语："冷子兴，而谈荣宁家世，即此便是警醒人处。"[1] 所以，这个名字是一个动宾结构，可理解为"冷你的兴致"甚至"败你的兴致"。让这样一个人"演说荣国府"，家族悲剧的征兆便显露出来了。

至于事件线索和物件线索，由于事件和事物的感性较强，线索作用比较容易把握。大的事件如可卿出丧、元春省亲、探春理家、抄检大观园，或丧或喜，或治或乱，成为表现家族盛衰的重要线索。此外，还有一些生日、节日、祭日等也成为串联情节的线索。物件线索的安排，受到了《红楼梦》之前小说、戏剧结构方式的影响。如明代"三言二拍"中的"珍珠衫"信物、"出师表"字画等，构成小说的主要线索。清初的两大传奇剧《长生殿》和《桃花扇》分别以金钗钿盒和桃花扇为线索，表达了家国兴亡之感和男女主人公的悲欢离合。《红楼梦》中起线索作用的物件有具体的实物，也有抽象物。具体的物件如宝玉、金锁、麒麟、鸳鸯剑、汗巾子、绣春囊等；抽象物如诗歌，《红

---

[1] 曹立波：《红楼梦东观阁本研究》，北京图书馆出版社 2004 年版，第 232 页。

楼梦》中多次写到诗社、题咏和联句等创作活动。王蒙先生认为："三十七回以降，做诗成了重要线索，先结海棠社，又赛菊花诗，吃螃蟹也要吟诗，秋风秋雨之夕也要吟诗。"[1]"做诗，竟成为《红楼梦》人物特别是可爱的青年人物的重要的活动内容与行动线索，不可等闲视之。"[2]诗歌抒写了人物的才情，渲染了悲剧主题，也为小说增添了艺术上的美感。有的物件则带有具体和抽象双重意义，如贾宝玉所佩戴的玉。此外，宝玉送给黛玉的旧帕子，从"横也丝来竖也丝"的谐音双关，到黛玉的题帕诗，可以说内涵在不断丰富，含有具体和抽象、物质和精神的双重意义。

四、目：关目的衔接与照应

《红楼梦》的结构最后达到了"纲举目张"的效果，纲是网上的大绳子，目是网上的眼，提起大绳子，一个个网眼都张开了。这一成语比喻文章条理分明，或抓住主要环节，带动次要环节。笔者分析的思路从上文的纲、线，自然过渡到网上的目。网目，指网上线绳纵横交织而成的孔，多呈菱形，也叫网眼，这是一张渔网完成捕鱼任务的最小单位。回到小说中来，从纲领、线索，便要落实到关目，即小说中关键性的情节。若论某一个网眼的作用，必然离不开它与上下、左右、前后网眼之间的关系。《红楼梦》中关目的作用，也应该用同样的方法来探究。

（一）上下关目之间，环环相扣

《红楼梦》的结构从空间考虑带有网状的特点，但在分析网眼之间关系的时候，还需要借助时间的概念。因为小说的发展顺序除了倒叙、插叙等特殊的

---

[1] 王蒙：《诗在"红楼"》，《红楼启示录》，生活·读书·新知三联书店 1991 年版，第 130 页。

[2] 王蒙：《诗在"红楼"》，《红楼启示录》，生活·读书·新知三联书店 1991 年版，第 132 页。

艺术处理，一般是按照时间顺序由前向后展开的。本文所言"上下关目"，有的在一回中，有的在前后两回中；所指的"环环相扣"，有的是顺承关系，有的是并列关系。

同在一回中的两个关目，具有衔接作用的，如第三十九回"村姥姥是信口开河（一作'合'）"，与"情哥哥偏寻根究底"，先说刘姥姥随便编出个雪地里抽柴草的"极标致的小姑娘"，后来尽管自家失了火，宝玉依然惦念着"那个女孩儿"，足见他的"爱博而心劳"，这两个关目属于顺承关系。再如第二十七回的"宝钗扑蝶"和"黛玉葬花"两个关目，虽先后接连发生，但属于并列关系。

相连的两回中的两个关目，有的衔接紧密。如第三十三回的"宝玉挨打"和第三十四回的"黛玉题帕"，属于顺承关系，由晴雯送帕的细节紧密相连。从宝玉与家族矛盾的激化，到宝玉和黛玉爱情的发展，这两个关目对小说的纲领具有强调作用。有的关目则在衔接中体现出对称关系。如第十二回和第十三回分别写了王熙凤和贾瑞、秦可卿和贾珍的暧昧关系，但前者死了男人，后者死了女人，形成前后对称及对比关系。同为十二钗中的媳妇，王熙凤和秦可卿的不同性格决定了对类似事情的不同处理方式。而正是在第十三回，王熙凤又去给秦可卿办丧事，两事对举，发人深省。从男人的角度看，贾瑞和贾珍虽一丧命、一幸免，却都荒淫无度，共同反映了贾府子侄们的不成器，以及这个大家族的后继乏人。

（二）相对关目之间，两两对称

地球上同一纬线的东西半球或纬度绝对值相同的南北半球的两个区域，若忽略山川等因素的影响，应该有着相似的地理环境。在网状结构的小说中也有类似情节，有时不是上下回紧密连接，发生的时间相距较远，也存在许多相似之处，具有对称性。"对称结构"之说是周汝昌先生较早提出的，他以"三""十二"等作为结构功能的依据，认为《红楼梦》中"全部结构包涵了三次重要的元宵节与三次重要的中秋节。是为全书的六大关目",“第一个重要的元宵节在第十八回（二九之数），元春归省，大观园建成。第二个重要的元宵节落在第五十四回（六九之数），写荣府元宵太平乐事。是为全书的‘顶点’，亦即前扇的终点”。[1]周汝昌先生对前八十回中已有情节的分析有一定道理，但对八十回后内容的猜测，将结构学发展为探轶学，则带有某些主观倾向。

（三）首尾关目之间，遥遥呼应

论及小说情节的首尾呼应，人们会想到“草蛇灰线，伏脉千里”的形象描述，以及评点家常用的“张本”与“映带”等概念。乾隆年间的脂砚斋评语便考虑到情节安排的问题，如甲戌本第一回眉批：“事则事实，然亦叙得有间架，有曲折，有顺逆，有映带……”这里的“映带”即强调前后的照应。嘉庆年间的东观阁本批语中，“张本”和“映带”随处可见，如第六回的“刘老老亦是此书眼目，为后来救巧姐张本，故叙次亦详”，第三十一回的“映带金麒麟”，第八十六回的“特提蒋玉函汗巾，为下文袭人再嫁张本”，等等。“张本”一般表示前文对后文的提示，“映带”一般用来说明后文对前文的呼应。需要指出的是，《红楼梦》中“为后来张本”的作用，涉及结局问题。有些人和事在前八十回没有结局，必须参考后四十回，这自然会触及无法回避的续书问题。从结构意义上说，《红楼梦》后四十回功不可没，因为它毕竟在乾隆年间便给了小说一个完整的结尾。某些关目的照应有其合理性，如刘姥姥三进贾府。

然而值得注意的是，网眼是情节而不是故事，网眼之间的前后呼应指主要情节（关目）的照应。英国批评家福斯特（E.M.Forster）在《小说面面观》中指出：

---

[1]　周汝昌：《红学的重要一环——结构学》，载周汝昌、周伦苓《红楼梦与中华文化》，工人出版社1989年版，第206页。

让我们为情节下个定义吧。我们曾经给故事下过定义：故事是关于按时间顺序排列的一个个事件的叙述。情节也是关于一个个事件的叙述，但是它所强调的是其间的因果关系。"国王死了，然后王后也死了"，这是故事。"国王死了，然后王后因哀伤而死"则是情节。情节里保存着时间的顺序，但是因果关系却把时间顺序掩盖得模糊不清了。……就拿王后的死为例，如果它是在故事里提到的，我们就说："后来呢？"如果它是在情节里提到的，我们就问："为什么？"这就是小说的这两个"面"的根本差别。[1]

《红楼梦》后四十回往往只按照时间的顺序叙述事件，即回答"后来呢"的提问，接续以后发生的事，而较少按照因果关系叙述事件，即解决"为什么"，如宝玉出家、香菱之死虽然从结局来看都是后来该出现的结果，但因果关系与前文是不相符的。宝玉忠孝两全、香菱扶正生子，都是实现封建社会男人和女人的理想之后再离开红尘与人世的。可见，续作者只简单地从当时社会的惯性思维出发，作了表层的结局安排，而缺乏对后续事件与开头安排之间逻辑关系的深入挖掘。在此我们不妨举一个首尾呼应的范例，法国作家大仲马的长篇小说《基督山伯爵》以情节曲折见长，尤其是妙趣横生的结尾。小说写到主人公邓蒂斯的三个仇人，分别为钱财、名誉、美女而加害于他，不惜剥夺他的前程、自由和幸福。作者安排三个仇人的结局时，让他们分别在各自谋害邓蒂斯的方面身败名裂，让每个人的偶然性结局都符合其各自的必然性的性格趋势。这部小说首尾呼应的成功，来自对事物间因果关系的准确把握。因而从小说叙事对"情节"的要求来看，《红楼梦》后四十回的情节只停留在故事层面，距严格意义上的情节尚远，在关目的首尾照应方面是要打些折扣的。

文章写到这里，《红楼梦》结构之网的编织即将锁扣时，我想到朱熹的诗

---

[1] [英] E.M. 福斯特：《小说面面观》，朱乃长译，中国对外翻译出版公司2002年版，第231页。

句"为有源头活水来"，人们常以此赞扬教者的启发，而我更看重教学相长中学生的作用。对于《红楼梦》网状结构的具体形状，或片形，或环形，或圆形，学生有出乎我意料的描述。正是他们需要"讲清楚"的原动力，促使我做了上述"想清楚"的努力。对相关资料的采集，对观念的提炼和酿造，均以学生的理解为甜蜜的目的。《红楼梦》立体式网状结构的直观性给新世纪的高校教学提出了新的挑战——如何用更为具体而形象的描绘去解释抽象的小说结构，如何把感性的成分与理性的要素对应，如何给出既适合空间维度又适合传播对象的诠释？本文所构建的模型仅仅是一个开始。

2006 年 7 月 17 日稿

（原载《红楼梦学刊》2007 年第 2 辑）

《红楼梦》中秦氏病重情节的诗意空间

内容提要

《红楼梦》涉及秦氏的文字不多，去世也较早，但对这一形象的看法则较为复杂。本文从导致秦可卿早亡的心理因素出发，探究其病重情节的诗意空间，即秦可卿形象的两个名称、双重身份背后的文学和审美内涵。具体考察"秦氏"之名所蕴含的秦罗敷之美的诗意反讽，太虚幻境中的可卿仙女所面对的尘俗迷惘，她作为寒门薄宦之家的长女"要强之心"的失望，以及身为百年望族的长房重孙媳的"第一个得意之人"的满腹忧患。

关键词

《红楼梦》 ┃ 秦氏 ┃ 可卿 ┃ 病因 ┃ 诗意空间

近两年，笔者在教学和指导论文时了解到，"秦学"和"揭秘"之说给学生带来的困扰无法回避。为解决问题，有针对性地拜读了一些立足史料、还原文本、回归艺术等方面的驳论。[1]其中令笔者感触颇深的是吕启祥先生的论文

---

[1] 参见周思源《周思源正解金陵十二钗》（中华书局 2006 年版）等专著，以及《红楼梦学刊》 2006 年以来的相关论文。

《秦可卿形象的诗意空间——兼说守护〈红楼梦〉的文学家园》[1]，文章对《红楼梦》的"诗意"即"文学的审美的意蕴"的呼唤，使笔者产生了共鸣。于是笔者将自己的阅读体会也冠以"诗意空间"之名，意在从秦氏病因的角度，探讨作者设置这一情节的意图及赋予这一形象的艺术内涵。秦可卿形象的两个名称——"秦氏"和"可卿"，她的双重身份——寒门之女与侯门之媳，都成了她病重的心理诱因。

一、秦氏："众人素爱"的诗意反讽

《红楼梦》中提及秦可卿这一人物，常用的称谓是"秦氏"。小说第八回写道："众人因素爱秦氏，今见了秦钟是这般人品，也都欢喜，临去时都有表礼。"爱屋及乌，弟弟初来贾府备受礼遇，从一个侧面反映了秦氏被"众人素爱"的程度。

小说让可卿姓秦，又称其为"秦氏"，这里不乏古典诗词的积淀。她姓秦，笔者认为除了借宋代秦观的字"秦太虚"与太虚幻境暗合之外，还另有寓意，即人人喜爱的"秦氏"与貌美的秦罗敷暗合。汉乐府《陌上桑》有云："日出东南隅，照我秦氏楼。秦氏有好女，自名为罗敷。"写秦罗敷的美貌采取了侧面烘托的笔法，即"行者见罗敷，下担捋髭须。少年见罗敷，脱帽着帩头。耕者忘其犁，锄者忘其锄。来归相怨怒，但坐观罗敷"，通过行者、少年、耕者、锄者的忘情，生动地描绘了罗敷人见人爱的美丽。《红楼梦》中也有写"东南隅"的句子，如第一回曰"当日地陷东南，这东南一隅有处曰姑苏"，似有化用《陌上桑》诗句的迹象。而且，曹雪芹写金陵十二钗的美貌，也曾将宝钗、黛玉等比作古代美女玉环、飞燕、西施等，再想到秦罗敷也是自然而然的事。

---

[1] 吕启祥：《秦可卿形象的诗意空间——兼说守护〈红楼梦〉的文学家园》，《红楼梦学刊》2006年第4辑。

《红楼梦》中的秦氏也是为众人所喜爱的，而且作者所用的"素"字含有素来、向来之意，从时间的角度强调了她受欢迎的程度，自然比瞬间的青睐更为持久。

秦可卿堪比秦罗敷吗？从贾母的角度，"贾母素知秦氏是个极妥当的人，生的袅娜纤巧，行事又温柔和平"（第五回）。在她婆婆尤氏的口中，"再要娶这么一个媳妇，这么个模样儿，这么个性情的人儿，打着灯笼也没地方找去"（第十回）。"袅娜纤巧"的好模样，再加上"温柔和平"的好性情，这是秦可卿给读者的总体印象。也许曹雪芹担心读者不能领会秦可卿的美，又举出几例着墨较多的美女，加以补充映衬。首先是像黛玉、像宝钗，名为"兼美"，即兼有钗、黛之美，"其鲜艳妩媚，有似乎宝钗，风流袅娜，则又如黛玉"。在宝玉的感觉中，黛玉的香气是暖的，宝钗的香气是冷的，可卿的香是甜的，她的房间里"有一股细细的甜香袭人而来"，让宝玉"眼饧骨软，连说好香"。其次是像香菱。小说第七回写香菱出现在贾府，人们都说她像"东府里蓉大奶奶"。甲戌本夹批指出："一击两鸣法，二人之美，并可知矣。再忽然想到秦可卿，何玄幻之极。假使说像荣府中所有之人，则死板之至，故远远以可卿之貌为譬，似极扯淡，然却是天下必有之情事。"[1]"玄幻"，戚序本作"灵妙"[2]，"何灵妙之极"，似更容易理解。香菱的体貌，小说曾借贾琏的垂涎，来写她的"出挑的标致"，写她"好齐整模样"。钗黛之美，从兴儿的话语中可知是让人敬而远之的，而香菱之美则有平易亲切之感。两相结合，汇成了秦氏的雅俗共赏之美。

小说曾通过送宫花来表现秦氏的花容和爱心。《红楼梦》第七回，甲戌本的回前诗曰："十二花容色最新，不知谁是惜花人？相逢若问名何氏，家住江南姓本秦。"戚序本上也有相同的回前诗，只是"名何氏"作"何名氏"。这是

---

［1］（清）曹雪芹：《脂砚斋重评石头记甲戌本》第七回，北京图书馆出版社 2004 年影印本。

［2］参见朱一玄编《红楼梦资料汇编》，南开大学出版社 2001 年版，第 189 页。

脂砚斋的批语，也是他的读书体会。第七回写了周瑞家的送宫花，她把从薛姨妈处拿来的十二枝宫纱花，送给十二钗中住在荣府的几位女子，没有见到秦可卿，但却间接写到她。先由宝钗不爱花写起，送花过程中先写了迎春、探春、惜春，都没有对花表现出爱惜来。周瑞家的进入凤姐院中，作者写道："平儿听了，便打开匣子，拿了四枝，转身去了。半刻工夫，手里拿出两枝来，先叫彩明吩咐道：'送到那边府里给小蓉大奶奶戴去。'"接着又写黛玉的冷笑和冷语。周瑞家的遇到的女子们，没有一个热情相待，珍惜宫花的。所以，回前诗把希望落在没有正面出场，但也得到了两枝花的秦可卿身上。从内容上看，这里写出了凤姐与秦可卿的亲密关系。从艺术角度上看，对于秦氏的不写之写，可谓弦外之音。秦氏是"十二花容色最新"的人，也是最"惜花"的人。可是，第五回写她的《好事终》曲却叹道："擅风情，秉月貌，便是败家根本。"她的死因无论是病逝还是淫丧，其"根本"原因在于风情和月貌。既有"花容"又"秉月貌"的秦氏却并没有得到应有的珍惜，也没有像《陌上桑》中的秦氏之女那样，机智地避免美貌所带来的纠缠和困扰。这也是名为"秦氏"的反讽之处。

二、可卿："幻境仙闺"的尘俗迷惘

作者采用虚实相生的笔墨，让太虚幻境中出现"可卿"的影子，为这一艺术形象笼罩上一层朦胧的雾霭。要穿云破雾，不能回避以下两个问题。

一是秦可卿和警幻仙姑的妹妹是否为同一个人？如果完全否认，则无法解释前后文的一些虚实的照应，比如第十一回，宝玉跟凤姐去看望秦氏，小说写道：

宝玉正眼瞅着那《海棠春睡图》并那秦太虚写的"嫩寒锁梦因春冷，芳气笼人是酒香"的对联，不觉想起在这里睡晌觉梦到"太虚幻境"的事来。正自出神，听得秦氏说了这些话，如万箭攒心，那眼泪不知不觉就流下来了。

"秦太虚"是宋代词人秦观的字，他还有一字"少游"，曹雪芹强调"太虚"，其用意显然是将"秦氏"与"太虚幻境"连在一起。而宝玉将现实与梦境的对比，也是对二者的呼应。幻境的可卿和宁府的秦氏这两个艺术形象是二支而同源的，正如"绛珠仙子"与林黛玉一样。不过与黛玉不同的是，从仙界的甘露到人间的眼泪，黛玉的情感始终在形而上的精神层面，即"意淫"的体贴；而可卿仙女则与宝玉未免"云雨之事"，且"柔情缱绻"。这能说明秦氏与宝玉有越轨的行为吗？我们应从这件事的起因、结果和背景三个角度来看。看起因，可卿仙女是被警幻安排去陪伴宝玉的，而警幻仙姑则是受"宁荣二公之灵"的嘱托，对这唯一"略可望成"的嫡孙宝玉予以关照。"先以情欲声色等事警其痴顽"，目的是让他"入于正路"。仙姑带着对宝玉"规引入正"的使命，采取了一种以淫治淫、以毒攻毒的办法。而具体执行者是她的妹妹可卿仙女。看结果，正当宝玉"与可卿难解难分"，携手游玩之时，走到了"荆榛遍地，狼虎同群"的迷津，警幻再一次出现告诉宝玉："此即迷津也。"让他"作速回头要紧"。在一声"可卿救我"的喊声中，宝玉之梦方醒。看背景，与"绛珠仙子"的神话不同的是，神话中含有一种现实中人对生活的天真解释和美丽向往，所以黛玉要"还泪"，"绛珠"的幻形中真实的成分较多；而可卿仙子的存在既是在仙境，又是在梦境，其实是梦中的仙境，所以虚幻的成分更多。在太虚幻境中，她乳名兼美字可卿，她兼有黛玉的"袅娜"和宝钗的"妩媚"，从外表到思想，她劝宝玉"留意于孔孟之间，委身于经济之道"，俨然重"礼"的宝钗的口吻；她推崇的"如尔则天分中生成一段痴情，吾辈推之为'意淫'"，又宛若重"情"的黛玉的心声。由此似乎可以推断，宝玉梦中"兼美"的女子，或许是现实中宝黛钗婚恋的幻影，宝玉借可卿的幻形，做了一场由甜蜜到恐怖的"幽梦"。梦醒之后，他将更多的心思花在"意淫"上，作者也通过一件件体贴女儿之事，以皴染他的"爱博而心劳"。那么，在太虚幻境中的可卿仙女，也亲闻警幻"意淫"的训导，对于现实中的秦可卿自然会有所影响。她所生活的宁府，贾珍、贾蓉之流"恨不能尽天下之美女供我片时之趣兴，此皆皮肤淫滥之蠢物耳"，警幻仙姑在"仙闺幻境"中所唾弃的，可卿在现实的"尘境"中都亲历了，所以大为失落，这是幻境之女"意淫"理想的失落。

二是秦可卿的死因是"淫丧"（自缢），还是病故？目前能看到的《红楼梦》版本，在正文中写的是秦氏病亡。小说写秦可卿的病，是借助凤姐的叙事视点来表现的。在第十一回，先是王夫人向尤氏的问话："前日听见你大妹妹说，蓉哥儿媳妇儿身上有些不大好，到底是怎么样？"王夫人得知秦氏生病的信息来源是凤姐。后来又写凤姐两次探望秦氏时的反应：一次是凤姐儿就紧走了两步，拉住秦氏的手，说道："我的奶奶！怎么几日不见，就瘦的这么着了！"一次是凤姐"来到宁府，看见秦氏的光景，虽未甚添病，但是那脸上身上的肉全瘦干了"。从第十一回秦氏的发病、病重，到第十三回的病故，凤姐都亲历亲闻，感同身受。可卿之病重，在书中是确切无疑的，而且第十一回凤姐去探望时已看出弥留的迹象了。

尤氏道："你冷眼瞧媳妇是怎么样？"凤姐儿低了半日头，说道："这实在没法儿了。你也该将一应的后事用的东西给他料理料理，冲一冲也好。"尤氏道："我也叫人暗暗的预备了。就是那件东西不得好木头，暂且慢慢的办罢。"

从凤姐和尤氏的对话不难看出，对秦氏的死举家上下是早有思想准备的。可是到第十三回，当听到噩耗的时候，作者为什么要写"彼时合家皆知，无不纳罕，都有些疑心"呢？这段文字令人费解。也有一些版本，如戚序本、程乙本中，"疑心"作"伤心"，似乎使上下文意更为通顺。清代徐凤仪在《红楼梦偶得》中指出："第七回焦大骂中'连贾珍都说出来'七字，足褫可卿之魄。所以绘其缢死之由，一百十一回鸳鸯云：'他怎么又上吊呢！'词中亦有'画梁春尽'之句。阅者勿被瞒过。"[1]这段论述是建立在将一百二十回通盘考虑的基础上的，从第五回秦可卿的判词，到第一百十一回写鸳鸯死时幻觉中遇到"东府里的小蓉大奶奶"，"拿着汗巾子好似要上吊的样子"，想到"必是教给我死的法儿"。可见续作者也看到可卿之死因应与悬梁自尽有关。

当甲戌本等带有脂评的抄本受到关注的时候，人们似乎找到了解答种种疑团的途径。借助脂砚斋的批语可以了解到，病逝是在淫丧的基础上删节、净化的结果。如脂砚斋在甲戌本上的批语提到的曹雪芹曾在第十三回写有"秦可卿淫丧天香楼"的情节，后来删掉了，这一回也因此"少却了四五页"。但作者在修改的过程中没有照顾到前面的判词，第十三回只留有合家"无不纳罕，都有些疑心"等初稿的文字，于是脂砚斋的眉批在此提醒读者："九个字写尽天香楼事，是不写之写。"也许是作者"芹溪"听了"老朽"的劝说，把淫丧之事删去了，写成了病逝，但有些文字处理得还不够自然。张锦池先生认为："秦可卿不是个饱暖思淫欲的淫妇；她是个有心计，有手腕，有封建'治才'的女性；她的羞愤自缢，反映了她耻于聚麀而又无法摆脱这一厄运的精神苦闷。"[2]此说很有道理。秦可卿的幻形之身"兼美"是倡导"意淫"的仙女，而在凡间的"小蓉大奶奶"要忍受的是"皮肤淫滥"的纠缠。虚与实、雅与俗、美与丑的对比，使她陷入迷惘，导致了无法排遣的郁闷。

三、寒门长女："要强之心"的极度失望

《红楼梦》中写秦可卿的笔墨并不多，但写到她的性格时，作者用了"孝顺""和睦""慈爱"等美好的词语，尤其是她死后贾府老少的反应，给读者留下了深刻的印象："那长一辈的想他素日孝顺，平一辈的想他素日和睦亲密，

---

［1］朱一玄编：《红楼梦资料汇编》，南开大学出版社 2001 年版，第 575 页。

［2］张锦池：《红楼十二论》，百花文艺出版社 1982 年版，第 337 页。

下一辈的想他素日慈爱，以及家中仆从老小想他素日怜贫惜贱，慈老爱幼之恩，莫不悲嚎痛哭者。"（第十三回）"爱人者，人恒爱之"，感情的反馈有时并非对等，可卿能赢得贾家上下如此厚爱，她的投入或许是成倍的。从表面上看，她给人的总体印象是温顺柔弱的。然而，一个不过二十岁（她去世时贾蓉二十岁）的女子，在嫁到宁府有限的时间里，便能让那么多人感受到她的"怜贫惜贱，慈老爱幼之恩"，与她的出身及志向也不无关系。她温柔的外表下，其实蕴藏着一颗"要强的心"。小说曾直接或间接地强调了这一点。直接描写，是她自己的告白，她对凤姐说："这如今得了这个病，把我那要强的心一分也没了。公婆跟前未得孝顺一天，就是婶娘这样疼我，我就有十分孝顺的心，如今也不能够了。"间接的表现，是给她看病的张友士的评价："据我看这脉息，大奶奶是个心性高强聪明不过的人。"

　　所谓"要强"，指一个人的好胜心强，不肯落在别人后面。那么，秦可卿要的是什么强呢？她自己口头上的遗憾是没有对长辈尽"孝顺的心"。其实不止于此，《红楼梦》第十三回结尾处，一些抄本上写有两句篇尾诗，即"金紫万千谁治国，裙钗一二可齐家"[1]。这虽是用来形容凤姐的理家才能，但"治国"和"齐家"，又何尝不是秦氏"要强"的目标呢？如果把诗句的含蓄之意落实的话，在贾府可以"齐家"的"裙钗"中，若要数一数二，除王熙凤外，秦可卿也应该能数得上的，遗憾的是她像流星一样过早地陨落了。

　　看病的大夫说她"是个心性高强聪明不过的人，聪明忒过，则不如意事常有，不如意事常有，则思虑太过"。写给王熙凤的曲子叫《聪明累》，其中有"机关算尽太聪明，反算了卿卿性命。生前心已碎，死后性空灵。家富人宁，终有个家亡人散各奔腾"等句子，似乎也可以用来表现秦可卿的心性和她对贾府兴衰的牵挂。在"心性高强""聪明忒过"这一点上，可卿和凤姐的确有相似之处。

---

　　[1] 甲戌本、庚辰本、己卯本等版本有此诗，而甲辰本、程甲本、程乙本无。

小说第八回，从回目来看是写钗玉初逢，黛玉半含酸。但若将头尾的内容联系起来看，则是秦可卿家事的正文。其父"营缮郎"的官职是比较寒微的，单就"东拼西凑的恭恭敬敬封了二十四两赘见礼"，足见其"宦囊羞涩"了。秦钟和秦可卿生长在一个与"侯门公府"不同的"寒门薄宦"[1]的家庭。但父亲对儿子的功名举业之事，还是寄予厚望的。而秦可卿所嫁的贾府则与之有天壤之别，贾珍说她"一天穿一套新的，也不值什么"；凤姐劝她"别说一日二钱人参，就是二斤也能够吃的起"。两相比较，如何让可卿坐享安宁呢？她见到宝玉就与自己的兄弟比，由衷地希望秦钟的长进能光耀门庭。而一旦知道弟弟不好好读书，可卿的焦急是可想而知的。

关于可卿父亲的姓名和官名，脂砚斋的解释完全从"孽海情天"（第五回太虚幻境宫门的横批）四字出发的。认为："妙名，业者孽也；盖云情因孽而生也。"还指出："官职更妙，设云因情孽而缮此一书之意。"秦可卿的父亲名"秦业"（也作"秦邦业"），她的弟弟秦钟字"鲸卿"，"秦"与"勤"、"鲸"与"精"同音。父子的名字加在一起，应含有"业精于勤而荒于嬉"的意思。当然，以前有研究者认为，"秦"是"情"，"业"是"孽"，秦钟是"钟情"之意，而秦可卿则是"情可轻"，如清代姚燮曾云："秦，情也。情可轻而不可倾，此为全书纲领。"[2]从"情"的角度看待秦氏一家，固然讲得通。但秦可卿从病时的"要强"，到死时的"托梦"，都与家业有关。此"情"似乎更应从风月之外的家业兴衰去看，所以，秦氏父子的名字，从励志的寓意解释，也不无道理。

---

[1] 秦可卿成长于"寒门薄宦之家"，见《红楼梦》第七回，写宝玉见秦钟的人品出众……乃自思道："天下竟有这等人物！如今看来，我竟成了泥猪癞狗了。可恨我为什么生在这侯门公府之家，若也生在寒门薄宦之家，早与他交结，也不枉生了一世。"（清）曹雪芹、高鹗：《红楼梦》，人民文学出版社1996年版，第111页。

[2] 姚燮：《大某山民总评》，载《增评补像全图金玉缘》，北京图书馆出版社2002年影印本，第46页。

秦钟得以到贾家的学堂上学，是令可卿欣慰的事。然而让她始料不及的是，秦钟与宝玉却"不因俊俏难为友，正为风流始读书"。顽童闹学堂，反应最强烈的不是贾政，而是秦可卿。金荣挨了欺负，他的姑母贾璜之妻金氏到宁府来"向秦氏理论"。尤氏接待了她，叙起了可卿的病情和为人：

你是知道那媳妇的：虽则见了人有说有笑，会行事儿，他可心细，心又重，不拘听见个什么话儿，都要度量个三日五夜才罢。这病就是打这个秉性上头思虑出来的。今儿听见有人欺负了他兄弟，又是恼，又是气。恼的是那群混帐狐朋狗友的扯是搬非、调三惑四的那些人；气的是他兄弟不学好，不上心念书，以致如此学里吵闹。他听了这事，今日索性连早饭也没吃。我听见了，我方到他那边安慰了他一会子，又劝解了他兄弟一会子。我叫他兄弟到那边府里找宝玉去了，我才看着他吃了半盏燕窝汤，我才过来了。婶子，你说我心焦不心焦？

尤氏这番话，道出了可卿的性格，能说会道，心思却又细又重；也道出了可卿的病因，"这病就是打这个秉性上头思虑出来的"。可卿是一个很有责任感的人，最令她焦虑的是弟弟不读书上进。小说写"金氏听了这半日话，把方才在他嫂子家的那一团要向秦氏理论的盛气，早吓的都丢在爪洼国去了"，秦可卿的人格魅力，让告状的人都欲言又止。这段文字采取了欲擒故纵的写法，从金氏的视角看秦氏的品格。

与凤姐内外都逞强不同的是，秦可卿是一个是外柔内刚的人。贾府的女子不仅要自己尊贵，更要娘家尊贵。当权者，从贾母、王夫人到王熙凤，无一例外。而邢夫人、尤氏则相形见绌，赵姨娘更是令亲生女儿都认为她"阴微鄙贱"。"伤过太真乳的木瓜"虽是游戏之笔，也可启发读者拿她与杨美人相比。贵妃一人得幸，而使"姊妹兄弟皆列土"，其堂兄杨国忠当上右相，兼吏部尚书等要职。宝玉曾拿宝钗与杨贵妃相比，招致宝钗的反唇相讥："我倒像杨妃，只是没一个好哥哥好兄弟可以作得杨国忠的!"诚然,贵为皇商之家的薛宝钗都感叹娘家"没一个好哥哥好兄弟"令门户生辉,更何况寒门薄宦出身的秦可卿?如果说在婆家的遭遇让她有苦难言,那么弟弟秦钟"闹学堂"一事给她的打击无疑是向受伤的心灵上再撒一把盐,加重了她的心病。

四、侯门孙媳:"得意之人"的忧患意识

小说借贾母的所思所想,反映了秦氏在她心目中的地位:"贾母素知秦氏是个极妥当的人","乃重孙媳中第一个得意之人"。然而,秦氏在贾府表面上越"得意",内心却越忧虑。

只要好模样、好性情而不论贫富,秦可卿是贾母选择媳妇之理想的集中体现。小说二十九回,张道士给宝玉提亲时曾说:"若论这个小姐模样儿,聪明智慧,根基家当,倒也配的过。"从模样、聪明,到家庭的贵和富,道士说得已十分周到。而贾母却只在乎小姐自身的素质:"不管他根基富贵,只要模样配的上就好,来告诉我。便是那家子穷,不过给他几两银子罢了。只是模样性格儿难得好的。"由此看来,秦可卿是完全符合贾母的标准的。

然而,秦氏也正是贾母脱离现实的婚姻构想的牺牲品。在封建时代的婚姻结构中,门当户对是一个刻度严明的坐标,尤其是贾府那样的公侯之家,一旦背离这个坐标,那"高攀"的人将付出代价。从表面上看,无论婆媳关系还是夫妻关系,秦可卿似乎都比王熙凤要融洽得多。她曾拉着凤姐儿的手,强笑道:"这都是我没福。这样人家,公公婆婆当自己的女孩儿似的待。婶娘的侄儿虽说年轻,却也是他敬我,我敬他,从来没有红过脸儿。就是一家子的长辈同辈之中,除了婶子倒不用说了,别人也从无不疼我的,也无不和我好的。"作为儿媳妇,被"公公婆婆当自己的女孩儿"一样看待;作为妻子,她与丈夫相敬如宾到"从来没有红过脸儿",这是令天下女子望尘莫及的事情,至少凤姐听了秦氏的幸福感言会自愧不如的。实质上,贾珍、贾蓉的人品会给宁府带

来怎样的和睦，是不言而喻的。这无疑是秦氏这位得意者的失意之处。

"秦氏是个极妥当的人"，《红楼梦》用简约的笔墨，描述了她"极妥当"背后所付出的艰辛；用含蓄的笔墨，揭示了这位"第一个得意之人"的忧患。人无远虑，必有近忧。而秦可卿的问题，恰恰是她不能安享眼前的荣华富贵，偏偏有深谋远虑，多思导致多病，以致积郁成疾，无可救药。

这一点集中反映在可卿托梦之事上。秦可卿临终前为贾家的事而死不瞑目，特向凤姐托梦。甲戌本第十三回回后，脂批写道：

> 秦可卿淫丧天香楼，作者用史笔也。老朽因有魂托凤姐贾家后事二件，嫡是安富尊荣坐享人能想得到处？其事虽未漏，其言其意令人悲切感服。姑赦之，因命芹溪删去。

这条批语中的"史笔"，可以从两个角度即直笔和曲笔理解。史笔的本意指史官直言记叙历史的笔法，应属直笔。不过，中国古代的史学家常用微言大义的春秋笔法写史，既记载了历史事实又能远祸全身，因而直笔便成了曲笔。脂砚斋的批语中不乏对微言大义之春秋笔法的点评，如第四十五回在关于宝钗的正文"遂至母亲房中商议打点些针线来。……每夜灯下女工必至三更方寝"处，庚辰本夹批写道："写针线下'商议'二字，直将寡母训女多少温存活现在纸上。不写阿呆兄，已见阿呆兄终日醉饱优游，怒则吼，喜则跃，家务一概无闻之形景毕露矣。春秋笔法。"曹雪芹在褒扬宝钗孝顺的同时，让读者体悟到薛蟠的不孝，这种不写之写被脂砚斋视为"春秋笔法"，属于曲笔。再看十三回的"史笔"，曹雪芹并非直接采用不写之写的方法，而是对"秦可卿淫丧天香楼"的情节先直陈后隐去。所以他的"史笔"，先是用的直笔，后来删去，则成了曲笔。正如同一回的眉批所云："九个字写尽天香楼事，是不写之写。"脂砚斋通过点评的方式提示了这段文字所隐含的家事和创作过程。史笔本应不虚美，不隐恶。但曹雪芹终因秦可卿"魂托"的善举，而隐去其"淫丧"的丑行。

究竟是哪两件"贾家后事"令批书人为之"感服"呢？秦可卿临终时对凤姐说："即如今日诸事都妥，只有两件未妥，若把此事如此一行，则后日可保永全了。"在凤姐的询问下，秦氏道出了对于贾家来说是继往和开来的两件事："四时祭祀"是对祖业的考虑，"家塾供给"是对后代的筹划；既有物质的储备，又有教育的构想。她还想到了即使有抄没家产的那一天，"这祭祀产业连官也不入的"；即使有败落那一天，"子孙回家读书务农，也有个退步，祭祀又可永继"。秦可卿的深谋远虑于此可见一斑。脂砚斋提醒读者如此见解不是"安富尊荣坐享人能想得到"的，足见其对秦氏之见的理解和认同。

凤姐与秦氏情投意合。秦氏生病，小说写凤姐几次"眼圈儿红"。第一次"凤姐儿听了，眼圈儿红了半天"；第二次写"凤姐儿听了，不觉得又眼圈一红"。凤姐向来是一个泼辣强硬的人，很少为别人流泪，而秦氏却多次让她动容。秦氏病故，她到灵前"放声大哭"，清代王希廉评曰："凤姐灵前大哭，是真哭不是假哭。秦氏灵动聪明，是凤姐知心，其情亦大略相似。惺惺惜惺惺，安得不恸？"[1]"惺惺惜惺惺"，较为形象地道出了二人有一样的才干、一样受宠，又互相欣赏。但我觉得，凤姐未必是秦氏真正的"知心"。因为秦可卿有幻境的理想、寒门的志向，加上对侯门的忧虑，都是凤姐所无法理解的。正因为可卿不是"安富尊荣坐享人"，所以她比身为贵胄又爱慕虚荣的王熙凤想得更多，看得更远。

作为侯门公府重孙辈的长房长媳，虽有家族的"远虑"，秦氏却难免自身的"近忧"。这一忧虑在于她的病，她不能生育的重症。《红楼梦》强调红颜薄命，写美女常从"病"上写。未婚的女孩的病，像黛玉、宝钗、晴雯等，多从心肺上写，往往联系情思和心病；已婚的女子的病，如秦可卿、王熙凤、香菱

---

[1] 王希廉：《护花主人评》，载《增评补像全图金玉缘》第十四回回后，北京图书馆出版社 2002年影印本，第533页。

等，则从气血上写，作者每每强调这些病都与她们的情绪、思虑有关，甚至影响到生育和子嗣问题。秦可卿"经期有两个多月没来。叫大夫瞧了，又说并不是喜"。她所服的"益气养荣补脾和肝汤"，她所云"昨日老太太赏的那枣泥馅的山药糕，我倒吃了两块，倒像克化的动似的"，都显示出气血不调的症状。秦氏在病榻上念念不忘的是"公婆跟前未得孝顺一天，就是婶娘这样疼我，我就有十分孝顺的心，如今也不能够了"（第十一回）。不孝有三，无后为大。婚后不能生子，这在封建社会，尤其是贾府这样一个大家族里，是身为重孙辈长媳者的"不孝"，自然也是这位标致而又要强、敏感的女子的隐痛。若从病态美的角度思考，秦可卿的病与林黛玉的病相比，黛玉的"病容愈觉胜桃花"[1]，既表现了她的美，又写了她的情，同时体现了爱情悲剧的意蕴；而可卿"治得病治不得命"，既表现了她令人怜惜的病容，又写了她要强的心性，同时也隐含了家族悲剧的意蕴。

从曹雪芹的原意来看，秦可卿的病是他要着力渲染的，因为他所钟爱的女性形象几乎都要以病来体现美。只是在写到秦氏之死时，原稿中安排了上吊，后来改为病死。值得注意的是，与秦可卿的死因相比，她的病因似乎更为重要，更有助于我们挖掘这一形象的情感世界。上文所言美貌的困扰、仙闺的迷惘、要强者失望，以及得意人的忧患，无一不是引发和加重秦可卿病情的原因。

（原载《红楼梦学刊》2007年第6辑）

---

[1]　明义：《题红楼梦》，载一粟编《红楼梦卷》，中华书局1963年版，第12页。

《红楼梦》中元春形象的三重身份

内容提要

金陵十二钗中，贾元春位列黛、钗之后，这一形象在《红楼梦》中的作用不容忽视。近年关于她的判词、身份等问题也引发了一些争论。本文通过对相关问题的再探讨，认为贾元春在小说中的戏份并不多，她只是在元宵之夜亲临大观园，但这一角色的意义却至关重要。《红楼梦》的悲剧故事主要由三重因素构成，即家族、人生和婚恋的悲剧。在家族悲剧中，元春是贾家兴盛的造福者；她既带来了太平气象、富贵风流，也成为由盛转衰的肇始者。在人生悲剧中，她是诗意人生的倡导者；她让宝、黛、钗等人住大观园，为他们提供了吟咏青春和诗情的场所。作为凤藻宫尚书，她本人的睿藻之才和宫怨之情也为十二钗的命运之悲增添了色彩。在婚恋悲剧中，她是金玉良缘的支持者；作为长女和贵妃，她对宝钗的偏爱，促使宝玉的婚姻向金玉良缘倾斜。

关键词

《红楼梦》｜ 元春 ｜ 虎兔相逢 ｜ 宫怨 ｜ 凤藻

《红楼梦》一书在金陵十二钗正册中安排了贾家的"四春"，元、迎、探、惜，或敏或懦，或进宫墙，或入空门，无论从深化小说的主旨还是丰富人物群像而言，每一位金钗都是作者构思中不可或缺的艺术形象。近两年，由于

"揭秘"之说[1]在中央电视台播出，许多人对有关元春的问题产生困惑[2]，促使本文为曹雪芹塑造的元春这一艺术形象寻找一片诗意空间[3]。

贾元春在金陵十二钗中排在第三位，仅居《红楼梦》的两位女主人公林黛玉和薛宝钗之后，在贾府的小姐和少奶奶中位列第一。元春贵为皇妃，她令"光彩生门户"，随她而来的是说不尽的太平气象，道不完的富贵风流。因为有了她，十二钗中多了一位"穿黄袍的"美人；因为有了她，贾府与皇宫建立起联系；因为她要回娘家，宁、荣二府周边平添了一座省亲别墅；因为她的一道口谕，宝、黛、钗等有了一处展现青春和诗情的场所。元春形象的塑造，为《红楼梦》的故事背景拓展了社会阶层和空间场所。同时，元春本人也在她有限的活动范围内，在《红楼梦》中的三重悲剧中扮演了重要的角色。即家族悲剧中，她是由盛转衰的肇始者；人生悲剧中，她是诗意人生的倡导者；婚恋悲剧中，她是金玉良缘的支持者。

一、家族由盛转衰的肇始者

贾元春晋封贤德妃是贾府极盛的标志，元妃省亲也是这个家族由盛转衰的开始。《红楼梦》前五回是纲领性的文字，具体情节的展开是从第六回开始的，从六至十八回写贾府的兴盛，之后就是这个百年望族逐渐衰败的过程。

---

[1] 参见《刘心武揭秘〈红楼梦〉》，东方出版社 2005 年版。

[2] 刘心武认为，元春判词中"二十年来辨是非"，是"她二十年来，一直在判断有一个人究竟是谁"（《刘心武揭秘〈红楼梦〉》，东方出版社 2005 年版，第 244 页）。而这个人是秦可卿的原型，是贾家"藏匿的皇家女子"，贾元春把告发秦可卿作为向上爬的阶梯。刘心武推论："因为做了这样的事，而且家里配合得也很好，皇帝会认为她忠孝贤德，所以小说里写皇帝最后就把贾元春提升了，她于是就'才选凤藻宫，加封贤德妃'了。"（《刘心武揭秘〈红楼梦〉》，东方出版社 2005 年版，第 248 页）

[3] "诗意空间"一词，参见吕启祥《秦可卿形象的诗意空间——兼说守护〈红楼梦〉的文学家园》，《红楼梦学刊》2006 年第 4 辑。

在兴盛阶段，作者安排了刘姥姥进府之类的小事，也写了秦可卿出丧之类的大事。姥姥之来，从瞧看平儿到视听钟摆的几次错觉，借人物的视角展示了荣国府的富有和气派。秦氏之亡，从灵位和棺木到吊唁者，乃至出殡的队伍，全方位渲染了宁府的奢华和气势。不过，在吊丧的贵宾中，六公、五侯、四王的孙子，甚至"不可枚数"的"王孙公子"，都是一些公侯贵胄，靠着祖上的余威，少有当朝的高官显贵。加之贾珍为了让儿媳妇的灵牌体面，特地花一千二百两银子，给贾蓉捐了一个"五品龙禁尉"的官职（作者虚拟的"御前侍卫"官名），以至于秦可卿的"灵牌疏"可写"天朝诰授贾门秦氏恭人之灵位"。其实，明清时期四品官的妻子才叫"恭人"，而五品官的妻子应叫"宜人"。[1]早期抄本多数是"恭人"，只有戚序、甲辰、程甲本作"宜人"，大概为后来修正的。[2]不过，作者在此故意把重金换来的名分再提一级，也隐含了荣宁二公的后人们对现状的不满和无奈。

这一现状很快就得到改观，贾家"玉"字辈的男子虽不成龙，女子中却不乏成凤之人。两回之后，第十六回便写"大小姐晋封为凤藻宫尚书，加封贤德妃"。从贾母等人的"喜洋洋盈腮"，到凤姐笑迎贾琏的"国舅老爷大喜"，宁、荣两府的"如何谢恩""如何庆贺""如何热闹""如何得意"，却在宝玉的"毫不介意"中反映得淋漓尽致。晋封与省亲紧密相连，第十七、十

---

[1] 参见（清）曹雪芹、高鹗著，中国艺术研究院红楼梦研究所校注《红楼梦》第十三回注释，人民文学出版社 1996 年版，第 175 页。

[2] 冯其庸主编，红楼梦研究所汇校：《脂砚斋重评石头记汇校》，文化艺术出版社 1987 年版，第 629 页。以下为影印本：庚辰本，见（清）曹雪芹《脂砚斋重评石头记：庚辰本》，人民文学出版社 2006 年影印本，第 279 页；戚序本，见（清）曹雪芹《戚蓼生序本石头记》，人民文学出版社 2006 年影印本，第 449 页。刘世德先生在序言《戚本：〈红楼梦〉脂本中的一个重要的版本》中说："种种迹象表明，戚本抄成的年代要晚于其他几个主要的脂本。"（《戚蓼生序本石头记》，人民文学出版社 2006 年影印本，第 7 页）甲辰本，见（清）曹雪芹《甲辰本红楼梦》，书目文献出版社 1989 年影印本，第 405 页。程甲本，见（清）曹雪芹、高鹗《程甲本红楼梦》，北京图书馆出版社 2001 年影印本，第 372 页。

八回写了大观园的兴建、宝玉题对额，以及元春游园。元春的判词则概述了元春晋封和省亲的得意，以及游园惊梦后的失落之感。

小说第五回对元春判词的描述是：

> 画着一张弓，弓上挂着一香橼，也有一首歌，词云：二十年来辨是非，榴花开处照宫闱。三春争及初春景，虎兔相逢大梦归。

元春的判词是十二钗判词中争议较大的一首。画面上两件物品从谐音的角度看，"弓"与"宫"音同，当指词中的"宫闱"；"香橼"是一种植物，"橼"与"元"音同，香橼挂在弓上，意指皇宫中的元春。此外，透过表层意思，还可以看到作者塑造元春形象，在众金钗中设置一位后宫女子，在千红一哭的悲剧旋律中增添了宫怨音符，所以"弓"和"橼"的深层意蕴也可以理解为"宫怨"，以表达宫中元春的哀怨之情。

再来看四句诗。

"二十年来辨是非"，这句从年岁的角度写元春的成长和她努力的结果。"二十年来"，有人认为是指元春在宫廷生活的时间，有人认为是元春入宫时的年龄。笔者认为应指元春省亲时的年龄，也可以说是她被晋封为贵妃的年龄。如果按《红楼梦》中红楼故事的纪历推算，第二回宝玉"如今长了七八岁"，元春"现因贤孝才德，选入宫作女史去了"，这里告诉我们宝玉七八岁的时候，元春入宫。她入宫那年多大呢？据清代吴振棫《养吉斋丛录》卷二十五记载，当时挑选八旗秀女的年龄要求是"其年自十四至十六为合例"。薛宝钗上京准备入选宫中"才人赞善"时的年龄应是十四岁左右，元春入宫时也应为十四至十六这个年龄。她比宝玉大七八岁。到元妃省亲过后，宝玉等入住大观园，作了几首即景诗，第二十三回写一些势利人"见是荣国府十二三岁的公子作的，抄录出来各处称颂"。所以，建成和入住大观园时宝玉十二三岁，与元春入宫的第二回相比，已经相隔五六年。当年十五岁左右的元春此时恰好二十来岁。"辨是非"，指懂得世事人情，即第五回宝玉所见的一副对联所写"世事洞明皆学问，人情练达即文章"。宝玉不喜欢这两句，但这却是常人在为人处世方面难以达到的境地。元春做到了这一点，才接连创造了"因贤孝才德"被选中，又因"贤德"被晋封的佳绩。

"榴花开处照宫闱"，这句从季节的角度描述了元春的花样年华和辉煌成就。"榴花"，指石榴花。唐代韩愈《题张十一旅舍三咏》："五月榴花照眼明，枝间时见子初成。"石榴花开鲜艳似锦，也被称为"榴锦"。古人还用"榴火"来形容石榴花色红似火，如元代曹伯启《谢朱鹤皋招饮》："满院竹风吹酒面，两株榴火发诗愁。"所以榴花是艳丽、红火的写照，无论是描述女性的容貌还是称颂事业的火爆都较为形象。"照"字则富有动感地表现了榴花似火的热烈景象。"宫闱"，后妃居住的地方。此句指元春"晋封为凤藻宫尚书，加封贤德妃"之事。她让贾府成为"金门玉户神仙府，桂殿兰宫妃子家"，呈现出"烈火烹油"般的繁华。

"三春争及初春景"，此句脂砚斋的侧批是"显极"（甲戌本），从月份的角度突出了元春的领先地位和尊贵气象。"三春"，指春季的三个月，即孟春、仲春、季春；也指贾府中元春的三个妹妹，即迎春、探春、惜春。"争及"，甲辰本、程甲本皆作"怎及"。宋代柳永词中常有"争"作副词，与"怎"相通的用法，如《八声甘州》："争知我、倚阑干处，正恁凝愁。"清代纳兰性德词《画堂春》："一生一代一双人，争教两处销魂？相思相望不相亲，天为谁春。"《红楼梦》第十四回写凤姐协理宁国府时"待要回去，争奈事情繁杂"。这里的"争"同"怎"。两者意思相同，可以理解为怎么赶得上。"初春景"，孟春之初的景象，即元春的荣耀。其实，三个妹妹中探春生于三月初三，惜春更晚，而迎春似应生在立春那天，也是可以争春的。然而元春生于大年初一，俗称"元日"，就是吉日的意思，所以她所占据的春光是无人可比的。

"虎兔相逢大梦归"，这句从时辰的角度概述元春省亲游园回宫后的寂寥之感，也暗含幽怨之情。"兔"字存在版本差异。"虎兔"，己卯本、梦稿本作

"虎兕"；而甲戌本、庚辰本、蒙府本、戚序本、舒序本、甲辰本、程甲本皆作"虎兔"。作"虎兕"解释的时候，"兕"注释为"犀牛类的猛兽"，虎与兕两种猛兽相逢，借以比喻两派政治势力的斗争，而"大梦归"则指死亡，认为可能暗示元春死于两派政治势力的恶斗之中。作"虎兔"解释，如一百二十回本第九十五回写元春之死："甲寅年十二月十八日立春，元妃薨日是十二月十九日，已交卯年寅月，存年四十三岁。"这里的"卯年寅月"指乙卯年的元月。有的学者把"虎兔"解释为甲寅年和乙卯年两年相交的时候。还有人认为康熙卒于壬寅年（1722），雍正元年为癸卯年（1723），也是"虎兔相逢"，进而把元妃省亲看成康熙南巡的隐喻。此类从索隐角度解释"虎兔"的看法有很多。还有人从比喻的角度认为在宫廷争斗中恶势力如虎，而元春只是一只弱小的兔子。[1]

元春判词这四句从逻辑顺序上看，第一句写了年岁，第二句写了季节，第三句是月份，从由大到小的顺序看，第四句应该是日期或时辰。虎兔即寅卯，从日期上不好解释，从月份上按夏历纪月法，一月是寅月，二月是卯月。元春生在寅月初一，省亲在寅月十五，似乎都离卯月有距离。那么从时辰上看，似乎可以解释通。"虎兔相逢"指时辰，寅时和卯时相交的时候元春从娘家回到宫中。《红楼梦》写元妃省亲时，在时间上描写十分精细。应该注意的两个时间点是"戌初才起身"，到"丑正三刻，请驾回銮"。24 小时在古代被划分成 12 个时辰，与十二生肖对应。戌时是从 19 点到 21 点的时间段，戌初应靠近 19 点；丑时是从凌晨 1 点到 3 点的时间段，丑正三刻是两点三刻左右，快到 3 点的时候。元妃在娘家只流连了不到四个时辰，六七个小时。如果把来时"起身"后路上行走的时间刨除，可能只有五六个小时。值

[1] 元春判词考，参见王玉林等文。王玉林《〈红楼梦〉系隐秘曹家历史小说考——元春判词考释（上）》，《红楼梦学刊》2003 年第 3 辑；王玉林《〈红楼梦〉系隐秘曹家历史小说考——元春判词考释（下）》，《红楼梦学刊》2003 年第 4 辑。

得注意的是，元妃"请驾回銮"的时间是"丑正三刻"，等和父兄们、"娘儿们"依依惜别，再起驾回宫，大概要耗费一个时辰，所以元妃回到后宫时，应是寅时和卯时相交，即虎兔相逢的5点钟了。"大梦归"，指梦醒时分回宫。元春游大观园，宛如《牡丹亭》中"游园"的春梦，而她的离去又恰似"惊梦"，是红楼一梦的结束。元妃正月十五省亲的场景，可以借用辛弃疾《青玉案·元夕》"东风夜放花千树，更吹落星如雨"表现其游园时的繁华和热闹，也可以用这首词中"众里寻她千百度，蓦然回首，那人却在灯火阑珊处"描述其回宫后的寂寥和冷落。

元春回宫后不久，在正月二十一派人给家里送去"一个灯谜儿"，"能使妖魔胆尽摧，身如束帛气如雷。一声震得人方恐，回首相看已化灰"。贾政内心沉思的是"娘娘所作爆竹，此乃一响而散之物"。娘娘为何送这样的谜语？以往每每从家运无常等宏观的角度去解释，如果把元春"幸大观园回宫去后"（第二十二回开头）的心境加以分析，这个谜团便可以找到较为贴切的谜底了。尽管书中写"贾妃回宫，次日见驾谢恩，并回奏归省之事，龙颜甚悦。又发内帑彩缎金银等物，以赐贾政及各椒房等员"。但元春对父母亲人的眷恋从她"赐出糖蒸酥酪来"这一小事上不难领略到。这位久在深宫的女子，"梦里不知身是客"，在"一晌贪欢"之后，才醒悟到片刻的欢愉和美好的梦境都已化为"一响而散之"的"爆竹"。有学者指出元春所作的灯谜"已预示了她的好景不长，很快要失宠夭亡，这自然也就给贾府全家带来了灾难的后果"[1]。张锦池先生认为"元春的晋封与加封，在政治上固然使贾府门第生辉，但在经济上也造成了贾府的一蹶不振"[2]。我们说，元春给贾家带来的不祥未必一定到她的"失宠夭亡"，甚至不必等到省亲后经济的亏空和"一蹶不振"，而是伴随着建园、游园的兴盛之音，曹雪芹便在元春的"归省"与"梦归"

[1] 曾扬华：《红楼梦引论》，中山大学出版社2001年版，第181页。
[2] 张锦池：《红楼十二论》，百花文艺出版社1982年版，第292页。

中插入了"盛筵必散"（第十三回秦氏托梦）的序曲。

二、诗意人生的倡导者

元春的名字源于她的生日。小说第二回也告诉读者贾府另外三位千金的名字，是随其长姊而带有"春"字。元春、迎春、探春、惜春，四春合在一起，构成了原、应、叹、息的寓意[1]，共同抒写了对各自青春的嗟叹和伤悼。诚然，曹雪芹的"一把辛酸泪"是付诸如诗如画的有情世界来抒写的，元春的悲剧人生也与其诗意的人生追求一同展现。

"大观园这个理想世界便是在元春归省的名义下建造起来的，而后来宝玉和诸钗入住大观园也出于元春之命。在某种意义上，元春可以说是理想世界的创造者。"[2]余英时先生所言的"两个世界"，可以有两个考察角度：一个是从小说文本角度来讲的理想世界与现实世界，一个是从研究和欣赏角度来讲的历史世界和艺术世界。综合来看，这个"理想世界"是充满诗意的艺术的世界。余英时先生曾因"自传派""把完全不相干的历史资料当作'证据'来运用"的做法远离了小说的艺术世界而呼吁："我并不是故意要和自传派为难，我只是想指出，曹雪芹虽然广泛地使用了他的历史世界为《红楼梦》的创作素材，然而他的整个艺术构想却已远远地超越了具体的历史世界。"[3]由此观之，刘心武的《揭秘》对元春的猜测、附会，甚至用并非"历史资料"的论据证明其主观臆断的论点，不仅没有诗意可言，甚至布满刀光剑影。我们不能用缺乏诗意的附会曲解元春所倡导的诗意人生。

---

[1] 甲戌本第二回侧批，脂砚斋在正文"元春"处侧批"原也"，"迎春"处侧批"应也"，"探春"处侧批"叹也"，"惜春"处侧批"息也"。见《脂砚斋重评石头记甲戌本》卷二，北京图书馆出版社 2004 年影印本，第 12 页。

[2]［美］余英时：《红楼梦的两个世界》，上海社会科学院出版社 2002 年版，第 98 页。

[3]［美］余英时：《红楼梦的两个世界》"自序"，上海社会科学院出版社 2002 年版，第 3 页。

小说第十六回的回目是"贾元春才选凤藻宫"，这里所强调的"才"似乎含有做人和作文两个方面的因素。首先看元春做人的才能。"世事洞明皆学问，人情练达即文章"，元春的才体现在这样的学问和文章上。第二回"冷子兴演说荣国府"中，作者借冷子兴的口交代道："政老爹的长女，名元春，现因贤孝才德，选入宫作女史去了。"第十六回"贾元春才选凤藻宫"作者借赖大之口禀道："咱们家大小姐晋封为凤藻宫尚书，加封贤德妃。"从"贤孝才德"综合来看，元春的"才"与"贤孝""贤德"是分不开的。所以这种才能很大一部分表现在对宫墙内外、家里家外的人情事务的思虑和处理上。她孝敬父母，尊老爱幼。对祖母，关爱有加；对幼弟，呵护备至。第七十一回贾母寿辰，元春送来厚礼："金寿星一尊，沉香拐一只，伽南珠一串，福寿香一盒，金锭一对，银锭四对，彩缎十二匹，玉杯四只。"因与宝玉年龄差较大，她如母亲般照顾、教育宝玉，进宫后依然惦记着"爱弟"的成长。得知大观园的对额多出自宝玉之笔，"且喜宝玉竟知题咏，是我意外之想"，对弟弟在诗文上的"进益"深感欣慰。宝钗的诗《凝晖钟瑞》称赞元春"文风已著宸游夕，孝化应隆归省时"。文风，指诗礼之风；孝化，指孝道的教化作用。宸游，是皇帝后妃出外巡游。这两句诗高度颂扬了元妃省亲对诗礼之风的彰显，以及以孝道感化万民之德的隆盛。

其次看元春作文的才能。贾元春才选凤藻宫，"晋封为凤藻宫尚书"。"凤藻"，就是美丽的文辞。唐卢照邻《释疾文》："谒龙旗于武帐，挥凤藻于文昌。"李白也有《夏日诸从弟登汝州隆兴阁序》："当挥尔凤藻，挹予霞觞，与白云老兄，俱莫负古人也。"关于元妃的文辞，小说中正面写到的作品不多，但评价很高。如宝钗的诗《凝晖钟瑞》称元春"睿藻仙才盈彩笔，自惭何敢再为辞"。睿藻，是颂扬帝后诗文的用语。睿是通达，明智。唐代宋之问《夏日仙萼亭应制》："睿藻光岩穴，宸襟洽薜萝。"这里指元春的题咏辞藻通达睿智。宝钗自谦中包含颂扬，即面对你睿智的辞藻、非凡的才华，我怎敢再题咏呢？

从元春改诗、倡议作诗谜等事来看，她是一个颇具风流雅趣的文人。第十八回的大观园题咏是《红楼梦》中的第一次大型诗会，这一次相当于诗社活动的社长则非元春莫属。小说写元春"先题一绝云：衔山抱水建来精，多少工夫筑始成。天上人间诸景备，芳园应赐大观名"。接着写她发起倡议：

写毕，向诸姊妹笑道："我素乏捷才，且不长于吟咏，妹辈素所深知。今夜聊以塞责，不负斯景而已。异日少暇，必补撰《大观园记》并《省亲颂》等文，以记今日之事。妹辈亦各题一匾一诗，随才之长短，亦暂吟成，不可因我微才所缚。……"[1]

于是《红楼梦》中出现了首批大规模的就"匾额"题咏的集体创作成果，有迎春的《旷性怡情》、探春的《万象争辉》、惜春的《文章造化》、李纨的《文采风流》、薛宝钗的《凝晖钟瑞》、林黛玉的《世外仙源》，以及署名"臣宝玉谨题"的四首五律《有凤来仪》《蘅芷清芬》《怡红快绿》和《杏帘在望》，分别对大观园中的"潇湘馆""蘅芜苑""怡红院"和"稻香村"予以诗意的诠释。

第二十二回写道："娘娘差人送出一个灯谜儿，命你们大家去猜，猜着了每人也作一个进去。"元春的"爆竹"、迎春的"算盘"、探春的"风筝"、惜春的"海灯"，谜面都是七言绝句，而宝钗的"更香"（依庚辰本），则是一首七律。所以，元春发起的猜谜活动其实也是赛诗。

第二十三回写了《西厢记》的妙词通戏语和《牡丹亭》的艳曲警芳心，除"词藻警人，余香满口"绝妙好词之外，也写了元春的一些风雅创意。"自那日幸大观园回宫去后"，贾元春也许是意犹未尽，接连向家中传达旨意。先

---

[1]（清）曹雪芹、高鹗著，中国艺术研究院红楼梦研究所校注：《红楼梦》，人民文学出版社1996年版，第242页。

是编辑诗集并刻于大观园，"将那日所有的题咏，命探春依次抄录妥协，自己编次，叙其优劣，又命在大观园勒石，为千古风流雅事"。然后是绿化大观园，"园子东北角子上，娘娘说了，还叫多多的种松柏树，楼底下还叫种些花草"。最后是派人入住大观园，小说写道："如今且说贾元春，因在宫中自编大观园题咏之后，忽想起那大观园中景致，自己幸过之后，贾政必定敬谨封锁，不敢使人进去骚扰，岂不寥落。况家中现有几个能诗会赋的姊妹，何不命他们进去居住，也不使佳人落魄，花柳无颜。"于是，宝、黛、钗的爱情婚姻才有了潜滋暗长的环境；才有了诗社，有了许多诗情画意的故事。庚辰本上此段有一条脂砚斋的眉批写道：

> 大观园原系十二钗栖止之所，然工程浩大，故借元春之名而起，再用元春之命以安诸艳，不见一丝扭捏。己卯冬夜。[1]

的确，从编辑诗集、勒石镌字，到种植花草、召集诗人，元春俨然是大观园雅事的设计师。清代嘉庆年间的东观阁批语中有两条写元春，在正文"题其园之总名曰'大观园'"处，东观阁评："元妃极通。"在正文"方不负我自幼教授之苦心"处，东观阁评："元妃风雅。"可谓言简意赅。《红楼梦》故事的主角虽没有让元春担当，但作者安排她做了大观园这台大戏的总导演。

元春倡导诗意的生活，为弟弟妹妹提供了吟咏青春和诗情的场所，而自己却久居在那"不得见人"的深宫之中。元春的情感世界，无论是爱情还是亲情，与其他裙钗相比都较为特殊，这种特殊既来自她的身份，也来自她的品性。元春的悲剧人生表现在情与礼的矛盾上。元春的情，集中体现为"宫怨"二字，除了传统意义上帝王和妃子之间的矛盾，也包含了贾府中封建家长和女儿之间的矛盾。

---

[1]（清）曹雪芹：《脂砚斋重评石头记：庚辰本》，人民文学出版社 2006 年影印本，第 514 页。

元春的爱情其实存在着帝妃矛盾。贾元春婚恋故事的特殊性在于故事的男主人公是皇帝，即小说中所说的"今上"或"当今"，也就是当时的皇上。把爱情和婚姻托付于皇帝的女子，其心弦中不可避免地要弹奏"宫怨"的音符。中国封建社会中，皇帝一人可以拥有"三宫、六院、七十二妃"，甚至更多的配偶。在"后宫佳丽三千人"中，受宠者毕竟是少数，而失意者则是多数。所以，宫怨诗便成了封建时代表现宫闺生活的主要题材。在宫怨诗中，有抒发希望之情的，如唐代薛逢的《宫词》："十二楼中尽晓妆，望仙楼上望君王。"表达了后宫佳丽对君王恩情的翘首以盼；也有抒发绝望之情的，如唐代白居易的《上阳白发人》："上阳人，上阳人，红颜暗老白发新。绿衣监使守宫门，一闭上阳多少春。……忆昔吞悲别亲族，扶入车中不教哭。皆云入内便承恩，脸似芙蓉胸似玉。未容君王得见面，已被杨妃遥侧目。妒令潜配上阳宫，一生遂向空房宿。"这是宫怨诗中较为典型的一首。需要指出的是，古代后宫的女子常把失意的痛苦迁移到得意者身上。殊不知，即使是令"六宫粉黛无颜色"的杨贵妃，也在天宝十四年（755）被玄宗赐死于马嵬坡。富于戏剧性的是"上阳人"进宫也在这一年，即"玄宗末年初入选"。两个时间的偶合告诉人们，杨贵妃不再得宠的时候，"上阳人"也没有削减她的失意之苦。在宫怨诗中，不乏对负心汉的抱怨，可以说是"闺怨"的一种特例，如汉代班婕妤的《怨歌行》："新裂齐纨素，皎洁如霜雪。裁为合欢扇，团团似明月。出入君怀袖，动摇微风发。常恐秋节至，凉风夺炎热。弃捐箧笥中，恩情中道绝。"这是现存最早的宫怨诗，借团扇境遇的变化，描写了一位后宫女子对君恩的怀恋，也抒发了对此"君"恩断义绝的怨尤。

《红楼梦》曾借贾蓉之口将汉代和唐代戏称为"脏唐臭汉"，其实汉唐以来诗文的宫怨情结在小说中还是有所继承的。元春形象的塑造，便是较为具体的例证。《红楼梦》正面写到元春的章回很有限，出现其言谈举止的只有第十七、十八回。贾家兴建大观园，元春衣锦归宁，那"烈火烹油"的繁华景象是元妃得宠的最好诠释。然而，在大观园中有"香烟缭绕，华彩缤纷"

的欢庆氛围，也有重逢的哭泣和眼泪。正如班婕妤的《怨歌行》所云："常恐秋节至，凉风夺炎热。弃捐箧笥中，恩情中道绝。"元春和汉代宫女一样，居春思秋，居热思冷，居安思危，她所点的那出《长生殿》中的《乞巧》便是突出的证明。

早期抄本中在元妃所点的《乞巧》剧目下，双行小字批语为："《长生殿》中伏元妃之死。"（见己卯本、庚辰本等）清代初年洪昇的传奇剧《长生殿》，选取唐明皇和杨贵妃的爱情故事这一传统题材，在白居易《长恨歌》的基础上有所创新，把现实的"长恨"化成艺术的"长生"。《乞巧》是《长生殿》第二十二出《密誓》中的一段戏，写杨玉环在七夕乞巧。妃子说："今乃七夕之期，陈设瓜果，特向天孙乞巧。"皇上笑道："妃子巧夺天工，何须更乞。"妃子哭诉："妾想牛郎织女，虽则一年一见，却是地久天长。只恐陛下与妾的恩情，不能够似他长远。"皇上为妃子擦着泪说："妃子，休要伤感。朕与你的恩情，岂是等闲可比。"妃子说："既蒙陛下如此情浓，趁此双星之下，乞赐盟约，以坚终始。"于是帝妃二人焚香设誓，一个道"双星在上，我李隆基与杨玉环"，一个合："情重恩深，愿世世生生，共为夫妇，永不相离。有渝此盟，双星鉴之。"可见，七月七的夜晚，"杨娘娘到长生殿去乞巧"，其实是为了祈福，正因为她"受恩深重"，"只怕日久恩疏，不免白头之叹"，所以希望皇帝恩情长久。值得注意的是，《乞巧》这场戏只有恩情没有怨恨，只有生没有死，但长生之殿却埋伏着后来的长恨之情。而《石头记》抄本批语写道"伏元妃之死"，则揭示出元春后来遭遇了与杨贵妃相似的悲剧。

元妃的封号中隐约带有不祥的信息。第十六回"贾元春才选凤藻宫"的情节中，赖大来禀报："咱们家大小姐晋封为凤藻宫尚书，加封贤德妃。"这里"尚书"之名，让人联想到白居易的《上阳白发人》，长诗中曾写"今日宫中年最老，大家遥赐尚书号"。"大家"是宫廷中的口语，称皇帝为大家。三国、北魏时，宫中设有女尚书。《旧唐书·职官志》记载，内官有尚宫、尚仪、尚服、尚食、尚寝、尚功各二员，正五品，分掌宫中事务，相当于前代的女尚书。唐代王建的《宫词》有"院中新拜内尚书"句，也指的这类女官。上阳宫，在东都（洛阳）皇城西南，唐高宗上元时所建。安史之乱后，上阳人所说的"玄宗"没到东都，这里说"遥赐尚书号"，指从长安遥加以女尚书的封号，是虚衔而非实职。而且结合上文，似乎"今日宫中年最老"与尚书的封号存在因果关系。所以，这个"尚书"之封，似乎隐含着因年老色衰而遭冷遇的意味。

元春的亲情中其实隐含着家长与女儿的矛盾。《红楼梦》里虽然爱说"长安"，但小说所写人物的生活背景显然不是唐代，而是作者所处的清代。"长安"虽然是虚构的符号，但有时也带有某些实际意义。比如，小说中几次提到"杨妃"，用来描述宝钗的丰韵，而宝钗本人并不喜欢这种比附。然而，透过表层文字，从脂砚斋的批语及小说的意蕴中，读者会感悟到元春其实与杨贵妃有更多的相似之处。除了从《乞巧》中透露的"宫怨"，从家庭对她的期望中也可看出。杨贵妃很荣耀，以至于"姊妹兄弟皆列土，可怜光彩生门户"。元春为了这样的荣耀，付出了巨大的代价，她省亲时所表达的内心情愫，发人深省。对祖母和母亲，她"满眼垂泪"却"忍悲强笑"，安慰道："当日既送我到那不得见人的去处，好容易今日回家娘儿们一会，不说说笑笑，反倒哭起来。一会子我去了，又不知多早晚才来！"在劝慰家人的同时，不禁又哽咽起来。对父亲，她隔帘含泪地说："田舍之家，虽齑盐布帛，终能聚天伦之乐；今虽富贵已极，骨肉各方，然终无意趣！"元春向父母的哭诉的话语，可谓肺腑之言。她把宫墙之中说成"不得见人的去处"，觉得"富贵已极"的生活若以"骨肉各方"为代价，还不如田舍之家的天伦之乐。

父亲贾政的回答与其说是对元妃的劝慰，还不如说是对她的勉励，让女儿只能更加忘我地去做"贤德"的宫妃。贾政含泪启道："臣，草莽寒门，鸠群鸦属之中，岂意得征凤鸾之瑞。……贵妃切勿以政夫妇残年为念，懑愤金怀，更祈自加珍爱。惟业业兢兢，勤慎恭肃以侍上，庶不负上体贴眷爱如此之隆恩也。"贾政的这段话，"公文"味道极强，其中有一句话不乏意趣，即

"今贵人上锡天恩，下昭祖德，此皆山川日月之精奇、祖宗之远德钟于一人，幸及政夫妇"。这与宝玉的女儿论有同工之妙，与《长恨歌》中"遂令天下父母心，不重生男重生女"的诗句遥相呼应。在父亲高调的带动下，元春只好收起她的家长里短，板起面孔，也嘱咐父亲"只以国事为重，暇时保养，切勿纪念"等例行公事的话。她不能再以女儿的身份在父母面前畅所欲言了，她必须感念天恩祖德，为家族、为姊妹兄弟的荣耀而"业业兢兢"地侍奉皇上，元妃的眼泪暂时收起了。当三四个时辰过后，要"请驾回銮"的时候，她"不由的满眼又滚下泪来"。这一回的结尾写道："贾妃虽不忍别，怎奈皇家规范，违错不得，只得忍心上舆去了。"在宗法社会，男尊女卑是普遍现象，但也有特例。那就是培养一个女子，将她送入宫中，宫墙内的苦痛只有她一人承受，但有可能带来满门生辉的"光彩"。这时，父母对女儿的养育之"恩"，会转化成女儿的"怨"。无论是得宠还是失意，元妃的恩恩怨怨中除了对君王的，还有对父母的。白居易《上阳白发人》诗前小序写的是："愍怨旷也。"《孟子·梁惠王下》讲述的古代仁政理想是"内无怨女，外无旷夫"，"愍怨旷"正是白居易关心现实的表现。大观园的一个匾灯写着"体仁沐德"四个字，但在元妃心中却深埋着"怨"，"盛世"之内仍有"怨女"，这是《红楼梦》思想含蓄而深刻的地方。

省亲过程中，元春所流露的真情中有抱怨，有留恋，也有对亲人的安慰。这段描写，有较高的艺术表现力。在"一手搀贾母，一手搀王夫人，三个人满心里皆有许多话，只是俱说不出，只管呜咽对泣"下面，脂砚斋的夹批写道："《石头记》得力擅长全是此等地方。"而庚辰本在此处还有一条眉批："非经历过，如何写得出。"从生活来源的角度指出了《石头记》的创作基础。这两条脂批告诉读者，曹雪芹创作元春省亲的情节，既富生活真实性，又不乏艺术典型性。

宫怨与闺怨之情萦绕着元春，让她把宫墙看成樊笼。"久在樊笼里，复得返自然"的美梦她一定做过，她的侍女"抱琴"的名字便带有抒情意蕴。明代才子唐寅《抱琴归去图》一诗写道："抱琴归去碧山空，一路松声两鬓风。神识独游天地外，低眉宁肯谒王公。"曹雪芹在小说中曾提到唐寅的春宫画，他对唐寅的诗也应该熟悉。还有一首《看泉听风图》的两句"如何不把瑶琴写，为是无人姓是钟"，可以与"抱琴归去"互补。红楼四春丫鬟的名字对小姐的性格与爱好构成补笔，元、迎、探、惜与琴、棋、书、画，显然构成整齐而有序的对应，这四种艺术修养既是业余爱好，又是生活主调。"琴"与之厮守的元春，应该有"抱琴归去"的潇洒，有高山流水的渴望。然而，《红楼梦》给元春的空间和时间都很有限，她所弹奏的心曲只能是"此时无声胜有声"了。

三、金玉良缘的支持者

元春对弟弟的呵护，突出地表现在对其未来婚事的关心上。看到"宝、林二人亦发别姊妹不同，真是娇花软玉一般"。便想起宝玉的关心："因问：'宝玉为何不进见？'"当"元妃命他进前，携手拦于怀内"时，庚辰本侧批写道："作书人将批书人哭坏了。"的确感人至深。甚至园中的居所，作者也让元春偏爱后来钗、黛的住所："此中'潇湘馆''蘅芜苑（院）'二处，我所极爱。"对诗歌的赞赏："终是薛、林二妹之作与众不同，非愚姊妹可同列者。"可见她对品貌出众的女子的关注，其实是对弟弟的关心。

元春省亲的当晚，她关注的是"薛、林二妹"两个人，而回宫后的一系列赏赐就有所取舍了，她把自己手中的梅柳投给了薛宝钗。当然，有的学者认为在大观园题咏时，元春的倾向性已有征兆：宝、黛的爱情悲剧看来也与她颇有关系。省亲时，元妃特意将原来宝玉起名的"红香绿玉"改名为"怡红快绿"，宝玉随后作诗时，薛宝钗又特意点醒他说贵妃不喜欢"香玉"二字，而紧接着下一回，作者通过贾宝玉对林黛玉讲耗子精的故事点出"盐课林老爷的小姐才是真正的香玉呢"。[1]如果抛开巧合的成分，这也是在为薛宝钗的胜出寻找先期依据。

《红楼梦》中的人物素来有"影子"之说，诸如晴雯是黛玉的影子、袭人是宝钗的影子等。其实宝钗又是元春的影子，对元春可谓如影随形。只不过在写法上宝钗是明写，元春则属于暗写。元春的相貌很模糊，她的衣着却很清楚，那就是出场时候穿着"黄袍"。宝玉因为宝钗帮忙改诗而十分感激，要认作"一字师"。宝玉说："从此后我只叫你师父，再不叫姐姐了。"宝钗悄悄地回答宝玉："还不快作上去，只管姐姐妹妹的。谁是你姐姐，那上头穿黄袍的才是你姐姐！你又认我这姐姐来了。"这里传达给读者的信息是：端坐在上的元妃穿着黄袍。"黄袍"是古代帝王的袍服。王楙《野客丛书·禁用黄》："唐高祖武德初，用隋制，天子常服黄袍，遂禁士庶不得服，而服黄有禁自此始。"可见黄袍是至尊的象征，小说却通过宝钗的视角加以强调。这位穿着黄袍的淑女，其容颜给读者留下很多想象的空间。如果从十二钗其他女子身上找与元春的相似点的话，她似乎与宝钗相像，从元春和薛宝钗惺惺相惜的关系可见一斑。

首先，元春欣赏宝钗。她欣赏宝钗的容貌和文才，元夕省亲时虽然在才和貌上，元春始终将黛玉和宝钗相提并论，可是后来在赏赐时则表现出厚此薄彼的倾向。回宫几天后，第二十三回，她"遂命太监夏守忠到荣国府来下一道谕，命宝钗等只管在园中居住，不可禁约封锢，命宝玉仍随进去读书"。虽然住进园子里的姐妹很多，但元妃这道谕中单提"宝钗等"，应该说她对宝钗的关注不仅超过了亲妹妹，而且超过了同样有才有貌的黛玉。

这一点毕竟还是务虚的事，更有一桩比较务实的事情发生在几个月后。元妃赏赐端午节礼物，即第二十八回所写的"薛宝钗羞笼红麝串"。贵妃所赐之物给宝玉的有"上等宫扇两柄，红麝香珠二串，凤尾罗二端，芙蓉簟一

---

[1] 参见曾扬华《红楼梦引论》，中山大学出版社2001年版，第181页。

领"。袭人告诉他："你的同宝姑娘的一样。林姑娘同二姑娘，三姑娘、四姑娘只单有扇子同数珠儿，别人都没了。"接下来的情节是宝钗把红麝香珠串戴在手臂上，宝玉看到之后便发了呆。小说写宝钗的心理活动："薛宝钗因往日母亲对王夫人等曾提过'金锁是个和尚给的，等日后有玉的方可结为婚姻'等语，所以总远着宝玉。昨儿见元春所赐的东西，独他与宝玉一样，心里越发没意思起来。幸亏宝玉被一个林黛玉缠绵住了，心心念念只记挂着林黛玉，并不理论这事。"《红楼梦》中宝钗形象的度很难掌控，她每每"道是无情却有情"，"心里越发没意思起来"，可以从两个角度来解释：一是"有意思"，恰恰对金玉良缘之说是很在意而故作冷漠；二是宝钗对入宫依然抱有幻想，所以心思未必在宝玉身上。但无论宝钗怎样想，元春的礼物至少说明她对宝钗已情有独钟，所以将宝钗与"爱弟"等量齐观。

其次，宝钗追慕元春。从十五岁左右参选秀女，到二十岁出头被封为贵妃，元春所经历的，恰恰是宝钗所向往的。薛蟠和母亲妹妹从金陵到"都中"，有几个目的："一为送妹待选，二为望亲，三因亲自入部销算旧帐，再计新支——其实则为游览上国风光之意。"其中"送妹待选"是首要目的。"近因今上崇诗尚礼，征采才能，降不世出之隆恩，除聘选妃嫔外，凡仕宦名家之女，皆亲名达部，以备选为公主郡主入学陪侍，充为才人赞善之职。"才貌出众的宝钗当然要去参与了。而且，哥哥已无望光耀门庭，宝钗肩上的担子自然是很重的。她很仰慕身穿黄袍的表姐，对其敬重有加，对元春的举止、言行都很上心。当宝玉作"怡红院"诗，草稿中有"绿玉春犹卷"一句时，宝钗急忙回身悄推他道："他因不喜'红香绿玉'四字，改了'怡红快绿'；你这会子偏用'绿玉'二字，岂不是有意和他争驰了？"于是建议宝玉："你只把'绿玉'的'玉'字改作'蜡'字就是了。"可见元春是宝钗的榜样，宝钗也是元春的知音。

最后，元春和宝钗都像杨贵妃。宝钗的体貌似乎是仿照杨贵妃来写的。如第四回写："乳名宝钗，生得肌骨莹润，举止娴雅。"第五回写："忽然来了一个薛宝钗，年岁虽大不多，然品格端方，容貌丰美，人多谓黛玉所不及。"
《长生殿》第二十四出《惊变》中写唐明皇与杨贵妃在御花园中小宴的场景，
皇上唱的《石榴花》曲云"雅称你仙肌玉骨美人餐"，是对贵妃容颜的称赞，
宝钗与杨妃的"肌骨"的确是相像的。《红楼梦》中公开将宝钗与杨贵妃相比
的是宝玉。第三十回"宝钗借扇机带双敲"的情节中，宝玉问宝钗怎么不看
戏去，宝钗道："我怕热，看了两出，热的很。要走，客又不散。我少不得推
身上不好，就来了。"宝玉笑道："怪不得他们拿姐姐比杨妃，原来也体丰怯
热。"宝钗不由得大怒，便冷笑着说道："我倒像杨妃，只是没一个好哥哥好
兄弟可以作得杨国忠的！"这里面彼此的心情都很复杂，我们姑且看宝玉将宝
钗比杨妃，所把握的相似点正是"体丰怯热"。

　　将元春与杨贵妃并提的是脂砚斋的批语。己卯本、庚辰本等在元妃所点
的《乞巧》剧目下，有双行小字批语为"《长生殿》中伏元妃之死"，指出
元妃与杨贵妃境遇的相似之处。《长生殿》第二出《定情》中唐明皇的道白：
"昨见宫女杨玉环，德性温和，风姿秀丽。卜兹吉日，册为贵妃。"《红楼梦》
中元春被封时则写道："晋封为凤藻宫尚书，加封贤德妃。"只强调了她的贤
德，而对外貌没有描述。我们通过作者对宝钗的描述，似乎对元春的体貌可
作补充。

　　从"《长生殿》中伏元妃之死"，可以看到与后四十回存在差异。说到元
春之死，存在一个回避不了的问题，元春是正常死亡吗？若按一百二十回本
所续第九十五回所写，"元妃薨逝"之前贾政告诉王夫人"因娘娘忽得暴病，
现在太监在外立等，他说太医院已经奏明痰厥，不能医治"。书中的解释是
"元春自选了凤藻宫后，圣眷隆重，身体发福，未免举动费力。每日起居劳
乏，时发痰疾。因前日侍宴回宫，偶沾寒气，勾起旧病。不料此回甚属利害，
竟至痰气壅塞，四肢厥冷"。贾政和贾母王夫人都"遵旨进宫"，亲人们守护
着元妃，直到"元妃目不能顾，渐渐脸色改变"。可以说这是一种正常死亡，
死者临终前把该见的"爹娘"都见到了，没有必要死后再借助鬼魂向他们诉

说临终遗嘱。若按脂砚斋批语的暗示，元春之死似乎与杨贵妃之死有相似之处。在元春《恨无常》曲的结尾处"须要退步抽身早"的下面，脂批写道："悲险之至！"（甲戌本）可以想见，元妃之死与杨贵妃一样，有不测风云，正因为她是非正常、出乎意料的死亡，才有无常之恨，那"荡悠悠"的"芳魂"才有对父母天伦的不了情。元春是一个孝顺的女儿，从她至死还牵挂"父母天伦"，可以理解她对爱弟婚姻的思虑。因为她本人是一个"贤孝才德"的女子，所以她按自己的审美标准选择薛宝钗是顺理成章的事。

元妃省亲之事，既是家族悲剧之盛极而衰的序曲，也是人生悲剧中诗意与宫怨的矛盾之情的流露。同时，元春在元夕的华灯下心仪于宝钗，则为婚恋悲剧埋下了伏笔。

2007 年 11 月初稿

2008 年 3 月二稿

2008 年 8 月修订

（原载《红楼梦学刊》2008 年第 6 辑）

《红楼梦》对现实人生的启示

内容提要

曹雪芹创作小说《红楼梦》的时间在清代的乾隆前期。距今已220余年。但这部小说带给今人的启示依然很多，笔者主要梳理了三个方面，即作者对婚姻爱情的思考、对女性命运的观照，以及对诗意人生的倡导。曹雪芹一笔写了两种悲剧：黛玉与宝玉没有婚姻的爱情和宝钗与宝玉没有爱情的婚姻。相对于古典戏曲小说"大团圆"的结局，这种直面悲剧的精神，可谓超时代的；小说同情失意的女性，但也没有去鞭挞得意人，挖掘貌似得意者的失意，是领会小说悲剧意蕴的难点；大观园中的写诗、论茶和品粥，无不体现着中国传统文人雅士的情趣。现代社会各方面的压力，让今天的年轻人不堪重负。我们从这部书中可以觅得一时一事的同类，获得心灵的缓释和宽慰。

关键词

《红楼梦》 | 现代启示 | 婚姻爱情 | 女性命运 | 诗意人生

曹雪芹创作小说《红楼梦》的时间在清代乾隆前期，现知较早的抄本为乾隆十九年（1754）的甲戌本，小说第五回也写道："吾家自国朝定鼎以来，功名奕世，富贵流传，虽历百年，奈运终数尽，不可挽回者。"[1] 这里的"国朝定鼎"应指清朝建元，即 1644 年，百年之后恰为 1744 年，曹雪芹"十年辛苦不寻常"写成这部小说的时间也约在 1754 年。《红楼梦》的首次刊印，在乾隆五十六年（1791），之后在社会广泛传播，距今已 220 余年。今年（2013），在曹雪芹辞世 250 周年之际，作为红楼"同好"，我们缅怀这位伟大的作家，也在思考这样一个问题，即他的作品在当代中国人的现实生活中产生了哪些影响。清代曾有"开谈不说红楼梦，读尽诗书也枉然"的说法，渲染《红楼梦》的影响力之大。这部小说带给今人的启示依然很多，笔者主要梳理了以下三个方面，即作者对婚姻爱情的思考、对女性命运的观照，以及对诗意人生的倡导。

一、婚姻爱情的思考

《红楼梦》是一部悲剧小说，它的悲剧主题由三重因素构成，家族悲剧、婚恋悲剧和人生悲剧。这三者当中有一个共有的交集人物，即男主人公贾宝玉。在他的心目中，最为无奈的事情，莫过于与林妹妹的爱情，以及与宝姐姐的婚姻。一笔写了两个悲剧，这相对于《红楼梦》之前的婚恋故事来讲，可谓创举。正如第五回《红楼梦引子》所云："开辟鸿蒙，谁为情种？都只为风月情浓。趁着这奈何天，伤怀日，寂寥时，试遣愚衷。因此上，演出这怀金悼玉的《红楼梦》。"这里"怀金悼玉"源自庚辰本，而程甲本作"悲金悼玉"。无论"怀"还是"悲"，都对薛、林二人的婚恋故事掬一把同情之泪。

在曹雪芹的构思中，"木石前盟"与"金玉良缘"几乎是并驾齐驱的。这表现在情节的安排上，往往是两个故事呈现出对举的态势。首先看故事的缘起。第三回写林黛玉因丧母从扬州来到贾府，第四回就设置了薛宝钗因哥哥薛

---

[1]（清）曹雪芹著，无名氏续《红楼梦》，人民文学出版社 2008 年版。以下所引《红楼梦》文本如无特殊说明，皆出自此排印本。

蟠惹下命案，举家从金陵进京，住到贾府。这两回分别兆示了爱情悲剧和婚姻悲剧的开端。

随后是二玉爱情的萌芽和二宝婚事的初露端倪。第五回开始写道："宝玉和黛玉二人之亲密友爱处，亦较别个不同，日则同行同坐，夜则同息同止，真是言和意顺，略无参商。不想如今忽然来了一个薛宝钗，年岁虽大不多，然品格端方，容貌丰美，人多谓黛玉所不及。"既强调了宝玉和黛玉的两小无猜、"言和意顺"，又点出宝钗在品格和容貌上的魅力。第八回具体写了通灵宝玉和金锁的奇缘及巧合。甲辰本、程本的回目侧重"贾宝玉奇缘识金锁"与"薛宝钗巧合认通灵"这两个细节，宝玉上的"莫失莫忘，仙寿恒昌"和金锁上的"不离不弃，芳龄永继"恰是一对儿。而黛玉来时，看到这二人闻香论药的情景，不禁微露醋意。于是，庚辰本、己卯本和杨藏本的回目为"比通灵金莺微露意　探宝钗黛玉半含酸"，顾及了"金玉良缘"和"木石前盟"同步发展的线索。

进而写二玉爱情的发展和二宝婚姻结果的征兆。第二十二回和第二十三回分别写了宝玉的婚姻和爱情问题。第二十二回"听曲文宝玉悟禅机　制灯谜贾政悲谶语"，无论是宝玉出家的预示，还是贾政看到的宝钗灯谜中"皆非永远福寿之辈"的不祥之感，都道出了宝钗与宝玉婚姻的不幸。宝钗的诗谜，在庚辰本上以批语的形式附记在回后，只有谜面，没有谜底。到戚序本，诗谜写进了正文，但仍没有谜底。在杨藏本、甲辰本、程甲本等版本上，移给了黛玉，而且出现了谜底"更香"。杨藏本、甲辰本、程甲本等版本，给宝钗补了一首诗谜："有眼无珠腹内空，荷花出水喜相逢。梧桐叶落分离别，恩爱夫妻不到冬。"谜底为"竹夫人"。甲辰本在此诗谜后写有一条夹批："此宝钗金玉成空。"在宝钗带有成人仪式意味的十五岁生日，出现的"禅机"和"谶语"，预示了宝玉出家、宝钗良缘成空的不祥之兆。可见，有关宝钗的两条诗谜都对她的悲剧命运含有谶语的意义，"更香"侧重于命运的无奈，"竹夫人"侧重于婚姻不能长久的感叹。联系第二十三回集中于黛玉的情节来看，这两回一个写宝钗点戏、宝玉悟禅，一个写黛玉听戏、双玉读曲，构成了钗黛对峙之势，也使得"怀金悼玉的《红楼梦》"这一双重意蕴前后映衬、相得益彰。[1]

第三十四回"情中情因情感妹妹 错里错以错劝哥哥"，宝玉挨打，引发了黛玉为爱情而哭泣、宝钗为婚姻而伤感。第三十六回"绣鸳鸯梦兆绛芸轩"的情景发人深省："这里宝钗只刚做了两三个花瓣，忽见宝玉在梦中喊骂说：'和尚道士的话如何信得？什么是金玉姻缘，我偏说是木石姻缘！'薛宝钗听了这话，不觉怔了。"作者明确写出母亲为宝玉妻妾问题的考虑，以及宝玉的取舍。第九十七回、第九十八回对黛死钗嫁的描写，可谓首尾呼应。

第五回的判词和曲子，从全书结构的角度而言可谓一种倒叙的方式。宝钗的《终身误》、黛玉的《枉凝眉》，都预设了怀金悼玉的悲剧主旨。尤其是《终身误》："都道是金玉良姻，俺只念木石前盟。空对着，山中高士晶莹雪；终不忘，世外仙姝寂寞林。叹人间，美中不足今方信。纵然是齐眉举案，到底意难平。"娶了宝钗，抒情主人公承认得到"金玉良姻"之"美"，同时叹惋失去"木石前盟"之"不足"。

清代戚蓼生《石头记序》云："吾闻绛树两歌，一声在喉，一声在鼻，黄华二牍，左腕能楷，右腕能草。神乎技矣！吾未之见也。今则两歌而不分喉鼻，二牍而无区乎左右；一声也而两歌，一手也而二牍：此万万所不能有之事，不可得之奇，而竟得之《石头记》一书。嘻！异矣。"据说绛树是一位宫女，表演时可用喉和鼻同时演唱两支歌，使二人听之，此两声皆不乱也。黄华是个能两手同时写字的书法家，一手草书、一手楷书。戚蓼生所赞叹的"一声也而两歌"和"一手也而二牍"的奇异功能，也反映在《红楼梦》一笔完成的宝黛钗三人的两重婚恋悲剧上，即黛玉与宝玉没有婚姻的爱情和宝钗与宝玉没有爱情的婚姻。相对于元代王实甫"愿天下有情的都成了眷属"的《西厢记》，

---

[1] 参见曹立波《〈红楼梦〉版本修订中的优化倾向——以"十二钗"为观察对象》，《红楼梦学刊》2011 年第 1 辑。

以及晚明汤显祖那种超越生死、一往情深的《牡丹亭》，曹雪芹的《红楼梦》对于现实生活中爱情和婚姻缺一不可的思考，可谓超时代。

二、女性命运的观照

《红楼梦》的前五回可以说是这部小说的总纲。第一回、第二回写家族悲剧的前兆，第三回、第四回写婚恋悲剧的缘起，而第五回通过贾宝玉神游太虚幻境，浏览了金陵十二钗正册、副册、又副册众女子的命运结局，以点带面地叙写了十五位女子的判词、十二位女子的《红楼梦曲》，预示了"千红一窟（哭）、万艳同杯（悲）"的悲剧结局。诸位裙钗各有各的不幸，从不同的视角考察也会有几许相似之处，可见作者塑造女性群像时"犯中求避"的艺术匠心。本文姑且从她们的身世之孤苦、身体之病痛，以及女儿与家庭之间的矛盾等方面入手。

红楼裙钗中，孤苦的身世可以构成相互比拼的态势。单亲的女子，如宝钗、迎春、惜春；父母双亡的，如黛玉、湘云；父母失散的，如香菱，读者知道她的父母是谁，唯独她自己蒙在鼓里；不知其双亲的，如秦可卿、晴雯，读者也不知道她们的生身父母是谁，一个是秦业从养生堂抱来的，一个是奴才赖大家买来的。作者同情女子们的孤苦，也在赞扬她们的品格之美。这些苦命女子应对生存困境的策略，值得我们思考。黛玉采取的是洁身自好、顾影自怜的方式；湘云持有一种英豪豁达的心态；妙玉的对策是愤世嫉俗；秦可卿则以一种与人为善的处事态度，博得宁国府老老少少的怜爱。还有逆来顺受的香菱、奋起抗争的晴雯，等等。

十二钗正册、副册和又副册的女子中，多数有身体上的病痛。从黛玉的咳嗽咯血，到宝钗的天生热毒；从香菱的干血症，到晴雯的女儿痨；从秦可卿的经期不至，到王熙凤的下红不止……总体来看，未婚女儿和已婚媳妇的病症有所不同。未婚女儿，如林黛玉、薛宝钗、晴雯等，她们的病大都是心病或肺病，既是身体上的先天不足，更是心灵上的忧思所致。"花落水流红"，是对青春女儿归宿的伤感。而已婚媳妇，像王熙凤、秦可卿等少妇的病，一般为气血上的妇科病。凤姐的小产和下红不止，可卿的经期不至，又不是喜，也反映了她们在子嗣、自身地位以及贾府后继乏人问题上的忧虑。

除了身世可叹、健康堪怜，贾府千金与父母兄嫂的矛盾也发人深省。红楼女儿的名字富有象征意义的是贾府的四位小姐，元春、迎春、探春、惜春，四春合在一起，构成了"原应叹息"的寓意，共同抒写了对各自青春的嗟叹和伤悼。

元春的身份既单纯又复杂，单纯在她是贾府玉字辈正出的长女，与迎春相比，她的父母、身世都清晰明了。复杂在元春的戏虽然不多，但对于小说主旨的揭示，对于小说主要人物的塑造都起到了十分重要的作用。作为政老爹的长女，元春很早就"因贤孝才德，选入宫作女史去了"，不久宫中传喜讯："咱们家大小姐晋封为凤藻宫尚书，加封贤德妃。"她是贾家一门的荣耀，但在她的情感世界中，与家长的矛盾也值得深思，从"当日既送我到那不得见人的去处"的抱怨，到"田舍之家，虽齑盐布帛，终能聚天伦之乐；今虽富贵已极，骨肉各方，然终无意趣"的无奈，她向长辈倾诉，也在警醒世人：是否考虑过一个为光耀门庭奉献了青春的"乖乖女"，她的内心还有怎样的隐痛？晚唐诗人李商隐的《马嵬》抒写了对杨贵妃的同情："海外徒闻更九州，他生未卜此生休。如何四纪为天子，不及卢家有莫愁。"诗中指出杨玉环委身于皇帝，远不如民女莫愁的生活过得太平祥和。金陵十二钗正册中，有两位荣国府的长女，一位是玉字辈的元春，一位是草字辈的巧姐。从判词的预示可知，元春进了宫闱，而巧姐则到了田园。从赫赫扬扬之志忐到平平淡淡之安宁，也体现了作者对仕宦之家千金小姐理想与幸福的深刻思考。

迎春在小说中戏份不多，身份也不显要，但她的半包办、半买卖式的婚姻则带有普遍性。贾探春是贾政和赵姨娘的女儿，赵姨娘的卑微和鄙贱，常使探春在庶出的难堪面前雪上加霜。贾府两个同为庶出的小姐相比较，迎春的婚姻悲剧是屈从于金钱，而探春的婚姻悲剧是屈从于权势。按第五回的构思，贾宝玉听到的《红楼梦曲》中，《恨无常》写他的姐姐，《分骨肉》写他的妹妹。在金陵十二钗的第三位和第四位，曹雪芹让贾政的两个女儿共同演奏了生离死别的悲剧序曲。

惜春耿介孤僻的秉性反射了豪门深宅的人情冷暖，她的画工聚齐了贾府四春琴、棋、书、画的才干，她万缘俱寂的结局则为众裙钗的悲剧命运平添了空灵玄虚的色彩。"惜春"二字带有比喻意，烘托出小说荣枯盛衰的题旨。自古以来，姑嫂关系就是大家庭中的一道难题。唐代王建《新嫁娘词》"三日入厨内，洗手作羹汤。未谙姑食性，先遣小姑尝"[1]，颇为微妙且耐人寻味。从这个角度来看惜春和尤氏，她们的矛盾除了性格因素，还因日益衰败堕落的宁府而升级，生活在其中的女儿和媳妇们难免互相争斗。作者似乎在用"入画"的反义，来写惜春"出画"的意愿。

元、迎、探、惜四位公府千金，有进宫墙者的宫怨，入空门者的绝情，庶出者的身世叹惋，买卖与包办婚姻之下的哭诉，四类女子都有典型意义，成为封建末世各类小姐命运之悲的集中写照。

王国维指出："善人必令其终，而恶人必离（罹）其罚，此亦吾国戏曲小说之特质也。《红楼梦》则不然。"[2]的确，《红楼梦》的人物评价体系不同于传统的惩恶扬善。善者没有让她善终，恶者也没有让她罹难。小说同情失意者，也没有鞭挞得意人。挖掘貌似得意者的失意，探究宝钗、袭人、李纨、可卿等自以为知足的女子潜在的悲苦，是领会小说悲剧意蕴的难点。《红楼梦》描写人和事，从生活细节入手，以人物命运为旨归。纵观每一间轩馆的西窗烛影，哪一扇不是"窗含西岭千秋雪"？秋窗之前、春花之下的女子们，何尝不是

---

[1] "三日入厨内"亦作"三日入厨下"。（唐）王建著，尹占华校注：《王建诗集校注》，巴蜀书社2006年版，第108页。

[2] 王国维：《红楼梦评论》，载王国维、蔡元培、胡适、俞平伯《红楼梦评论·石头记索隐·红楼梦考证·红楼梦辨》，岳麓书社1999年版，第12页。

"人比黄花"的佳人？"流水落花春去也"的意境，既勾连着古今，也在《红楼梦》的艺术世界和现实生活之间架起一座鹊桥。

三、诗意人生的倡导

阅读《红楼梦》，我们仿佛置身于一个体仁沐德的温柔之乡，一个诗情画意的理想乐园。余英时曾用"理想世界"和"现实世界"来区别《红楼梦》中大观园内外的生活，认为"大观园是《红楼梦》中的理想世界，自然也是作者苦心经营的虚构世界"[1]，并进一步指出小说中走进理想乐园的途径："大观园既然是宝玉和一群女孩子的太虚幻境，所以在现实世界上，它的建造必须要用元春省亲这样一个郑重的大题目。"[2] 其实，在这部小说中，何止"宝玉和一群女孩子"独享大观园中的诗意生活，凡是走进园子里的人，无论常来的史湘云、暂居的香菱，还是过客李婶儿，乃至刘姥姥，都会受到这里的诗情和雅趣的感染。大观园是具有向心力的，园外的贾母、凤姐都时常来这里取乐，隔着水音听乐曲，映着瑞雪赏红梅。

大观园中，从诗词曲赋、琴棋书画到饮食穿戴，无不体现着中国传统文人雅士的情趣。在此只能挂一漏万地谈谈写诗、论茶和品粥。

与其他长篇章回小说不同的是，《红楼梦》中的韵文具有推动小说情节的特殊功能。《三国演义》等书中的韵文一般只用于全知叙事，承担概括和强调的任务，如果去掉某些诗词，并不影响情节的连贯性。《红楼梦》中的诗词曲赋则直接参与叙事，《咏白海棠》等同题吟咏的组诗，凸显了宝钗、黛玉、宝玉、探春、湘云等人的性格，也反映了李纨的鉴赏力。《葬花吟》《秋窗风雨夕》等自由创作的长诗，则是黛玉咏絮之才和细腻情思的集中写照。小说第三十五

---

[1] ［美］余英时：《红楼梦的两个世界》，上海社会科学院出版社 2002 年版，第 42 页。
[2] ［美］余英时：《红楼梦的两个世界》，上海社会科学院出版社 2002 年版，第 40 页。

回开篇写黛玉的潇湘馆：

> 一进院门，只见满地下竹影参差，苔痕浓淡，不觉又想起《西厢记》中所云"幽僻处可有人行，点苍苔白露泠泠"二句来，因暗暗的叹道："双文，双文，诚为命薄人矣。然你虽命薄，尚有孀母弱弟；今日林黛玉之命薄，一并连孀母弱弟俱无。古人云'佳人命薄'，然我又非佳人，何命薄胜于双文哉！"

> 那鹦哥便长叹一声，竟大似林黛玉素日吁嗟音韵，接着念道："侬今葬花人笑痴，他年葬侬知是谁？试看春尽花渐落，便是红颜老死时。一朝春尽红颜老，花落人亡两不知！"黛玉紫鹃听了都笑起来。紫鹃笑道："这都是素日姑娘念的，难为他怎么记了。"

《红楼梦》在此巧妙地讲述了两个深受艺术熏陶的故事。一个是"《西厢记》妙词通戏语"，这虽然是第二十三回的回目，但这一回《西厢记》的戏文依然使黛玉回味无穷，莺莺与黛玉同样"佳人命薄"。另一个是从鹦哥之口反观黛玉《葬花吟》的影响。黛玉的经典造型除了手把花锄，还有笑对鹦鹉。"鹦鹉不知侬意绪，喃喃犹诵葬花诗"，这是乾隆五十六年（1791）程本初刊时黛玉绣像的题诗，生动刻画了这一回的场景。

由鹦鹉说到茶。宝玉第二十三回的《夏夜即事》有"倦绣佳人幽梦长，金笼鹦鹉唤茶汤"的诗句。"鹦哥唤茶"也是《牡丹亭》中的情节，第七出《闺塾》的一段写道：

> 【绕池游】（旦引贴捧书上）素妆才罢，缓步书堂下。对净儿明窗潇洒。（贴）《昔氏贤文》，把人禁杀，恁时节则好教鹦哥唤茶。

《红楼梦》中，"莺儿倒茶"则起到了红娘的作用。小说第八回写道："宝钗看毕，又从新翻过正面来细看，口内念道：'莫失莫忘，仙寿恒昌。'念了两遍，乃回头向莺儿笑道：'你不去倒茶，也在这里发呆作什么？'莺儿嘻嘻笑道：'我听这两句话，倒像和姑娘的项圈上的两句话是一对儿。'宝玉听了，忙笑道：'原来姐姐那项圈上也有八个字，我也赏鉴赏鉴。'……宝玉忙托了锁看时，果然一面有四个篆字，两面八字，共成两句吉谶。"第二十五回凤姐对黛玉戏言："你既吃了我们家的茶，怎么还不给我们家作媳妇？"凤姐对宝、黛之情可谓热心诚意，时常戏谑，而茶的姻缘媒介作用则显而易见。

茶之情韵还流露于妙玉和宝玉之间。小说第四十一回写"栊翠庵茶品梅花雪"，众人饮茶其间，妙玉把宝钗和黛玉的衣襟一拉，宝玉也悄悄跟随其后，去喝"体己茶"。"妙玉自向风炉上扇滚了水，另泡一壶茶"，然后分别给钗、黛二人拿了珍稀的古玩茶具，接着写她：

仍将前番自己常日吃茶的那只绿玉斗来斟与宝玉。宝玉笑道："常言'世法平等'，他两个就用那样古玩奇珍，我就是个俗器了。"妙玉道："这是俗器？不是我说狂话，只怕你家里未必找的出这么一个俗器来呢。"宝玉笑道："俗话说'随乡入乡'，到了你这里，自然把那金玉珠宝一概贬为俗器了。"

宝玉与妙玉的情愫凝聚在一只茶具上。"绿玉斗"可谓怡红栊翠映双玉，从宝玉对各样茶具的新鲜感来看，"仍"字这里应通"乃"，于是的意思。即便如此，亦可见妙玉对宝玉的态度是与众不同的。

同样是在栊翠庵品茶，茶中可见人情冷暖，亦可见世态炎凉。第四十一回，贾母带了刘姥姥等至栊翠庵来。向妙玉说："把你的好茶拿来，我们吃一杯就去了。"书中写道：

只见妙玉亲自捧了一个海棠花式雕漆填金云龙献寿的小茶盘，里面放一个成窑五彩小盖钟，捧与贾母。贾母道："我不吃六安茶。"妙玉笑说："知道。这是老君眉。"贾母接了，又问是什么水。妙玉笑回："是旧年蠲的雨水。"

这里"六安茶"指安徽绿茶。老君眉是福建岩茶，因半发酵，贾母这样的老人喝了，有益于消食。我们注意这次沏茶的水是"旧年蠲的雨水"，而给宝黛钗用的水是"收的梅花上的雪"，喝了有"轻浮"之感，正如宋代吴淑《茶赋》所言"清飚浮云之美"。妙玉对贾府的至尊老太君亦可谓恭敬，但是贾母的茶与宝玉等人喝的"体己茶"相比，还是略逊一筹的。事后，刘姥姥用过的茶杯，即使是珍贵的瓷器，妙玉也要扔掉——"将那成窑的茶杯别收了，搁在外头去罢。"如果说妙玉有些势利眼，但她并非嫌贫爱富，对刘姥姥和贾母是"世法平等"的。第七十六回"凹晶馆联诗"时，妙玉有诗"芳情只自遣，雅趣向谁言。彻旦休云倦，烹茶更细论"。可见，她在乎的不是高低贵贱之分，而是理解自己的人，她的"芳情"和"雅趣"，借助"烹茶"展现了出来。

《红楼梦》讲过喝"女儿茶"。第六十三回"寿怡红群芳开夜宴"中写道："宝玉忙笑道：'……今日因吃了面，怕停住食，所以多玩一会子。'林之孝家的又向袭人等笑说：'该沏些普洱茶吃。'袭人晴雯二人忙说：'沏了一盅子女儿茶，已经喝过两碗了。'"这里提到两种茶，功用应与"怕停住食"有关，"普洱茶"有消食化痰、清胃生津的功效；而"女儿茶"，应指一种普洱茶，叫女儿贡。之所以用"女儿"冠名，一则相传为少女采摘制成，另外也有一说是女儿卖此茶为自己攒嫁妆钱。

《红楼梦》中强调"女儿茶"，当与宝玉的"女儿论"有关。小说第二回"冷子兴演说荣国府"讲到宝玉的特性时说道：

> 说来又奇，如今长了七八岁，虽然淘气异常，但其聪明乖觉处，百个不及他一个。说起孩子话来也奇怪，他说："女儿是水作的骨肉，男人是泥作的骨肉。我见了女儿，我便清爽，见了男子，便觉浊臭逼人。"你道好笑不好笑？将来色鬼无疑了！

红楼女儿都是水做的骨肉，不过水在小说中变幻的形态多种多样，有绛珠的眼泪、丰年的大雪、醉卧芍药茵的酒，更有女儿茶。

最后谈谈品粥。粥，介于水和米之间，为作者钟爱。曹雪芹晚年"举家食粥酒常赊"，表现了生活的窘困。粥是充饥的食物，也是养生的补品。《红楼梦》以贵族家庭为背景，多从滋补的角度写粥品。正如陆游《食粥》诗所云："世人个个学长年，不信长年在目前。我得宛丘平易法，只将食粥致神仙。"

《红楼梦》所写的粥品，呈现出人情暖意和养生之道。先看王熙凤为贾母准备的各样粥品夜宵。第五十四回"王熙凤效戏彩斑衣"的情节，首先说的是凤姐对贾母从精神上的笑话取悦，"戏彩斑衣"是《二十四孝》中的故事，也称"老莱娱亲"，写七十岁的老莱子穿上色彩斑斓的戏装，拿玩具学儿童嬉戏，让双亲欢娱。谈笑风生、妙语连珠的凤姐，可谓贾母的开心果。接着写夜宵粥品的挑选。贾母是享受过大富大贵的老人，元宵节夜宵，她既嫌鸭子肉粥"油腻腻"的，又嫌"枣儿熬的粳米粥"是"甜的"，最后选了"杏仁茶"。凤姐随侍贾母时悉心体贴、细致周到，足见她对贾母的孝心。

如果说凤姐的杏仁茶表达了孝敬之心，那么宝钗的燕窝粥则体现了金兰之契。第四十五回"金兰契互剖金兰语"写宝钗对黛玉的关心，钗、黛对话如下：

宝钗道："昨儿我看你那药方上，人参肉桂觉得太多了。虽说益气补神，也不宜太热。依我说，先以平肝健胃为要……每日早起拿上等的燕窝一两，冰糖五钱，用银铫子熬出粥来，若吃惯了，比药还强，最是滋阴补气的。"

黛玉叹道："你素日待人，固然是极好的，然我最是个多心的人，只当你心里藏奸。"

精诚所至，金石为开，竟然连素日嫉妒宝钗的黛玉都因她的燕窝和推心置腹的关怀而自责，可见宝钗的人格魅力。此情此境，黛玉之真和宝钗之善共同构筑了一种和谐之美。

余 韵

　　读《红楼梦》这部虚构的小说有什么现实意义？这是我们常面对的问题。《红楼梦》不是教科书，但她是启示录。《红楼梦》关涉家族、婚恋、人生等三重主旨。婚姻爱情，是古代文学作品的常见题材，也是现实中的青年人最敏感的话题。于青梅竹马、一见钟情的传统模式之外，《红楼梦》把"知己"二字写进黛玉的心灵独白。然而，宝、黛二人为了这份彼此相知的情意，要超越家族和社会的重重羁绊，他们所付出的艰辛，他们所承受的煎熬，在两百年后的今天依然存在。时至 21 世纪，昔日中国大家庭中的"妯娌""姑嫂"等概念已渐渐陌生，更何况"正庶""姨娘"或"侍妾"。大观园里源于家族矛盾的困扰，如今已封存于艺术的层面了。但是，今天的年轻人所面临的世界更广阔，来自求学、求职和谋生等方方面面的压力依然让他们不堪重负。我们不奢望从这部书中找到一生一世的知己，但可以觅得一时一事的同类，与你同哭同乐，获得心灵的缓释和宽慰。黛玉的博雅与真诚、宝玉的博爱与体贴、宝钗的博识与涵养、凤姐的乐观与孝顺……尤其是将这些美好的品质加以诗情画意的表达，这在其他描写人情世态的小说中是不曾见到的。

　　如果说《红楼梦》是一出戏，戏如人生，生动感人；如果说《红楼梦》是一场梦，梦如现实，美妙绝伦。就算人生是一场梦，曹雪芹也做得如诗如画，为后代读者留下一笔珍贵的非物质文化遗产。

2013 年 10 月 15 日发言

2013 年 11 月 18 日整理

（原载《曹雪芹研究》2014 年第 1 期）

生日与《红楼梦》婚恋故事的艺术构思

——从芒种饯花与怡红寿宴谈起

内容提要

世情小说《红楼梦》擅长从寻常日子中发现不寻常的文学之美，集中体现在宝玉生日的艺术构思上。贾宝玉的生日与芒种节有关，尽管书中没有明写，但曹雪芹对芒种节颇为关注：首先基于宝黛爱情，勾连起花朝节迎接百花和芒种节祭饯花神的呼应关系；然后是对婚恋故事主线和副线的双重思考，即红楼十二钗正册中四位外姓女子的经典情节，从黛玉葬花、宝钗扑蝶，到湘云醉酒和妙玉传帖，虽在两个暮春之时，但都发生在芒种节。如果将怡红寿宴跟宝钗黛玉与湘云妙玉联系起来看，那么作者以芒种节为契机，串联起的金玉良缘和怡红快绿两条线索，包括钗、黛之主线和湘、妙之副线的关系链，都得以凸显。

关键词

宝玉生日 ｜ 婚恋故事 ｜ 芒种饯花 ｜ 怡红寿宴

《红楼梦》中主要人物的生日设置都是有艺术思考的。贾家的小姐从元春的正月初一、探春的三月三，写到巧姐的七月七。钗黛虽为外姓亲眷，但都是与宝玉的婚姻爱情密切相关的女子，所以把宝钗的生日写在正月二十一，作者让这个有"停机德"的女子生在穿天节,与无才补天的通灵宝玉相呼应。[1] 将富有"咏絮才"的黛玉安排在二月十二的花朝节,百花的生日,姹紫嫣红,诗意盎然。同理可知,绛洞花主宝玉的生日也一定与情与花有缘。

贾宝玉的生日在哪一天,书中没有直接写,因而学界众说纷纭,较有代表性的一是四月二十六日说。周汝昌先生主张四月二十六芒种节为宝玉生辰:"到四月二十六,正交芒种节——书中明以此节为'饯花'标目,却又暗写这是宝玉生辰(与后文'开夜宴寿怡红'对应),是时宝玉十三岁。"[2] 二是四月十五日说。据胡文彬先生1995年3月28日的记载:"最近读到吴克岐的《犬窝谈红》,在这本书中提到一个'残抄本',说这个'残抄本'上写明了宝玉的生日是四月十五日。原文云:'当下又值宝玉生日已到'作'次日是四月十五日,却系宝玉生日'。吴克岐说:'正与第一回甄士隐梦游幻境时,长夏永昼相合。'"[3] 三是四月二十或二十一日说。胡联浩先生通过对物候、节气因素,以及贾敬灵柩进城、贾琏偷娶尤二姐、贾敬百日祭等日期的推算认为"综合来看,贾宝玉生日是四月二十日或二十一日"[4]。以上观点都集中于农历四月中下旬,对应在公历二十四节气的芒种节前后。此外,另有宝玉生于其他月份如三月[5]等说法。从小说艺术构思的角度考虑,作者将宝玉生日设置在四月二十六芒种节的可能性更大些。

---

[1] 参见白鹿鸣《试论〈红楼梦〉"以节日写生日"的方法》:"'穿天节'生日的宝钗与无才补天的顽石宝玉之间仿佛还有更深一层的联系。明杨慎在《同品》中写道:'宋以正月二十三日为天穿日,言女娲氏以是日补天……'而宝玉所佩戴的玉石也恰是女娲补天剩下的顽石幻化。清代的穿天节日期在不同地区有所不同,有正月二十一,也有正月二十、正月二十三甚至更多的记载。"《红楼梦学刊》2013年第5辑。

[2] 周汝昌:《红楼夺目红》"年月无虚",作家出版社2003年版,第252页。

[3] 胡文彬:《宝玉生日——读〈犬窝谈红〉之二》,《魂牵梦萦红楼情》,中国书店2000年版,第193页。

[4] 胡联浩:《贾宝玉生日新考》,《红楼隐秘探考》,中国戏剧出版社2004年版,第238页。亦见《红楼梦学刊》2000年第4辑。

[5] 参见国嘉《三月二十二日是宝玉的生日》,《黑龙江教育学院学报》2009年第1期。

在二十四节气中，曹雪芹对芒种节颇为关注，几位红楼金钗的经典情节，从黛玉葬花、宝钗扑蝶，到湘云醉酒，甚至妙玉传帖，虽然几个故事没有写在同一年中，但都发生在芒种节。既然怡红公子宝玉的生日也与芒种节有关，那么如果将怡红寿宴与钗黛及湘妙联系起来看，曹雪芹以芒种节为契机，串联起的金玉良缘和怡红快绿两条线索，包括主线（钗、黛）和副线（湘、妙）的关系链，都得以呈现。

一、黛玉葬花

第二十七回写芒种节"饯花会"，虽然现在很难查阅到有关芒种饯花习俗的记载，可是《红楼梦》中却用很多笔墨写道：

至次日乃是四月二十六日，原来这日未时交芒种节。尚古风俗：凡交芒种节的这日，都要设摆各色礼物，祭饯花神，言芒种一过，便是夏日了，众花皆卸，花神退位，须要饯行。然闺中更兴这件风俗，所以大观园中之人都早起来了。那些女孩子们，或用花瓣柳枝编成轿马的，或用绫锦纱罗叠成干旄旌幢的，都用彩线系了。每一颗（棵）树上，每一枝花上，都系了这些物事。满园里绣带飘飘，花枝招展，更兼这些人打扮得桃羞杏让，燕妒莺惭，一时也道不尽。[1]

曹雪芹颇有兴致地说"闺中更兴这件风俗"。小说前八十回中并没有正面写黛玉如何过生日。要了解曹雪芹对黛玉生日的描写，可到第二十七回去找。作者似乎把花朝节要做的事，赏花、扑蝶，都移到了芒种节，而芒种节应该是

---

[1]（清）曹雪芹、高鹗：《红楼梦》，人民文学出版社 1982 年版。本文引文均出自此版本，下文不再赘注。

宝玉的生日。把黛玉生日花朝节这天的风俗，拿到宝玉生日芒种节去写，且第二十七回安排的回目构成钗黛对峙，即"滴翠亭杨妃戏彩蝶　埋香冢飞燕泣残红"，可见曹雪芹在宝玉和黛玉故事的构思上是综合考虑的，情节的安排也有所调整。由此也可看出，《红楼梦》第二十七回的"饯花会"，是黛玉和宝玉两人的生日组合。《红楼梦》中最精彩的两个情节"黛玉葬花"和"宝钗扑蝶"，是花朝节的习俗和芒种节的时令糅合在一起而形成的艺术经典。黛玉生日与祭饯花神的关系表明，作者对她的构思是一位花仙子。"绛珠仙草"和"阆苑仙葩"也进一步说明了这一点。

第二十七回中写宝玉因不见了林黛玉，便去寻找，看到了几种落花：

因低头看见许多凤仙石榴等各色落花，锦重重的落了一地，因叹道："这是他心里生了气，也不收拾这花儿来了。待我送了去，明儿再问着他。"说着，只见宝钗约着他们往外头去。宝玉道："我就来。"说毕，等他二人去远了，便把那花兜了起来，登山渡水，过树穿花，一直奔了那日同林黛玉葬桃花的去处来。将已到了花冢，犹未转过山坡，只听山坡那边有呜咽之声，一行数落着，哭的好不伤感。宝玉心下想道："这不知是那房里的丫头，受了委曲，跑到这个地方来哭。"一面想，一面煞住脚步，听他哭道：花谢花飞花满天，红消香断有谁怜？游丝软系飘春榭，落絮轻沾扑绣帘……

这一段引出了婉转缠绵的七言歌行体长诗《葬花吟》自不必说，几样花卉值得留意。一是宝玉低头看到的"许多凤仙石榴等各色落花"，这显然不是初春之景，而是暮春初夏的气象了。另外，写宝玉"把那花兜了起来，登山渡水，过树穿花，一直奔了那日同林黛玉葬桃花的去处来"。与第二十三回呼应，当日宝黛二人在落英缤纷的桃花树下共读西厢，那是"三月中浣"。而此回已是四月二十六，凤仙花、石榴花有开有落。与北京的各种花的花期和节令对看，《红楼梦》所写的地点应该是北京。

黛玉如泣如诉地"哭道"她的《葬花吟》，宝玉是第一个听众，佳人才子，高山流水，意境感人。富有戏剧性的是，《葬花吟》的第二个听众，大约是潇湘馆的鹦鹉。第三十五回开头部分写道：

> 那鹦哥便长叹一声，竟大似林黛玉素日吁嗟音韵，接着念道："侬今葬花人笑痴，他年葬侬知是谁？试看春尽花渐落，便是红颜老死时。一朝春尽红颜老，花落人亡两不知！"黛玉紫鹃听了都笑起来。紫鹃笑道："这都是素日姑娘念的，难为他怎么记了。"

紫鹃解释道："这都是素日姑娘念的，难为他怎么记了。"这个细节从侧面反映出黛玉诵读这首长诗的频率之高，竟然让鹦鹉都学会了，也说明黛玉身旁的生灵都是聪明伶俐的。乾隆五十六年（1791）《红楼梦》初刊，程伟元和高鹗在书前加的绣像中，林黛玉的经典造型不是手把花锄，而是笑对鹦鹉，并有一首题诗："人间天上总情痴，湘馆啼痕空染枝。鹦鹉不知侬意绪，喃喃犹诵葬花诗。"可见程、高对这一情节的理解和概括还是比较到位的。

二、宝钗扑蝶

《红楼梦》第二十七回的回目是"滴翠亭杨妃戏彩蝶 埋香冢飞燕泣残红"，也就是说，宝钗扑蝶的情节发生在黛玉葬花之前。只是相对简略，宝钗说着"我叫林姑娘去就来"，接着写道：

> 说着便逶迤往潇湘馆来。忽然抬头见宝玉进去了，宝钗便站住低头想了想：宝玉和林黛玉是从小儿一处长大，他兄妹间多有不避嫌疑之处，嘲笑喜怒无常，况且林黛玉素习猜忌，好弄小性儿的。此刻自己也跟了进去，一则宝玉不便，二则黛玉嫌疑。罢了，倒是回来的妙。想毕抽身回来。刚要寻别的姊妹

去，忽见前面一双玉色蝴蝶，大如团扇，一上一下迎风翩跹，十分有趣。宝钗意欲扑了来玩耍，遂向袖中取出扇子来，向草地下来扑。只见那一双蝴蝶忽起忽落，来来往往，穿花度柳，将欲过河去了。倒引的宝钗蹑手蹑脚的，一直跟到池中滴翠亭上，香汗淋漓，娇喘细细。宝钗也无心扑了，刚欲回来，只听滴翠亭里边嘁嘁喳喳有人说话。

《红楼梦》对宝钗形象的塑造，与黛玉的基调不同，黛玉侧重随性率真，而宝钗侧重随分从时。作者为诠释"可叹停机德"，在亲情友情方面，写了宝钗为家族、为母亲、为兄长，甚至为香菱和邢岫烟等薛家的人着想，还有为湘云、为黛玉等闺密们考虑。在爱情婚姻方面，作者写了宝钗的许多情不自禁而又含蓄内敛的情节，比如看玉、探伤、绣花等。这一回借宝钗扑蝶，透过"香汗淋漓，娇喘细细"提醒读者，她还是一个豆蔻年华的女孩，理应有她天真无邪，无所顾忌，甚至随口随性的时候。宝钗扑蝶的情节，可以说是在丰富宝钗形象方面起了重要作用。

从第二十七回把宝钗和黛玉两个女主角写在一起，同时出现在回目中这一细节，以及第二十二回写的宝钗点戏和宝玉听曲，到第二十三回的黛玉听戏、双玉读曲等都可以看出，作者对贾宝玉婚姻和爱情悲剧故事的设置是统筹考虑的。

三、湘云醉酒

第六十二回宝玉生日，突出写了两个情节，即回目强调的"憨湘云醉眠芍药裀　呆香菱情解石榴裙"。大观园红香圃内为宝玉等四人贺寿，在讨论有创意的游戏和酒令时，湘云思维活跃，反应机敏，但是行酒令之后的效果是湘云难逃一次次被罚酒，直至醉眠于芍药花丛。例如湘云对酒令的要求：

酒面要一句古文，一句旧诗，一句骨牌名，一句曲牌名，还要一句时宪书上的话，共总凑成一句话。酒底要关人事的果菜名。

这里的"时宪书"即旧时之历书。这个难度较大的酒令，黛玉对出一个：

落霞与孤鹜齐飞，风急江天过雁哀，却是一只折足雁，叫得人九回肠。——这是鸿雁来宾。榛子非关隔院砧，何来万户捣衣声？

另外两首，都是史湘云凑出来的。一醉一醒，饶有情趣。先看清醒时的：

奔腾而砰湃，江间波浪兼天涌，须要铁锁缆孤舟，既遇着一江风。——不宜出行。这鸭头不是那丫头，头上那有桂花油？

酒面要一句古文，欧阳修《秋声赋》："初淅沥以萧飒，忽奔腾而砰湃。"一句旧诗，杜甫《秋兴》诗："江间波浪兼天涌，塞上风云接地阴。"一句骨牌名《铁索缆孤舟》，一句曲牌名【一江风】，还要一句时宪书即"皇历"上的话"不宜出行"，凑成一句话。酒底要关人事的果菜名，即鸭子头。再看湘云醉酒的场景和醉梦中的酒令：

正说着，只见一个小丫头笑嘻嘻的走来："姑娘们快瞧云姑娘去，吃醉了图凉快，在山子后头一块青板石凳上睡着了。"众人听说，都笑道："快别吵嚷。"说着，都走来看时，果见湘云卧于山石僻处一个石凳子上，业经香梦沉酣，四面芍药花飞了一身，满头脸衣襟上皆是红香散乱，手中的扇子在地下，也半被落花埋了，一群蜂蝶闹穰穰的围着他，又用鲛帕包了一包芍药花瓣枕着。众人看了，又是爱，又是笑，忙上来推唤挽扶。湘云口内犹作睡语说酒令，唧唧嘟嘟说：泉香而酒洌，玉碗盛来琥珀光，直饮到梅梢月上，醉扶归，却为宜会亲友。众人笑推他，说道："快醒醒儿吃饭去，这潮凳上还睡出病来呢。"湘云慢启秋波，见了众人，低头看了一看自己，方知是醉了。

酒面的古文是欧阳修《醉翁亭记》："酿泉为酒，泉香而酒冽。"一句旧诗，李白《客中作》诗："兰陵美酒郁金香，玉碗盛来琥珀光。"一句骨牌名《梅梢月上》，一句曲牌名【醉扶归】，一句时宪书上的话"宜会亲友"，凑成了完整而有趣的一段话。

《红楼梦》第六十二回围绕怡红公子宝玉的寿辰，叙写了大观园中众女子与宝玉共度寿宴的欢乐场景，并详细描述了"憨湘云醉眠芍药裀"的细节。史湘云醉卧花丛，头枕花瓣，睡在石凳子上。众人推她笑她，并用"醒酒石"和"酸汤"帮她解酒，独黛玉对这一细节深有感触。第六十三回的酒令虽然是游戏，却通过照应之笔，交代了前几回丰富的情感积淀。作者写事后只有黛玉还记得"石凉"，体谅湘云酣醉的情景下潜在的凄凉；也只有湘云还记着宝玉痴呆的诳语中对黛玉的痴情。

贵族出身但又经济拮据，同为小姐，却做着丫鬟的活计，湘云的心中怎能没有委屈和辛酸？然而尽管"有情芍药含春泪"，这朵美丽的"芍药"带给别人的却只有欢声和笑语。凭着真心来对待身边的每一个人，湘云的单纯带给大观园以难得的真诚，也让读者看到了那混浊社会中的一丝美好。

《红楼梦》中不止一次说到麒麟，似乎都与湘云有关，又都牵涉宝玉。先有第二十九回张道士送麒麟给宝玉，贾母等人便说起湘云也有同样的麒麟。小说写道：

贾母因看见有个赤金点翠的麒麟，便伸手拿了起来，笑道："这件东西好像我看见谁家的孩子也带着这么一个的。"宝钗笑道："史大妹妹有一个，比这个小些。"贾母道："是云儿有这个。"

接着张道士给宝玉提亲，提的虽然是前日在一个人家看见的小姐，但由麒麟引出黛玉对宝钗含讽带刺的话，似乎都与"金玉良缘"有某种关联。到了第三十一回，回目"因麒麟伏白首双星"，直接写到湘云和宝玉的某些天缘巧合。湘云人未到，先由黛玉的风凉话引出：

宝玉笑道："还是这么会说话，不让人。"林黛玉听了，冷笑道："他不会说话，他的金麒麟会说话。"一面说着，便起身走了。幸而诸人都不曾听见，只有薛宝钗抿嘴一笑。

后又有湘云的丫鬟翠缕和她论阴阳，话题最后转到麒麟的阴阳问题。

再者，还点出曹雪芹艺术构思上的意图。己卯本第三十一回回前评语写道："金玉姻缘已定，又写一金麒麟，是间色法也。何颦儿为其所惑？故颦儿谓'情情'。"脂砚斋告诉读者，湘云的麒麟只不过是为宝玉和宝钗之间的金玉良缘起"间色"作用的，是出于艺术上的考虑，使故事情节更为曲折摇曳。比较而言，在诸多说法中，笔者更倾向于麒麟在艺术衬托上的作用。也就是说，金麒麟之"金"，是《红楼梦》金玉良缘故事的副线。从第三十二回因金麒麟掀动的涟漪过后宝、黛互认知己的现象来看，湘云的金麒麟也为宝黛爱情的成熟起到了催化作用。

四、妙玉传帖

宝玉是妙玉的"槛内"知己，虽然走进大观园时妙玉十八岁，宝玉才十二三岁，但是从对二十三岁的傅秋芳之品貌的遥慕来看，宝玉面对他欣赏的女子，年龄似乎不是问题。妙玉的身世与黛玉相似，所不同的是，妙玉年幼多病，买了替身也无济于事，最后只好"亲自出家"了。所以，她的出家不是厌世，而是恋世的表现。后来的《红楼梦》中人陈晓旭的艺术人生，尤其是她最后的日子因病魔缠身而出家，与妙玉有相似之处。

《红楼梦》第六十三回"寿怡红群芳开夜宴"中，写宝玉在夜宴之后的清晨，意外收到了妙玉托人送来的生日贺卡：

这里宝玉梳洗了正吃茶，忽然一眼看见砚台底下压着一张纸，因说道："你们这随便混压东西也不好。"袭人晴雯等忙问："又怎么了，谁又有了不是了？"宝玉指道："砚台下是什么？一定又是那位的样子忘记了收的。"晴雯忙启砚拿了出来，却是一张字帖儿，递与宝玉看时，原来是一张粉笺子，上面写着"槛外人妙玉恭肃遥叩芳辰"。

宝玉看毕，直跳了起来，忙问："这是谁接了来的？也不告诉。"袭人晴雯等见了这般，不知当是那个要紧的人来的帖子，忙一齐问："昨儿谁接下了一个帖子？"四儿忙飞跑进来，笑说："昨儿妙玉并没亲来，只打发个妈妈送来。我就搁在那里，谁知一顿酒就忘了。"众人听了，道："我当谁的，这样大惊小怪，这也不值的。"宝玉忙命："快拿纸来。"当时拿了纸，研了墨，看他下着"槛外人"三字，自己竟不知回帖上回个什么字样才相敌。只管提笔出神，半天仍没主意。因又想："若问宝钗去，他必又批评怪诞，不如问黛玉去。"

看到妙玉"槛外人妙玉恭肃遥叩芳辰"的生日贺卡，宝玉的第一反应是"直跳了起来"，接下来他的"忙问""忙命"，和身边丫鬟们的"忙一齐问"和"忙飞跑"，足见怡红院主仆对此事的重视。在宝玉面对"槛外人"不知该怎么回复的时候，他在咨询谁的思考过程中，也有对宝钗和黛玉的取舍，最后他选择去问黛玉。可巧遇到了妙玉的闺蜜邢岫烟。书中写了邢岫烟见到宝玉，听说妙玉送他贺卡之后的反应：

岫烟听了宝玉这话，且只顾用眼上下细细打量了半日，方笑道："怪道俗语说的'闻名不如见面'；又怪不得妙玉竟下这帖子给你，怪不得上年竟给你那些梅花……"

邢岫烟像是明白了妙玉和宝玉为何互相欣赏了，她慷慨地告诉宝玉该如何回复妙玉：

他常说："古人自汉晋五代唐宋以来皆无好诗，只有两句好，说道：'纵有千年铁门槛，终须一个土馒头。'所以他自称'槛外之人'。……如今他自称'槛外之人'，是自谓蹈于铁槛之外了，故你如今只下'槛内人'，便合了他的心了。"

于是，宝玉就写了"槛内人宝玉熏沐谨拜"的回帖给妙玉。其实关于槛内槛外，虽然在这一回邢岫烟加以解释了，但是在《红楼梦》第五十回"芦雪广争联即景诗"中，宝玉写的《访妙玉乞红梅》七言律诗中，已经提到"不求大士瓶中露，为乞嫦娥槛外梅"，把妙玉比作"槛外"嫦娥，赞赏其脱俗之美。

红楼十二钗正册中的四位宾客，即钗、黛、湘、妙四位女子，在思想上分别带有儒、道、玄、佛的色彩，在构筑小说的婚恋理想中，都承担了各自的角色。其中妙玉的品茶、赠梅、联诗和传递彩笺等，既显示出文人雅士的高洁志趣，也是她与宝玉惺惺相惜而不为黛玉所嫌的重要原因。妙玉形象在小说中起到烘云托月的作用，她与湘云一起成为金玉良缘和怡红快绿的副线，给宝玉造成四面埋伏，让黛玉听到三面楚歌，并使小说情节更为波澜起伏，人物关系更加错综复杂。

《红楼梦》与明代四大奇书相比，在小说结构上颇为特殊。《三国演义》《水浒传》和《西游记》的小说结构皆为线性的，无论其微观结构为辫子、链子，还是钩子的形状。《红楼梦》与《金瓶梅》虽然同为世情小说，但《金瓶梅》只是围绕着西门庆一家的暴发暴亡史进行叙述的，《红楼梦》则从家族、婚恋和人生三方面悲剧入手。因而同为网状结构，《金瓶梅》属于阡陌纵横、星罗棋布的平面网状，《红楼梦》则属于立体网状。[1]红楼结构之网，其纲领应为前五回的总写。在此总纲中，贾宝玉成为贯穿三条主干线的枢纽。第一回和第二回演说家族的兴衰，第五回倒叙众女子的命运。在此总纲中，第三回和第四回分别写了林黛玉和薛宝钗进贾府，恰为婚恋悲剧的主要成分。在婚恋故事的构思中，没有爱情之婚姻的"终身误"与没有婚姻之爱情的"枉凝眉"，与前人的才子佳人题材相比已属创新。而曹雪芹还是嫌这个故事不够丰富，又增设了史湘云和妙玉，与这两钗相关的故事多为补叙，湘云有十年前的闺密细语、妙玉有五年前的梅花雪水等，"乐中悲"和"世难容"，从作为金玉良缘和怡红快绿之副线的角度来解读，说服力较强。

2016 年 6 月 5 日芒种节讲稿

2016 年 11 月 7 日立冬重校

（原载《红楼梦学刊》2016 年第 6 辑）

---

[1] 参见曹立波《〈红楼梦〉立体式网状结构模型的构建》，《红楼梦学刊》2007 年第 2 辑，后收入曹立波《红楼梦版本与文本》，中华书局 2007 年版，第 32 页。

附 录

《一百二十回本〈红楼梦〉版本研究和数字化论文集》前言

《红楼梦》一百二十回本与前八十回本相比，传播领域较广，影响范围也较大。从乾隆五十六年（1791）木活字初刊（程甲本），到次年的再版（程乙本）；从乾隆末嘉庆初年木刻翻印的若干种白文本，到嘉庆年间加印评点的东观阁本（始见嘉庆十六年即1811年本）；从道光十二年（1832）的王希廉评本，到光绪十年（1884）前后的王希廉、姚燮合评本，以及光绪三十二年（1906）蝶芗仙史评订的汇评本等。纵观有清一代百余年的《红楼梦》传播史，由活字、木刻，到石印、铅印，印刷技术的不断更新，说明读者对《红楼梦》的需求量在不断增大。由白文到增评、汇评，版本内容的逐渐丰富，说明读者对《红楼梦》的理解程度在不断加深。而上述这些印本，都是以一百二十回本的形式出版刊行的。

自20世纪20年代初胡适倡导"新红学"以来，随着八十回抄本的陆续发现，红学研究的重心渐向脂砚斋评本倾斜。许多专家对《红楼梦》的版本研究着力于"探源"[1]或寻求"真貌"[2]等，都是以八十回本为主要研究对象的。

---

[1] 吴世昌著，吴令华编：《红楼探源》，北京出版社2000年版。此书编入的论文以吴世昌先生1961年在牛津大学出版的《红楼梦探源》为主。

[2] 周汝昌：《红楼梦真貌》，华艺出版社1998年版。

从一百二十回本的出版情况看，1927 年上海亚东图书馆根据"程乙本"排版刊行了《红楼梦》标点整理本。中华人民共和国成立之后的五十年间，印行较多的是程乙本。据不完全统计，1953 年作家出版社出版了繁体竖排本《红楼梦》[1]。1957 年人民文学出版社刊行了竖排版程乙本，之后多次再版，至 1974 年仍有重印版。[2] 相比之下，程甲本的排印受到重视是从 20 世纪 80 年代后期开始的。1987 年北京师范大学出版社刊行了以程甲本为底本的简体竖排《红楼梦》校注本[3]，此书由启功先生担任顾问，张俊、聂石樵等先生承担了注释和校勘工作。1988 年上海古籍出版社刊行《红楼梦》三家评，属程甲本系统。1991 年文化艺术出版社出版了由冯其庸辑校的《八家评批红楼梦》，以程甲本为底本。1992 年北京图书馆将馆藏《红楼梦》程甲本影印问世，由书目文献出版社出版，书名为《程甲本红楼梦》。[4] 至 21 世纪初，仅这家出版社（后来更名为北京图书馆出版社）就影印出版了大量清代刊行的一百二十回本《红楼梦》。[5]

以程本为代表的一百二十回本《红楼梦》的版本及评点的整理和研究，随着程甲本问世二百周年的纪念活动而深入展开。1991 年程甲本问世二百周年，冯其庸先生的纪念文章肯定了程甲本的历史功绩，并呼吁加强程本的研究力

---

［1］（清）曹雪芹：《红楼梦》（全三册），作家出版社 1953 年 12 月北京第 1 版，1954 年 6 月北京第 2 次印刷。

［2］参见（清）曹雪芹、高鹗《红楼梦》（全四册），人民文学出版社 1957 年 10 月北京第 1 版，1959 年 11 月北京第 2 版，1964 年北京第 2 版，1972 年 5 月辽宁第 1 次印刷，还有 1972 年 4 月北京第 9 次印刷本；另有《红楼梦》（共四册），人民文学出版社 1957 年 10 月第 1 版，1974 年 10 月北京第 1 次印刷。

［3］（清）曹雪芹：《红楼梦（校注本）》（全四册），北京师范大学出版社 1987 年 11 月第 1 版，1995 年 3 月第 4 次印刷。

［4］参见吕启祥《关于程甲本〈红楼梦〉的"首次"出版及其评价》，《红楼梦学刊》1994 年第 3 辑。

［5］部分红学家为各版本撰写的序言被收录到本论文集中。

度。[1]1999 年胡文彬先生在《红楼梦学刊》上撰文强调："在进一步深入研究'脂评'的同时，将整理与研究的目光转移到程刻评点本上来。"[2]这期间，有代表性的研究是张庆善先生关于王希廉、张新之、陈其泰、黄小田等《红楼梦》评点家的个案探讨[3]，以及苗怀明关于姚燮、刘履芬、陈其泰等各家批语的考辨等文章[4]。

需要指出的是，20 世纪 90 年代对程本研究的重视，出现了矫枉过正的现象。1994 年，欧阳健先生出版了专著《红楼新辨》，对之前所发表的观点加以整合，设"脂本程本关系辨证"等章节，探讨"究竟是程本篡改了脂本，还是脂本因袭了程本"[5]等问题，进而质疑"八十回的抄本是否早于一百二十回的印本"[6]。驳论文章较多，蔡义江先生曾发表题为《〈史记〉抄〈汉书〉之类的奇谈——评欧阳健脂本作伪说》[7]的长文，陈曦钟先生在其专著《红楼疑思录》中的几篇论文集中分析了"程前脂后"说存在的问题，如《说"越性"——兼评"程前脂后"说》《如何看待程甲本〈红楼梦〉中的窜行脱文现象？——"程前

---

[1] 参见冯其庸《论程甲本问世的历史意义——为纪念程甲本问世二百周年而作》，《石头记脂本研究》，人民文学出版社 1998 年版。

[2] 胡文彬：《〈评订红楼梦〉的发现极其意义——兼论程刻本评点的整理与研究》，《红楼梦学刊》1999 年第 4 辑。

[3] 参见张庆善《王希廉〈红楼梦〉评点新议》，《红楼梦学刊》1994 年第 1 辑；《张新之〈红楼梦〉评点得失浅析》，《红楼梦学刊》1997 年增刊；《桐花凤阁主人陈其泰〈红楼梦〉评点浅谈》，《红楼梦学刊》1991 年第 3 辑；《一位鲜为人知的〈红楼梦〉评点家——黄小田〈新增批评绣像红楼梦〉评点初探》，《红楼梦学刊》1990 年第 4 辑。

[4] 参见苗怀明《〈红楼梦〉刘履芬批语考辨》，《文献》1995 年第 3 辑；《〈红楼梦〉评点家陈其泰生平考述》，《红楼梦学刊》1996 年第 1 辑；《姚燮、陈其泰、刘履芬〈红楼梦〉批语关系辨》，《红楼梦学刊》1998 年第 3 辑。

[5] 欧阳健：《红楼新辨》，花城出版社 1994 年版，第 22 页。

[6] 欧阳健：《红楼新辨》，花城出版社 1994 年版，第 310 页。

[7] 蔡义江：《〈史记〉抄〈汉书〉之类的奇谈——评欧阳健脂本作伪说》，《红楼梦学刊》1993 年第 3 辑、第 4 辑。

脂后"说再献疑》等。[1]程本与脂本关系的探讨，客观上推动了相关问题的进一步澄清。

世纪之交，在"融合文献、文本、文化"[2]的红学研究方针引导下，《红楼梦》一百二十回本版本和评点研究的新成果不断涌现。仅以年轻学者的成果为例，较为集中地探讨相关问题的硕士、博士学位论文，如赵建忠的《红楼梦续书研究》（天津古籍出版社1997年版）、胡晴的《〈红楼梦〉评点中人物塑造理论的考察与研究》（中国艺术研究院，2004年）、曹立波的《红楼梦东观阁本研究》（北京图书馆出版社2004年版）、刘继保的《红楼梦评点研究》（北京图书馆出版社2005年版）等。此外，李虹的《周春及其〈红楼梦〉研究》（中国艺术研究院，2001年），为一百二十回本刊印之前的相关问题梳理了可资参考的文献资料；夏薇的博士后出站报告《〈红楼梦〉一百二十回抄本研究》（中国社会科学院，2007年），为一百二十回抄本的集中研究打开了新的思路。

在新世纪第一个十年接近尾声的时候，随着现代化步伐的不断加快，计算机辅助设计对中国古代文献研究的影响渐趋显著。古代小说版本数字化工作开始进入《红楼梦》研究领域。2008年秋，首都师范大学中国传统文化数字化研究中心的周文业先生初步完成了《红楼梦》十余个版本电子文本的录入工作，并提供给部分红学研究者试用，为熟悉电脑的学者尤其是研究生们通过版本比对了解各本的异文提供了便利。当然，以电子检索为向导，再去查看图像版，或翻阅纸本文件，极大地提高了版本研究的工作效率。

2008年12月6日，由首都师范大学中国传统文化数字化研究中心主办、中央民族大学文学与新闻传播学院协办的"一百二十回本《红楼梦》版本专题学术研讨会"在北京举行。与会70余位学者，借助多媒体屏幕，认真探讨了一百二

---

[1] 参见陈曦钟《红楼疑思录》，新华出版社2000年版。

[2] 梅新林：《拓展红学研究的文化视界》，《红楼梦学刊》1997年增刊（'97北京国际红楼梦学术研讨会专辑）。

十回《红楼梦》的刊印本、手抄本等问题，也通过文本比对，重新审视了前八十回和后四十回的文本差异问题。会议全程纪要，详见本书附录《用科学的态度和方法探讨红学——"一百二十回本〈红楼梦〉版本专题学术研讨会"综述》。

值得敬佩的是，会议结束后，为支持论文集的编印，一些学者付出很多辛苦，把研讨会上的发言稿加以扩充、完善。如刘世德先生的《从〈红楼梦〉前十回看程乙本对程甲本的修改》、张俊先生的《程本红楼词语校读札记》、段启明先生的《试说"后四十回"》，以及赵建忠先生的《〈红楼梦〉"文化苦旅"的精神折射——兼谈百二十回版本研究的整体性》等。还有一些学者把自己之前对相关问题的研究文章提供给我们，如蔡义江先生、吕启祥先生对《红楼梦》前八十回和后四十回艺术成就加以对比分析的经典论述，又如杜春耕先生关于程本和杨本的独到见解等。

值得重视的还有征得北京图书馆出版社的同意，本书收入了该社影印出版《红楼梦》一百二十回本时由（参加本次会议的）部分专家撰写的序言。如张庆善先生的《〈妙复轩评本·绣像石头记红楼梦〉序》、孙玉明先生的《〈双清仙馆本·新评绣像红楼梦全传〉序》、杜春耕先生的《〈增评绘图大观琐录〉序》，以及张书才、杜志军先生的《影印云罗山人手评〈绣像批点红楼梦〉序》[1]等。这些序言，针对具体版本进行了全方位的梳理、考辨和评价，对于研究一百二十回本系统的王希廉评本、张新之评本、王希廉与姚燮的合评本，以及东观阁系列评点本等颇具参考意义。

还要感谢胡文炜、邱华东先生在开会之前最先提交论文，感谢刘继保、段江丽、夏薇、朱萍等年轻教授光临会议，并为本书赐稿；感谢红楼梦研究所张云、李虹、胡晴惠赠研究体会，为本书增色；感谢张惠等研究生同学认真撰稿

---

[1] 张书才、杜志军指出："云罗山人手评的底本，为纬文堂刊本《绣像批点红楼梦》，一百二十回，分订二十卷（册），正文属于程甲本系统，批点则源于目前所见最早的一百二十回评点本——东观阁重镌本《新增批评绣像红楼梦》。"

并积极发言。本书多篇电子文稿的下载和校订由高文晶同学完成，书后所附参考文献由耿晓辉、张甜甜同学搜集整理。

2009年夏至日于中央民族大学文华楼

（原载曹立波、周文业主编《一百二十回本〈红楼梦〉版本研究和数字化论文集》，首都师范大学出版社2011年版）

博赡而通贯　求劢而获创

——张俊教授访谈录

张俊先生，1935年8月生，山西祁县人。1960年毕业于北京师范大学中文系，毕业后留校任教，曾任北京师范大学中文系主任等职。现为北京师范大学文学院教授、古代文学专业博士生导师、中国《红楼梦》学会常务理事。所著《清代小说史》是一部首次对明清之际和清代小说由点到线进行系统论述的断代小说史；主持《程甲本〈红楼梦〉校注》和《新批校注〈红楼梦〉》（程乙本）工作，倾三十年之力，对两部《红楼梦》早期刊本予以精审的校注和学术性的评批。《试论〈红楼梦〉与〈金瓶梅〉》《北师大藏〈脂砚斋重评石头记〉抄本考论》《程本红楼语词校读札记》系列论文等，涉及《红楼梦》版本与文本等诸多方面。本刊特委托中央民族大学教授曹立波博士就相关问题采访张俊先生，并整理出这篇访谈录，以飨读者。

曹立波　您在中国古代小说史和《红楼梦》等世情小说方面有着广泛的研究，我受《文艺研究》编辑部的委托，想就《清代小说史》的编写、世情小说的研究以及《红楼梦》的评注等有关学术问题对您作一次访谈。

张　俊　感谢《文艺研究》编辑部的诚挚邀请。研究领域之"广"似乎谈不上，我只是觉得，在古代小说史研究、世情小说研究，以及《红楼梦》等小说的校注、评批等方面的确有些问题值得探讨，借此机会漫谈一下吧。

一、《清代小说史》的特色与贡献

曹立波　编写中国古代小说的断代史，一般来讲，都是以一个历史朝代或几个朝代的组合为时代断限的。而在小说史的开篇，大都直接步入相应的历史阶段，比如《汉魏六朝小说史》开篇是"汉代小说"，《隋唐五代小说史》开篇是"隋代小说"，这应是常态的考虑。您在写《清代小说史》时，为什么没有从清代初期开始，而是在开篇设置了"明清之际小说"这一章节呢？

张　俊　这出于对朝代鼎革时期，也就是"夹缝"时期文学现象的关注。我先由十几年前的一道试题说起吧。一次为招考明清小说方向博士生，我出了这样一道试题："论述明清之际（明崇祯至清顺治）小说在中国小说史上的地位。"题意是想考察学生对历史分际之点文学的认识和掌握情况。考试结果，不尽如人意。有的答案割裂历史，只知明而不知清，或者相反；有的混淆时代，作品错位，张冠李戴。究其原因，与我们过去一些文学史著作习惯以历史朝代断限，而不大重视所谓"夹缝"时期文学的研究不无关系。

我对这一现象的关注，源于教学实践，也与当时学术研究的趋向有关。在我撰写《清代小说史》的同一时期，一些学者开始强调对明清之际学术文化的研究。如刘梦溪先生在《中国现代学术经典》总序中说："中国两千多年学术流变，有三个历史分际之点最值得注意：一是晚周，二是晚明，三是晚清。"并特别强调："明清易代既是我国社会历史的转捩点，也是理解华夏学术思想嬗变的一个枢纽。"具体到文学史，陈伯海先生《中国文学史之宏观》提出："中国文学史上先后出现三次高潮，一为周秦之交，一为唐宋之交，一为明清之交，它们都发生在历史的转折关头。"邬国平、王镇远先生《清代文学批评史》尤醒目地将"明清之际"（由明入清和顺治年间）列为清代文学批评的一个阶段，予以论述。

我过去曾与沈治钧合著过一本小书《清代小说简史》，按照丛书的编写要求，依历史朝代，习惯性地将其上限定位于顺治元年（1644），当时亦甚感太拘泥于朝代纪年，而割裂了小说之发展，一些作家作品被人为分为两截，不易描述，因而颇为疑虑。有鉴于此，我们曾合写过一篇名为《古代小说研究的新收获和新问题》的文章，对明清小说史的断限问题谈了一些想法。后来我重写《清代小说史》乃另列一章，题为"明清之际小说——明崇祯至清顺治"。理由有二：一方面，这一时期作家大都生活于明末，入清以后仍从事创作，有些作家，如《西游补》作者董说、《水浒后传》作者陈忱等，把自己的沧桑之感、亡国之痛贯注于创作之中，取得更大成就。另一方面，这一时期的小说创作，既有因袭，也有革新，正处于因革之际。一些传统的小说流派在发展变化，如历史演义小说有近三十种，其中有十多种为当时新出现的演述当代历史的时事小说，明崇祯、清顺治两朝各有七八种，其中有代表性的作品，如《警世阴阳梦》，刊刻于崇祯元年（1628）；《梼杌闲评》开始写作，当在明亡之前，成书则不会早于崇祯十七年（1644）；而《樵史通俗演义》则写成于顺治年间。这十多种作品所反映的社会矛盾和作家心态有其连续性，不应强为分割。神怪小说约计六种，多为传统题材，但《西游补》则显示出由佛道类向寓意类作品嬗变的倾向。同时尚兴起一新的小说流派，即才子佳人小说，作品有六七种，此后风行一时，绵延至清末。其他如话本小说，有三十余种，崇祯十二种，顺治二十多种，其题材与叙事体制均有突破，继"三言二拍"之后，又掀起一创作热潮。从中国小说史发展看，如《文心雕龙》所云："古来辞人，异代接武，莫不参伍以相变，因革以为功。"明清易代之际文学，正当沧海桑田的变迁时代，亦处于"参伍因革"之中。

曹立波　您的学术研究，教师的职业特色十分明显。您关注明清之际"夹缝"时期文学的理念，源于教学实践，通过理论提升，对学生又产生了影响力。《清代小说史》1997 年浙江古籍出版社刊行，之后您所指导的几届学生的博士论文总有与明清之际的小说、小说作家乃至诗文有关的选题，如《明清之际章回小说研究》（1999）、《明清之际小说作家研究》（2001）、《卓尔堪的遗民诗》（2002）等。当然，这部小说史本身的社会影响也比较大。

以《清代小说史》等为话题，郭英德先生曾撰写过一篇题为《悬置名著——明清小说史思辨录》的论文，发表在《文学评论》1999年第2期。郭先生从数字统计入手，指出以往的小说史类似"名著赏析的集成"，而《清代小说史》中名著所占的比例比其他小说史明显减少，进而分析道："数十年来，名著的赏析所形成的文学史写作模式，还在深层次上制约着明清小说史写作者对其他小说史现象的关注……然而，明清小说史决不仅仅是作家作品史，还是作家创作史、作家文学活动史、作品流传史、读者接受史。因此，悬置名著，便有助于研究者抛弃静态的小说史观照方式，而关注小说生成、展开、转换的动态历史，考察并描述小说生产、传播、消费的复杂过程，接续种种缺失的小说史环节。"您能具体说说在《清代小说史》撰写过程中对于名著与文学史以及"一流"与"二流""三流"小说的关系所采取的观照方式吗？

张　俊　我遵循的原则是，实事求是，论从史出。注意处理好这样两个关系：一是作家、作品与史的关系。作家、作品的研究，实际上是文学史编写的起点和基础。应注意在作家、作品的归类、比较中别抉异同，显现因革，揭示其继承和发展的关系，进行综合分析，从而使作家、作品的研究上升为"史"的高度，总结出规律性的东西。尤其是应注意对大批中小作家及所谓二、三流作品的梳理、考察，以凸显他们对一些大作家和一流作品的烘托和铺垫作用，从而梳理清楚众多小说流派的形成、特征、发展、影响和地位。比如清代的世情小说，除其典范之作《红楼梦》及二流作品《醒世姻缘传》《林兰香》外（姑且如此定位），其他作品尚有三十余种，如众星拱月，恰形成明清之际《醒世姻缘传》和世情小说的衍变、清前期《林兰香》和世情小说的发展、清中叶《红楼梦》和世情小说的高峰及清末世情小说的衰落这样的衍演轨迹。二是视角与构架的关系。视角可以有主有从，可以多元，但作为小说史，理当遵循时间线索，注意历史的序列性。当然，具体操作时应结合小说创作实际，注意灵活掌握，不能强求整齐划一。

曹立波　作为富有时代标志性的文体，从唐诗、宋词、元曲到清明小说，皆可谓"一代之文学"。小说文体可以说是明清两代共同的文学成就，尤其是一些重要的题材、流派，比如贯穿明清两代的世情小说。您在撰写清代的小说史时，是否要考虑与明代的接续关系？

张　俊　考虑过，因为明清两代的小说联系密切，而要写清代小说的断代史，我们不能不强行切断许多小说流派的发展脉络，致使历史线索缺少了整体的连续性。在上面提到的那篇《古代小说研究的新收获与新问题》小文中，就列举了一些作品来说明这样一个问题："如世情小说，自《金瓶梅》产生，至明末清初《醒世姻缘传》和《续金瓶梅》的沿袭，再至清初《林兰香》的中转，最后发展至清中叶以《歧路灯》《蜃楼志》特别是《红楼梦》为代表的世情小说高峰，其线索是连续的，不宜割断；《金瓶梅》与《红楼梦》两部巨著的'链环'也是环环相扣的，不宜拆散。近年，又有学者发现明末世情小说《玉闺红》并未失传，认为该书内容丰富深刻，艺术精湛，'就其反映市井生活的广阔深刻而言，堪称《金瓶梅》的姊妹篇'（刘辉、薛亮《明清稀见小说经眼录》）。如此，则世情小说在明末的发展线索就更为明晰了。现在，我们将这一完整的线索从《醒世姻缘传》处切断，就不能不说是相当遗憾的。"刚才我们谈"夹缝"文学是从小说史的时代断限角度讲的，而一旦进入某一限定的文学史阶段的话，我们则应考虑作品之间的"链环"关系。

二、从《金瓶梅》到《红楼梦》：体察世情小说的流变

曹立波　您对中国古代小说的题材、流派有专门的研究，为研究生开设过中国古代小说流派研究、中国古代小说史研究等课程。关于历史演义、英雄传奇、神魔、世情等题材的小说都有专门的论述，对弟子们产生了较大的影响。据我所知，您指导的博士论文中，各类题材都不乏专论，像纪德君的《明清历史演义小说艺术论》（1997）、胡胜的《明清神魔小说研究》（1998）、

苗怀明的《中国古代公案小说史论》（1999）等。当然，您个人的研究领域中著述较多的应是世情题材的小说，能谈谈您的研究视角吗？

张　俊　相比之下，我在世情小说方面投入的精力稍微多一些，基本是围绕《金瓶梅》与《红楼梦》展开的。三十年前我曾写过一篇文章《试论〈红楼梦〉与〈金瓶梅〉》，后来被一些有关的论文集收录。需要说明的是，某出版社编辑的《〈金瓶梅〉资料汇录》，将题目改为《从〈金瓶梅〉到〈红楼梦〉》，我觉得不大合适，因为"与"和"从……到"，有点和线的区别。我后来的研究，对整个世情小说这个发展过程关注多一些。总体来看，相关研究的切入点，可以用"两点一线"来概括。首先是关注明清世情小说的两个起讫点《金瓶梅》和《红楼梦》，进而从"线"的角度考察两点之间的链环，即从《金瓶梅》到《红楼梦》的中间环节。

曹立波　结合世情小说的发展这条"线"，您对《金瓶梅》《红楼梦》对前代小说的继承和突破都给予了细致的梳理和分析，能在这里简要谈谈吗？

张　俊　我们先看看《金瓶梅》对它以前小说的突破，这主要集中在选材上，即选取家庭生活为描写对象并塑造了一大批妇女形象。在与前代小说的比较中，我们会发现《金瓶梅》的题材由写历史兴亡到写一个家庭的盛衰，由写英雄起义到写个人的荣枯和闺阁的纷争，由写神魔斗争到写世俗琐事，这是一个很大的变化。一个家庭和历史事件比较，个人的荣枯和英雄起义比较，神魔斗争和世俗琐事比较，好像空间缩小了，矛盾斗争也减弱了，但是，文学和现实生活的距离则拉近了，作者对人生的思考更深入了。从《金瓶梅》起，中国古典小说对妇女问题的关注度明显有了提高。并且其态度也从《金瓶梅》《醒世姻缘传》中对妇女的批判逐步过渡到《林兰香》和清初才子佳人小说对妇女的肯定及《红楼梦》对女子形象的赞美。

就《红楼梦》对《金瓶梅》题材的沿革来看，虽然这两部小说所写的都是家庭生活，但是《红楼梦》之于《金瓶梅》，在继承之外更重要的是发展。一是《红楼梦》中描写的贾府是一个人口众多的大家庭，共有上下五代人，重点描写的是第三、四、五代，较之西门一家的单薄，贾府显然是一个更加完整的家族。二是两本书对于家族兴衰史的描写有所不同，《金瓶梅》重在写西门庆发家的过程，而《红楼梦》重在写贾府衰败的过程。这种转变应该与清代的末世情结有关，结合《长生殿》《桃花扇》和《儒林外史》几部戏曲小说结尾的描写就可以知道，这是清代文学作品的共同之处。三是《金瓶梅》中对妇女抱有一定的偏见，而在《红楼梦》中更多的是肯定，是颂扬。除了题材上的发展外，《红楼梦》在情节结构上比之《金瓶梅》也有发展。与明代其他"三大奇书"相比，《金瓶梅》的情节结构，是一个有机的整体，全书首尾相联，血脉贯通，难以分割。故事主体是写西门庆家发迹和败亡的过程，以及家庭中妻妾的矛盾和争斗，主要是以西门庆的一生串起来的。到了《红楼梦》则更进一步，从一条主线发展成为一主一副，即宝、黛、钗的恋爱婚姻悲剧为主，贾府的兴衰为副。

此外，《红楼梦》和《金瓶梅》这两部书在艺术手法上都有创意。其中很有意思的一点是，两书都喜欢用"趿着门槛子""嗑着瓜子儿"的习惯用语来描摹人物神态，刻画人物心理。在《红楼梦》中，还有一个特殊用语是"抿着嘴儿笑"。脂批抄本凡十四见，程乙本则二十四见。其中除两处用于男性，一处用于邢、王二夫人，一处泛指众人外，其余多用于青少年女性，尤以黛玉最多，共计五例。记得十多年前，一位来自邻邦日本的女青年访问学者问我："抿着嘴儿笑"是什么意思？我请她先查辞书。她说：查过《现代汉语词典》，但还是不懂。问我能不能画图说明。我告诉她：我不懂绘画，画不出来。再者，这一词语，《红楼梦》用过多次，虽然各人"抿着嘴儿笑"的神态似乎一样，但所表达的情致，所反映的心理，却并不完全相同。只有结合书中具体语境和人物关系，仔细玩味，才能慢慢体会。这正如王安石《明妃曲》所说："意态由来画不成，当时枉杀毛延寿。"后来偶然读到英国皮斯等著《身体语言密码》一书，有一节列出"五种常见的微笑"，第一种就是"抿嘴笑"，并附有照片，说明女性的这种微笑，"意味着她心中有不愿与你分享的秘密"。《红楼梦》中种种"抿嘴笑"背后有何"秘密",也应该察远烛幽,仔细揣摩。这些细微之处,当也是《红楼梦》魅力所在吧。

曹立波 我们常讲《红楼梦》从《金瓶梅》发展而来。从俗到雅的过程中,一定有一些中间环节。当然,《红楼梦》的艺术世界如百川归海,其支派中应包含小说、诗歌甚至戏曲等多种元素。如果只从一般小说史的角度出发去考察《红楼梦》的艺术渊源,明末延至清初,才子佳人小说似乎是很重要的小说题材,尽管曹雪芹在小说中曾激烈批评过才子佳人小说文君子建、千部一腔的创作弊端,但从小说文学发展的整体看,才子佳人小说作为前代文学,对《红楼梦》的创作不无影响。其中对才、情、貌兼美的"佳人"形象的强调,对《红楼梦》的影响应该是有迹可循的。您也曾关注过才子佳人小说,记得您写过《漫说〈定情人〉中的情》,还写过《论〈林兰香〉与〈红楼梦〉——兼谈联结〈金瓶梅〉与〈红楼梦〉的"链环"》,您如何看待才子佳人小说与《红楼梦》等世情小说的关系,又如何确定联结《金瓶梅》与《红楼梦》之间真正的"链环"呢?

张　俊 到底是什么小说把《金瓶梅》与《红楼梦》连接起来的呢?以前较为普遍的看法是,这个"链环"就是明末清初文坛出现的大量才子佳人小说,并以为《平山冷燕》《玉娇梨》等是此方面的代表作。对此,我起初也觉得有一定道理。但进一步考察比较之后,我又有些疑惑了。因为两相对照,才子佳人小说与《红楼梦》都有不少相悖之处,似难连在一条线上。把《金瓶梅》与《红楼梦》两部巨著连接起来的"链环",我认为应该是世情小说,自明崇祯至清乾隆年间《红楼梦》问世前,这类小说出现十五六种,具体代表作品是《醒世姻缘传》《林兰香》等。我在20世纪90年代初写的一篇名为《论明代世情小说》的文章中,曾对明代世情小说的渊源、发展及其衍化作过一些介绍。后来在《清代小说史》"明清之际小说"一章中,专设"世情小说的衍化及种类""才子佳人小说的崛起及其原因"两小节,对这两个不同的小说流派分别做了简要描述。在描述前者时,我引录了鲁迅先生《中国小说史略》中的一段话，他说："人情小说萌发于唐，迄明略有滋长……至清有《红楼梦》，乃异军突起，驾一切人情小说而远上之。"我认为，这一论断是符合小说史实际的。你提到的那篇兼谈"链环"的文章，乃是以《林兰香》与《红楼梦》两书为实例，具体阐述一下这一问题。我从立局命意、取材角度，以及结构方法、形象塑造、语言风格等方面进行了一些比较，发现同为"世情书"，《红楼梦》与《林兰香》有许多相似之处，而且与《金瓶梅》相比，《林兰香》在塑造正面形象、肯定儿女真情、显扬女子才干等方面都有所进步。有专家曾指出，《林兰香》在明清世情小说发展过程中有一定程度的承前启后的意义。这种文学现象是很值得探讨的。

曹立波 从世情小说发展的起讫点来看，《金瓶梅》是开山之作，似乎没有什么疑问。但《红楼梦》的成书年代是清中叶，为什么后来清朝的百余年间，再也没有出现可与《红楼梦》相伯仲的长篇世情书来呢？换句话说，《红楼梦》之后世情题材的小说为何没有形成创作潮流？

张　俊 这也是我曾困惑的问题，后来将几点思考写进了《清代小说史》中。我想，清后期世情小说衰落的原因，大概有三个方面。其一，清末社会巨变迭生，需要批判现实力度较强的作品。与谴责小说等相比，世情小说便显得婉曲而欠直截，冷静而乏激情。其二，世情小说出现晚而成熟早，开山之作《金瓶梅》已具有很高水准，《红楼梦》更登上了古代小说思想艺术的最高峰。它们给后人留下的机会已经很少，后来者只好另辟蹊径，世情小说遂分化、蜕变为其他类型的小说。其三，清后期大部分作家缺乏创新意识，将世情小说创作引入了死胡同。继《红楼梦》之后，出现了一批平庸的续书和仿书。作者不是从现实生活的实际出发结撰故事，而是根据主观愿望向壁虚构，完全背离了世情小说的写实传统。其中以《红楼梦》续书为最多，质量却较差。从某种意义上说，正是这些缺乏创新意识的"续红"者断送了一个卓越的小说流派。

三、《程甲本〈红楼梦〉校注》：精审翔实的注释

曹立波　从您为博士生开设的《红楼梦》专题课上，收获的不仅是作者、版本等方面的知识，更重要的是研究方法。每一个问题，您都鼓励我们将论据资料还原到第一手文献上去，回归到原始古籍上去。我的博士学位论文《红楼梦东观阁本研究》的撰写，涉及版本和评点研究，您在文献的处理和文论的把握上分别给予了具体的指导。我以为，这应该源于您三十年来对《红楼梦》详注、精评的学术积淀。

据我所知，《程甲本〈红楼梦〉校注》，1987 年北京师范大学出版社印行，是新中国成立以来首次以程甲本为底本校注的。启功先生任顾问，您负责注释和全书的统稿工作。这部书刚一问世，香港《大公报》《文汇报》、美国《华侨日报》等近十家报纸都做了报道和评介，并获 1989 年第三届全国图书"金钥匙"一等奖。书中校注共 4165 条，约 65 万字，占全书字数近一半。我曾给一些学生推荐此书，他们的读后感是，有的章回注释比正文都多，便于导读。吕启祥先生在《填空补阙，厚积薄发——读北京师大出版社〈红楼梦〉校注本》一文中对校勘、注释做了全面评价，认为此书"广参博览，锐意穷搜，成为当今《红楼梦》注释中最详备丰富的一种"。您当年是怎样想到要从事这项工作的？

张　俊　这部书的校勘和注释整理工作开始于 1982 年，当时北京师范大学出版社计划出版"古籍整理丛书"，约请我们重新校注一部《红楼梦》。应出版社之约，我们在启功先生主持下，拟定了校注这部书的工作计划，确定了校注细则和编排体例。到 1987 年出版，历经五年时间。其实，此书注释部分的工作是从 1974 年开始的。当时我们曾经编印过两册《红楼梦注释》（前八十回）油印稿，作为教学辅助材料，那个本子是在启功先生撰写的人民文学版《红楼梦》所附注释的基础上增补扩充而成的。当时参加过部分注释初稿工作的还有李长之、王汝弼、韩兆琦等先生。在征求意见时，一些专家和

读者曾给予我们热情支持。嗣后经初步修改，并补注了后四十回，于1975年排印出版，分装两册，内部发行。"文革"之后，我们进一步查阅了一些资料，1979年又对注释原稿做了一次较大的修改，删汰了一些评语，订正了一些错讹，增注了一些词条，并请启功先生写了序言，准备正式出版。参加这次注释修改的是我和聂石樵、周纪彬先生。迁延三年，1982年方纳入北京师范大学出版社的出版计划。

当时我们决定以新中国成立后未曾整理出版过的程伟元乾隆辛亥活字本（简称"程甲本"）作底本进行校勘，排印出版，以期为红学研究者、爱好者多提供一种可取资的版本，为大专院校《红楼梦》的教学提供一种参考读物。同时决定改写注释，除订正旧稿中的一些讹误外，重点是扩充条目，重新加注，增补资料，丰富注释内容，以增强注释的知识性和趣味性。尤其是对与小说内容有关的一些朝章典制和风俗习尚等词语也注意结合文意，征引史料，加以阐释，以有利于读者更深入地认识《红楼梦》的思想价值和艺术特色，增加阅读兴趣。

曹立波　这项校注工作，尤其是注释，前后经过了十几年的积累。吕启祥先生总结得好，她说："这里所说的积累，包含两方面的意思：一是指时间上的，这项工作始于1974年，而且经过了不止一代人的努力，当年参加此项工作并为之付出了辛劳的李长之、王汝弼先生已经作古，而工作不仅继续，还结出了丰硕的成果。另一方面是指锲而不舍、集腋成裘的精神。注释工作最需要'有心人'，许多材料往往是'可遇而不可求'的，只有时时在心、处处留心，才可能将零散的不为人瞩目而又恰恰为注释所需的材料收集起来。"吕先生曾在北师大工作过，了解此版本校注的辛苦历程。在书评中，她特别肯定了您的贡献："张俊同志自始至终负责注释编写和定稿工作，用力最多，在长期的教学和研究过程中，广泛涉猎、随时留意，对注释的不断充实和最后定稿，做出了贡献。"您能具体谈谈当年在注释这部堪称中国封建社会的"百科全书"的长篇小说过程中所遇到的困难和相应的对策吗？

张　俊　注释基本完稿后，我曾写过一篇名为《红注刍议》的文章，结合实例，比较全面谈了我对《红楼梦》注释的一些体会和想法。大家知道，从新中国成立后到 20 世纪 80 年代，《红楼梦》的注释已出过多种，这不仅为广大读者阅读这部古典名著提供了许多方便，而且开拓了红楼研究的一个新领域。我当时的想法是，红楼注释工作也同评论工作一样，如何在已有的基础上有所深入，有所提高，有所突破，仍然是值得探讨的问题，也是我们的校注本所面临的最大难题，应该在实践中探索、总结。

　　我们注意到《红楼梦》是一部古代白话长篇小说，小说的特点是"因文生事""虚实相半"。那么它的注释比起经史典籍的注释来，也就有很大的灵活性。如关于历史人物的注释，倘是注史籍，就必须严守史实，对人物做全面评价；但如是注释小说，则可结合故事情节，有虚有实，酌情而定，灵活掌握。如第二回，贾雨村把人分为大仁、大恶和善恶相兼者三类，其中包括作家在内的历史人物共有四十五人。对这些人物，既不必全面评价，也不应笼统说明；而应结合小说的描写，或钩稽史实，或依据传说，重点突出他们生平事迹和思想性格的某一方面，加以注疏。如"始皇"，小说把他归之为"应劫而生"的恶人，若全面介绍，难免全而无当；如只注"始皇即秦始皇"，又嫌泛泛，注了等于不注。应该是依据一些旧史记载，说明他秉性刚戾，为政以刑杀为威，所以世有"暴秦"之称。又如"阮籍"，如果只说他是"魏晋之际的诗人"，也是远远不够的，而应依据其本传及有关杂著，注明他嗜酒荒放，不拘礼俗，不乐仕宦，时人多谓之"痴"的性格特点。又如第三十回宝玉拿宝钗比杨妃，宝钗大为不快。小说在此借杨妃肌肤丰腴，比喻宝钗的体态。这一比喻语出有据，见明人陈耀文《天中记》卷二一引《杨妃外传》。第三十七回宝玉《咏白海棠诗》有句云"出浴太真冰作影"，以杨妃出浴比喻白海棠的洁净。这一比喻，也见于前人诗文。《类说》卷四八引《墨客挥犀》云："彭渊材作《海棠诗》曰：'雨过温泉浴妃子，露浓汤饼试何郎。'意尤工也。"总之，"杨妃"的用典，或由附会而来，或出自古诗，或化用戏文，灵活多样，与小说所写"事体情理"无不相合。关于词语的注解，也应注意其灵活性。如第二十四回有"帮衬"一词，当"帮助"讲。《醒世恒言》做了这样的解释："帮者，如鞋之有帮；衬者，如衣之有衬。但凡做小娘的，有一分所长，得人帮衬，就当十分。若有短处，曲意替他遮护，更兼低声下气，送暖偷寒，逢其所喜，避其所讳，以情度情，岂有不爱之理？这叫作帮衬。"这是否就是"帮衬"一词的语源？恐怕难说，这里没有必要追诘。作为小说，《醒世恒言》不妨姑妄言之，读者也就不妨姑妄听之了。

我以为给一部小说作注，目的不应限于为读者的阅读提供便利，减少障碍，更重要的是尽可能对读者了解作家意图、认识作品的思想价值、欣赏作品的艺术特色有所帮助，有所启迪。为此，在为一部小说选择注释词目、拟写注文内容时，除顾及小说的一般"共性"外，还需要考虑它的"个性"，即充分注意这部小说所独具的特点和性质，以确定注释的重点和难点。如《西游记》为神魔小说，则宗教释道的注释，应是重点；《金瓶梅》为人情小说，则社会情状的考释，应是重点；《儒林外史》为指摘"士林"的讽刺小说，则科举典章的疏解，应是重点；等等。至于《红楼梦》，论者都称举它为中国封建社会的"百科全书"，鲁迅先生把它归于"人情派"，称之为"世情书"。这是有道理的。当然，同为人情小说，比之《金瓶梅》，《红楼梦》的内容更为细致精微，宏富深沉。这就使读者阅读和理解这部作品的障碍更多，也给注释带来更大困难。但是，如果能在力所能及的情况下，对有关的典章制度、社会风俗、名物故实以及难解之语尽可能做些阐释，却是对读者大有裨益的。

曹立波　说到典章制度，记得启功先生在此校注本的《序》中针对"官制问题"曾加以强调说："作者所避忌露出的清代的特点中，官制方面尤为严格。凡是清代以前有过而清代也沿用的，便不属清代特有，才出本名称；凡清代特有的，一律避开。像'龙禁尉''京营节度使'等等，不但清代没有，即查遍《九通》《二十四史》，也仍然无迹可寻。"那么，由官制推演开去，其他的与清代有关的朝章典制在曹雪芹的笔下是否也有所避忌，进而给注释带来障碍呢？

张 俊 关于国体制度，曹雪芹在创作《红楼梦》时，虽然使用了"狡猾之笔"，故意隐去故事发生的"朝代年纪"，但只要我们掌握了作者特殊的艺术笔法，按迹寻踪，不被他隐蔽了去，便可发现，小说所写的仍是清代的社会现实、世态人情。这在一些"朝章国典"的描写上，也可以看出其迹象。可惜这方面的词语，似乎因为顾名可以思义，所以过去的注本或略而不注，或语焉不详，而被忽略了。如第六十八回"酸凤姐大闹宁国府"，说到贾琏偷娶尤二姐是"违旨背亲"，犯"国孝""家孝""背亲私娶""停妻再娶"四层罪。这是于史有证的，而非夸大其词，虚张声势。《大清通礼》《清稗类钞》都有记载。如《大清通礼》卷四八说："列后丧礼，京师及直省军民，男去冠饰，女去首饰，素服二十七日，不剃发，遏音乐百日，止婚嫁一月。"又《清稗类钞》"丧祭类"说："皇太后、皇后之宾天，曰国丧，臣民亦皆百日不剃发，服缟素，禁止音乐婚嫁。"这在小说第五十八回也有记载。贾琏恰于老太妃丧礼中娶了尤二姐，所以说"国孝一层罪"。又《大清律例·户律》卷一〇载："若居祖父母、伯叔父母、姑兄姊丧而嫁娶者，杖八十。"贾琏娶尤二姐又恰在其"亲大爷"贾敬孝中，所以说"家孝一层罪"。又《大清律·男女婚姻律》记载："嫁娶皆由祖父母、父母主婚，祖父母、父母俱无者，从余亲主婚。"贾琏则背亲偷娶，所以说"背父母私娶一层罪"。《大清律·妻妾失序律》又规定："若有妻更娶者，杖九十；后娶之妻，离异归宗。"贾琏瞒着凤姐，娶尤二姐"做二房"，所以说"停妻再娶一层罪"。正因为贾琏违背了这些有关法律的规定，让凤姐拿着了"满理"，抓住了把柄，她才敢那样气势汹汹，理直气壮，撒泼大闹。这类关于典章故实的词语书中出现很多，似乎应当仔细梳理，结合史实，适当作注，以利今天的读者。

曹立波 《红楼梦》以写世情为主，社会风俗在书中占比较大，作者着墨最多的是对贾府这个贵族世家日常的衣食住行的描写。初学者阅读至此的时候，往往感到腻烦乏味，或跳过不读，势必影响对小说思想性的理解和艺术性的欣赏。如果对这些日常生活中琐细的词语详加注释，又缺乏相对集中的历史典籍以供查阅，您是怎样注意解决这些难点的呢？

张　俊　这类词语的注释的确是比较繁难的。我们的办法大致可以概括为两点，即广泛涉猎，随时留意。这都是些基础工作。三十年前，我在越南任教，授课之余无书可读，就不断翻看随身带的一套人文版《红楼梦》（程乙本）。随看随把每回的词语摘记下来，学习日本学者方法，编成两册"红楼梦词语索引"。后来为搞《红楼梦》注释，我又做过"红楼梦注释资料"的笔记，有十三册，包括中华书局出版的《清代史料笔记丛刊》、上海古籍出版社出版的《明清笔记丛书》、相关清人诗文总集别集、历史典籍、诗话纪事、明清戏曲小说等书中有关资料，其中涉及日常词语一千七百余条，在注释中大多已采用。

说到"随时留意"，我想起这样一件事，与一个词条的注释有关。《红楼梦》第五十二回写宝玉清晨起来，"小丫头便用小茶盘端了一盖碗建莲红枣汤来，宝玉喝了两口"。这里宝玉喝的莲子红枣汤似乎不必注释，但"建莲"是否具体有所指呢？刚巧有一天我有事去西单，因避雨躲进桂香村食品店，不经意间看到柜台中陈列的一种莲子，标注的是"建莲"，并附有产品说明，强调这是产自福建建宁的莲子，循此线索，我查阅了有关资料，于是给"建莲红枣汤"加了这样一条注释："建莲，即穿心白莲，因产于福建建宁县，故称'建莲'。据《建宁县志》载，其种植始于五代梁龙德年间，历代作为贡品，俗称'贡莲'。"这一饮食细节的描写，反映了主人公贾宝玉锦衣玉食的贵族生活。

曹立波　是啊，在学术探索中，有些"可遇而不可求"的境界，其实包含着"孜孜以求"与"不期而遇"之间的因果关联。正因为这个校注本中的注释，蕴含了丰厚的历史文化知识，所以我觉得，这部书具备两方面的主要功能：一方面，通过校勘和排印对程甲本正文的普及，中华书局1998年不仅重新出版了师大的校注本，后来该书局出版的"中华古典小说名著普及文库"

中的白文本《红楼梦》也是以此书为底本的；另一方面，详细的书中注释可以作为一种随文注解的《红楼梦》词典。

四、《新批校注〈红楼梦〉》：追求学者导读型的评批

曹立波　您对《红楼梦》的版本研究，无论是八十回本还是一百二十回本，都投入了很大的精力。对于八十回本，十年前在您的主持下，我和北师大古籍室的杨健老师一道参与，对北师大馆藏的《脂砚斋重评石头记》做了细致的查访和考证工作，借助内查和外调查清了它的版本来源。段启明先生对此项工作给予了高度评价，他说："《概述》《查访录》《考论》等文，写得朴朴实实、清清楚楚，忠实记录了事实的经过，为后世读者留下了'真相'与'信史'，为红学史写下了值得关注的特殊章节。"对一百二十回本的研究，您将三十多年的精力倾注在程甲本和程乙本上。从 20 世纪 70 年代中到 80 年代末，您致力于程甲本的校注。从 90 年代中至今，您潜心于程乙本的评批。这部十几年来的辛苦结晶《新批校注〈红楼梦〉》将要出版，您能谈谈这部书的新评点与清代传统的旧评点有怎样的不同吗？

张　俊　十年前，我在 2000 年香港明清文学国际研讨会上有个发言，题目为《〈红楼梦〉评点断想》，这是我和沈治钧先生合写的，其中谈了如何运用新观点、采用传统方法对《红楼梦》重新加以评点的问题。红楼评点是有其历史渊源的。自乾隆中期至民国二百三十余年间，代表者有脂砚斋、畸笏叟、东观主人、王希廉、张新之、姚燮、王伯沆等，他们对红楼评点的产生和发展都做出了各自的贡献。从某种意义上说，这些评点是现代红学发展的一个基础。评点的学术价值取决于评点者的个人修养，也取决于评点的动机和策略。有学者将明清小说评点分为"书商型""文人型""综合型"三种基本类型。今天，我们面对《红楼梦》这样一部容量浩大、辞旨隐微的经典之作，如何在"细读文本"的基础之上，采用传统方法，借鉴新的理论，重新诠释

其原旨，认识其笔法，以形成一种具有现代学术品格的"学者型"评点，是值得探索的问题。我们追求这一目标，对红楼新评点的实践原则有三条。

第一，克服旧评点的"零碎性"，注意体例的完备，探求新评点的系统性。评点派过去之所以为世人诟病，反映在体例上就是因为评点零碎，章法淆乱，各行其是。为此，我们采取了夹批和回评两种形式，批语内容注意前后贯通，以保持评点的系统完整。如小说关于"大观园女儿国"的描述，我们从第十六回筹划建园、第十七回工程告竣、第十八回元妃省亲，第二十七、三十七、三十八、四十九、五十回诸钗"芒种饯花神""偶结海棠社""魁夺菊花诗""割腥啖膻""争联即景诗"，而至第六十三回"群芳开夜宴"，渐次到达欢乐高潮，从第七十回"重建桃花社"由欢转悲，至第七十四回"抄检大观园"诸钗遭劫，再到第七十五回至九十五回宝钗、迎春、宝玉相继搬出园中，直至第一百零一回、第一百零二回"月夜惊幽魂""符水驱妖孽"大观园被封锢，逐一加批，随文点明，揭示出"大观园女儿国"之形成、发展、兴盛、遭劫、毁灭的全过程，前后关联，一气贯之。

第二，克服旧评点的"随意性""印象式"缺点，注意细读文本，深入体味小说原旨。小说开端即说："看官，你道此书从何而起？——说来虽近荒唐，细玩颇有趣味。"此乃提醒读者，读此书当深切玩味，方能知其旨趣。明人袁无涯《水浒传》刻本卷首"发凡"云："书尚评点，以能通作者之意，开览者之心也。"有论者以为，这两句话实为小说评点的纲领性文字，道出了小说评点的主要目的。这在评点内涵上提出两方面要求，一是整体把握作品思想主旨，二是深入解析作品形式特征。尤其像《红楼梦》这样的小说，由于作者身世、作品版本、小说主旨，以及评点者的立场角度、感情内涵等方面原因，自然会出现诸多歧义，产生不少纷争。我们比较同意鲁迅先生所说，认为《红楼梦》是一部世情书，是一部反映 18 世纪人情世态的小说。这是我们评点《红楼梦》的认识基点及策略原则。

第三，妥善处理继承与借鉴的关系，注意吸取红学研究成果，提高新评点的学术素质。二百余年来，《红楼梦》评点虽有缺陷，但也作出了重要贡献，今天再作评点，不应割断历史，理当发扬其优长，克服其缺陷，扬弃其糟粕，总结旧评点成果。因此除脂批外，我们在评批中还直接引录了王希廉、张新之、姚燮等人的一些评语，供读者参考。20世纪80年代以来，一些研究者运用国外文学理论研究红学，取得可喜成绩。新的评点也应利用这些成果，努力沟通古今文心，以增加自身的现代气息。

曹立波　这样将有助于引导阅读，增加兴趣，解析难点。与其他章回小说相比，《红楼梦》的评点家当是最多的。谭帆在《中国小说评点研究》中将古代小说评点的基本类型归纳为"文人型""书商型"和"综合型"。我以为清人对《红楼梦》的评点大体有文人自娱型和书商导读型之别。脂砚斋评、王希廉评文人自娱的特点较突出，而东观阁评则明显带有书商导读的目的。近年先后又有多家评点本问世，春兰秋菊，各具特色。您主持的评点应该不属于文人自娱型，更不可能是书商导读型。那么该怎样描述或概括新评本的特色呢？

张　俊　学者导读型的评点风格，是我和全体参与者共同的追求、努力的方向。因此我们在评批时，不仅针对有关词句段加批，点明其旨意，尤其注意阐释一些重点句段的深刻内涵，帮助读者品味作品原意。如第十七回"试才题对额"，宝玉提到古人云"天然图画"四字，一般不会作注，更不加批。我们则在此句下加一批说："此一词语，清初人习用之。以为物效其灵，随目成趣，时时变幻，一派天工，乃生活之别样境界也。"并引清人李渔《闲情偶寄》卷四论"取景在借"、郑板桥《板桥题画·竹》、圆明园"天然图画"之景，及乾隆九年（1744）题诗三则材料加以证之，批曰："宝玉借此四字评说园中景观，说理通达，思路敏捷，政老不解，动辄呵斥，迂之极矣。"

曹立波　通过这条批语，似乎可看出这部《红楼梦》新评本的特色，我觉得用"学者导读型"来概括比较恰当，与以往的评批不同的是时代性、文学性的加强。将《红楼梦》置于明清大的文学艺术背景之下，自然凸显出这部小说的时代风貌。

张　俊　为了有助于文本内容的解读，我们同时也努力注重学术性，针对一些分歧较多的学术点，试图在批语中尽量有所体现。例如，第二十二回写贾母捐资为宝钗过生日，点戏时，凤姐点了一出《刘二当衣》。庚辰本于此句上有两条眉批，一条说："凤姐点戏，脂砚执笔事。今知者寥寥矣，不怨夫！"在此批语之后，还有一条署年"丁亥夏"的批语，学界多认为是畸笏叟所批。对这两条批语，大家看法不一。或以为凤姐点戏，乃实有其事，并断定脂砚是女子，就是小说中人物史湘云。我们不同意这一看法。梅节先生有一篇专文，他认为，畸笏叟所批实际是"指文中凤姐点戏这段情节，为脂砚执笔所增入"。我们仔细比对各本"点戏"一段文字，平心而论，程乙本文气较为充足，情理较为完满，而脂评本确有"破绽"。梅先生所说是比较有道理的。我们把这一认识写入批语，或有助于读者理解这段文字。

同时，除所谓学术着眼点外，书中尚有很多疑难点，也颇费斟酌，值得注意。比如，宝玉在秦氏屋里午睡，秦氏嘱咐小丫头们在檐下好生看着猫儿狗儿打架，有何寓意？宁国府有一轩馆，为什么取名逗蜂轩？贾府中的炕，究竟有几种形制？"茅厮"是否"茅厕"的形讹？邢夫人明明住在荣府的东院，为什么称她"北院大太太"？梦稿本与程乙本究竟有何关系？宝钗会不会说"诗从胡说来"这样的"粗话"？诸如此类，我们都试图征引材料，钩玄提要，做一些评点，供读者思考。

曹立波　是啊，导读性与学术性的兼顾，参与评点工作的沈治钧师兄也是这样说的。胡文彬先生曾在评议意见中说："这是程乙本诞生以来第一次出现的'批点'形式，凸显出评者的学术功力和学术眼光……表现了评点者对读者的阅读关怀，必将起到一种有益的'导读'作用，这种新的尝试应该得到鼓励。"的确，这部兼顾"学术眼光"与"阅读关怀"的学者导读型《新批校注〈红楼梦〉》值得期待。除了评批，还有正文的校注问题。您以程乙本为底本，据说程乙本上的一些异文甚至异体字大都予以保留。您觉得这一版本有什么特殊的意义呢?

张　俊　有的,我们校订的原则,就是"慎重对待,不轻改底本,保持原貌,以存其真"。我始终认为,对那些体现了版本文字特色的词语,不要轻易作改。保留这些异文,还可以为研究者多提供些语言史料。在校注、评批过程中,我写了几篇名为《程本红楼语词校读札记》的随笔短文,比如第二十回,写黛玉与宝玉斗嘴和好后,黛玉说:"回来伤了风,又该讹着吵吃的了。"程乙本中"讹着"二字,各本歧出。现行脂评排印本,多作"饿着",人文版校订程乙本保持旧貌,作"讹着"。《汉语大字典》和《汉语大词典》收录有"讹"字多个义项,而"讹着"一词,不见于这两种通行辞书。唯20世纪30年代编纂的《国语辞典》采收此词,举例即为黛玉所说的那句话。用一"讹"字,写宝玉性格的娇宠、行为的憨顽,或更贴合一些。至于说"饿着"是贾府"秋季养生经",那是就医学而言,另当别论。其实,第五十三回写晴雯染病、第一百九回写贾母不适,都以"净饿"秘法治疗,程乙本与诸本同。可见在乙本修订者看来,"讹着"与"饿着"两者的语义是不同的。再者,程乙本上有一些刻意增饰的语句,也有其理路。如第六回贾蓉向凤姐借炕屏的情节中,程乙本有贾蓉"满脸笑容的瞅着凤姐"一语,及凤姐"忽然把脸一红"六个字,为其独有文字。对这种改动,评者见仁见智,各有不同。其实,通观全书可知,程乙本对凤姐和贾蓉之间暧昧关系的渲染,并非突发奇想。程甲本第六十八回凤姐大闹宁国府一些细节的描写,当是乙本写两人暧昧关系的主要凭借。

曹立波　从您所列举的程乙本上特殊的字、词、句可知,对版本异文的研究,并不仅仅是勘对文字,从中也能考察出历史信息、异文的来由以及语言史料等方面的问题。这是富有启发意义的。

五、京师文科学风的承传

曹立波　我曾看到您的一篇文章，题为《治学严谨——我校文科学风的显著特点》，发表在 1997 年《师大周报》上。希望您能简单谈一下北师大文科学风的特点，这是师大学子都关注的。

张　俊　在一次"启功先生语言学著作学术研讨会"上，有位校外专家发言时说：师大的学风，与北京某大学不同，有自己的特点，值得好好总结。对此我也有同感，会后便写了那篇短文。就文史而言，治学严谨，注重实证，确实是我校文科学风的特点之一。翻开北师大的"校史"可以看到，几十年来，曾在国文系任教的高步瀛、吴承仕、朱希祖、马裕藻、杨树达等专家教授，他们的著作，他们的教学，多体现出这种精神。如高步瀛先生，他编选的《唐宋诗举要》《唐宋文举要》两书，资料丰富，考订详赡，引用材料着重第一手；对旧注的讹误时有订正，据说他讲课也很重事实、重证据，考证翔实精确，为同侪所敬服。学生对他所注释的诗文极为珍视，得其一篇，出校教学，可免去翻检参考资料之劳。有人认为，对历史的描述，"更需要理解和判断，实证解决不了所有问题，甚至解决不了主要问题"，这样讲也有一定道理。但是，对大量资料的掌握和考辨，毕竟是研究的基础。

曹立波　您读大学的时候，对授课老师的言传身教一定有更为具体的感受吧？

张　俊　是的。20 世纪 50 年代我在中文系读书时，当时授课的老师，如讲"中国古代文学作品选"课的刘盼遂、王汝弼、启功先生，讲"古代汉语"专题课的陆宗达、萧璋先生等，他们的教学和著述，朴实、严谨，无不体现出北师大的传统学风。比如刘盼遂先生曾受业于国学大师王国维先生，王汝弼先生则是高步瀛先生的学生，他们对文字、音韵、训诂都很有研究，做学问重事实，重证据。刘先生给我们讲过《古诗十九首》，王先生讲过《离骚》，对作品中的词语、典故，总是能考稽史料，列举例证，旁征博引，以释其义。还有，刘先生读书，很喜欢把自己考释、订讹、辑佚的点滴心得，批注于书眉或页侧。往往三言两语，独具卓见。一次，我翻阅"文革"时被抄、后归藏古籍组的刘先生的部分藏书，记得在枝巢子《旧京琐记》上有刘先生的几十条批注。其中有这样一条，原文说"按行裳即今之马褂也"，刘先生于书的上端批云："行裳非马褂，盖俗所称战裙也。马褂不得为之裳。"后来，看到新排印本《旧京琐记》，我便想，如果整理者有机会看到刘先生的这些批注，或可改正书中的一些错讹，当是有益于读者的。

曹立波 您在北师大留校工作之后，曾与启功先生同在一个教研室，并一起校注过程甲本《红楼梦》，能谈谈对他的印象吗？

张　俊 启功先生曾受教于史学大家陈垣先生。据介绍，陈垣先生作历史考证最重视占有材料，倡导材料准备要"竭泽而渔"。启先生继承了老师的这种治学精神，他的授课和著述也很重视实证，这从中华书局出版的《启功丛稿》"论文卷""题跋卷"和香港商务印书馆出版的《汉语现象论丛》等著作中便可看出来。我们在校注程甲本《红楼梦》时，他虽然未能参加初稿注释词条的编写，但选择底本、拟定体例，是由他主持的。他并为校注本写了"序言"，结合实例，对书中涉及的俗语、服装、器物、官职、习俗、社会关系、虚实辨别等诸多问题做了具体的阐释和考辨。因为启先生对满族的历史文化、风俗掌故非常熟悉，所以他的这篇序言对引导读者认真阅读《红楼梦》文本很有帮助。他还对我写的"校注说明"从版本角度做了认真修改，比如在介绍程刻本的流传时，他亲笔加了这样一段话："程氏修改程甲本时，可能是随改随刻的，所以现在所传的程刻本中，改刻的页子多寡不等。所以现在找一个没掺改刻页子的纯甲本固然不易，或想找一个改刻全了的纯乙本也不易的。"在师大校注本出版前，启先生还写过一篇名为《读红楼梦札记》的红学论文，得到学界的赞赏，启先生也比较看重这篇文章。1998 年中华书局重印师大本时，我们便将其附于书后。这样，前有先生的"序言"，后附"札记"，着实为师大本增色不少。

曹立波 启功先生的"札记"具体分析了这部小说中的虚实问题，"序言"中对《红楼梦》虚构的成分也有所强调。比如，他认为小说中所写的官职有许多是"无迹可寻"的。在古代文献研究中，如果没有丰厚的资料和充分的调研，不敢轻言"无迹可寻"。张老师，您对此是怎样理解的呢？

张　俊 启先生作为一位著名红学家、文物鉴定的权威，有他自己的看法，理所当然。关于曹雪芹或《红楼梦》，如有什么新发现、新资料，红学界都愿意征询启先生的看法。你应该还记得，在北师大藏《脂砚斋重评石头记》抄本专家座谈会上，启先生特别强调了"避讳"问题，而对抄本的价值，因未来得及仔细查看原书，并未表示意见，态度是实事求是的。而对20世纪70年代香山发现的所谓曹雪芹故居、90年代通县发现的所谓"曹雪芹墓石"，则都认为是"不靠谱儿"的事。他曾写过一首《南乡子》（友人访"曹雪芹故居"余未克往），词前小序曰："友人联袂至西郊访'曹雪芹故居'，余因病未克偕往。佳什联翩，余亦愧难继作。"正文是："一代大文豪。晚境凄凉不自聊。闻道故居犹可觅，西郊。仿佛门前剩小桥。　　访古客相邀，发现诗篇壁上抄。愧我无从参议论，没瞧。'自作新词韵最娇'。"语言诙谐，观点鲜明。这就是启先生的风格。当然，这只是启先生的一家之言，相信香山正白旗村39号院就是曹雪芹故居的也大有人在，也有人肯定此处就是现在的"曹雪芹纪念馆"。

曹立波 我们谈了多位京师先贤，能具体谈谈"治学严谨，注重实证"的京师学风对您的影响吗？

张　俊 我在讲授和编写中国古代小说史时，常遇到这样的难题：因为资料缺乏，考证不详，有些作家作品难以准确定位而影响到小说史的描述。比如出现于明清之际的才子佳人小说，它的开山之作是哪一部，一直众说不一。有些文学史著作和书目，认为序于明万历年间的《吴江雪》是第一部才子佳人小说；但有的学者考证，这部小说实际成书于清康熙年间，前后相距六十年。后来有朋友介绍，发现一抄本《红白花传》，当是明末作品，或为才子佳人小说开山之作，但一些学者指出，这部书实是韩国作品。又见春风文艺出版社编校的《中国古代孤本小说》一书，其中收录了一部才子佳人小说《山水情》。据"编校说明"，此书当刊于明末清初，仅存于日本东京大学图书馆。它是否为最早一部才子佳人小说，因没有看到原书，难以遽下结论。通过这件事可以看出，关于一些作品的考订及资料的辨析，直接关涉到如何准确描述小说史的问题。

曹立波　您在给我们讲授"中国古代小说史研究"课程时，强调史料等实证材料的重要性。引言中讲到对 20 世纪中国小说史回顾时，肯定鲁迅《中国小说史略》实为中国小说史的奠基之作。这部书是 1920 年至 1924 年鲁迅先生在北大、北师大授课的讲稿，从讲义的角度说，鲁迅治小说的方法，也是京师学风的体现。我们爱读这部书，既源于其翔实的考证，也因其敏锐的评论。那么您推重这部书，是倾向"史"，还是侧重于"论"呢？

张　俊　阿英先生称赞鲁迅的《中国小说史略》"实际不止是一部'史'，也是一部非常精确的'考证'书"。鲁迅书中这二十八个篇章，按时代顺序对小说流派加以描述，奠定了今天小说史编写的基本格局。当然也有其局限性，他当年所见到的小说较为有限，只占今天所知的五分之一。然而，他看到的小说虽有限，小说史家的眼光却是敏锐的，书中大多数评价直到今天还可以借鉴。因而治小说史，除了动手搜集梳理资料，史家的眼光也是必要的。清初学者顾炎武的《日知录》有两个特点，一是历史的，二是博证的，两者互为补充，构成这部书的鲜明特色。正如《四库全书总目》所说："炎武学有本原，博赡而能通贯，每一事必详其始末，参以证佐而后笔之于书。故引据浩繁，而抵牾者少。"19 世纪的龚自珍、魏源等学者也用实证的方法研究学问。龚自珍在《抱小》中说："学文之事，求之也必勔，获之也必创。证之也必广，说之也必涩。"这里，"勔"是辛勤，孜孜以求；"涩"是立住脚、不动摇。希望在研究学问时，一定要掌握大量的资料，像郑振铎先生所说的那样，研究者一定在心里千百次地喊"拿证据来"。当然，在研究方法不断更新和发展的今天，也必须加强文学理论的学习，如果没有一种理论思想的统领，大量的资料也会变得支离破碎，不得要领。

曹立波 顾炎武的"博赡而能通贯"，龚自珍的"求矽"和"获创"，我从您的课上和书中都有所体悟。您的言传身教也让学生们感受到京师学风的薪火相传。您所谈的问题，从小说史到世情书，再到《红楼梦》的注释、评批与论述，对于红学，对于中国古代小说的研究都十分重要。

张　俊 谢谢！我略谈了一些治学的经历和体会，也期待能有机会与同行们交流探讨。为了写好这篇访谈稿，你也花费了不少时间和精力，谢谢你，也感谢《文艺研究》编辑部给予的关心和鼓励。

（原载《文艺研究》2011 年第 4 期）

《续琵琶》的跨时空对话

——评昆曲《续琵琶》2013年新舞台版

内容提要

昆曲《续琵琶》2013年新舞台版相对于之前演出的版本，在情节的完整性及剧场性等方面都有所改进。笔者通过现场观赏，对比《续琵琶》原剧本和前期舞台表演资料，发现新舞台版"跨时空对话"的艺术特点尤为突出。曹寅《续琵琶》中蔡文姬梦王昭君等情节已包含让不同时空历史人物对话的构思；对曹操、蔡邕等历史人物的"翻案"，又反映出曹寅与历史对话、深入理解历史人物的意图。新舞台版编排的蔡邕与文姬狱中传信一出，借鉴现代戏剧手法，打破空间界限演绎蔡邕父女的交流过程，强化了文化传承的主题。蔡邕和女儿的使命传承、文姬与昭君的互剖金兰、曹寅和古人的心灵交融，这三个意义上的跨时空对话，体现出《续琵琶》新舞台版的艺术创意。

关键词

《续琵琶》 | 曹寅 | 昆曲

曹寅的传奇剧《续琵琶》自2010年10月首次搬上昆曲舞台，经过几度演出不断得到优化。从首演只择取《探狱》《被掠》《感梦》《制拍》《台宴》五出，到之后充实剧本、完善情节，基本实现了"把《续琵琶》35折戏全部搬上舞台"[1]，完整呈现曹寅原作的风貌。

2013 年 6 月，长安大戏院上演的新舞台版《续琵琶》为观众带来了新的视觉享受。改版自原作第三出《却聘》始，至第三十四出《祭墓》（现存最后一出）为《余韵》终，情节完整，充分运用《续琵琶》残本的原作原词。精取原作中的几段三国情节，展现出历史题材宏大的时空感。在舞台表现方面，两场跨时空的对话值得探究。这两处既是原剧精华，又体现了新舞台版主创人员对《续琵琶》思想意蕴的深入挖掘。

一、两代承传：蔡氏父女的对话

《续琵琶》新舞台版多处富有新意。新的剧本编排，比如由折子戏改为剧情完整的连台本戏。新的细节设计，比如《制拍》一出中文姬的听众由老妇改为两名年轻的胡地侍女，舞台形象更灵动优美。以新手法表现古典戏曲，则是本次演出最突出的特征。长安大剧院的演出未采用传统昆曲的布景，而是仿照现代话剧，加入升降背景墙、移动追光和实景道具。表演在以往简洁的基础上更为生动传神，舞美的精致提供了更多欣赏空间。在蔡氏父女狱中传书一场戏中，新手法成功表现出古剧的精神内涵。

蔡邕狱中寄书文姬嘱托二事：续修《汉书》，珍藏焦尾琴。这一出与全剧的主题和结构关系紧密。《汉书》是文化的文本形态，焦尾琴是一个文化符号。对它们的托付，是一种文化上的使命。《续琵琶》的主题正是传承文化："蔡邕临终前的纠结嘱托，董祀的犯险奔走，昭君的青冢示梦，蔡琰的十年忍辱，曹操的金璧赎姬，都是在讲述着一个主题，这就是完成汉史，接续文典，延续文化。"[2]由表现主题的两件事，组织全剧的结构：续《汉书》是文姬人生故事的

［1］ 胡德平：《我谈〈续琵琶〉》，《曹雪芹研究》2012 年第 1 辑。
［2］ 胡德平、赵建伟：《续琵琶笺注》，中华书局 2012 年版，第 123 页。

纲，它支撑文姬走过坎坷，最终因此得以归汉。焦尾琴是情节线索，全剧开场便是父女品琴，引出祸乱之兆；文姬几番遭变，典型场景都是收拾琴囊、出门奔命，显示出乱世中保存文化遗产的艰辛；文姬制拍，也是弹奏焦尾琴。在曹寅《续琵琶》原本中，蔡邕传信情节在第十五出《探狱》，文姬读信情节在第十九出《被掠》。新演出版本出于对《续琵琶》主题的准确把握，把父女传信单立为一出，的确慧眼独具。

取两出内容合为一场戏，有突出主题的优势。原剧本《探狱》一出主要表现蔡邕、董祀的师生之义，《被掠》一出主要表现文姬离乱之悲，文化主题夹杂其间，容易被忽略。新舞台版强化了传承的过程。蔡邕、文姬分处异时异地，本场超越时空，让二人传信、读信的过程同台表现出来，营造出一种两心交流的艺术氛围。这样的安排富有创新精神。其实，《续琵琶》原剧本的相关唱段，本身就充满情绪交流。蔡邕所传之言是：

遗编付汝收藏稿，名山大业勤搜讨。家门琐琐俱不道。还有一件焦尾桐材至宝，纵遇颠连，慎勿轻遗荒草。[1]

这段唱词在剧本《探狱》里是狱中的蔡邕（外）唱给前来探狱的董祀（生）的，在新舞台版中做了这样的处理：同一舞台上不同的空间，蔡邕执笔写信，文姬展信细读。文姬手捧书信，领会狱中父亲"垂死叮咛无别意，只把那汉史频频提"的苦心，同时表现出生离死别的无奈。一封书信，把不同时空的情境接续在一起。不过，跨时空的手法毕竟有些抽象，需要特殊的舞台处理才容易被观众理解。

先进的舞台条件为艺术创新提供了保证。新版《续琵琶》采用灯光分隔演

---

[1]《古本戏曲丛刊》编辑委员会编：《续琵琶》，上海古籍出版社1986年版。以下皆同。引文标点参见胡德平、赵建伟《续琵琶笺注》，中华书局2012年版。

区的方式，将同一舞台划为两个空间。这一方法来自 20 世纪初的表现主义戏剧，它是指"将演员置于不同的演区，让他们在同一瞬间表现心灵与心灵之间不依赖感官媒介的交往，这样就产生一种类似心灵感应的效果"[1]。舞台灯光的明和暗，分开前场与后场，暗示实像与虚像：前场亮处的文姬是实景；后场暗处的蔡邕，实际上是文姬的心理映像。这并不难理解，读书可有"跃然纸上"之感，文姬读信时蔡邕的形象则浮上心头。而超越时空的心灵感应，在文姬读信之时抒发悲思的过程中表现出来。蔡邕先是保持写信姿势，如影像定格。当文姬唱到"爹爹呵，你的音容那里"的深情处，并跨越界限走上后场时，蔡邕开始有细微动作，抬头、起身，似乎感应到女儿的呼唤。随着情绪的逐步高昂，处于另一时空的蔡邕，开始配合文姬的步伐在舞台上徘徊。两人不断靠近，好像重逢在望。但二人始终不做眼神交流，时空的鸿沟横亘其间。隔与不隔的艺术距离，把握得十分恰切。

舞台效果与角色表演密切配合，展现出两代人超越时空的精神对话。心灵相通与情感契合，是蔡氏父女续修《汉书》、薪火相传的情感铺垫。作为女儿的文姬，在承担文化使命的背后，还饱含与父亲生离死别的眷恋。这一内蕴的挖掘，可谓 2013 新舞台版对《续琵琶》书写历史细腻笔触的精彩呈现。

二、异代同心：昭君与文姬的对话

如果说蔡邕与文姬的对话只是限于地域，跨越遥远的空间；那么，《感梦》一出中蔡文姬与王昭君出于异代，她们的对话穿越二百余年。昭君、文姬对举，有文学积淀的因素。清初尤侗的杂剧《吊琵琶》，将文姬凭吊青冢作为昭君故事的结局。明末被掠女子宋蕙湘感叹身世，也自拟二人："盈盈十五破瓜

---

[1] 汪义群：《奥尼尔创作论》，中国戏剧出版社 1983 年版，第 55 页。

初，已作明妃别故庐。谁散千金同孟德，镶黄旗下赎文姝。"[1]昭君、文姬相似的出塞命运，引来后人的不断吟咏。《续琵琶》中的文姬也对昭君墓感叹万端："你死葬黄沙，墓草长青，只道再无人来继你后尘。谁想我文姬今日，无端被掠，也到此间。"昭君出塞终老漠北，已属不幸，蔡文姬更是父死家亡，沦落他乡。她们人生苦难背后中国历史的频遭离乱，令人悲愤唏嘘。文学作品中对昭君、文姬的咏叹，表达了对历史洪流中个体的同情。

同为女性，相似的命运，是这场古今对话的立足点。曹寅《续琵琶》继承前人对举的手法，又创造性地让昭君、文姬直接对话。托梦是传统戏曲的常用情节模式。《续琵琶》中的托梦不是为了渲染神秘，而是为了让两位女子能够正面交流，相互劝慰、相互关怀。《感梦》一出在之前演出版中有小鬼引魂的桥段，新舞台版将其删去，淡化神秘背景。[2]采用大漠胡天的背景画，让"征蓬出汉塞，归雁入胡天。大漠孤烟直，长河落日圆"（王维《使至塞上》）的诗境浮现在观众眼前，烘托昭君与文姬塞外相逢、隔代交心的艺术氛围。比起尤侗的杂剧《吊琵琶》第四折中文姬祭墓的情节，《续琵琶》新舞台版的表现更具有人文关怀。凭吊是单向的，得不到回应，徒添感伤。对话则是相互的，昭君的理解，带给文姬莫大的慰藉。昭君（小旦）初见文姬时唱道：

原来是，外孙家，黄绢侪；曾听那，焦尾琴，中郎奏。他为甚，洒胡笳冰天泪，一般儿抱琵琶，赋远游，可正是，汉王嫱旷世的知心友。

"外孙""黄绢"的典故指蔡邕，点明文姬的家世。"焦尾琴，中郎奏"一方面写出文姬家学涵养，另一方面呼应《却聘》一出的品琴情节。共同的经历，

［1］ 朱克敬：《儒林琐记·雨窗消意录》卷4，岳麓书社1983年版，第153页。
［2］ 吴新苗也曾提出相关建议，参见吴新苗《也谈曹寅历史剧〈续琵琶〉及其昆曲舞台呈现》，《曹雪芹研究》2012年第1辑。

让昭君将文姬视作"知心友"。文姬解琴语，又与昭君的通晓琵琶形成知音。通过与文姬对话，昭君劝慰文姬："太古来因缘不偶，多半是泪洒荒诹。"联系自己出塞的命运，使文姬了解到人生苦难的普遍性，走出一味的自叹自怜。

曹寅《续琵琶》当是续高明《琵琶记》的蔡伯喈故事，但"续"的另一内涵，则当是文姬续昭君琵琶。"在戏中王昭君正是用这种大智大勇启迪劝导了蔡文姬，蔡文姬才有了生活下去的勇气。我认为《续琵琶》续的是昭君的琵琶，续的是昭君的气概和血脉。"[1]首先，琵琶为胡乐，琵琶的意象总是与昭君出塞题材关联。《感梦》一出中的昭君叹文姬，"抱琵琶，赋远游"，亦用琵琶指代文姬入胡地。这正是续了昭君的命运。其次，文姬的琴曲《胡笳十八拍》，可谓续了昭君的琵琶曲。另外，《续琵琶》未止步于表面的接续。面对命运矛盾，昭君、文姬的对话传递了一种使命感。文姬在怜悯昭君的同时，称许其功绩："你失意丹青，远嫁异域，还是为国和亲，名垂青史。"昭君也规劝文姬："谁似你书香继后，终有日衣锦归昼。切莫要言愁诉愁，包羞忍羞。"使文姬终能忍辱负重，完成续史的重托。从这三个层次，曹寅《续琵琶》让文姬的琴曲延续王昭君琵琶的文化意蕴，呈现出一种包容的、坚韧的民族精神。

昭君劝文姬，借用了传统的忠孝观念：昭君和亲是为国，而文姬活着完成《汉书》，方是对父亲尽孝。"此时，对蔡文姬来说，'忠''孝'的内容已有了更深的意义。其内容已非传统的节烈观，而是被续写《汉书》、保存文化典籍这样一种更高的道德标准所代替。"[2]这一伦理价值新解，体现了曹寅的先进观念。王昭君与蔡文姬，都是于历史发展有功的女性。可在传统观念中，她们委身外族，名节便亏。《汉宫秋》改变史实，安排明妃全节自尽，蔡文姬《悲愤诗》自叹"流离成鄙贱，常恐复捐废"[3]，皆是受贞节观的影响。《续琵琶》用昭

[1] 胡德平：《我谈〈续琵琶〉》，《曹雪芹研究》2012年第1辑。
[2] 胡德平：《我谈〈续琵琶〉》，《曹雪芹研究》2012年第1辑。
[3] 逯钦立辑校：《先秦汉魏晋南北朝诗》，中华书局1983年版，第200页。

君与文姬的对话，表达了自己的价值立场。相互理解的昭君、文姬，不会因世俗贞节观念贬低对方价值。为大节"包羞忍耻"纯属合理，这是曹寅借昭君之口，与蔡文姬进行的古今对话。

三、故史重读：作者与历史人物的对话

对于如何评判历史人物，《续琵琶》展示出开放的历史观念。历史题材的文学作品，是"面向客体的和完成论定的艺术认识形式"[1]。往往依据一定理念，对人物加以善恶忠奸的盖棺论定。"琵琶不是那琵琶"，《续琵琶》中的蔡邕故事没有延续民间的蔡伯喈富贵弃妻的传说，也没有敷演高明《琵琶记》一夫二妻的团圆佳话，而是直接取材三国历史，讲述蔡邕父女修续《汉书》的艰辛历程。

蔡邕富贵弃妻之说虽属无稽，但亲附董卓的污点却为后人诟病。侯方域的《李姬传》中便认为，"中郎学不补行，今琵琶所传词固妄，然尝昵董卓，不可掩也"[2]。同文姬失节一样，蔡邕依附董卓，是过去士人眼中的弥天大过。另一真实历史人物曹操，更被传统戏曲小说定位为大奸大恶。曹操的善政也遭到歪曲，他赎还文姬的行为被一些人视作"好修名老操假妆乔"（《续琵琶》第一出开场）。此类批评立足大是大非，其实不过是以刘姓汉室为正统。董卓、曹操受贬损，主要因为侵夺汉室皇权，而曹操统一北方的作为倒不是批评者所关心的。

《续琵琶》大胆突破以刘汉为正统等观念的樊篱，首先表现在对曹操的肯定。曹寅同时呈现了董卓、曹操两个传统意义上的"奸贼"，但他的塑造立足

---

[1] ［苏］M.巴赫金：《陀思妥耶夫斯基诗学问题：复调小说理论》，白春仁、顾亚铃译，生活·读书·新知三联书店1988年版，第364页。

[2] 朱东润主编《中国历代文学作品选》下编第二册，上海古籍出版社2002年版，第94页。

史实。董卓之残暴，曹操之英明，高下立判，很容易看到《续琵琶》描绘的是一个伟人曹操。"对历史人物的曹操，从'主流意识'上来说，历代论者的主导倾向都是确认曹操是一位大政治家、大军事家和大文学家的，因此似乎不存在为之'翻案'的问题。……那么所谓'翻案'，主要是要推翻过去在文学作品中、戏曲舞台上的那个'曹操'的形象。"[1]曹寅的翻案并非标新立异，反而有着立足正史的客观态度。对蔡邕，《续琵琶》隐恶扬善，着重表现他正直贤良的一面。亲附董卓一案，则强调王允的刚愎自用，凸显政治洪流中蔡邕的无辜。面对历史人物，曹寅是带着理解与之进行对话的，而非居高临下的褒贬。

重新叙述历史，尝试理解另一个时空的人物。对曹操、蔡邕的塑造也是与历史的对话。作者超越自身的时代，平等地对待历史人物，将其当作与自己一样的主体，设身处地理解他们的处境。"任何的认识客体（其中包括人）均可被当作物来感知和认识。但主体本身不可能作为物来感知和研究，因为他作为主体，不能既是主体而又不具声音；所以，对他的认识只能是对话性的。"[2]对曹操，《续琵琶》安排给他"自明本志"的机会："俺待要武平归去解戎衣，不知几处称王，几人称帝。"（《台宴》）曹操作为乱世枭雄，其大权独揽有肃清时局的客观需要。如若曹操放弃威权，确实无法震慑群雄。新舞台版在曹操的重头戏《台宴》一出中也着力突出其形象的光辉面，原剧本中祢衡骂曹等枝节被删去。对蔡邕，则借剧中人物之口给予理解："既然除残去暴，也须谅愚忠愚孝。"（《探狱》）蔡邕作为具有代表性的知识分子，固然有知晓是非、清醒时局的一面，如《却聘》一出所表现的，但当梦寐以求的知遇之恩出现时，往往又自我迷失，盲目地效忠起来，甚至为董卓之死哀叹，加上直言时弊，终惹灾祸。其可悲的执着不可谓不"愚"，而"愚"又确实出于对高尚理念的追求，

---

[1] 段启明：《曹寅〈续琵琶〉的历史地位和人文价值》，《曹雪芹研究》2012年第1辑。

[2] ［俄］巴赫金：《人文科学方法论》，转引自钱中文主编《巴赫金全集》（第四卷），钱中文、白青仁、晓河、贾泽林、张杰、樊锦鑫等译，河北教育出版社1998年版，第379页。

终究是值得理解和同情的。

　　客观的视角、历史的眼光，使《续琵琶》没有简单因袭前人的毁誉褒贬，而是认真聆听古人的声音，做出中肯的判断。这是《续琵琶》富有洞察力的手笔，展现出曹寅非凡的历史眼光。史书是盖棺定论的实录，但仍有大量有待理解的空间。随着时间的推移，后人与历史的对话是无限的。《续琵琶》作者借戏剧表达自己的理解，试图更进一步接近古人。剧中的话语是作者对历史的回应。这一意义上的跨时空对话，闪耀着理性的光芒。

　　北方昆曲剧院选择在我国第八个文化遗产日上演《续琵琶》[1]，有其特殊寓意。以现存《续琵琶》残本的吉光片羽，展示古典文化遗产的风采。北昆院长杨凤一说："我们要力争将其打造成为继《牡丹亭》《玉簪记》后第三部经典昆曲名剧。"[2] 从演出实际效果来看，这一期望是持之有故的。王国维曾这样解释戏剧中的意境："写情则沁人心脾，写景则在人耳目，述事则如其口出是也。"[3]《续琵琶》新舞台版通过生动的表演，进一步拓展了案头文本的艺术空间。在看戏的过程，我们沉浸在几番对话当中，已入佳境。而结尾的处理更使人回味无穷。全剧结尾的《余韵》（残本《祭墓》一出），蔡邕坟前飘洒的剪纸，既像是一片片祭奠亡灵的纸钱，也像一个个从《汉书》中飘然而下的文字，令人伤感，亦令人欣慰。

2013 年 7 月 18 日

（与夏心言合著，原载《曹雪芹研究》2014 年第 2 期）

---

　[1]　《续琵琶》演出新闻："昨天是我国第八个文化遗产日，北方昆曲剧院以失传多年的珍贵昆曲剧目《续琵琶》，来展示列入世界非遗名录的昆曲的风采。"参见牛春梅《北昆欲将〈续琵琶〉锤炼成经典》，《北京日报》2013 年 6 月 9 日。

　[2]　牛春梅：《北昆欲将〈续琵琶〉锤炼成经典》，《北京日报》2013 年 6 月 9 日。

　[3]　王国维：《宋元戏曲史》，商务印书馆 1925 年版，第 141—142 页。

宣南文化之红楼遗韵 *

内容提要

本文在立足《红楼梦》文本的基础上，结合实地考察的方法，从建筑、曲艺、器物等方面入手讨论《红楼梦》对北京宣南地区文化的影响。在宣南文化为《红楼梦》的成书与传播发挥重要作用的同时，红楼文化也沉淀在仿古园林北京大观园、戏曲艺术等民众生活的方方面面，不断散发着从文学到生活的魅力。

关键词

《红楼梦》 ｜ 宣南文化 ｜ 市井文化 ｜ 红楼遗韵

宣武区地处北京城区西南部，是北京城的发祥地。丰富的历史文化资源、独特的地理位置造就了宣武区浓厚的文化风韵，文学经典《红楼梦》也在其中留下了独特的印迹。这个古老的城区，不仅是《红楼梦》的作者曹雪芹年轻时代活动的主要场所之一，还曾是《红楼梦》戏剧与子弟书的演出中心，再现书中景观的仿古园林北京大观园也位居于此。数百年的岁月里，在宣南文化为

———————————

* 本文由中央民族大学红楼遗韵研究小组编写。该组组长黄晶，组员陈瑶、矫铭宸、翟晋华、杨倩影、何佳欢，指导老师曹立波。本文受北京市哲学社会科学规划项目"《红楼梦》版本传播与北京宣南文化"（项目编号：10beWy068）资助。

《红楼梦》的成书与传播发挥重要作用的同时，红楼文化也浸润着一处又一处古城景，迷醉了一代又一代寻梦人。

"好一似食尽鸟飞各投林，落了片白茫茫大地真干净"，曹雪芹的一曲《红楼梦》终了，繁华瞬息即逝，富贵转眼云散，但是他的梦却留给了众多读者，印刻在人们的记忆里，沉淀在深厚美丽的宣南文化中。

一、花谢楼还在，香断景亦幽——重游北京大观园

"衔山抱水建来精，多少工夫筑始成。天上人间诸景备，芳园应锡'大观'名。"一座红楼梦影里的精美园林内上演了一出出哀婉悲凉的爱情悲剧、家庭悲剧和人生悲剧。这个并没有原型的大观园凭借《红楼梦》成为令无数读者心驰神往的文化园林。幸运的是，如今我们可以在领略文字之余，来到北京宣武区南部的仿古典园林建筑群，寻找久蕴心间的红楼梦影。

北京大观园建于1984年，是一座再现《红楼梦》中"大观园"景观的文化名园，是传统文化的重要基地，位于宣武区南菜园（北京大观园西南隅护城河畔）。园内亭台楼榭尽有，游廊长槛曲折，花木繁茂，碧波荡漾，更有鱼跃水中、鸭鹅信步，尽显红楼意境。

（一）流连其中，文景互现，真幻缥缈

步入正门，但见一座由太湖石叠砌而成的假山，正所谓"开门见山"，沿曲径甬道蜿蜒穿洞而过，便可望见华丽的"怡红院"，这里住着贾府的"多情公子"贾宝玉。书中描写的怡红院大致是大观园中最华丽的地方，最有特色的是门前西侧的海棠和东侧的芭蕉，宝玉题名"红香绿玉"，元妃却将它改成了"怡红快绿"，脱了"香""玉"的俗，更添一番流丽清雅的风致，宝玉一吟"绿蜡春犹卷，红妆夜未眠"，便化出无限韵味来。幽深的庭院，寂静寥落，唯有芭蕉和海棠相对而立，芭蕉叶卷而未舒，倚着石头像青烟一般；海棠花开而不

落，红色的外衣像凭栏垂下的水袖，主人何意不"解怜"？整个院落清流潺潺，细柳飘飘，景色宜人，石子甬道曲折相连，回环交错，缥缈、浪漫的气息挥之不去。

想到《红楼梦》第二十三回"西厢记妙词通戏语　牡丹亭艳曲警芳心"中，宝玉问黛玉住在哪里，因更爱竹幽之韵，黛玉说欲住潇湘馆。千百翠竹遮映着这个独特的院落，曲折回环的游廊指引我们走进翠竹深处，墙根处汨汨清水缓缓流出，穿过院落，注入翠竹深埋的土壤中。"有凤来仪"四个字题于潇湘馆，宝玉作诗云："秀玉初成实，堪宜待凤凰。竿竿青欲滴，个个绿生凉。迸砌妨阶水，穿帘碍鼎香。莫摇清碎影，好梦昼初长。"馆中翠竹密布，甚至窗框和横梁都清晰可见竹子的影子，此谓"斑竹座"。"斑竹一枝千滴泪"，黛玉多愁善感的性情似乎在这清冷优雅的环境中不经意地表现出来。翠绿的斑竹伴着潺潺的流水，给人一种惬意凉爽的感觉。屋内的黛玉塑像"低眉信手续续弹"，将所有心事都赋予琴声，不与外人说。闭眸闻嗅着清幽冰冷的气味，黛玉的高洁、孤傲、忧郁的气质尽在其中。只有这般清冷的环境才适合黛玉，也只有黛玉才适合如此清冷的"潇湘馆"。

离开潇湘馆，没走多远，便到了一个典雅又不失活泼的院落——秋爽斋。印象中的秋爽斋是洋溢着书卷香气的，而屋内的名人字画更为其增添了些许高雅的情致。探春手持书卷，仿佛在与父亲贾政评书论道，畅谈古今。顺着回廊的方向望去，就是临近"沁芳"的晓翠堂，红梅映衬下，更显高雅。记得贾府中的哥儿、姐儿们就是在这里成立了"海棠社"，吟咏出无数优美的诗词歌赋，令人无限神往。

"秋爽斋偶结海棠社　蘅芜苑夜拟菊花题"。印象中的蘅芜苑是宝玉诗中所描绘的长满了蘅芜香草的幽静的庭院，加上常青常绿的藤萝、薜荔，院落飘散着沁人的芬芳，还有被迷蒙的雾气笼罩而若隐若现的曲径小路。北京大观园的蘅芜苑虽没有书中所写的芳香异草，那牵藤引蔓的绿意、清新幽静的氛围，却使人产生在此煮茗操琴的念头。如今虽然少了些许美感，可是，蘅芜苑带给人们的那份幽静与安闲却是恒久不变的。

漫步在大观园中，领略着红楼文化的点点滴滴，不知不觉遇见一片特别的景色：黄泥筑就的矮墙，稻茎掩护的墙头。不同于大观园其他建筑的富丽堂皇，此处田园农舍是一派郊野气象。门口挑着"杏帘在望"的旗子，似乎在招呼往来的宾客入内歇脚饮茶。景区的稻香村，虽没有黛玉诗中描绘的"一畦春韭绿，十里稻花香"的景致，却有"杏帘招客饮"的吸引力和"盛世无饥馁"的安康之感；虽没有喷火蒸霞一般的杏花，却有琳琅满目的纪念品、小玩意儿；虽不再勾起人们的归农之意，却能平息人们浮躁的功利之心。

沿着蜿蜒的羊肠小径往北走，是贾四小姐惜春所住的暖香坞，顾名思义，温暖芳香之地。进入正室，没有书中所描绘的"猩红毡帘"，而是粉色纱帘；没有"一股温香拂面而来"，但室内摆设的画卷、笔墨纸砚、瓷器古玩等，正告诉人们主人的兴趣所在。惜春的塑像立在画桌旁，手持毛笔，似乎已寻到灵感，只待落笔创作。

在暖香坞前，可以遥见诗意的藕香榭。它亭亭立于碧绿的池水中央，幽静的回廊将一座座亭子连接起来，别有一番意蕴。湘云说："芙蓉影破归兰桨，菱藕香深写竹桥。"美轮美奂的藕香榭呼之欲出，穿着飘逸长衣的美丽女子在其上翩翩起舞，水声和乐声完美融合，不禁叫人拍手称奇。在这里，贾家人享用"壳凸红脂块块香"的螃蟹，而眼前的游客也不示弱，自带零食，同样享受着美景，品尝着美味。

值得一提的是大观园里唯一的佛寺景区——栊翠庵。初进栊翠庵，可以看见元妃省亲时所题的"苦海慈航"门匾。院中胭脂般的红梅引人驻足观望，这几株红梅常年守着这"幽尼佛寺""女道丹房"，默默见证着槛外人的故事。北屋佛堂的门匾上书有"妙音香界"——妙玉的香界。佛堂正中是一座金色的佛像，似乎龛焰犹青、炉香未烬，这肃静的气氛使人平心静气，念想着盥手进去焚香拜佛。佛堂西侧的耳房内，可以看见妙玉坐在蒲团上手拿佛珠的塑像，正如院中的红梅一般，隐秘而微妙，高洁而孤僻。

富丽堂皇、宏伟壮观的省亲别墅堪称大观园主景之一。走近它，首先映入眼帘的便是那高8米、宽11米的玉石牌坊，人们争相在这里拍照留影，热闹劲儿堪比书中描绘的"庭燎烧空，香屑布地，火树琪花"。走过玉石牌坊，看见的是巍峨耸立的正殿——顾恩思义殿，正殿后为大观楼及东、西配楼。整个院落充满了皇家宅邸豪华富贵的气派。殿内是红楼文化展览馆，人们可以通过这个展览馆中一幅幅精美的版画，重温小说中的经典画面。

（二）久游忘返，佳园天成，雅事俱备

自古以来庙会就是北京的重要节庆活动之一。对于老人来说，逛庙会可以勾起对历史的回忆；对于孩子来说，则可以找到历史的痕迹和新奇的刺激。

从1995年开始，大观园在每年农历正月初一至初六都会举办"红楼庙会"，多有文艺演出、民间花会、风味小吃、民俗活动等项目。大观园红楼庙会以"贾府贵地"——北京大观园为依托，充分展示红楼文化之风采。高雅的红楼文化特色、鲜明的民俗民间特色、浓浓的京味特色，是红楼庙会给人最深刻的三大印象。

其中，"元妃省亲"古装表演是大观园文化庙会的特色活动。作为北京大观园红楼庙会的一张"名片"，"元妃省亲"的表演形式年年创新，不断融入新的元素，把红楼文化有机地串联起来，为大家提供了一个走进大观园、体验《红楼梦》、展示才艺的舞台。最早扮演元妃的是大观园的职工，后来有社会志愿者，还有来自世界各地的红学爱好者。特别在2008奥运年，红楼庙会迎来了许多外国面孔。北京大观园为这些外籍的红楼迷提供了一个体验中国传统文化的平台。

"花在此时落，月在此时圆"，每年中秋前后园内举办的"中秋之夜"多以文艺演出、赏月团聚、观赏夜景为特色活动，每届举办三至四天，是京城中秋活动的传统项目。中秋之夜的北京大观园处处流光溢彩，现代科技与古典庭园的完美结合，形成了"灯光走廊""水幕走廊""彩色喷泉"等精彩景观。中秋

月夜欢聚大观园，赏明月、品月饼、尝果品，举杯同饮桂花酒，还有各种趣味游艺，千人同乐，不亦乐乎。

（三）缘景生情，梦影无影，乐园有乐

宣南文化对《红楼梦》的成书和传播有着极大的影响，红楼遗韵也为宣南文化注入了新的色彩。北京大观园里常有一些老人锻炼、散心。从简单的对话中，我们得知他们大多住在附近，每天都会来园子里逛逛。去年刚退休的武伯伯常在园内练书法，他知道我们在探寻宣南的红楼遗韵时，提起大笔，根据自己对《红楼梦》的理解题了一副对联："大观园园景园情园中乐，红楼梦梦恨梦爱梦佳人。"情景乐趣，爱恨情愁，这种感觉是真切的，武伯伯用笔在仿古典建筑前写下的字句也在告诉我们：红楼梦醒，遗韵犹在。还有一对唱评戏的爷爷奶奶吸引了我们的注意，他们虽然不是夫妻，但是因为对红楼文化有着共同的热爱，爷爷拉京胡，奶奶唱戏，两人在大观园内共话旧事，成为互相珍重的知音。当《枉凝眉》的曲调响起时，老人们在柳荫下翩然起舞，用舞姿表达自己对红楼文化的感受。《红楼梦》将他们的生活点缀得如此美好，也正是这些"缘景"的人们为红楼文化增添了生机与活力。

二、梦醒人且吟，酒阑物愈奇——红楼人、物遗韵

三百多年前，当昔日的风光被满地的尘埃覆盖，他披一袭寒衣，执一支细笔，在喧嚣的市井里一字一句写下了流芳后世的著作。斯人远去，后世永忆，兼容并包的宣南文化用其独特的方式记住了他和他最重要的作品。经过三百多年的时光冲刷，曹雪芹和他的《红楼梦》仍然为人们制造着亦真亦幻的红楼梦境。

（一）林公题诗，梦醒人也醉

林则徐是近代中国"开眼看世界的第一人"，而令人惊异的是这位民族英雄也曾为艺术珍宝《红楼梦》题诗。这组扇面诗在2001年被公布于世，共十二咏（第一咏无题），依次是：黛玉葬花、宝钗扑蝶、湘云眠石、宝琴立雪、晴雯补裘、小红遗帕、藕官焚纸、玉钏尝羹、龄官画蔷、香菱斗草、平儿藏发。在意蕴深厚的长篇巨制中，林公摘取能够突出反映人物性格的典型事件，不拘于十二钗，无论是"飘零惜此身""无心泣暮春"的小姐，还是"年来心事渐知愁"的丫鬟，所题写的红楼女儿各有雅趣，各有思愁。林公作为一位政治家，以其对红楼人物的理解进行题咏，在阳刚之外另显其柔情感性的人格魅力，令人在为之肃然起敬的同时感受到《红楼梦》的巨大吸引力。

在与林公第四代孙女婿林国志先生的通话中，我们了解到林公的后人对于这份特殊材料的出现也感到十分惊讶，但是林先生认为这一组"有情致"的题咏诗也恰好充实了林公的形象，全面展示了林公"复合型的个性"。林则徐早年曾在宣南地区生活过，而这一带素有"宣南士乡之称"，有着丰富的人文意蕴。林公游走于此，捧读《红楼》，兴至题诗，交友赠咏，"英豪也自爱红楼"。杜春耕先生所收藏的林则徐手书咏红楼组诗的确认不仅为林公研究提供了更多素材，还为我们感受红楼遗韵、传递红楼魅力创造了机会。

（二）市井流香，遗韵传宣南

春日的午后穿行在琉璃厂的小胡同，偶遇三两老人，寻常的街头访问也让我们深刻地感受到红楼文化与宣南地区的渊源。老人们并没有读过整本《红楼梦》，但是对于其中的人物和特色情节却也能信手拈来。人生阅历的丰富使他们对《红楼梦》的理解别有一番韵味。这些来自社会底层的老人，用自己的话语为我们讲述了一个不一样的宣南《红楼梦》。对于年近古稀的他们来说，了解《红楼梦》的机会更多来自曲艺方面，例如京韵大鼓、越剧等，尤其是源于中国北方的京韵大鼓，在宣南地区更为流行。

七十多岁的魏爷爷告诉我们，由于战争及"文革"的种种原因，他只有小学四年级的文化水平，没有看过《红楼梦》的文本。但是由于从小生活在宣南区，或多或少听过一些与《红楼梦》内容相关的京韵大鼓唱段，如《刘姥姥进大观园》《宝玉娶亲》等。《刘姥姥进大观园》所讲述的故事诙谐幽默，而刘姥姥的形象也比较鲜明，一个农村的老妪头一次进入这样繁华的"画"中，她所表现出来的憨态可掬甚至有些荒唐愚蠢的行为往往能让老人们忍俊不禁甚至捧腹大笑。像这些情节上冲突相对明显且文字比较有趣的部分，很容易被改编成剧本，三言两语、几个来回便勾勒出清晰的人物形象。"这些倒有真趣儿！"魏爷爷说道。

"东城富，西城贵，穷宣武，破崇文。"宣南地区聚居了许多社会底层的贫苦大众，他们中许多人像魏爷爷一样文化水平不高，但是因为京韵大鼓等艺术形式的宣传，使原本高雅甚至有些晦涩的红楼诗词进入寻常百姓家，让更多的人认识了《红楼梦》。

虽然大家都或多或少对《红楼梦》有所了解，但我们在调查中也发现，《红楼梦》的戏曲传播正进入一个瓶颈阶段。剧团演出越来越少，剧本的改编也日渐趋无，其中主要的原因，魏爷爷也给了我们他的回答："他讲的是上层人的事，普通的人读不懂那些高雅的诗词。"诚然《红楼梦》中的生活果真如梦境一般，红楼的诗词都是极富文学美的，但是似乎离宣南地区的平民百姓生活有一定的距离。所以像"海棠结诗社"或者"黛玉葬花"这样文学性比较强的章节，因为略显"枯燥"，老人们都纷纷表示甚少听说。这也在提醒着我们，必须不断地推陈出新，以更多样的形式来展示红楼中那些还未被广泛接受的古典美。

（三）百姓谈书，曲终人且吟

红楼文化是中国古典文化星空中最为璀璨的一颗。这"一把辛酸泪"不知感染了多少人，这"满纸荒唐言"不知影响了几多年。《红楼梦》的成书和传播对博大精深的宣南文化的形成同样有着不小的作用，我们可以从宣武区市民的文化生活中管窥宣武区的红楼遗韵，从中看到红楼文化的丰富结构和持久魅力。

谈到老人家对于《红楼梦》的理解时，看过原书的许爷爷告诉我们："都是戏！"整个《红楼梦》亦真亦幻，就是一出"悲戏"。《红楼梦》是文学经典，源于生活，高于生活。繁华富贵来忽去，一朝食尽鸟投林，大喜大悲，世人百态尽显，千古凄凉同现，所以它更像是一出"戏"，一出充满了悲剧色彩的戏。也正是因为这份富于审美意味的"悲戏"让更多的人爱上红楼人，爱上红楼梦景，爱上这个盛衰交替的人生舞台。

另外，宣武区市民对于《红楼梦》的接受与性别有着莫大的联系。郭爷爷对于《三国演义》《水浒传》这类小说的热情度较高，然而对于《红楼梦》的印象却比较单薄，就只对"刘姥姥进大观园"比较深刻。而郭爷爷的夫人则对《红楼梦》比较感兴趣，她不仅喜爱红楼题材的影视作品，还在家中收藏了关于"红楼人物"的各式小工艺品和工笔画。郭爷爷和郭奶奶的爱好差别或许可以说明《红楼梦》对于女性的吸引力较大，宣武区文化中女性对于"红楼文化"更能理解与吸收，这也是由《红楼梦》本身表达情感方式的细腻性所决定的。小说《红楼梦》情感的细腻表达与女性感性、细致的思维情感模式较为吻合，而与偏重于理性、疏宕的男性思维情感模式略显疏离。

当然，不容忽视的是，宣武区的市民们对于"红楼文化"有着自觉的肯定与保护意识。在与邓爷爷交谈的过程中，我们得知他曾经读过全本《红楼梦》，还能够生动地复述"刘姥姥三进荣国府"这个比较通俗热闹的情节。他认为"红楼文化"在中国古典文化中是占有重要地位的，并鼓励我们在这方面进行深入研究。

这些市民与《红楼梦》的故事让我们深切地感受到宣武区深厚的红楼文化底蕴，他们积极吸收"红楼文化"中的营养成分，亦俗亦雅，并积极主动地把这些"红楼文化"因素融入日常生活的休闲与娱乐中，使得我们看到了"红楼文化"对宣武区平民生活潜移默化的影响。

宣武区市民对红楼文化的接受主要受到市井文化本身"俗"的特点、"红楼京剧"的普及，以及受众的性别等方面的影响。"红楼文化"对宣武区的影响虽可称为"遗韵"，但这种影响绝不是没有生命力的，宣武区市民对于"红楼文化"的肯定态度与保护意识说明红楼文化的"遗韵"恰如"星星之火"，"红楼文化"必将与"宣南文化"继续交流融合，逐渐形成一种独具宣南特色的红楼文化。

（四）器物成诗，酒香溢千里

从文学到生活，红楼文化正在经历完美的蜕变。在民间艺术方面，《红楼梦》正在将它独有的魅力散发到世界各个角落，与人们生活的联系越来越密切。《红楼梦》遗留下来的风韵值得我们探寻、研究，在此过程中品味古韵，收获风雅。

北京大观园里的含芳阁中有很多精致小巧的鼻烟壶，大多采用内画的方法，将十二钗袅娜的身姿刻画于壶内。如今，鼻烟壶原本的实用功能已经不复存在，观赏的作用日益增强，红楼十二钗置身其中，从王谢堂前走进寻常百姓家，大雅之美融进大俗之乐里。

橱柜中还陈列着"大观园"牌的香烟和"稻香村"牌的酒。我们知道，在《红楼梦》中，李纨分住的是"竹篱茅舍"风格的稻香村，这样具有古色古香风格的名字被移到烟酒之中，让人在品味的同时，也感受到一股古朴之风。十二金钗的泥塑、雕像也陈列其中，古拙的设计与深重的红楼文化互融，隐约流露出悲怆的意蕴。值得一提的还有民间手工艺——蛋壳艺术，其中有的是在蛋壳上添彩作画，有的是直接雕刻，从而衍生出一种蛋壳文化，指的是蛋壳上所展示的绘画背后隐含的文化韵味。含芳阁内的蛋壳绘画将多愁善感的黛玉、大方典雅的宝钗、婀娜纤巧的可卿呈现在我们面前，通过这种精巧的艺术再现红楼故事里的情节，融文学经典与现代工艺于一体，细致生动，气韵犹存。

宣南琉璃厂萦绕着古文化意蕴的两条小街上处处看得到红楼的影子：松筠阁里，"凤姐"进入工笔画作品中，端坐在椅子上，"头上戴着金丝八宝攒珠髻，绾着朝阳五凤挂珠钗，项上戴着赤金盘螭璎珞圈，裙边系着豆绿宫绦，双衡比目玫瑰佩，身上穿着缕金百蝶穿花大红洋缎窄褃袄，外罩五彩刻丝石青银鼠褂，下着翡翠撒花洋绉裙"，"身量苗条，体格风骚"，精细的笔触弄神于眉目之间，粉面含威不露，画意于唇齿之上，工巧难敌。在一家名叫老北京兔儿爷的店里，我们还看到了以贾宝玉、林黛玉形象设计的冰箱贴。传统的古典人物形象以新的俏皮卡通的模样进入大众生活，宝黛并肩而立，玉女盈盈笑，金童痴痴乐，两人爱情的悲剧意味渐渐隐去，明朗的爱情被更多的人珍爱。博古斋里有红楼十二金钗的叶脉书签和香木书签：黛玉葬花，一袭素衣，扶锄小憩；宝钗扑蝶，姿态优美，表情丰富；元春省亲，只手拭泪，凄婉回眸；迎春诵经，倚榻叠腿，眉眼下视，平心静气；探春结社，带刺玫瑰，"才自清明志更高"；惜春作画，形容尚小，却成竹在胸；湘云眠芍，潇洒率直，襟怀坦荡；李纨课子，温情脉脉，慈爱无私；凤姐弄权，眼露杀机，机关算尽；巧姐避祸，稚气可怜，匆忙慌张；可卿春困，眼神迷离，黯然倦怠；妙玉奉茶，神情微妙，一绿玉斗显情思。书签上的人物形象率性、优美、清秀，又能超然像外，遗形取神，将红楼女儿们各自的特点一一展现，显得格外生动可爱，充满魅力。这里还有许多外国游客，他们对中国古典文化也很感兴趣，安静地欣赏着字画，琢磨陶瓷工艺品，不时对如此精致奇妙的民间手工艺品啧啧赞叹。

　　《红楼梦》的传播范围不断扩大，不仅在文学领域，并且已经逐渐融入我们的生活当中。红楼文化以俗化雅，越来越多的人愿意收藏这些带有古典韵味的小工艺品。这一件件的器物载着红楼文化，化作一页页诗篇，酿成千年沉香的美酒，迷醉了现代生活。

三、曲终韵未尽，音绝意更佳——红楼曲艺新赏

早在清代，就有众多由小说《红楼梦》改编的戏剧及曲艺作品，多样化的传播形式使得《红楼梦》这一文化经典逐渐成为一种大众文化现象。这无疑是红楼文化传播的一大利器。曹雪芹的一曲《红楼梦》唱罢，无数遗韵小曲应声而起，在宣南地区就有大量优秀的改编戏剧广为流传：京韵大鼓《黛玉焚稿》、《宝玉娶亲》、《宝玉哭黛玉》（正乙祠戏楼曾设曲目），梅花大鼓《黛玉葬花》《宝玉探病》等，另外还有众多清代的子弟书曾在宣南出版、刊行，诸如《石头记》、《露泪缘》、《遣晴雯》、《双玉埋红》、《醉卧怡红院》（刘姥姥醉卧怡红院）、《焚稿》、《刘姥姥初进大观园》等。

（一）黄叶红楼，梦里梦外总关情

北京曲剧是汉族传统戏曲曲种之一，通俗易懂，京味儿浓郁，表演朴实，演唱清晰，说唱结合，韵律独特，是北京特有的艺术形式，在宣南地区颇受欢迎。曲剧这种民间艺术在不断地革新、发展，红楼文化也以全新的姿态参与其中，展现《红楼梦》常新、不朽的魅力。

2013 年 10 月 13 日至 18 日，北京曲剧团创作的新编历史大戏《黄叶红楼》在北京市宣武区的天桥剧场进行了首轮演出。《黄叶红楼》将曹雪芹在黄叶村的生活与《红楼梦》中的情节融为一体，第一次让曹雪芹、史湘云、宝、黛、钗同时出现在一个舞台上，用"戏中戏"的方式重新诠释了这部名著。

《黄叶红楼》从曹雪芹的好友敦诚、敦敏到黄叶村看望穷困潦倒的曹雪芹开始讲起。全剧以"戏中戏"的结构，将《红楼梦》中的"大观园""苦抄家""祭潇湘"等故事与作家本人的生活经历融为一体，由此道出曹雪芹写《红楼梦》的心灵史。剧中，曹雪芹时而在戏中游走，祭潇湘、叹无情，为黛玉的魂魄蒙上红纱；时而又置身戏外，思虑煎、郁愁结，在西山黄叶村的石桌上饮酒作诗。舞台布景巧妙地运用"台上台"的方式营造了两个世界，融汇了两种宿命。

全剧使用两种风格的唱腔使两个时空相呼应。曹雪芹唱的是有着醇正浓厚的老北京味道的曲剧正宗岔曲、鼓曲、牌子曲，而"红楼"人物则是"曲"中有歌，歌中有"曲"，既保留了北京曲剧的唱腔风格，又有些"世外"的歌味儿。整个剧场里光影迷离，配乐凄婉，梦幻的舞台表演流露出无奈的怨、呼号的愤及凄清的悲，在不经意间打动着在场的每一个人，让观众在唏嘘宝黛钗命运、悲惋红楼悲剧的同时，也为曹公的际遇而感慨。

梦里泪尽，曲终人散；梦外新作，韵成意佳。

（二）琴梦红楼，音韵之间香如故

早在 1987 年，电视连续剧《红楼梦》中的众多插曲就采用了古琴弹唱的形式，为广大文学爱好者和音乐爱好者提供了一个品味双重经典的绝妙机会。厚重、古老的传统乐器演绎了牵绊读者二百余年的红楼遗梦，用静水流深的方式走进北京大观园，走进寻常人家，不仅为古琴带来了文化新生，还为《红楼梦》的传播增添了富有情趣的生活色彩。

2013 年 6 月，"琴梦红楼"琴歌艺术音乐会在北京大观园等地举办，以古琴音乐梦开启红楼文学梦的方式拉近了音乐和文学的关系，也缩短了红楼故事和人们平常生活的距离。琴歌艺术音乐会通过《引子》《晴雯歌》《枉凝眉》《紫菱洲歌》《分骨肉》《红豆曲》《题帕三绝》《聪明累》《叹香菱》《葬花吟》《秋窗风雨夕》《好了歌》等 12 首诗词、戏曲曲目，以全程 90 分钟的演出，打造出一个鲜活生动的人生梦境。

在音乐会上，古琴艺术家、九嶷派古琴艺术传承人、《琴梦红楼》主编杨青先生，与中国歌剧舞剧院女中音歌唱家张卓、雅韵华章古典艺术中心诸位艺术家，以古琴的雅正之音、古朴之韵，带领听众听梦、唱梦，以《红楼梦》的无限深情、无限美感，引领全场观众一同读梦、品梦。

除此之外，2013 年 12 月，北京大学民族音乐与音乐剧研究中心的大型原创音乐剧《曹雪芹》在北大百年讲堂上演。这是首部以音乐剧形式呈现"曹雪芹与《红楼梦》"这一主题的作品，它选择以《红楼梦》、曹雪芹及曹雪芹所居住过的黄叶村作为主要立意点，运用大量民族音乐元素和现代通俗音乐唱法相结合的方式展现新的艺术结构下的经典魅力。

红楼曲终，声乐不尽；巨著成书，余韵不休。

曹雪芹"批阅十载，增删五次"，"一把辛酸泪""哭成此书"，不仅成就了中国古典小说的辉煌巅峰，更为后人留下了数不尽的遗憾和无限意味。红楼故事里有悲欢离合、人情百味，从建筑、绘画、戏剧、风俗到服饰、饮食、器具……兼容并包，博雅至深，而如今的《红楼梦》也成了一部常读常新、动态呈现的经典，变换着不同的"梦影"走进宣南，浸润北京，感人至深，在琉璃厂的闾巷中，在前门大街的戏台上，在大观园亦真亦幻的通幽处，在大栅栏古趣盎然的商铺里……高墙下，几案旁，绿畦边，处处见得红楼梦影，时时听闻凄凄心曲。面对时代的变迁，一曲《红楼梦》依旧散发着经典的魅力，回荡着幽幽古韵。

参考文献

[1] 胡文彬：《梦里梦外大观园——兼论大观园在宣南文化中的地位》，《红楼梦学刊》2002年第4辑。

[2] 蔡义江：《大观园与宣南文化》，《红楼梦学刊》2002年第4辑。

[3] 杜春耕：《宣南文化·红楼梦·大观园》，《红楼梦学刊》2002年第4辑。

[4] 沈治钧：《大观园游记》，《红楼梦学刊》2002年第4辑。

[5] 马建农：《北京宣南文化的社会文化氛围与〈红楼梦〉的传播》，《红楼梦学刊》2002年第4辑。

[6] 钱成：《清代"红楼戏曲"四考》，《河西学院学报》2010年第1期。

（原载《曹雪芹研究》2015年第2期）

后　记

毫端蕴秀临霜写，耿耿秋灯秋夜长。

莫认东篱闲采掇，十年辛苦不寻常。

　　本想新创一首诗以抒发成书感言，而推敲琢磨，总难如意。想起古人作诗有"集唐"之法，即集唐人旧句以成新诗，在此不妨集《红楼梦》诗句吟成一首，略感达意。应似黛玉《世外仙源》所咏"借得山川秀，添来景物新"一联，"借"起"新"收，此处则是借《红楼梦》诗句之秀，表文集出版之新。亦如宝钗的《画菊》所云"攒花染出几痕霜"，中心词在"攒"，然而细品"染出几痕霜"的韵味，也不觉心动神摇。本书虽集旧文，然回想此十年间，清夜读书，或因偶得而喜，或因遇疑而忧，若喜若忧间，已秋棠染鬓；更兼人世沧桑，其中亦有难以名状的"霜痕"。

　　写到后记，心中充满感激。首先感谢本书的策划陶玮老师，当时她还在文化艺术出版社工作；感谢马建农老师为本书题写书名。还记得2018年的一个夏日，我与学生李红艳一起去听陶玮老师弹奏古琴，听马建农老师讲解古籍版刻知识，难忘高山流水、琴韵书香对本书的熏陶与启发。还要感谢文化艺术出版社的赵月编辑，她的鼓励鞭策和理解包容，对本书的出版给予了热情的关怀和帮助。

　　教学相长是编写校订本书的真切感受。上年因为一部《红楼梦》的校注评批，有幸在毕业廿年之后还能得到导师张俊先生的指教。因一部书，让自己与在读的研究生乃至已经毕业的博士，切磋琢磨，共同成长。感谢杨锦辉博士都忙汇集 20 多篇论文的电子版，一道斟酌书名；借秀添新，攒花染霜，这十年来的论文重新摆在眼前，格式体例尚不统一，错字别字也在所难免。感谢陈兮、吴蕴泽同学帮忙审读原稿，几次核对了书中引文。感谢许鎏源、薛红娟、侯钧才、张国栋同学，或帮忙校对书稿，或帮忙查找资料，并先后校对文稿清样，完善书稿细节。在校订全书的过程中，我和几位同学多次沟通，充分交流意见。结合近些年来，我在小说结构、版本等方面的思考和心得，催生了新的研究思路，相关内容在本书序言中已有所体现。完成初稿后，又辛苦谭笑、武迪博士和几位同学一同调整体例、校改文字、优化版式，几经斟酌，尽可能做到精益求精。在此向各位为本书付出汗水的同学深表谢意。后记成文之际，收到许鎏源博士的一段附言："2017 年，我始入门读博之际，即参与到这部文集的编纂工作中。这部文集虽然因故迟至今日才得以出版，但四年博士研究生期间，我借编纂文集之机，将曹老师已发表而未结集出版的文章搜集起来，自编为一本小册子，与之前出版的《红楼梦版本与文本》《红楼梦东观阁本研究》一起作为学习论文写作的范本。时至今日，当年阅读老师文集的种种心得仍影响着我的学习、工作与生活。"感谢学生的鼓励！其实，与其说当"范本"，不如说在学习名家论文的同时，老师的文章可能与自己的心理距离更近些。可以说，这同时也是对老师的鞭策。

即将付梓的《红楼梦版本与艺术》一书，汇集了我在 2007—2017 年这十年间的红学论文。本应在 2019 年出版，主客观原因，恍若晚点的列车，总得给如期运行的事情让路，又赶上三年新冠肺炎疫情，岁月真如白驹过隙。本书终于破茧而出了，生日赶在"新春新月圆"的时节，也是不期而遇的幸事。

2023 年立春（元夕前夜）

于中央民族大学魏公村校区